Ngũgĩ wa Thiong'o

*A Grain of
Wheat*

* 이 도서의 국립중앙도서관 출판예정도서목록(CIP)은 서지정보유통지원시스템 홈페이지(http://seoji.nl.go.kr)와 국가자료공동목록시스템(http://www.nl.go.kr/kolisnet)에서 이용하실 수 있습니다. (CIP제어번호: CIP2016022384)

This translation of A GRAIN OF WHEAT published by arrangement with Pearson Education Limited.
Copyright © Ngũgĩ wa Thiong'o 1967
All rights reserved.
This Korean edition was published by EunHaeng Namu Publishing Co., Ltd. in 2016 by arrangement with Pearson Education Limited through KCC(Korea Copyright Center Inc.), Seoul.

이 책은 (주)한국저작권센터(KCC)를 통한 저작권자와의 독점 계약으로 (주)은행나무 출판사에서 출간되었습니다. 저작권법에 의해 한국 내에서 보호를 받는 저작물이므로 무단 전재와 복제를 금합니다.

Ngũgĩ wa Thiong'o

응구기 와 티옹오 장편소설

왕은철 옮김

한 톨의
밀알

A Grain of
Wheat

은행나무

* **차례**

한 톨의 밀알 …009

옮긴이의 말/고전적 품격의 아프리카 소설 …377

일러두기
1 본문의 각주는 옮긴이의 것입니다.
2 원문의 이탤릭체가 강조의 의미일 경우 고딕체로 표기했습니다.

도로시에게

어리석은 자여, 심은 씨는 죽지 않고서는 살아날 수 없느니라. 네가 심는 것은 장차 이루어질 그 몸이 아니라 밀이든 다른 곡식이든 다만 그 씨앗을 심는 일일 뿐이라.

— 고린도전서 15장 36절

현대 케냐를 배경으로 하고 있지만 이 소설에 나오는 인물들은 모두 허구다. 조모 케냐타*나 와이야키와 같은 이름들은 우리 나라의 역사나 제도의 일부이기 때문에 거론할 수밖에 없었다. 그러나 소설이 제시하는 상황이나 문제들은 사실적이다. 영국에 저항하며 투쟁했지만 자신들이 싸웠던 모든 명분이 이제 한쪽으로 밀려나는 것을 보는 농부들에겐 때로는 너무나 고통스러울 정도로 사실적이다.

1996년 11월 리즈에서
응구기 와 티옹오

---

* 조모 케냐타(Jomo Kenyatta, 1889~1978). 케냐의 초대 대통령.

1

 무고는 불안했다. 그는 누워서 지붕을 쳐다보고 있었다. 그을음이 낀 보풀들이 양치식물과 풀로 된 지붕에 걸려 있고, 모든 것이 그의 심장을 겨누고 있었다. 맑은 물방울이 그의 몸 바로 위에 아슬아슬하게 걸려 있었다. 물방울이 점점 커지면서 그을음이 스며들어 더러워지더니 막 떨어지려 했다.
 그는 눈을 감으려고 해봤지만 눈이 감기질 않았다. 머리를 움직이려고도 해봤지만 침대에 붙어 꼼짝할 수 없었다. 물방울은 더욱더 커지면서 눈 가까이로 달려들었다. 손바닥으로 눈을 가리고 싶었다. 그러나 손발 등 모든 것이 말을 듣지 않았다. 무고는 절망적으로 마지막 몸부림을 치다가 잠에서 깨어났다.
 그는 담요 속에서 꼼짝하지 않았다. 꿈에서처럼 한 방울의 찬물이 갑자기 그의 눈을 찌를 것 같아 두려웠다. 담요는 딱딱하고 낡은 것이었다. 담요의 뻣뻣한 올이 그의 얼굴, 목, 맨살이 드러난 온몸을 골고루 콕콕 쑤셔댔다. 그는 자리를 박차고 일어나야 할지 어떨지 망설였다. 침대는 따스했다. 해는 아직 떠오르지 않았다. 새벽이 벽에 난 구멍으로 스며들었다.

무고는 한밤중이나 새벽에 잠이 달아났을 때 하던 게임을 해보려 했다. 어둠 속에서 물체들은 윤곽을 잃어버리고 서로 어우러져 보이게 마련이다. 그런 상태에서 방 안에 있는 여러 가지 물건들을 분간해내는 게임이었다.

그러나 오늘 아침은 정신을 집중하는 것이 어려웠다. 그것이 꿈이었음을 알았는데도 눈으로 떨어지는 찬물에 대한 생각으로 오한이 났다. 그는 하나, 둘, 셋을 세고 담요를 밀쳐낸 다음 세수를 하고 불을 지폈다. 구석에 놓인 그릇들 사이에 있는 봉지에서 옥수수 가루를 꺼내 냄비에 담았다. 그리고 물을 부어 불에 올려놓고 나무 수저로 저었다. 그는 아침에 죽 먹는 것을 좋아했다. 그러나 먹을 때마다 수용소에서 먹었던 설익은 죽이 생각났다.

'시간이 참 더디게 가는구나. 모든 것은 어제와 똑같고……. 내일도 어제나 그제와 마찬가지겠지.'

마지막 수용소였던 마구이타를 나온 이후 줄곧 해오던 생활을 반복하고자 그는 괭이와 낫*을 집어 들었다. 타바이의 저쪽 끝에 있는, 새로 갈게 된 좁고 긴 밭까지 가려면 더러운 마을길을 지나야 했다.

늘 그렇듯이 여자들이 그보다 먼저 일어나 남편과 아이들에게 줄 차와 죽을 끓이려 강에서 물을 길어 오고 있었다. 그들의 가냘픈 등이 물통을 지고 오느라 휘어져 있었다. 해가 막 떠오르고 있었다. 나무와 오두

---

* 여기에서 '낫'으로 번역된 것은 '팡가(panga)'인데, 중남미 여러 나라에서 사탕수수를 자르고 잡초를 베거나 무기로 사용하는 '마체테(matchete)'와 흡사한, 길고 무거운 아프리카 칼이다.

막, 사람들이 가늘고 긴 그림자를 땅에 드리웠다.

"오늘 아침은 기분이 어떤가?"

와루이가 오두막에서 나오며 말을 건넸다.

"괜찮습니다."

평상시 같다면 무고는 그렇게 대답하고 가던 길을 계속 갔을 테지만 오늘은 와루이가 얘기를 하고 싶어 하는 눈치였다.

"일찍부터 밭일을 하려고?"

"예."

"그게 내가 늘 하는 얘기라네. 땅이 말랑말랑할 때 일을 해야지. 그런 다음에 해가 떠야 해. 해를 이기는 거지. 일도 하기 전에 해가 먼저 뜨면 문제일세."

마을 원로인 와루이는 새 천을 두르고 있어서인지 주름진 얼굴과 흰 머리, 뾰족한 턱에 난 하얀 수염이 한결 나아 보였다. 무고에게 곡식 심을 땅을 준 사람이 바로 그였다. 무고의 땅은 그가 수용소에 있을 때 정부에 몰수되고 없었다. 와루이는 얘기하는 것을 좋아했지만 무고의 과묵함을 존중했다. 그런데 오늘은 달랐다. 무고를 바라보는 눈길에 뭔가 새로운 호기심 같은 게 엿보였다.

"케냐타가 말했듯이 요즘은 우후루 나 카지**의 나날들일세."

그는 이렇게 말하더니 울타리에 침을 뱉었다. 무고는 당황한 채 가만히 서 있었다.

"자네 집은 우후루를 맞을 준비가 되었는가?"

** '우후루 나 카지'는 '독립과 일'을 의미하는 스와힐리어. 1963년 12월 12일, 영국 식민지였던 케냐가 독립(우후루)을 선포했으며, 이날은 독립기념일로 제정됐다.

"예, 그럭저럭요."

이렇게 답한 무고는 실례한다며 와루이 곁을 떠났다. 마을을 지나면서 그는 와루이의 마지막 물음이 무슨 의미인지 헤아리려고 했다.

타바이는 큰 마을이었다. 여러 마을들, 즉 타바이, 카만두라, 키힝고, 웨루 일부 지역을 통합한 마을이었다. 1955년, 타바이는 풀 지붕과 흙벽으로 급하게 집을 지으면서 만들어졌다. 당시 백인들은 숲속의 형제들로부터 마을 사람들을 보호한다는 명목으로 사람들의 목에 칼을 들이댔.

그런데 지금 1963년에도 마을은 그다지 달라진 게 없었다. 몇 집은 그냥 허물어졌고, 몇 집은 강제로 허물어졌다. 마을은 평화로웠다. 멀리서 보면 마을은 뭔가를 태워 신에게 제물을 바치듯 하늘로 연기가 솟아오르는 거대한 풀 더미 같았다.

무고는 주변을 돌아보는 것이 수치스러운 것처럼 고개를 숙이고 땅을 내려다보며 걸었다. 그는 와루이와 만났던 것을 생각하고 있었다.

그때 누군가가 갑자기 그의 이름을 불렀다. 목발을 짚고 절뚝거리며 다가오는 사람은 기투아였다. 그는 찢어진 모자를 들어 올리며 소리쳤다.

"흑인의 자유를 위해 문안 인사 여쭙습니다."

그런 다음 그는 우스꽝스러운 모습으로 고개를 여러 번 숙였다.

"아, 당신도 잘 지내나요?"

무고는 얼떨결에 이렇게 물었다.

두세 명의 아이들이 모여들어 기투아의 우스꽝스러운 모습을 바라보며 웃었다. 기투아는 무고의 물음에 곧바로 대답하지 않았다. 찢어진 셔츠의 깃은 때에 절어 거무튀튀했다. 왼쪽 바짓가랑이는 잘린 부위를 가리려고 접어 핀으로 고정하고 있었다. 그가 느닷없이 무고의 손을 움켜잡았다.

"안녕하십니까! 안녕하십니까! 이렇게 일찍 밭에 가시다니 좋습니다. 우후루 나 카지. 하! 하! 하! 일요일에도 말이죠. 저도 비상사태* 이전에는 당신과 마찬가지였습니다. 백인이 총알로 저를 이렇게 만들기 전에는 두 손으로 일할 수 있었답니다. 당신의 기백을 보니 제 가슴이 다 뜁니다. 우후루 나 카지. 대장님, 인사 올리겠습니다."

무고는 손을 빼려고 했다. 가슴이 뛰어 무슨 말을 해야 할지 도무지 알 수 없었다. 아이들의 웃음 때문에 더욱더 곤혹스러웠다. 기투아의 목소리가 갑자기 바뀌었다.

"비상사태가 우리를 망쳐놓았습니다."

그는 울음 섞인 목소리로 말하고 나서 휙 가버렸다. 무고는 기투아의 눈길이 등에 쏟아지는 것을 의식하며 발걸음을 재촉했다. 강에서 돌아오던 세 여인이 그를 보자 걸음을 멈췄다. 그중 한 명이 무슨 말인가를 큰 소리로 외쳤지만 무고는 아무런 응수도 하지 않고 눈길조차 주지 않은 채 먼지를 일으키며 달리듯 걸음을 서둘렀다. 그러면서 그는 마음속으로 여러 가지 것들을 자문했다.

'내가 오늘 왜 이러지? 사람들이 왜 갑자기 나를 호기심 어린 눈빛으로 쳐다보는 거야? 내 바짓가랑이에 똥이라도 묻었나?'

그는 곧 노파가 살고 있는 중심가의 끝 가까이에 이르렀다. 아무도 그녀의 나이를 몰랐다. 그녀는 예나 지금이나 익숙하게 늘 거기에 있었다.

예전에 그녀는 귀머거리이자 벙어리인 외아들과 함께 살았다. 아들 이름은 기토고였는데, 무슨 말을 하고자 할 때는 두 손을 휘저으며 짐승처

---

* 1950년대 케냐는 기쿠유족을 중심으로 영국 식민 통치에 항거하는 '마우마우' 무장봉기를 전개했다. 당시 식민 당국은 1952년부터 1960년까지 '비상사태'를 선포해 봉기를 무력으로 제압하고 가혹 행위를 자행했다.

럼 쉰 소리를 냈다. 그는 잘생기고 건장했다. 젊은이들이 이런저런 얘기를 하며 소일하던 옛 룽에이 중심가에서 그는 인기가 대단했다.

간혹 젊은이들은 상점 주인들의 심부름을 해 누군가가 지나가는 말로 '간에 기별도 안 가지만 그래도 없는 것보다는 낫다'고 한 푼돈을 벌었다. 사람들은 그 말에 웃으면서도 때가 되면 푼돈이 다른 사람들(그들의 친척들!)을 불러올 것이라고 말했다.

기토고는 식당이나 푸줏간에서 무거운 짐들을 들어 올리거나 나르는 일을 했다. 그는 근육을 과시하길 좋아했다. 한때 룽에이와 타바이에서는 숱한 처녀들이 그의 멋진 근육에 녹아버렸다는 소문이 나돌았다. 저녁이 되면 기토고는 설탕 1파운드나 고기 1파운드를 사서 어머니에게 가져왔다. 그러면 어머니의 주름살 많은 얼굴이 활짝 펴지곤 했다.

'세상에 그런 아들이 있을까.'

사람들은 기토고가 어머니에게 쏟는 정성에 감탄할 뿐이었다.

그러던 어느 날이었다. 처칠이 히틀러와 전쟁을 벌일 때 도로에서 마지막으로 보았던 탱크와 총으로 무장한 흑백의 군인들이 타바이와 룽에이 사람들을 느닷없이 에워쌌다. 하늘에는 총성이 진동했다. 사람들은 숨을 죽였다. 남자들은 화장실로, 가게의 설탕 자루와 콩 자루 사이로 몸을 숨겼다. 어떤 남자들은 마을에서 빠져나가 숲으로 달아나려 했지만 모든 길이 봉쇄된 상태였다. 사람들은 광장이나 시장으로 소집되어 검문을 받았다. 기토고는 어느 가게로 달려가 계산대를 뛰어넘었다. 가게 주인은 빈 자루들 사이에서 오금을 못 펴고 있었다.

기토고는 손짓 발짓과 함께 괴성을 지르며 군인들을 가리켰다. 가게 주인은 공포에 질려 기토고를 멍청하게 바라볼 뿐이었다. 기토고는 별안간 집에 혼자 있을 어머니가 생각났다. 동시에 끔찍한 행위와 피가 낭자

한 광경이 눈앞에 생생히 떠올랐다.

갑자기 그는 다급해졌다. 그는 뒷문으로 나가 담을 뛰어넘고 들로 달렸다. 어머니가 위험한 상황에 놓였으리라는 생각에 불안했다. 긴급 사태. 집과 어머니의 모습이 머릿속을 스쳤다. 그는 자신의 근육만으로도 어머니를 지켜낼 수 있으리라고 믿었다. 그러나 부시 재킷을 입은 백인이 숲속에 매복해 있다는 사실을 그는 몰랐다.

"정지!"

백인이 소리쳤지만, 기토고는 계속 달렸다. 무엇인가 그의 등을 쳤다. 그는 팔을 공중으로 들어 올렸다. 그리고 앞으로 넘어졌다. 총알이 심장을 관통한 것이 틀림없었다. 군인은 그 자리를 떠났다. 군인에게는 또 한 명의 마우마우 테러리스트가 사살되었을 뿐이었다.

그의 어머니가 그 소식을 듣고 한 말은 '하느님'이란 말뿐이었다. 사람들 말로는 울지도 않고, 아들이 어떻게 죽었는지 물어보지도 않았다고 했다.

수용소를 나온 이후 무고는 집 앞에 서 있는 노파를 여러 번 보았다. 그런데 그녀를 볼 때마다 자신을 알아보는 것만 같아 불안했다. 작은 얼굴엔 주름이 고랑을 이루고 있었다. 눈은 작았지만 가끔씩 삶의 반짝임이 엿보였다. 그러나 보통 때는 죽어 있는 것처럼 보였다.

그녀는 팔목에 염주를 끼고 목에는 여러 개의 구리 목걸이를 걸었으며, 발목에는 조개껍질처럼 생긴 주석을 차고 있었다. 그래서 움직이면 방울을 단 염소처럼 딸그랑딸그랑 소리가 났다. 무고를 가장 혼란스럽게 만든 것은 그녀의 눈이었다. 그는 그녀의 눈앞에서 항상 벌거벗겨지고 속이 다 드러나는 것 같았다.

어느 날 무고는 그녀에게 말을 건넸다. 그러나 그녀는 그를 한번 쳐다보더니 얼굴을 돌려버렸다. 무고는 거부당한 느낌이 들었다. 그러나 그녀의 외로움은 그에게 연민의 정을 불러일으켰다. 그녀를 돕고 싶다는 감정에 그는 훈훈해졌다.

무고는 카부이의 가게들 중 한 곳에서 약간의 설탕과 옥수수 가루, 장작 한 묶음을 샀다. 그리고 저녁에 그녀의 집으로 갔다. 오두막 안은 어두웠다. 방에는 아무것도 없었고 벽에 크게 난 구멍으로 찬바람이 들어왔다. 그녀는 난로 옆 바닥에 잠들어 있었다.

무고는 어린 시절 숙모의 집에서 염소와 양과 함께 난로를 쬐며 바닥에서 잠을 잤던 사실을 떠올렸다. 때로는 너무 추워서 엉금엉금 기어가 염소들 곁에서 웅크리고 잤었다. 아침이 되면 얼굴이며 옷이 재로 뒤덮이고, 손발은 염소 똥으로 범벅돼 있었다. 결국 그는 염소 냄새에 무감각해져갔다.

이런 생각을 하고 있는데 노파가 그를 뚫어지게 쳐다보고 있었다. 그를 알아보는 것 같은 눈빛이었다. 무고는 그녀가 자신의 몸에 손을 댈지도 모른다는 생각에 속으로 움찔했다. 그는 밖으로 달려 나갔다. 메스꺼웠다. 노파와의 만남에 운명적인 것이 있는 것 같았다.

무고는 오늘 이 생각이 머릿속에 떠오르자 다시 오두막 안으로 들어가 그녀에게 말을 건네고 싶었다. 그녀와 그 사이에는 유대감이 있었다. 어쩌면 그녀가 그처럼 혼자 살고 있기 때문일지도 몰랐다. 그는 문 앞에서 주춤거렸다. 마음먹었던 것이 갈팡질팡 흔들리다가 깨져버렸다. 그는 서둘러 그곳을 벗어났다. 그녀가 미친 듯 웃어젖히며 행여 그를 불러 세울까 두려웠다.

밭에 도착한 무고는 속이 텅 빈 느낌이었다. 땅에는 아무런 곡식도 없었다. 꼭두서니, 도깨비바늘, 닭의장풀, 만수국아재비 등 마른 잡초만 그득했다. 태양도, 나라도 병들고 우중충해 보였다. 괭이가 보통 때보다 훨씬 더 무겁게 느껴졌다. 일할 의욕을 잃어버린 그는 아직 일구지 않은 땅이 너무 넓어 보였다. 그는 땅을 조금 파다가 소변을 보고 싶어 길 가까이 있는 울타리로 갔다.

'왜 와루이와 기투아, 그 여자들이 나에게 그런 식으로 행동했을까?'

소변을 보고 싶었지만 정작 몇 방울밖에 나오지 않았다. 그는 오줌 방울에 매혹되기라도 한 듯이 떨어지는 방울방울을 지켜봤다. 교회에 가는 옷차림을 한 두 처녀가 근처를 지나다가 그가 자기 물건을 갖고 용쓰는 모습을 보고 키득거렸다. 머쓱해진 무고는 다시 일을 하러 돌아섰다.

그는 괭이를 들었다가 흙을 내리치는 동작을 되풀이했다. 바로 밑에 두더지 구멍이 있는 것처럼 땅은 흐물흐물했다. 마르고 빈 흙이 부서지는 소리가 났다. 먼지가 날아올라 그를 감쌌고, 다시 머리와 옷에 내려앉았다. 티끌 하나가 왼쪽 눈으로 들어갔다. 그는 화가 나서 재빨리 괭이를 내려놓고 눈을 비볐다. 그러자 따끔거리면서 양쪽 눈에서 눈물이 났다. 그는 땅바닥에 털썩 주저앉았다.

'비상사태 전에 땅을 일구면서 느꼈던 신명은 도대체 어디로 가버린 것일까?'

가난한 부모는 먼 친척인 숙모에게 외아들인 그를 맡기고 죽었다. 와이테레로는 여섯 명의 출가한 딸을 둔 과부였다. 그녀는 술에 취해 집으로 돌아올 때면 이 사실을 무고에게 상기시키곤 했다.

"나쁜 년들."

그녀는 이가 없는 잇몸을 드러내며 이렇게 말하고 무고와 하느님이 무슨 음모라도 꾸민 것처럼 무서운 눈길로 쳐다보곤 했다.

"날 보러 오지도 않는단 말이지? 웃어? 그래, 이 말을 듣고도 불알 찬

놈이 웃음이 나오냐? 배은망덕한 놈 같으니라고. 넌 내가 아니었으면 네 아비 따라서 무덤으로 갔을 거야. 그걸 알고도 웃음이 나오냐?"

어떤 날은 돈이 없어졌다고 법석을 떨었다. 그러면 무고는 몸을 움츠릴 수밖에 없었다.

"저는 가져가지 않았어요."

"이 집 안에 너하고 나 말고 누가 있냐. 내가 훔쳤을 리는 없고……. 그렇다면 누가 가져갔단 말이야?"

"전 도둑이 아니에요!"

"너, 지금 내가 거짓말하고 있다고 입을 놀리는 거냐? 돈은 여기에 있었어. 넌 내가 바로 이곳에 돈을 묻어놓는 걸 봤고. 저것, 쳐다보는 꼴 좀 봐. 염소 뒤로 숨기까지 하네."

몸집이 작은 그녀는 사람들이 자기 목숨을 노리고 있다며 늘 불평했다. 그녀는 사람들이 그녀의 배 속에 깨진 병 조각과 개구리를 집어넣고 음식이나 음료수에 독약을 타려 한다고 불평했다.

그러나 그녀는 맥주를 더 마실 구실이 없나 하고 항상 밖으로 나돌았다. 그녀는 술을 줄 때까지 남편 또래의 남자들을 괴롭혔다. 어느 날 그녀는 곤드레만드레 취해서 집에 들어왔다.

"와루이란 놈…… 내가 먹고 숨 쉬는 것도 싫어한다니까……. 그 교활한…… 웃음……. 그자는…… 너처럼…… 기어 다니고…… 재채기하고……. 너 말이야…… 그놈한테나 가버려."

그녀는 와루이가 재채기하는 모습을 흉내 내려다가 앞으로 넘어졌다. 그러고는 바닥에 모든 걸 토해버렸다. 무고는 그녀가 죽어버렸으면 싶었다. 하지만 진짜로 그녀가 죽을까 너무 무서워 염소들 사이에 몸을 웅크린 채 오금을 펴지 못했다.

아침이 되자 그녀는 무고에게 흙으로 오물을 덮으라고 했다. 쉰내가 지독했다. 역겨움 때문에 말을 할 수도, 울 수도 없었다. 온 세상이 그를 향해 음모를 꾸민 것 같았다. 첫 번째로 그의 부모를 빼앗아 갔고, 두 번째로 마귀할멈한테 그를 맡긴 것이었다.

그녀는 몸이 약해질수록 그를 더 미워했다. 그가 뭘 하거나 만들든, 트집을 잡으며 조롱했다. 그래서 무고는 자신이 어딘가 부족하다는 생각에 사로잡혔다. 숙모는 그에게 상처 주는 방법을 기막히게 알고 있었다. 그녀는 그의 옷이나 얼굴, 손에 관해 물으면서 자존심을 여지없이 구겨버렸다. 그는 그녀의 말들을 무시하려 했지만 그 삐딱한 미소와 표정을 못 본 척한다는 건 애초에 불가능했다.

그에게 소원이 하나 있다면 숙모를 죽이는 것이었다.

어느 날 저녁, 미칠 듯한 생각이 그를 사로잡았다. 속이 부글부글 끓었다. 그날 밤 와이테레로는 맨정신이었다. 그는 도끼나 낫을 사용하지 않고 맨손으로 목을 졸라 그녀를 죽일 생각이었다.

'하느님, 제게 힘을 주세요. 제발 힘을 주세요.'

그는 거미의 발에 걸린 파리처럼 그녀가 발버둥 치는 모습을 상상했다. 살려달라는 신음 소리와 고함 소리가 들리는 것 같았다. 목을 더 세게 졸라 그녀가 그의 손아귀힘을 느끼게 할 작정이었다. 피가 손가락 끝으로 몰렸다. 그렇게 거침없이 대담하게 일을 저지르는 모습을 상상하자 그는 숨이 막혔다.

"너, 왜 나를 그렇게 뚫어져라 쳐다보냐?"

와이테레로가 낄낄거렸다.

"내가 늘 말했듯이 넌 이상한 놈이야. 제 어미를 죽일 놈이라니까."

그는 속으로 움찔했다. 그녀가 자신의 속을 들여다보는 것 같아 고통스러웠다.
 와이테레로는 나이가 든 데다 술을 너무 많이 마시는 바람에 갑작스럽게 죽었다. 그녀의 딸들은 시집간 후 처음으로 집에 왔다. 그들은 무고를 못 본 체하고 아무것도 물어보지 않았다. 그들은 눈물 한 방울 흘리지 않으며 어머니를 묻더니 자신들의 집으로 돌아갔다.
 그런데 이상했다. 무고는 숙모가 보고 싶었다. 이제 피붙이라고 부를 수 있는 사람이 아무도 없었다. 잘하든 못하든 피붙이라 여길 누군가가 필요했다. 혼자만 아니라면 아무래도 좋았다.
 그는 땅에 마음을 돌렸다. 땀 흘려 일해 부와 성공을 거머쥐고 세상 사람들이 그를 인정하도록 할 작정이었다. 당시에는 땅을 판다는 것 자체가 위로가 되었다. 씨를 뿌리고, 초록색 잎들이 땅을 뚫고 나와 자라고, 열매가 여물어 추수를 하고……. 이런 것들이 그가 자신을 위해 찾아낸 세계였다. 그의 꿈은 멀리 하늘까지 치솟았다. 그러나 바로 그때 키히카가 그의 삶 속으로 들어왔다.

 무고는 평소보다 일찍 집으로 갔다. 일을 많이 하지도 않았는데 피곤했다. 누군가가 자신을 따라오거나 감시한다는 걸 알고 있지만 걸음걸이나 행동을 달리해서 상대방이 눈치채도록 하지는 않으려는 사람처럼 걸었다. 저녁이 되자 밖에서 발걸음 소리가 들렸다.
 '누가 찾아온 걸까?'
 문을 열었다. 하루 종일 마음속을 오갔던 온갖 감정이 공포와 적개심으로 뭉쳤다. 와루이가 맨 앞에 있었다. 그의 곁에는 강에서 돌아오던 여인들 중 하나였던 왐부이가 서 있었다. 그녀가 미소를 지어 보였다. 그러자 아랫니가 빠진 게 드러났다. 세 번째 사람은 키히카의 누이동생과 결흔한 기코뇨였다.

"들어오세요."

그는 마음의 동요를 숨기지 못하는 목소리로 말했다. 그리고 실례한다며 화장실로 갔다.

'이 사람들로부터 달아나……. 더 이상 상관없어…… 더 이상 상관없어.'

그는 화장실에 들어가 바지를 무릎까지 내렸다. 오두막에 앉아 있는 손님들의 모습이 머릿속에서 아른거렸다. 그는 여러 차례 냄새나는 구멍 속으로 무엇인가를 짜 넣으려고 했다. 그러나 아무것도 나오지 않았다. 그는 바지를 올렸다. 그래도 그렇게 하니 기분이 한결 나아졌다. 그리고 손님들에게 돌아갔다. 그제야 비로소 그들에게 인사를 하지 않았다는 것이 떠올랐다.

"당이 보내서 왔습니다."

무고가 사람들과 악수를 하고 나자 기코뇨가 말했다.

"당이라고요?"

"조직에서 보냈다네!"

왐부이와 와루이가 낮은 목소리로 함께 말했다.

2

거의 모든 사람이 조직의 일원이었다. 그러나 조직이 언제 구성되었는지 정확하게 아는 사람은 아무도 없었다. 대부분의 사람들, 특히 젊은 세대에게 조직은 언제나 그 자리에 있었으며 결집된 행동을 위한 중심축이었다. 명칭과 지도자가 바뀌었을 뿐, 조직은 우후루 전날 밤까지 계속 새로운 비전을 제시하고 힘을 한층 더 결집시켰다. 또한 그것은 바다의 수평선에서 거대한 호수의 수평선*까지 영향력을 행사하는 구심체였다.

사람들은 조직의 기원을 하느님이 보낸 사자(使者)라며 두 손으로 성경을 받쳐 들고 백인이 이 나라에 온 날까지 거슬러 올라갈 수 있다고 말했다. 백인의 혀엔 설탕이 발려 있었고 그들의 겸손함은 감동적이었다.

한동안 사람들은 '나비 같은 옷을 입은 사람들이 올 것이니라!'라는 기쿠유 예언자의 말을 무시하고 불에 덴 피부를 가진 낯선 백인에게 임시 거처를 지을 장소를 제공했다. 오두막이 완성되자 이방인은 몇 미터 떨

---

* 케냐는 동쪽으로 인도양, 서쪽으로 빅토리아 호수에 걸쳐 있는 나라다.

어진 곳에 또 다른 건물을 지었다. 그는 그 집을 사람들이 경배를 드리고 제물을 바칠 수 있는 '하느님의 집'이라고 했다.

그 백인은 막강한 여자가 왕좌에 앉아 있는 바다 건너의 나라에 관한 이야기를 했다. 거기서는 모든 사람이 여왕의 권위와 자비의 그늘 아래 풍요롭게 산다고 했다. 그 여왕은 기쿠유 전체에 그림자를 드리울 수 있을 정도로 막강하다고 했다. 사람들은 피부가 불에 데어 바깥쪽의 검은색이 벗겨져 하얗게 되어버린 이 괴짜 인간의 이야기를 들으며 웃었다. 뜨거운 물이 그의 머릿속으로 들어갔음이 틀림없었다.

그런데도 왕좌에 앉아 있는 여자에 대한 얘기는 역사의 아득한 곳 저 멀리, 가슴속의 무엇인가를 메아리치게 했다. 그것은 아주 오래전의 일이었다.

그때는 여자들이 기쿠유의 모든 땅을 다스렸다. 남자들에게는 재산이 없었다. 남자들이 하는 일이라고는 여자들의 변덕과 욕구를 충족해주는 일뿐이었다. 어려운 시절이었다. 그래서 남자들은 여자들이 전쟁에 나가기를 기다려 자유를 되찾자고 맹세하고 반역을 꾀했다. 그들은 한꺼번에 모든 여자들과 잠자리를 같이하기로 했다. 그러지 않으면 여자들이 전쟁에 나갔다가도 사랑에 굶주리거나 쉬고 싶으면 돌아오게 될 것이고, 그렇게 되면 일을 그르칠 것이었다. 나머지는 운명에 맡기기로 했다. 그래서 여자들은 모두 임신을 하게 됐고, 남자들은 거의 아무런 저항 없이 권력을 빼앗을 수 있었다.

그렇다고 그것이 이 땅의 권력으로서의 여자의 종말은 아니었다. 몇 년 후, 왕구 마케리라는 이름의 여자가 권력을 잡았고 무랑가의 거대한 지역을 통치했다. 그녀는 아름다웠다. 그녀는 춤출 때 엉덩이를 이쪽저쪽으로 흔들어댔다. 땋아 내린 머리카락이 등 뒤에서 오르락내리락했다.

우유같이 뽀얀 이를 반짝이며 춤추는 모습은 남자들의 욕망을 자극해 입맛을 다시게 했다. 젊은이나 늙은이나 모두 염치없이 그녀의 주변을 어슬렁거리며 희망을 품었다.

그녀는 젊은 전사들을 좋아했다. 그러자 젊은이들은 선택받지 못한 다른 사람들의 질투와 시기의 대상이 되었다. 그래도 대부분의 남자들은 그녀에게 경의를 표하며 그녀가 춤출 때마다 모습을 드러냈다. 그들은 그녀의 허벅지를 한 번이라도 볼 요량으로 난리법석을 떨었다.

어느 날 밤, 그녀는 쏟아지는 찬사에 자극을 받았는지, 아니면 염치도 모르는 남자들의 욕망을 충족해줄 셈이었는지 무리를 하고 말았다. 그녀는 실오라기 하나 걸치지 않은 채 달빛 속에서 춤을 췄다. 한동안 남자들은 여성의 나신이 지닌 힘에 압도당했다. 달빛이 환하게 비추었다. 고뇌와 기쁨이 어우러진 황홀감이 그녀의 얼굴에 어른거렸다. 그녀도 이것이 끝임을 알고 있었다. 그때까지 여자가 대중 앞에서 벌거벗고 걷거나 춤춘 적은 없었다. 그래서 위대한 기쿠유의 마지막 여왕 왕구 마케리는 왕좌에서 쫓겨났다.

처음에 그들은 예수를 이해할 수 없었다.

'신이 어떻게 나무에 못 박혀 죽을 수 있단 말인가?'

백인은 모든 이해력을 초월하는 '사랑'에 대해 말했다. 친구들을 위해서 자신의 목숨을 바치는 것보다 더 큰 사랑은 없다고, 그가 갖고 있는 작고 검은 책에 그렇게 쓰여 있다고 했다.

개종한 소수의 사람들은 이 나라의 방식과 이질적인 신앙에 대해 말하기 시작했다. 그들은 하느님의 보호를 받는 사람이라면 아무런 해도 입지 않는다는 것을 보여주려고 결코 밟아서는 안 될 신성한 곳들을 밟고 다녔다.

곧 사람들은 그 백인이 더 커져가는 욕구를 충족하려고 어느새 더 많은 땅을 확보했다는 것을 알게 되었다. 그는 풀로 지붕을 이은 오두막을 헐어버리고 더 견고한 건물을 지었다. 이에 원로들이 항의했다. 그들은 백인의 웃는 얼굴 너머로 성경이 아니라 칼을 든 붉은 이방인들이 불현듯 길게 줄지어 서 있는 것을 보았다.

와이야키와 전사들이 무기를 들었다. 무고 와 키비로*가 얘기했던 쇠뱀**이 오지(奧地)를 철저하게 착취하기 위해 나이로비를 향해 빠른 속도로 구불구불 움직였다. 그들이 그걸 움직일 수 있을까? 뱀은 자기를 무시하는 사람들에게 코웃음을 치며 땅에 착 달라붙었다. 백인은 불과 연기를 토해내는 대나무 막대***로 응수했다. 와이야키가 체포되어 손발이 묶인 채 끌려간 후에도 백인의 위협적인 웃음소리는 사람들의 가슴속에 남아 메아리쳤다. 나중에 와이야키는 키브웨지에서 땅속에 거꾸로 처박혀 산 채로 묻혔다고 했다. 바다와 땅에 그림자를 드리울 정도로 막강한 기독교 여인에게 덤벼들려는 사람들에 대한 경고였다.

그때는 아무도 몰랐지만, 돌이켜보건대 와이야키의 피는 토양과의 결합에서 주된 힘을 얻는 조직을 탄생시킨 한 알의 씨를 그 안에 담고 있었다.

그사이 선교 본부는 새로운 지도자들을 양성했다. 그들은 파라오의 맛있는 음식을 먹으려 하지 않았다. 대신 다른 아이들과 함께 잔디를 깎고 벽돌 만드는 일을 택했다.

그렇게 해서 사람들은 해리 투쿠****를 하느님의 메시지를 갖고 온 사람

---

* 19세기 초까지 살았던 기쿠유족 예언자.
** 기차를 뜻한다.
*** 총을 뜻한다.
**** 해리 투쿠(Harry Thuku, 1895~1970). 케냐에서 현대 아프리카 민족주의를 개척한 인물. 1921

이라고 생각하게 되었다.

'파라오에게 가서 나의 백성을 가게 하라고 전하라.'

이것이 그의 메시지였다. 사람들은 해리를 따라 사막을 건너가겠다고 맹세했다. 그들은 가나안의 기슭에 들어설 때까지 허리띠를 졸라매고 갈증과 굶주림과 눈물과 피를 견뎌낼 준비가 되어 있었다. 사람들은 그가 신호해주기를 기다리며 그의 집회에 모여들었다.

해리는 자비심을 베풀고 보호해준다더니 사실은 땅과 자유를 갈취해 간 백인을 거부하고 저주했다. 그는 백인에게 보내는 공개편지를 낭독하면서 세금과 백인들의 땅에서의 강제 노동, 티고니와 다른 여러 지역에 사는 사람들을 집도 땅도 없게 만든 첫 번째 큰 전쟁* 후의 군대 주둔 계획 등에 대한 사람들의 불만을 명확하게 언급했다.

해리는 사람들에게 조직에 들어와 힘을 하나로 합치라고 했다.

사람들은 집에서 그에 관한 이야기를 했다. 그들은 찻집이나 시장에서, 일요일에 기쿠유 독립교회로 가는 길목에서 그를 칭송했다. 해리의 입에서 나오는 말은 무엇이든지 뉴스가 되어 마을에서 마을로, 다시 나라 전체로 퍼져나갔다. 사람들은 무슨 일이 일어나기를 기다리고 있었다. 농민 봉기가 가까이 다가오고 있었다.

그렇다고 백인이 잠만 잔 건 아니었다. 청년 해리는 쇠고랑을 찼다. 산 채로 구덩이에 묻혔던 와이야키의 신세를 가까스로 모면한 것이다.

사람들이 기다리던 신호가 이것이었던가? 사람들은 나이로비로 몰려갔다. 그리고 총독이 해리를 석방할 때까지 밤낮을 가리지 않고 의사당

년 '청년 기쿠유 연합' 결성을 시작으로 식민 치하에서 정치 활동을 펼쳤다.
* 1차 세계대전을 의미한다.

밖에서 농성했다.

당시 젊은이였던 와루이는 농성에 참가하려고 타바이에서 그 먼 길을 걸어갔다. 그는 결코 그때의 일을 잊지 않았다. 1952년 조모 케냐타와 다른 지도자들이 체포되자 와루이는 1923년에 있었던 일을 떠올렸다. 그는 수염을 부드럽게 거머쥐며 열변을 토했다.

"우리가 해리를 위해 그랬던 것처럼 젊은이들도 조모를 위해 뭔가를 해야 할 거야. 그때 농성 규모에 필적할 만한 건 본 적이 없어. 그때 우리는 이 마을 저 마을 어디서든 와서 모였지. 대부분은 걸어갔어. 먹을 것을 가져오지 않은 사람도 있었지. 우리는 작은 것이라도 나눠 먹었어. 나는 거기에서 큰 사랑을 보았어. 콩알 하나가 땅에 떨어지자 쪼개서 아이들에게 나눠줬지. 우리는 사흘 동안 나이로비에 있었어. 해리를 석방시키려고 피로 맹세했던 거야."

나흘째 되던 날 그들은 노래를 부르며 앞으로 나아갔다. 총에 칼을 꽂고 대기하던 경찰이 발포를 했다. 세 명의 남자가 손을 허공으로 치켜들다가 넘어졌다. 그들은 넘어지면서 주먹으로 흙을 움켜쥐었다고 한다. 또 한 번의 일제사격이 군중을 흐트러뜨렸다. 한 남자와 한 여자가 넘어지면서 피를 쏟았다. 사람들은 사방으로 달렸다. 거대한 군중이 몇 초 만에 흩어졌다. 의사당 밖에는 150명의 변변치 못한 경비들을 제외하고는 아무도 없었다.

"마지막 순간에 무엇인가 잘못됐던 거지."

와루이는 이렇게 말하고 수염을 쓰다듬던 걸 멈췄다.

"그때 우리에게 총이 있었다면……."

농민들의 봉기는 실패로 돌아갔다. 그러자 기독교인의 손으로 부족 간의 전쟁을 끝내게 했던 위대한 여자의 유령은 잠잠해졌다. 그녀는 지금 무덤 속에서 평화롭게 누워 있으리라.

  청년 해리는 먼 곳으로 유배됐다. 조직은 일시적으로 실의에 빠졌다. 그러나 눈이 이글거리는 남자가 등장한 건 바로 그때였다. 처음에는 아무도 그를 몰랐지만 나중에는 '불타는 창'*이라는 이름으로 세상에 알려지게 되었다.

  무고는 언젠가 룽에이 시장에서 열린 조직의 집회에 참석한 적이 있다. 백인의 나라에서 막 돌아온 케냐타가 연설을 한다는 소문이 있었기 때문이다. 집회는 오후에 시작될 예정이었지만 10시쯤부터 시장에는 앉을 자리가 없었다. 가게의 지붕에 서 있는 사람들도 있었다. 그들은 마치 나무에 앉은 메뚜기 떼 같았다.

  무고는 연설자들이 잘 보이는 곳에 자리를 잡았다. 그 당시 타바이에서 유명한 목수였던 기코뇨가 얼마 떨어지지 않은 곳에 앉아 있었다. 그 옆에는 뭄비가 앉아 있었다. 그녀는 여덟 마을을 통틀어 가장 아름다운 여인 중 하나라고들 했다. 어떤 사람들은 생김새 때문에 그녀를 왕구 마케리라고 불렀다.

  집회는 한 시간쯤 늦게 시작되었다. 사람들은 케냐타가 집회에 참석하지 못한다는 사실을 알게 되었다. 그러나 무랑가나 나이로비에서 온 연사들은 많았다. 니안자에서 온 루오족(族) 연사도 있었는데, 그걸 보면 조직이 부족 사이의 장벽을 허물어버렸다는 것을 알 수 있었다. 타바이에서 온 키히카는 청중들의 큰 박수를 받은 연설자들 중 한 명이었다. 그는 해리처럼 백인에게 보내는 공개편지를 낭독하는 식으로 연설하지 않

---

* 조모('불타는 창'이라는 뜻) 케냐타를 가리킨다.

았다.

"지금은 1920년이 아닙니다. 지금 우리에게 필요한 것은 행동이며, 따끔하게 일격을 가하는 것입니다."

그가 말할 때면 타바이에서 온 여자들은 옷과 머리를 당기며 좋아서 난리였다. 그 땅의 아들 키히카가 나라를 구할 수 있는 영웅들 중 한 명임이 분명해 보였다. 마을에서 키히카를 여러 번 봤던 무고는 그가 그런 힘과 지식을 갖고 있다고 생각해본 적이 없었다.

키히카는 케냐의 역사, 백인의 도래, 당의 탄생 등에 관한 역사적 사실을 얘기했다. 무고는 기코뇨와 뭄비를 힐끗 쳐다보았다. 그들은 키히카에게서 눈을 떼지 않았다. 마치 그들의 인생이 그의 입에서 흘러나오는 말들에 달려 있기라도 한 것 같았다.

"우리는 그들의 교회에 갔습니다. 하얀 옷을 입은 목사가 성경을 펴면서 '자, 무릎 꿇고 기도합시다' 하고 말했습니다. 우리는 무릎을 꿇었습니다. 목사가 '눈을 감읍시다'라고 말하자 우리는 눈을 감았습니다. 그런데 여러분, 우리가 눈을 감고 있는 사이에 그는 성경을 읽기 위해 눈을 뜨고 있었습니다. 우리가 눈을 떴을 때 우리의 땅은 사라지고 불꽃 검**이 지키고 있었습니다. 목사는 계속 성경을 읽으면서 좀이 먹지 않도록 우리의 보물을 하늘에 맡기라고 했습니다. 그러나 그는 정작 자신의 보물을 땅, 그것도 우리 땅에 두었습니다."

사람들은 웃었다. 그러나 키히카는 웃지 않았다. 그는 작달막했지만 강한 목소리를 갖고 있었다. 그는 중요한 단어에 힘을 주면서 천천히 말했다. 자기가 말하는 것이 진실임을 증언해달라는 듯 하늘과 땅을 한두

** 총을 뜻한다.

번 가리키기도 했다. 그는 위대한 희생에 대해서 얘기했다.

"여러분과 제가 혼란에 빠져 있는 나라의 부름을 받게 될 때, 형제가 형제를, 어머니가 아들을 저버릴 날이 다가옵니다."*

무고는 숨이 막히는 것 같았다. 그는 마음에 와 닿지 않는 말에 박수를 보낼 수 없었다.

'나보다 어린 사람이 무슨 권리로 저렇게 말할 수가 있을까? 무슨 오만함인가?'

무고는 키히카가 강에서 물 긷는 것에 대해 얘기하듯 피에 대해 너무 쉽게 얘기한다고 생각했다. 피가 보이고 피비린내가 나는 것 같아 속이 메스꺼웠다.

"나는 저 사람이 싫어."

자기도 모르게 말하고 그는 놀라서 뭄비를 쳐다보았다. 그녀가 무슨 생각을 하고 있는지 궁금했다. 그녀의 눈은 여전히 오빠에게 고정되어 있었다. 모든 사람의 눈이 단상에 쏠려 있었다. 눈을 돌려 연사를 바라보니 슬그머니 질투가 났다.

그 순간 그들의 눈이 만났다. 그게 아니라면 무고가 죄의식 때문에 그렇게 상상했는지도 몰랐다. 1초도 채 안 되는 사이 관중과 세계가 모두 침묵에 빠진 것 같았다. 키히카와 무고만 무대 위에 남았다. 무고의 가슴에서 무엇인가 빠져나오려고 했다. 그것은 두려움과 증오가 뒤엉켜 진동하는 강렬한 감정이었다.

키히카는 '너를 갉아먹는 것은 바로 네 옷 속에 있다'**는 스와힐리 속

---

* 여기서 키히카는 마가복음 13장 12절 "형제끼리 서로 잡아 넘겨 죽게 할 것이며 아비도 제 자식을 또한 그렇게 하고 자식들도 제 부모를 고발하여 죽게 할 것이다"를 변형해 연설에 활용하고 있다.

** '당신들의 적은 당신들 가운데 있으며, 배반은 가까운 사람에 의해 저질러진다'는 의미를 가진 속

담을 청중에게 상기시키면서 말했다.

"자, 기도합시다."

키히카는 대중에게 말했던 희생정신을 행동으로 옮긴 사람이었다. 1952년 10월 조모와 다른 지도자들이 체포된 직후 키히카는 숲속으로 자취를 감추었고, 타바이와 룽에이 출신 소수의 젊은이들이 그 뒤를 따랐다.

키히카가 한 가장 위대한 일은 그 유명한 마헤 함락 사건이었다. 마헤는 리프트 계곡에 있는 거대한 경찰 요새였는데, 오랜 세월 '백인들의 하이랜드'라고 불렸던 곳의 심장부였다. 마헤에는 남녀 죄수들을 강제수용소로 보내기 전에 가둬두는 임시 감옥이 있었다. 마헤는 중앙에 위치하고 있어서 케냐에 정착하는 백인들을 보호하고 안심시킬 목적으로 리프트 계곡에 흩어져 있는 군소 경찰 기지와 군 기지에 총과 탄약을 보급하는 역할을 했다.

하루 중 아무 때나 마헤에 서서 바라보면, 이 나라에서 가장 아름다운 계곡 중의 하나를 지키듯 서 있는 매혹적인 단층애(斷層崖)를 볼 수 있었다. 단층애의 급경사면은 위쪽으로 층을 이루고 있었다. 때로는 윗부분이 둥그렇게 움푹 파였거나 화산구로 된 작은 언덕들이 열을 지어 안개와 신비의 장막 속으로 빠져들었다.

밤이 되면 계곡은 마헤 외부를 비추는 불빛을 제외하고 어둠 속에 묻혀 고요했다. 보초들은 백인 경찰들처럼 나태한 생활에 젖어 있었다. 마헤란 이름 자체가 안전의 대명사였다. 보초들은 최소한의 인원 몇 명만

담이다.

남기고 일찌감치 술에 취해 잠들어버렸다.

　나팔, 트럼펫, 피리, 양철 깡통 소리가 동시에 울리면서 고요한 밤의 정적이 깨졌다. 감옥 안에서는 이에 답하는 '우후루' 소리가 났다. 소란이 일자 일찍부터 위스키에 취해 있던 경찰 간부는 반사적으로 전화기 쪽으로 손을 뻗었다. 그와 동시에 바지를 꺼입었다. 그런데 돌연 수화기를 든 손이 아래로 떨어지고 바지도 내려갔다.

　전화선이 끊어져 있었다. 경찰 간부는 외곽 기지로부터 지원받을 수 없다는 사실을 그제야 알아챘다. 키히카와 그의 부하들이 쥐도 새도 모르게 들이닥치자 경찰들은 거의 저항을 할 수가 없었다. 어떤 경찰들은 담을 넘어 안전한 곳으로 달아났다. 키히카의 부하들은 감옥을 부수고 죄수들을 풀어준 다음 요새를 불태웠다. 키히카의 부하들은 새로운 인적 자원과 총과 탄약 등으로 무장하고, 와이야키와 청년 해리가 활동했던 시절에는 꿈꿔볼 수도 없었던 규모의 전쟁을 계속하기 위해 숲으로 돌아갔다.

　사람들은 키히카가 백인들에게 공포의 대명사라는 것을 알게 됐다. 그는 산을 움직이고 하늘의 천둥을 부릴 수 있다고들 했다.

　그의 목에 현상금이 걸렸다. 키히카를 생포하거나 죽이는 사람은 굉장한 돈을 받게 될 것이라고 했다.

　그로부터 1년 후, 키히카는 키네니에 숲 근처에서 홀로 생포되었다.

　그 소식을 어떻게 믿을 수 있을까? 나무와 산을 움직이고, 모래와 가시덤불을 뚫고 배로 기어 15킬로를 갈 수 있는 사람에게 백인들의 손이 미칠 리 없었다.

　키히카는 고문을 받았다. 어떤 사람들은 경찰 특수계의 백인들이 숲 속 일에 대한 정보를 캐내려고 그의 항문에 병 주둥이를 밀어 넣었다고 했다. 또 엄청난 돈을 주겠으며 새로이 왕좌에 앉은 여자와 악수를 할 수 있도록 영국으로 공짜 여행을 시켜주겠다는 제의를 받았다는 소문이 떠돌기도 했다. 그러나 그는 입을 열지 않았다.

어느 일요일, 키히카는 룽에이 시장에서 교수형에 처해졌다. 그가 자유의 나무에 피로 물을 주자고 말했던 곳에서 멀리 떨어지지 않은 곳이었다. 자치대와 경찰이 합세해 타바이와 다른 마을의 주민들을 채찍질하며 나무에 매달려 있는 반역자의 시체를 쳐다보도록 강요했다. 보고 배우라는 식이었다.

그러나 조직은 키히카가 남긴 상처를 거름으로 여전히 살아남아 성장했다.

3

기코뇨는 잠시 아무런 말이 없다가 말했다.

"오래 머물지는 않겠습니다. 목요일에 있을 우후루 행사에 관해 의논을 하러 왔습니다."

13년 전쯤 뭄비와 결혼해 뭇 남자들의 부러움을 샀던 기코뇨는 더 이상 그때의 모습이 아니었다.

'뭄비는 그에게서 무엇을 보았던 것일까? 그처럼 아름다운 여자가 눈을 뻔히 뜨고 가난 속으로 어떻게 걸어 들어갈 수 있었을까?'

수용소에서 집으로 돌아온 지 4년 만에 기코뇨는 타바이에서 가장 부유한 사람들 중 한 명이 되어 있었다. 최근에는 5에이커*의 농장을 샀을 뿐만 아니라 룽에이에 '기코뇨 잡화점'이라는 가게도 갖고 있었다. 요전 날에는 중고 대형 트럭도 구입했다. 게다가 조직의 지부장으로 선출되었다. 수용소 생활을 했으면서도 여전히 기백을 잃지 않고 있는 것에 대한

---

* 1에이커는 약 4047km^2이다.

찬사였다. 기코뇨는 무슨 일을 하든지 최선을 다했고, 철저하게 독립적이고자 하는 사람들의 상징으로 존경받고 칭송되었다.

"뭐, 뭘 원하시나요?"

무고는 와루이를 쳐다보며 물었다.

어떤 의미에서 보면 와루이의 삶은 조직의 역사였다. 그는 청년 해리의 집회에 참석했고 민중의 학교를 짓는 데 일익을 담당했다. 또 1920년대에 조모의 연설을 듣기도 했다. 당시 그는 나이로비 시의회에 고용되어 일하던 조모를 보고 큰일을 할 사람이라는 것을 직감했던 몇 안 되는 사람들 중의 한 명이었다. 그는 조모에 대해 이렇게 말하곤 했다.

"큰일을 할 사람이야. 눈을 보면 알 수 있어."

와루이는 난로를 바라봤다. 유리의 옆면과 목이 그을린 기름등이 돌 위에 놓여 있었다. 그는 낮지만 방 전체를 감싸 안는 목소리로 말했다.

"우리 타바이 마을도 맡은 역할을 해야지. 그래, 우리도 우리가 아는 대로 노래도 하고 춤도 춰야지. 전쟁에서 목숨을 잃은 타바이의 아들들을 욕되게 하면 안 되니까. 안 되고말고. 우리는 그들을 죽음으로부터 불러내 즐거움을 만끽하게 해줘야 해. 자유에 대한 우리의 노래보다 더 달콤한 노래가 어디에 있는가? 진실로 우리는 그것을 기다리느라 수많은 밤을 뜬눈으로 보내지 않았던가? 우리보다 앞서간 사람들이나 지금 살아남아 햇빛을 볼 수 있는 사람들이나 내일 태어날 아이들까지도 모두 같이 이 축제에 동참해야 해. 독립을 쟁취하는 날, 우리는 같은 호리병으로 마시는 거야. 맞아, 똑같은 호리병으로 마시는 거야."

침묵이 흘렀다. 제각기 와루이의 말을 마음속에서 되짚어보며 자신에게 몰두해 있는 것 같았다.

왐부이가 헛기침을 했다. 와루이 다음에 말을 하겠다는 표시였다. 무고가 그녀를 쳐다봤다. 왐부이는 이가 대부분 빠지고 없었지만 나이가 많은 사람은 아니었다. 비상사태 때 그녀는 마을에서 숲으로, 다시 숲에서 마을과 도시로 기밀을 전달했다. 그녀는 나쿠루, 은조로, 엘버곤, 그리고 리프트 계곡 안팎 여러 곳에서 일어난 지하운동에 대해 알고 있었다. 권총을 사타구니 부근의 허벅지에 묶어 운반한 적도 있다고 했다. 꾀죄죄한 몰골에 넓적하고 무거운 긴치마를 입고 나이바샤로 총을 운반했다고 했다.

그런데 공교롭게도 그녀는 나라 전체에 걸쳐 동시다발적으로 실시되는 불심검문에 걸리고 말았다. 사람들이 검문을 받기 위해 상가 뒤편에 있는 광장으로 집결했다. 곧 그녀의 차례가 되었다. 그녀는 이가 아프다고 입술을 뒤틀며 신음하기 시작했다. 침이 입에서 턱으로 흘러내렸다.

"어르신, 진정하세요."

그녀를 수색하던 기쿠유족 경찰이 스와힐리어로 말했다. 경찰은 안쓰럽다고 말하면서도 검문을 계속했다. 그는 그녀의 가슴과 겨드랑이를 샅샅이 뒤지더니 천천히 아랫도리로 내려갔다. 그때 왐부이가 버럭 소리를 질렀다. 경찰이 놀라서 손을 멈췄다.

"요즘 애들은 수치심도 없구나. 백인이 하란다고, 너를 낳은 어미의 거기를 감히 만지려고 해? 좋다. 내가 치마를 걷어서 쪼글쪼글한 그걸 보여주마. 그러면 네 인생에 무슨 득이 될지 한번 보자."

그녀는 치마를 걷어 올려 속살을 보여줄 것같이 행동했다. 경찰은 어쩔 수 없이 고개를 돌렸다. 경찰이 으르렁거리며 말했다.

"그만 가세요. 다음 차례······."

왐부이가 이런 얘기를 한 건 아니었다. 하지만 그녀는 그 얘기를 부인하지 않았다. 사람들이 물으면 알 듯 모를 듯 미소를 지을 뿐이었다.

왐부이가 입을 열었다.

"이건 어른들이 술을 드시기 전에 땅에 술을 조금 붓는 것과 같아. 그분들이 왜 그랬겠어? 언제나 땅에 묻힌 사람들의 영혼을 기억했기 때문이지. 우리도 우리 아들들을 잊어선 안 되지. 게다가 키히카는 위대한 인물이었어."

무고는 굳은 자세로 의자에 앉아 있었다. 와루이는 섬뜩할 정도로 흐릿하게 방을 비추고 있는 등을 바라보았다. 왐부이는 팔꿈치를 무릎에 대고 두 손으로 턱을 받쳤다. 기코뇨는 멍하니 허공을 바라보았다.

"원하시는 게 뭡니까?"

무고가 고통스러운 듯한 목소리로 물었다.

그때 별안간 밖에서 문을 두드리는 소리가 크게 났다. 모든 사람의 눈이 문 쪽으로 쏠렸다. 호기심이 긴장감을 고조시켰다. 무고가 문으로 갔다.

"장군!"

와루이가 새로운 손님들이 들어오자마자 소리쳤다. 무고는 두 남자들 뒤쪽의 자기 자리로 되돌아갔다. 한 명은 키가 크고 깨끗하게 면도를 하고 머리를 짧게 깎고 있었다. 그보다 키가 작은 사람은 머리를 땋고 있었다. 그들은 최근에 우후루 특사로 숲에서 나온 '자유의 전사들'이었다.

"앉으세요. 침대 위에라도……."

무고는 이렇게 권하면서 자신의 목소리에 깜짝 놀랐다.

'그렇게 늙고, 그렇게 쉰 목소리가 나오다니……. 오늘은…… 오늘 밤은…… 모든 게 이상하구나…… 사람들의 몸짓이나 표정이 두려운 걸……. 아니, 실제로는 두렵지가 않아. 나 같은 사람의 목숨은 중요할 게 없으니까……. 그런데…… 그런데…… 하느님……. 나는 상관없어…… 없다고…… 없다고…….'

두 사람이 도착하면서 긴장감이 감돌던 분위기가 누그러졌다. 모든 사람이 말을 하기 시작했고, 방 안에 낮지만 흥분된 중얼거림으로 활기가 넘쳤다. 왐부이가 머리를 땋은 남자에게 우후루를 맞을 준비에 대해 뭔가 설명하고 있었다. 그 남자는 숲에서 코이나 부관이라 불렸고, 키가 큰 남자는 R장군이었다. 코이나가 웃으면서 소리쳤다.

"제물! 제물이라! 고기 좀 먹읍시다. 양을 통째로 잡아먹읍시다. 우리는 숲에서 죽순이나 야생동물 고기만 먹었습니다."

"당신이 제물에 대해 뭘 안다고 그래요?"

왐부이가 덩달아 웃으면서 코이나의 말을 가로막으며 물었다.

"예, 우리는 제사를 지내고 나서 고기를 먹었습니다. 우리는 하루에 두 번씩 기도를 했습니다. 유럽인들의 농장에 무기를 뺏으러 가기 전에는 기도를 한 번 더 했지요. 우리는 케냐 산을 바라보며 서서 기도했습니다.

　　므웨나니아가, 저희의 은신처를 지켜주세요.
　　므웨나니아가, 저희의 머리 위에 부드러운 구름을 드리워주세요.
　　므웨나니아가, 저희의 앞뒤를 적으로부터 막아주세요.
　　므웨나니아가, 저희의 가슴속에 용기를 주세요.
　　타이 타타이야 웅가이, 타아아이.*

우리는 이런 노래도 불렀습니다.

---

* '므웨나니아가' '웅가이'는 신을 의미하며, '타이 타타이야 웅가이, 타아아이'는 신에게 간청하는 기도를 의미한다.

땅이 없는 한,
진정한 자유가 없는 한,
우리는 결코 쉬지 않으리.
케냐는 흑인의 나라."

모두가 하던 말을 멈추고 코이나의 노래에 귀를 기울였다. 노랫말에 깔린 간절한 음조가 그의 유쾌한 웃음과 묘한 부조화를 이루고 있었다. 갑작스럽게 어색한 침묵이 흘렀다.

'아무것도 현실이 아냐……. 나는 곧 꿈에서 깨어날 거야……. 오두막은 곧 텅 빌 것이고 언제나 그랬듯이 혼자일 거야…….'

기코뇨가 마른기침을 하자 와루이가 잔소리를 했다.

"추운가? 요즘 젊은이들은 기백이 없어. 조금만 아파도 못 참는다니까. 우리 때는 그렇지 않았지. 마사이족을 기다리며 몇 날 며칠 밤을 숲에서 지내기 일쑤였어. 바람은 우리의 목을 스쳐 지나가고, 우리의 옷은 이슬에 젖었지. 그래도 아침이면 기침 소리 하나 들리지 않았어. 잔기침 소리 하나 나지 않았지."

두 자유의 전사가 와루이를 바라보았다. 그들은 숲에서 7년 이상 살았다. 그러나 아무도 와루이의 말에 이의를 달지 않았다.

"기도가 무슨 소용이 있습니까?"

R장군이 아까 하던 대화를 계속하기라도 하듯 갑자기 말했다.

"키히카에겐 아무 소용이 없었단 말입니다. 키히카는 기도의 힘을 믿었던 사람이었습니다. 심지어 날마다 성경을 읽고, 어디를 가든 성경을 갖고 다녔습니다. 내가 이해할 수 없는 것은, 왜 하느님은 그에게 함정에 빠지지 말라고 일언반구도 하지 않았느냐는 겁니다."

"함정이라고요?"

기코뇨가 재빨리 물었다.

"당신은 지금 키히카가 배반당했다고 말하는 겁니까?"

"라디오에선 그가 부하들이 많이 전사한 전투에서 생포되었다고 방송했는데……."

왐부이가 고개를 갸웃거리며 말끝을 흐렸다.

R장군은 사람들의 새로운 관심을 만족시킬 양으로 뜸을 들였다. 그는 바닥을 내려다보며 무엇인가를 골똘히 생각했다.

"그는 그날 누군가를 만나러 갔습니다. 그는 종종 롭슨 경찰서장*처럼 위험한 인간을 염탐하거나 없애러 혼자 나갈 때도 있었습니다. 그러나 그는 언제나 그 계획을 내게 미리 얘기해주었어요. 그런데 그날은 아무 말도 하지 않았습니다. 그는 아주 흥분해 있는 것 같았습니다. 행복한 것도 같았지요. 그리고 누군가가 방해하면 화를 냈습니다. 다시 말씀드리지만, 그는 성경을 놓고 갔던 적이 결코 없었습니다. 그런데 그날은 성경을 놓고 갔어요. 어쩌면 오래 걸리지 않으리라고 생각했는지도 모릅니다."

R장군은 호주머니를 더듬어 작은 성경책을 꺼내 기코뇨에게 건넸다. 와루이와 왐부이도 그걸 보려고 어린아이처럼 목을 앞으로 길게 뺐다. 기코뇨는 검은색과 붉은색으로 밑줄이 그어져 있는 구절들을 유심히 보면서 성경책을 이리저리 넘겼다. 그의 손가락이 약간 떨렸다. 그의 시선이 시편 72장에 머물렀다. 두 구절에 붉은 줄이 그어져 있었다.

---

* D.O.(district officer)를 지칭한다. 케냐는 여러 개의 주(州, province)로 되어 있고, 주에는 여러 개의 구(區, district)가 있다. D.O.란 건물, 집회 등 많은 것들을 관장하는 경찰 책임자를 일컫는다.

"빨간 줄은 뭐지?"
왐부이가 경외심 어린 호기심에 차 물었다.
"몇 줄 읽어보구려."
와루이가 말했다.
기코뇨가 성경 구절을 읽기 시작했다.

　　그분이 사람들 중에서 가난한 자를 가려내실 것이며, 곤궁한 자들의 아이들을 구할 것이고, 압제자들을 갈기갈기 부술 것이니라.
　　그분이 오셔서 곤궁한 자들을 구할 것이며, 가난한 자들과 도와줄 사람이 없는 자들을 구할 것이니라.

형용할 수 없는 정적이 방 안에 다시 감돌았다. 그러자 R장군이 말을 계속했다.
"키히카는 롭슨 서장을 사살한 뒤 사람이 달라졌어요. 우리가 오늘 밤 여기에 온 건 바로 그 때문입니다."
R장군은 내내 한 곳을 응시했고, 자기 마음속에 떠오르는 의문들을 겨냥하듯 단어들을 신중하게 골라 조용히 말했다. 그러다가 돌연 무고에게 눈길을 돌렸다. 다른 모든 사람의 눈길도 무고에게 쏠렸다.
"내가 알기론 당신이 그날 밤 키히카를 숨겨줬던 사람입니다. 그래서 당신은 나중에 체포되어 수용소로 보내졌던 거죠. 그렇죠? 내가 알고 싶은 건 키히카가 마을에서 온 누군가를 만날 예정이라고 당신에게 말한 적이 있느냐는 겁니다. 그 일주일 이내에 말입니다."
무고는 목이 꽉 막혔다. 만약 입을 연다면 소리를 지를 것만 같았다. 그는 고개를 내젓고 똑바로 앞을 응시했다.

"그가 카란자라는 이름을 대지 않았습니까?"

다시 무고는 고개를 저었다.

"그게 우리가 알고 싶었던 겁니다. 우리는 어쩌면 당신이 우리를 도와줄 수 있을지 모른다고 생각했습니다."

R장군은 이렇게 말하고 다시 침묵 속으로 빠져들었다.

"자, 자. 누가 생각이나 했……."

와루이는 말을 하다가 멈췄다. 왐부이는 R장군이 한 말보다 성경에 더 매혹돼 있는 것 같았다.

"성경! 아버지가 목사라도 되는 것처럼 성경을 갖고 다녔어!"

그녀가 신음 소리를 내며 말했다.

"우리 아들은 목사가 됐어야 했어……."

"그는 목사였지…… 자유의 목사였던 거야."

와루이가 이렇게 응수하자 기코뇨가 어색하게 웃었다. 왐부이와 코이나 부관도 따라 웃었지만 무고와 R장군은 웃지 않았다. 다시 긴장감이 깨졌다. 기코뇨가 헛기침을 하고 말했다.

"장군, 당신 때문에 우리가 여기에 왜 왔는지 잊어버릴 뻔했습니다."

기코뇨는 이제 행사 준비로 바쁜 사업가의 목소리로 말을 이었다.

"아무튼 와줘서 기쁩니다. 당신과도 상관이 있는 일이기 때문입니다. 우리가 하려는 말은 대충 이렇습니다. 조직과 마을 지도자들은 고인들을 추모하는 게 좋겠다고 생각하고 있습니다. 독립일에 맞춰 자유를 위해 싸우다가 목숨을 잃은 우리 마을 사람들과 인근 마을 사람들을 추모할 예정입니다. 키히카라는 이름이 잊히게 할 순 없습니다. 그는 우리의 기억 속에 살아남을 것이며, 역사가 후손들에게 그의 이름을 전하게 될 것입니다."

그는 말을 잠시 멈추고 무고를 똑바로 쳐다봤다. 무고에게 건네는 그의 말은 마음속에서 우러나오는 찬사로 가득했다.

"자질구레한 것까지 말씀드리지는 않겠습니다. 우리는 모두 당신이 조직에서 어떤 역할을 했는지 잘 알고 있습니다. 당신과 키히카라는 이름은 언제나 붙어 다닐 것입니다. 여기 있는 장군이 말씀하셨듯이 당신은 목숨을 걸고 키히카를 숨겨줬습니다. 타바이를 위해 이 집과 수용소에서 키히카가 숲에서 했던 일을 실천하신 분입니다. 따라서 우리는 이 뜻 깊은 날, 당신이 우리 모두를 대신해 죽은 사람들에게 제사를 지내고 추모하는 데 앞장서주셨으면 합니다. 원로들께서 의식에 관한 세부 사항을 말씀드릴 것입니다. 무엇보다 중요한 것은 연설을 해주시는 겁니다. 키히카가 교수형에 처해졌던 바로 그 나무가 서 있는 룽에이 시장에서 대규모 집회를 가질 예정입니다. 당신이 중요한 연설을 하게 되는 겁니다."

무고는 반대편 기둥을 바라보았다. 그는 기코뇨가 한 말의 의미를 이해하려고 노력했다. 그는 결정을 내리는 게 언제나 힘들었고 결과를 예측할 수 없는 행동을 취하는 데에 본능적으로 몸을 움츠렸다. 그는 자신이 어떤 일에 휘말리거나 기묘한 악령에 끌려가도록 내버려두었다. 상황의 물결에 자신을 내맡겨 꼭대기에 걸려 있는 것이었다. 그러한 운명이 두려우면서도 매혹적이었다. 지금 그 사악한 매혹 때문에 그의 눈이 빛나는 것 같았다. 그는 아무런 움직임 없이 그저 가만히 있었다.

"어쩌시겠소?"

왐부이는 무고의 강렬한 시선을 대하고 조바심을 내며 물었다.

그러나 와루이는 달랐다. 그는 사람들의 눈을 쳐다보고 뭔가를 감지해 내는 사람이었다. 그는 무고에 대해 사람들에게 이렇게 말하곤 했다.

'그에겐 미래가, 그것도 위대한 미래가 있어. 내가 모를 것 같아? 그 사

람의 눈을 보면 알 수 있어.'

"하루 종일 연설을 하라는 얘기가 아니네. 난 입안의 침이 바싹 마를 때까지 얘기를 해서 연설을 망쳐버리는 사람들을 여럿 보았지. 사람들의 심금을 울릴 그런 말 한마디면 족해. 자네가 그날 그랬던 것처럼 말이네."

와루이가 말했다.

"저는 모르겠습니다."

마침내 무고가 입을 열었다.

"우리 타바이 사람들이 우리의 영웅들을 추모하자는 거네. 그것이 그렇게 어려운가?"

와루이가 물었다.

"당신의 기분을 이해합니다."

기코뇨가 끼어들었다.

"가만히 혼자 놔두라는 거겠지요. 그러나 이걸 기억하십시오. 공동체 생활을 하는 사람이 혼자일 수는 없습니다. 특히 당신과 같은 위치에 있는 사람은 더욱 그렇습니다. 지금 결정을 내리라는 말은 아니지만, 우리는 빨리 대답을 듣고 싶습니다. 12월 12일은 나흘밖에 남지 않았습니다."

이 말을 하고 기코뇨가 일어서자 다른 사람들도 뒤따라 일어났다. 기코뇨는 할 말이 남아 있는 것처럼 잠시 주춤거렸다.

"또 하나 있습니다! 지금 우리 정부는 조직이 통제하고 있는데, 머지 않아 대표자들을 뽑을 겁니다. 지부에서는 때가 되면 당신이 이 지역 대표가 되어주기를 바라고 있습니다."

그들이 밖으로 나가자 무고의 입가에 미소가 천천히 번졌다. 기쁨 같기도 하고 조롱 같기도 하고 비통함 같기도 한 미소였다. 그는 제대로 답히지 않은 문을 여미고 침대에 앉았다. 그러자 이해할 수 없었던 기코뇨의 말이 점점 그 의미를 드러내기 시작했다.

'그들은 무엇을 원하는 걸까? 그들이 정말 원하는 건 뭘까?'

그는 마음을 진정시키기 위해 두 손으로 머리를 꽉 잡았다.

숲의 전사들은 무고의 집 앞에서 기코뇨, 왐부이, 와루이와 헤어졌다. 두 사람은 마을의 다른 쪽 끝에 있는 오두막을 함께 쓰고 있었다. 그 집은 당이 조직의 현신이라고 믿는 당 지부의 열성 당원들이 사준 것이었다.

"그 사람이 우리를 도와줄까요?"

코이나가 갑자기 물었다.

"누구 말인가?"

"그 사람 말입니다!"

"어, 무고 말인가? 모르겠어. 키히카는 그 사람 얘기를 거의 하지 않았어. 사실 키히카가 그 사람을 잘 알고 있었는지조차 모르겠어."

그들은 더 이상 아무 말 없이 오두막으로 갔다. 코이나는 기름등에 불을 붙이려고 더듬더듬 성냥을 찾았다. 그는 골격이 작고 피부색이 옅었으며 얼굴과 손에 굵은 핏줄이 돋아 있는 사람이었다. R장군은 생각에 잠겨 침대에 걸터앉았다. 코이나는 선 채로 노란 불빛을 바라보았다.

"여하튼 우리는 배반자를 찾아내야 해."

R장군이 전에 하던 대화를 계속하는 것처럼 말했다. 그의 낮은 목소리는 그가 굳은 결심을 하고 있다는 걸 실감나게 했다.

코이나는 바로 대답하지 않았다. 그는 키히카가 다시 돌아오지 않았던 날을 생각하고 있었다. 키히카는 50명을 한 조로, 때로는 25명을 한 조로 300명 이상의 병력을 거느렸다. 각 조는 키네니에 숲 둘레에 있는 여러 개의 동굴에 분산되어 숨어 살았다. 그들이 함께 행동하는 것은 마헤 함락 때처럼 큰일을 할 때뿐이었다.

코이나는 자기 안전에 대해 전혀 아랑곳하지 않는 키히카가 언제나 놀라웠다. 그가 롭슨 서장을 처치한 방식은 롱고노트, 응공, 심지어 니안다르와에 있는 막사에서도 전설적인 얘기가 되어 있었다. 코이나가 키히카에게 보내는 찬사는 경외감에 가까웠다. 그는 그런 감정을 느낄 때마다 맹세하곤 했다.

'나는 저 사람을 결코 떠나지 않겠다. 하늘에 계신 하느님께 맹세코, 난 결코 키히카를 저버리지 않겠다. 나는 믿음이 없는 사람이다. 그런데 저 사람이 나에게 믿음을 주었다.'

정말 그랬다. 키히카는 요리사에 불과했던 그에게 흑인들의 힘이 어떤 것인가를 알려줌으로써 새로운 자아를 심어주었다. 그들이 마헤를 함락시킨 날, 코이나는 그걸 느꼈다. 또한 그들이 키히카가 돌아오기를 기다리는 걸 보고, 흑인들의 힘이 애절하고 절박하다는 사실을 뼈저리게 느꼈다. 나중에 정찰병들이 돌아와 대규모 작전이 전개되고 있다고 보고했다. 그 소식이 부근에 퍼졌다. R장군은 부하들에게 롱고노트에 있는 다른 은신처로 신속하게 퇴각하라고 명령했다.

그들은 키히카가 체포되었다는 사실을 알았다. 은제리는 울었다. 그리고 남자인 그마저도 울지 않을 수 없었다.

"그가 여자를 만나러 갔을 거라고 생각하세요?"

코이나가 물었다.

"아니, 그렇게 생각하지 않아. 자네가 말했던 게 사실이라면 카란자가 틀림없어."

"기티마 사람들은 한결같이 똑같은 얘기를 합니다. 그 사람은 누가 뒤에서 손이라도 대면 화들짝 놀란다는 겁니다. 밤에는 절대로 혼자 길을 나다니지도 않고, 저녁 7시 이후에는 아무에게도 문을 열어주지 않는답니다. 이런 것들이 모두 죄지은 사람의 표시이긴 하지만……."

"젠장! 만일 그 벌레 같은 자식이 키히카를 죽게 했다면!"

R장군이 벌떡 일어나 방 안을 오락가락했다.

"우리는 모두 같이 서약을 했어. 같이 서약을 했단 말이야."

코이나는 장군의 목소리에 담긴 격렬한 감정 표현에 깜짝 놀라며 침대에 앉아 있었다. 코이나는 항상 그를 두려워했다. 같이 있을 때면 몸이 움츠러들었다.

두 사람은 2차 세계대전에 참전했다. 장군은 미얀마에서 싸웠다. 그러나 코이나는 요리사 신분 이상으로 올라간 적이 없었다. 장군은 전쟁이 끝난 후 재단사가 되었다. 코이나는 이 직업 저 직업을 전전했다. 그가 마지막으로 일했던 곳은 린드 박사의 집이었다. 그는 못생긴 백인 노처녀 린드를 처음 본 순간부터 증오했다.

그와 장군이 서로 알게 된 곳은 숲속이었다. 전쟁을 할 때도 R장군은 감정의 동요가 없었다. 키히카가 체포되었을 때에도 R장군은 놀라움이나 상실감을 전혀 드러내지 않고 침착하게 행동했다. 코이나는 당시에 울었지만 세월이 흐르면서 키히카의 죽음을 잊어갔다. 복수를 하겠다는 절박한 심정도 없었다.

그런데 지금 장군은 격정으로 전율하고 있었다. 코이나는 방 안을 거닐고 있는 R장군을 외면하면서 텅 빈 오두막을 둘러보았다. 냄비 하나, 접시 둘, 빈 병 몇 개, 물통 하나가 바닥에 놓여 있었다. 그 모습이 서글펐다.

코이나가 헛기침을 했다.

"어쩌면 부질없는 짓인지 모릅니다. 우리는 모든 것을 잊어야 할지도 몰라요."

R장군이 갑자기 걸음을 멈췄다. 그는 코이나의 말을 속으로 저울질하며 바라봤다. 코이나는 상대방의 눈길에서 적개심을 느끼며 불안해했다.

"잊어버리자고?"

R장군이 무척이나 낮은 목소리로 반문했다.

"그렇지 않아, 친구. 우리는 배반자를 찾아내야 해. 그러지 않는다면 자네와 내가 왜 쓸데없이 서약을 했겠나. 배반자나 부역자는 결코 혁명재판을 피할 수 없어. 내일 기타마로 돌아가 므와우라에게 새로운 계획을 전달하게."

다른 세 사람은 무고의 집에서 한참 멀어진 뒤에야 입을 열었다. 왐부이가 먼저였다.

"이상한 사람이죠."

"누구 말이오?"

와루이가 물었다.

"무고 말이에요."

"고통 때문입니다."

기코뇨가 말했다.

"수용소 생활을 한다는 것이 어떤 건지 알고 계십니까? 핵심 분자로 분류되지 않는 우리 같은 사람이라면 더 쉬웠겠지요. 무고는 핵심 분자로 분류돼 구타당했지만, 실토를 하지 않았다고 합니다."

기코뇨는 자기가 한 말에 감정이 묻어 있는 걸 깨닫고 깜짝 놀라며 말을 계속했다.

"거긴 감옥과 달랐어요. 감옥에 갇혀 있다면 무슨 죄를 저질렀는지, 얼마나 갇혀 있어야 하는지도 알겠지요. 그것이 1년이든 10년이든 30년이든 그 기간만 지나면 나갈 수 있고요."

기코뇨가 갑자기 말을 멈췄다. 어두워서 왐부이와 와루이의 얼굴이 제대로 보이지 않았다. 허공에 대고 말을 한 것 같은 느낌이 들었다.

"안녕히 가십시오."

기코뇨는 최근에 지은 집 앞에서 두 사람에게 인사를 했다. 와루이와 왐부이는 대답도 하지 않고 가버렸다. 텅 빈 침묵이 그를 괴롭혔다. 그는 집 안으로 들어가고 싶지 않았다. 고개를 들자 커튼이 쳐진 거실 창문 밖으로 불빛이 새어 나오고 있었다. 뭄비가 그를 기다리고 있는 게 틀림없었다.

'아직까지 왜 자지 않는 거지?'

그는 어디로 갈 것인지도 정하지 않은 채 불빛으로부터 등을 돌렸다. 그는 와루이와 왐부이에게 자신의 감정을 노출한 것에 화가 났다.

'왜 무고의 집에서 감정을 억누를 수 없었을까? 남자는 결코 불평하거나 슬퍼해서는 안 되는데……'

기코뇨에게는 열심히 일하는 것이 고통스러운 기억을 다독이는 약이었다. 그는 마을에서 가장 근사하고 현대적인 집을 지었다. 또 많지는 않지만 재산이 있었고 이 땅에서 정치적인 입지도 확보하고 있었다. 이런 모든 것들은 가난한 목수였던 지난 시절에 비하면 하늘과 땅 차이였다. 그런데 그는 이런 것들을 즐길 수가 없었다. 그는 음식을, 맛있어서가 아니라 살아야 하니까 먹었다.

이제 마을이 뒤로 멀어져갔다. 어둠이 짙어졌다. 새로운 경험을 하듯 자신이 홀로 있다는 사실이 가슴을 쳤다. 귀를 기울였다. 멀리 보도에서 발걸음 소리가 들리더니 점점 가까워졌다. 그는 발소리로부터 멀어지려고 더욱 빨리 걸었다. 그러나 빨리 걸을수록 그 소리는 한층 더 커졌다.

그는 헐떡거렸다. 밤공기가 차가웠지만 몸에서 열이 났다. 그는 미친 듯이 달리기 시작했다. 가슴이 심하게 뛰었다. 아주 가까워진 발걸음 소리는 심장 뛰는 소리와 박자를 맞추고 있었다. 누군가에게 얘기를 해야 할 것 같았다. 다른 사람의 목소리를 들어야 할 것 같았다.

'무고라면……. 그러나 인간의 목소리라는 것이 대체 무슨 의미가 있는 것일까? 수용소를 전전하며 6년 동안이나 인간의 목소리와 같이 살지 않았던가?'

어쩌면 그가 원하는 것은 진정으로 그를 이해할 수 있는 사람의 목소리인지도 몰랐다. 무고라면 가능한 일이었다. 그는 갑자기 뜀박질을 멈췄다. 그러자 보도 위의 발걸음 소리가 멀리 사라져갔다.

'또 올 거야. 또 와서 날 괴롭힐 테지. 무고에게 얘기를 해야겠어.'

2년 전 기코뇨는 무고가 집회에서 한 말을 듣고 감동했었다.

'맙소사, 무고에게 말해야겠어.'

그러나 무고의 집에 도착했을 때 그의 결심은 식어 있었다. 그는 문을 두드려야 할지 말지 망설이며 밖에 서 있었다.

'무고에게 무슨 얘기를 하러 왔던가?'

그는 우두커니 서 있었다. 자신이 바보같이 느껴졌다.

'내일 찾아오는 게 좋을지 몰라. 아니면 다른 사람에게 속을 열어 보일 준비가 되었을 때 오는 게 더 나을지 몰라.'

기코뇨가 다시 집으로 돌아왔을 때까지 뭄비는 잠자리에 들지 않고 있었다. 그녀가 먹을 것을 가져왔다. 음식을 보자 하루 종일 아무것도 먹지 않았다는 것이 생각났다. 그녀는 앞에 앉아 그를 지켜봤다. 그는 음식에 거의 손을 대지 않고 저만치 밀쳐버렸다. 식욕이 없었다.

"차 한 잔 줘."

그가 들릴 듯 말 듯한 소리로 말했다.

"식사를 해야죠."

뭄비가 애원했다. 그녀의 작은 코가 등에서 나오는 빛을 받아 빛났다. 그녀의 눈과 목소리에 깃들어 있는 애원이 풍만한 몸매에서 풍기는 자부심에 찬 태도와 고요한 얼굴과 부조화를 이루었다. 기코뇨는 새로 들여놓은 반들반들 윤이 나는 마호가니 탁자를 응시했다.

'무고에게 남자 대 남자로 얘기 좀 하자고 했어야 했는데……'

"아무것도 먹고 싶지 않아."

그가 툴툴거리며 말했다.

"내가 만든 음식이 싫은 거겠죠."

기코뇨는 아무 대꾸도 하지 않았다. 그는 수용소에 있을 때 뭄비 곁으로 오고 싶어 안달이 났었다.

'이 여자가 정말 내가 그리던 여자와 똑같은 여자일까?'

그는 그녀를 바라보았다. 그녀는 문 쪽으로 얼굴을 돌린 채였다. 아마도 울고 있으리라.

"먹고 싶은 생각이 없을 뿐이야."

그는 약간 누그러진 목소리로 말했다.

"좋아요."

그녀는 속삭이듯 말한 뒤 다른 방으로 가서 찻잔과 주전자, 찻잎, 우유, 설탕을 가져왔다. 그리고 버너에 숯을 더 넣고 불꽃을 사르려 밖으로 가지고 나가 어둠 속에 한동안 있었다.

기코뇨는 재킷 안주머니에서 낡은 연습장을 꺼냈다. 그리고 연필을 더듬어 찾았다. 연필은 부러져 있었다. 그는 부러진 연필을 주머니칼로 깎았다. 그는 숫자를 적고 더하고 빼고 곱하고 나눴다. 숫자들에 정신이 팔리자 내일 장사의 수익과 예상치 외의 다른 일들을 잠시나마 모두 잊을 수 있었다.

뭄비가 들어왔다. 그녀는 찻잔에 물을 가득 채워 불 위에 올려놓고 다시 자리에 앉아 남편을 바라봤다. 그녀는 주인의 몸짓 하나, 말 한마디에 날아갈 준비가 되어 있는 새처럼 뭔가를 기다리는 듯 보였다. 뭄비는 욕망을 억제하고 삶과 운명이 허락하는 것만 받아들이는 법을 알고 있었다.

"무고를 만났어요?"

그녀가 용기를 내어 물었다.

"응."

"앞장서겠다고 했어요?"

"생각해보겠다고 했어."

기코뇨는 연습장에서 고개를 들지도 않고 말했다.

"왐부이가 그렇게 말씀해주셨어요."

그녀가 그의 마음속을 비집고 들어왔다. 그는 아무런 대답도 하지 않았다.

"왜 당신은 나한테 그 얘기를 해주지 않았죠?"

그녀가 말을 이었다.

"키하카와 내가 같은 어머니의 배 속에서 나왔다는 사실을 잊지 말아요."

"언제부터 당신과 내가 비밀을 공유하게 됐지?"

그런 어조로 말을 한 순간 그는 후회했다. 언제나 그녀에게 예의를 갖추고 쓰라린 감정이나 내적 소용돌이를 드러내지 않겠다고 맹세했는데…….

"미안해요. 내가 아무것도 아닌 존재라는 사실을 잊었네요."

그녀는 치욕감을 느끼며 말했다.

차가 곧 준비되었다. 그녀는 두 개의 잔에 차를 조금씩 나눠 따랐다. 그리고 뭄비는 어떤 엄청난 힘에 이끌린 듯 자리에서 일어나 남편 앞에 바짝 다가갔다. 그녀는 남편의 목덜미를 작은 두 손으로 만지고 가만히 있었다. 그녀의 눈이 반짝이고 입술이 떨렸다.

"우리, 얘기 좀 해요."

그녀가 속삭였다.

"뭘?"

그가 고개를 들며 물었다.

"그 아이 말이에요."

"얘기할 게 아무것도 없어."

그가 날카롭게 힘주어 말했다.

"그렇다면 오늘 밤 내 방으로 와요. 나는 지난 몇 년 동안 당신만 기다렸어요."

"왜 이러는 거야?"

기코뇨는 그녀의 손을 목에서 떼고 그녀를 살짝 밀쳤다.

"제발 좀 저리 가서 앉아. 아니, 가서 자는 게 좋겠어. 당신, 피곤하잖아."

뭄비는 얼어붙어 서 있었다. 가슴이 오르락내리락했다. 그녀는 소리를 지를 것처럼 입을 벌렸다. 그러다가 돌연 바닥에서 뜨개질감을 움켜쥐고 자기 방으로 달려갔다.

사실 피곤하고 나이가 든 것처럼 느낀 쪽은 기코뇨였다. 그는 팔꿈치를 탁자에 괴고 왼손으로 머리를 받쳤다. 오른손으로 연필을 들고 숫자를 기록하려고 했다. 그러나 손이 떨렸다. 그는 연필을 떨어뜨리고 말았다. 그리고 힘겹게 자리에서 일어나 등을 들고 한동안 뭄비의 방 앞을 서성거리다가 단호하게 몸을 돌려 자신의 방으로 갔다.

야훼께서 모세에게 이렇게 이르기를,

너는 파라오에게 가서 야훼의 말씀이라 하고 이렇게 전하라.

나의 백성을 내보내어

나를 예배하게 하여라.

— 출애굽기 8장 1절

(키히카의 성경책에 빨간 줄이 그어져 있는 구절)

4

 유럽과 인도의 이민자들이 케냐를 독점하려고 각축전을 벌이던 시절이 있었다. 그때만 하더라도 흑인이 권좌의 근처에 다가가는 것은 상상조차 할 수 없는 일이었다.
 농림부 관리였던 로저스 씨는 어느 날 나이로비에서 나쿠루로 기차 여행을 했다. 그런데 그는 기티마에 있는 울창한 숲을 보고 갑자기 마음이 끌렸다. 그의 정열은 그 당시 이상한 것으로 생각되었던 정치가 아니라 토지 개발에 있었다. 기차가 경사면을 덜커덕거리며 오르다가 거대한 계곡으로 내려가고 있을 때 그는 그곳에 '삼림연구소'를 세우면 어떨까 궁리했다.
 그 후 그는 숲을 직접 관찰하려고 기티마로 다시 돌아갔다. 그의 계획이 형태를 갖추기 시작했다. 그는 저명한 사람이라면 누구에게나 편지를 썼다. 비록 성사되지는 않았지만 총독과 만나려고도 해봤다. 그들은 검은 아프리카 대륙에 과학은 무슨 놈의 과학이냐며 그가 미쳤다고 생각했다. 기티마와 울창한 숲은 악령처럼 그를 사로잡았다. 그는 자신이 하려는 일에 대해 쉴 새 없이 자문해보고, 모든 사람들에게 그 얘기를 했다.

그러던 어느 날, 그는 기티마의 철도 건널목에서 기차에 치여 즉사했다. 후에 삼림연구소가 그 지역에 세워졌다. 물론 삼림연구소는 그의 순교를 기념하기 위한 것이 아니라 새로운 식민지 개발계획의 일부로 세워진 것이었다. 곧 '기티마 농림 연구소'는 유럽의 과학자들과 관리들로 북적거렸다.

들리는 말로는, 철도 건널목에 그 남자의 유령이 떠돌면서 해마다 덜컹이는 기차가 기티마 사람을 한 명씩 죽게 만든다고 했다. 최근에 죽은 사람은 뚱뚱한 기상학자 헨리 반 다이크 박사였는데, 술에 잔뜩 취해 있었다고 했다. 흑인 노동자들에 따르면, 반 다이크 박사는 항상 케냐타가 로드와르와 로키타웅에서 석방되면 자살할 것이라고 맹세했다고 했다. 케냐타가 마랄랄에서 고향으로 돌아온 후 얼마 되지 않아 그 사람의 자동차가 기차와 충돌했다. 기티마 사람들, 특히 그의 적들은 이 소식을 듣고 적잖이 실망했다.

'사고였을까, 아니면 그 사람이 정말로 자살했을까?'

기티마 도서관에서 책의 먼지를 털고, 서가에 정리를 하고, 분류표를 써넣는 일을 하는 카란자는 반 다이크 박사가 종종 즐기던 이상한 장난 때문에 그를 기억했다. 그는 흑인 노동자들에게 다가가 어깨에 팔을 두르다가 예기치 않게 엉덩이를 치곤 했다. 그는 그들의 어깨 위로 술 냄새를 풍기며 엉덩이에 손을 대고는 느닷없이 너털웃음을 터뜨렸다.

카란자는 그 웃음이 마음에 들지 않았다. 그는 반 다이크 박사가 자기를 따라 웃으라는 건지 어떤지 알 수가 없었다. 그래서 항상 어색한 웃음을 히죽거리곤 했다. 그것 때문에 반 다이크 박사가 더욱더 증오스러웠다. 그러나 카란자는 그의 자동차와 몸이 기차에 깔려 토막 나버렸다는 소식을 듣고 토할 것 같았다.

카란자는 책상에 깨끗한 등사원지를 가져다가 분류표를 적기 시작했다. 최근에 제본된 책들은 나이로비에 있는 농림부의 책들이었다. 카란자는 곧 모든 걸 잊어버리고 일에 몰두했다. 우후루든 반 다이크 박사든 개의치 않고 가까이 있는 분류표에 정신을 집중했다.

'《경종학(耕種學) 연구》 제······.'

그 순간 방에 인기척이 느껴졌다. 그는 등사원지를 떨어뜨리며 몸을 돌렸다. 그의 얼굴에 어두운 그늘이 드리워졌다. 그는 펜을 잡은 손이 떨리는 것을 진정시키려 애썼다.

"왜 당신네 족속들은 들이닥치기 전에 노크를 하지 않는 거야?"

그가 문 쪽에 서 있는 사람에게 씩씩거리며 말했다.

"세 번이나 노크했는데."

"안 했어. 늘 여기가 제 아비의 땅이나 되는 것처럼 들어온다니까."

"나는 바로 이 문을 노크하고 들어온 거야."

"여자들처럼 살짝? 왜 할례 받은 남자처럼 좀 더 당차게 노크를 못 하는 거지?"

카란자는 목소리를 높이면서 자기가 하는 말을 조목조목 강조하려고 책상을 쾅쾅 쳤다.

"이 새끼야, 내가 네 어미와 어떻게 붙어먹었는지 네 어미한테 직접 물어봐······."

"네가 감히 우리 어머니를 모욕해? 네가?"

"지금 당장이라도 다시 해줄 수 있어. 네 누이한테도 해줄 수 있지. 그들은 이 므와우라가 할례 받은 남자라는 걸 증명해줄 수 있을 거야."

카란자가 일어섰다. 둘은 서로를 노려봤다. 주먹다짐이라도 할 기세였다.

"감히 그따위 말을 나한테 해? 그런 모욕적인 말을 나한테 감히?"

그가 독살스럽게 다그쳤다.

므와우라의 아랫입술이 밑으로 처졌다. 그는 배를 헐떡거리면서 숨을 빠르고 거칠게 몰아쉬었다. 그러다가 뭔가 생각난 사람처럼 입을 꽉 다물었다.

"아무튼 미안하게 됐어."

먼저 사과했으나 목소리는 여전히 위협적이었다.

"미안한 건 당연하지. 그런데 왜 왔어?"

"아무것도 아냐. 톰슨이 자네를 좀 보재. 그게 전부야."

므와우라는 이렇게 말하고 밖으로 나갔다. 긴장되었던 카란자의 기분이 걱정으로 바뀌었다.

'톰슨이 왜 날 보자고 할까? 어쩌면 급료에 대해서 말할지도 모르겠군.'

그는 카키색 바지의 먼지를 털고 두더지색 머리를 빗은 다음 복도를 따라 톰슨의 사무실로 급히 갔다. 그리고 대담하게 노크를 하고 들어섰다.

"무슨 일이야? 왜 그렇게 크게 노크를 하는 거야?"

"나리, 저를 부르지 않으셨습니까?"

카란자는 백인 앞에서 늘 그러했듯이 발을 약간 벌리고 열중쉬어 자세를 취하고 기어드는 소리로 말했다.

"아, 그래, 그렇지. 자네, 우리 집 알지?"

"예, 나리."

"얼른 뛰어가서 마님께 내가 점심 먹으러 가지 못할 거라고 알려주고 와라. 가만있자, 어디를 간다고 할까. 내가 편지를 써주겠다."

지난 몇 년 동안 존 톰슨은 편지 쓰는 데 미쳐 있었다. 그는 아무에게나 쪽지를 들려 보냈다. 연구소장에게 보내든, 종이를 사러 문방구에 보내든, 한두 개의 못을 사러 철물점에 보내든, 언제나 필요한 것들을 자세히 적은 쪽지와 함께 심부름을 시켰다. 그냥 직접 만나는 것이 훨씬 쉬울 듯한 관리에게조차 편지 보내는 걸 좋아했다.

카란자는 쪽지를 받아 들고 최근에 신청한 급료 인상에 대해 톰슨이 행여 무슨 말이라도 할까 싶어 잠시 우물쭈물했다. 그러나 톰슨은 책상에 널려 있는 서류 더미 쪽으로 멍한 눈길을 돌려버리고 말았다.

존 톰슨과 디킨슨 여사는 카란자를 심부름꾼으로 부려먹었다. 카란자는 못마땅해하면서도 민첩하게 심부름을 했다. 사실 돈을 받고 심부름을 하는 사람은 기티마에 없지 않은가!

디킨슨 여사는 사서였다. 그녀는 남편과 별거 중인 젊은 여자였는데, 남자 친구와 동거한다는 것을 숨기지 않았다. 그녀는 사무실에 있을 때가 별로 없었다. 가끔 사무실에 있을 때면 남자든 여자든 그녀를 찾아와 잡담을 하는 통에 하루 종일 웃음소리와 시끌벅적한 소리로 가득했다. 그녀는 동아프리카 사파리 여행에 열광적이었다. 남자 친구와 함께 차를 몰고 사파리에 참가하곤 했지만 코스를 끝까지 마친 적은 없었다. 그녀는 카란자가 가장 싫어하는 것들을 시켰다. 그중 하나는 종종 흑인 거주 지역에서 두 마리의 개에게 줄 고기를 사 오라고 시키는 일이었다.

카란자는 삐거덕거리는 자전거를 타고 가면서 다시 한 번 결심했다.

'심부름이 끝나면 존 톰슨에게 이렇게 하찮은 심부름을 시킨다고 일러야겠다. 아니, 그게 아니지…….'

카란자가 가장 못마땅하게 여기는 것은 그런 심부름이나 그것의 하찮음이 아니었다. 그런 심부름 때문에 흑인 노동자들 사이에서 자신의 위상이 영향을 받는다는 것이었다.

그러나 카란자는 백인들 사이에서 쌓아온 명성을 실추시키기보다는 차라리 모욕감을 견디는 편이 더 낫다고 늘 생각했다. 그는 바로 그 명성과 그로 인해 얻은 권력 위에서 살았다. 기티마 사람들은 그가 한마디 불평만 해도 직장을 잃게 된다고 믿었다. 카란자는 그들의 두려움을 잘 알고 있었다. 가끔씩 사람들이 그의 사무실에 들어오면 느닷없이 차가운 눈길을 던지거나 무엇인가를 암시하고 호통을 치기도 했다. 이런 식으로 그는 그들의 두려움과 불안함을 증폭시켰다. 그러나 그도 사람들을 두려워했다. 그래서 사납게 대하다가도 싹싹하게 굴곤 했다.

말끔하게 깎인 사과나무 울타리가 톰슨의 단층집을 둘러싸고 있었다. 입구에는 푸른 덩굴식물이 나무 대를 감고 올라가 위에서 아치형을 이루고, 다시 양쪽 담으로 뻗어 있었다. 울타리는 붉은 백합, 나팔꽃, 해바라기, 부겐빌레아 등이 피어 있는 꽃밭을 감싸 안고 있었다. 그러나 화려한 색깔로 다른 꽃들을 압도하며 피어 있는 것은 역시 장미였다. 마저리 톰슨 여사는 붉은 장미, 하얀 장미, 핑크빛 장미 등 각양각색의 장미를 키우고 있었다.

그녀가 화단에서 문으로 나왔다. 그녀는 얇고 하얀 바지에 블라우스를 입고 있었다. 블라우스가 뾰족한 가슴 때문에 위로 들려 있는 것 같았다.

"안으로 들어가게."

그녀는 남편이 보낸 쪽지를 읽은 후 나른한 듯 말했다. 그녀는 집에 혼자 있는 것에 싫증이 나 있었다. 보통 때는 집이나 들에서 일하는 하인들과 잡담을 했다. 때때로 그들과 말싸움을 할 때면 그녀의 목소리가 길에서도 들릴 정도였다. 지금은 두 하인이 떠나버리고 없었다. 이제야 그녀는 그들이 자기 집의 중요한 일부였다는 사실을 깨달았다.

카란자는 깜짝 놀랐다. 전에는 한 번도 집 안으로 들어오라고 한 적이 없었다. 그는 의자 가장자리에 앉아 불안한 손을 무릎에 놓고, 그녀의 가슴을 바라보지 않으려고 천장과 벽으로 눈길을 돌렸다.

마저리는 카란자를 두려워하고 당혹스럽게 만드는 것에서 관능적인 힘을 느꼈다.

'왜 저 사람은 나를 쳐다보지 않을까?'

그녀는 종종 그를 보았지만 한 번도 남자로 생각해본 적이 없었다. 그런데 지금은 그가 머릿속으로 무슨 생각을 하고 있는지 궁금해졌다.

'저 사람은 이 집을 어떻게 생각할까? 우후루는? 나에 대해서는?'

그녀는 자신의 생각이 그렇게 떠돌도록 내버려두었다. 온몸에서 열이 나는 것 같았다. 그녀는 짜릿함 때문에 초조해지는 걸 느끼며 몸을 일으켰다.

"차나 커피, 아니면 다른 거 뭘로 마시고 싶은가?"

"저…… 저, 가야 됩니다!"

카란자가 더듬거렸다.

"정말 커피 마시고 싶지 않아? 디킨슨 부인 일은 신경 쓸 것 없어."

그녀는 마음이 관대해지는 걸 느끼며, 음모를 꾸민다는 게 거의 기쁘다는 듯 미소를 지었다.

"좋습니다." 카란자는 문과 울타리 너머로 눈길을 돌리며 의자에 슬금슬금 깊숙이 앉았다. 그는 등을 기대고 편안히 앉을 용기도 없으면서 행정실장 부인인 백인 여자에게 커피를 대접받고 있는 장면을 보게 일꾼들 중 한 명이 그 자리에 있었으면 싶었다.

마저리는 부엌에서 찻주전자와 잔을 만지작거렸다. 그녀는 여전히 자신이 느끼는 짜릿함에 죄의식을 느꼈지만 그 감정을 놓치고 싶지는 않았다. 그런 흥분을 느꼈던 적이 딱 한 번 있었다.

기티마 호스텔에서 반 다이크 박사와 춤을 췄을 때였다. 리라 사태 직후의 일이었다. 술에 취한 그의 숨결은 매혹적이면서도 메스꺼웠다. 저녁에 그가 드라이브를 시켜준다고 그녀를 데리고 나갔을 때 그녀는 그의 힘에 굴복했다. 그가 섹스를 하도록 내버려두면서 처음으로 반역의 지독한 아름다움을 느꼈다.

방에서 기다리던 카란자는 불안감이 다른 욕망으로 바뀌는 걸 느꼈다.
'만약 그녀에게 물어본다면 어떨까?'

어쩌면 그녀는 그가 원하는 것을 줄 수 있을지도 몰랐다. 그가 원하는 것이란 톰슨 가족이 영국으로 돌아갈 것이라는 소문을 그녀가 그렇지 않다고 확인해주는 것이었다. 카란자는 여러 번 마음을 다부지게 먹고 톰슨에게 직접 그 소문에 대해 물어보려고 갔었다. 그런데 카란자는 존 톰슨에게 다가가는 순간 찬물이 배에 뭉치는 것 같고 가슴이 쿵쿵 뛰어 도저히 말을 꺼낼 수 없었다. 그의 결심은 늘 똑같이 볼일이 저 앞에 있는 것처럼 인사를 하면서 존 톰슨을 지나치는 것으로 끝나고 말았다. 카란자가 소문보다 더 두려워했던 것은 그 소문이 사실일 경우였다. 그가 실상을 모르는 한, 자신에게 유리한 쪽으로 모든 걸 해석할 수밖에 없었다. 그는 흑인들이 통치를 한다고 백인들의 권력이 끝난다는 것은 있지도 않고, 있을 수도 없는 일이라고 고개를 내저었다. 존 톰슨은 경찰서장으로서 그리고 지금은 행정실장으로서 언제나 백인의 권력을 대변하는 인물로 보였다.

'어떻게 그런 존 톰슨이 떠날 수 있겠는가?'

마저리가 커피 두 잔을 들고 왔다.

"커피에 설탕을 넣을까?"

"아닙니다."

그렇게 기계적으로 대답하면서 그는 그녀에게 소문에 대해 물어볼 용기가 없다는 걸 깨달았다. 카란자는 커피나 차에 설탕을 듬뿍 넣지 않으면 아주 싫어했다.

마저리는 카란자의 맞은편에 다리를 꼬고 앉았다. 그녀는 의자 팔걸이에 잔을 놓았다. 카란자는 행여 카펫에 커피를 한 방울이라도 흘릴까 봐 두 손으로 잔을 꼭 잡았다. 그는 입술과 콧구멍 가까이로 잔을 가져갈 때마다 몸을 움찔했다.

"자네는 부인이 몇 명이나 있지?"

그녀가 아프리카 남자들에게 묻는 단골 질문이었다. 그녀는 최근에 고용했던 요리사에게 세 명의 부인이 있다는 것을 안 날부터 그런 식으로 물었다. 카란자는 마저리가 겉만 아문 상처를 건드린 것처럼 흠칫 놀랐다. 뭄비가 문득 떠올랐다.

"저는 결혼하지 않았습니다."

"결혼을 안 했다고? 나는 당신네 사람들은……. 앞으로 부인을 사려고 하나?"

"모르겠습니다."

"여자 친구는 있나?"

마저리는 계속 질문을 던졌다. 호기심이 더 당기는 모양이었다. 다정한 목소리였다. 목소리에 있는 뭔가가 카란자의 마음에 와 닿았다.

'이 여자가 이해할까? 이 여자가?'

"제겐 한 여자가 있습니다. 저, 저는 그녀를 사랑했습니다."

그는 대담하게 말하며, 눈을 꼭 감은 채 쓴 커피를 꿀꺽 마셨다.

"왜 결혼하지 않았나? 그 여자가 죽었나? 아니면……."

"절 거절했습니다."

"안됐군."

그녀의 말에 감정이 묻어 있었다. 문득 카란자는 자신이 어디에 있으며 누구인지를 떠올렸다.

"이제 가도 될까요, 멤사히브*? 브와나**께 전하실 말씀이라도 있으세요?"

그녀는 카란자가 왜 집에 들어왔는지를 잊고 있었다. 남편이 보낸 쪽지를 다시 읽었다.

"없어. 고맙네."

그녀가 문 앞에서 말했다.

카란자가 톰슨의 집을 떠날 때는 이미 12시가 다 되어 있었다. 마저리가 건드린 상처가 잠시 욱신거렸다. 그러다가 점점 기분이 좋아졌다. 자신이 그 집에 있는 모습을 므와우라가 보았더라면 싶었다. 또한 그 집에서 심부름하는 하인이 자신이 집 안에 있는 걸 보았으면 싶었다. 그러면 그가 그곳에 갔다는 말이 쫙 퍼질 텐데. 그러나 상황이 여의치 않아 그 모습을 스스로 설명해야 할 것 같았다. 그러면 무게도 덜 나가고 권위도 덜 실릴 것이었다.

점심시간이 되었다. 그는 톰슨의 집을 찾아갔던 것과 거기서 마셨던 쓴 커피를 생각하면서 흑인 거주 지역에 있는 식당으로 곧바로 갔다.

'죽을 때까지 당신의 친구' 혹은 줄여서 '친구'라고 불리는 식당이었다. 돌벽에는 기름때가 묻어 있고 파리들이 득실거렸다. 파리들은 손님들 주위를 날아다니며 컵과 접시 위에서 오두방정을 떨었고, 때로는 먹고 있는 음식 위에서 짝짓기를 했다. 깡통에 꽂힌 플라스틱 장미가 삐걱

---

* 지체 높은 백인 부인을 부를 때 쓰는 인도어.
** 상사 또는 상전을 부를 때 쓰는 스와힐리어.

거리는 식탁마다 놓여 있었다. 이 집의 좌우명이 한쪽 벽에 대문자로 쓰여 있었다.

배고프고 목마른 자들은 다 내게로 오라.
내가 편히 쉬게 하리라.

계산대 근처의 다른 벽에는 정성스럽게 액자에 넣은 시가 걸려 있었다.

사람이 사람에게 부정하였으니
믿을 수 있는 사람을 내게 보여주게나.
나는 수많은 사람을 헛되이 믿었도다.
그러니 친구여, 외상을 원하거든 내일 오게나.

'친구'는 기타마에서 유일하게 면허를 가진 음식점이었다.
그곳에서 카란자는 므와우라를 만났다. 카란자는 다른 노동자들에게 면박을 준 후 늘 스스로를 타일렀다. 적을 만들어 좋을 게 없지!
"오늘 일은 미안하네."
카란자가 재빨리 말했다. 붙임성 있게 해보려 했지만 생각만큼 잘되지 않았다.
"친구 간에 있을 수 있는 일로 생각했으면 좋겠어. 알다시피 어떤 사람들은 우리가 하는 일을 잘 이해하지 못하잖아. 과학책에 분류 표시를 하려면 집중해야 하거든. 누군가가 노크도 하지 않고 문을 열어젖히면 기분이 나빠지고, 기분이 나빠지면 자연히 하던 일도 망쳐버리게 되잖아. 만약 자네가 나와 여자 사서만큼만 안다면……. 자네는 그 여자가 남편과 이유도 없이 헤어졌다고 생각하겠지……. 웨이터, 차 두 잔 주게, 빨리……. 그런데 룽에이로부터 무슨 소식이라도 있던가?"

키가 훤칠하고 뼈까지 달라붙는 가죽 같은 피부의 존 톰슨은 점심시간에 나이로비로 간 것이 아니라 기티마에서 일을 하느라 바빴다. 그는 벽에 있는 캐비닛으로 가 서류를 꺼내서 자리로 돌아와 일을 계속했다. 얼굴엔 뜬구름을 잡는 듯한 표정이 떠돌았다. 마치 마음이 멀리 떨어진 과거에 머물러 있는 것 같았다. 그는 한두 번쯤 허리를 꼿꼿이 펴고 앉아 손으로 입가에 난 주름을 만지작거렸다.

톰슨은 책상 위의 깨끗한 압지, 펜과 연필통, 잉크병, 하얀 사무실 벽, 천장을 차례로 지그시 쳐다봤다. 그것들이 어떻게 사무실 안에 배열되어 있는지 확인하려는 것 같았다. 하지만 그는 이 생각 저 생각을 하느라 마음만 급했다.

그는 케냐에서 가장 오래된 일간신문인 〈동아프리카 스탠더드〉의 월요일 판을 들고 의자에 등을 기대고 앉았다. 톰슨은 목요일에 있을 우후루 준비 상황에 대한 기사를 대충 훑어보다가 어쩐지 배반을 당한 것 같은 느낌이 들어 몸을 움츠렸다. 신문기사 중 어떤 부분이 비공식 자치 정부가 6월에 발족된 이후 이런 감정을 일으키게 했는지 꼬집어 말할 수는 없었다.

'우후루에 관한 기사였던가?'

그거라면 이미 알고 있는 사실이었다.

'아니면 그런 걸 너무 순순히 받아들이는 것 같은 기사의 논조 때문일까?'

그는 1면에 난 총리*의 얼굴을 한 번 바라보았다. 두 번은 바라볼 수

한 톨의 밀알 69

없었다. 서둘러 페이지를 넘겼다. 그러나 이 반응이 금세 부끄러워졌다. 그렇다고 1면으로 되돌아가 사진을 볼 수는 없었다. 그는 에든버러 공작**이 여왕을 대신해 식장에 참석하게 되리라는 사실을 이미 알고 있었다.

우후루에 관한 기사는 어느 것이나 그 사실을 상기시켰다. 어떻게 보느냐에 관계없이 톰슨은 공작이 다시는 알비온*** 해안 이쪽에 게양되지 못할 영국 국기의 하강을 바라보게 될 것이라는 사실이 슬프고 괴로웠다.

이러한 슬픔은 1952년, 당시 공주였던 여왕이 케냐를 방문했던 때를 떠올리면서 한층 더 강해졌다. 톰슨은 잠시 신문을 잊고, 젊은 공주와 악수를 하던 순간을 되새겼다. 당시 그는 경찰서장이었다. 공주와 자신 사이에 무슨 맹세라도 있었던 것처럼 몸이 떨리고 심장박동이 빨라졌다. 그녀를 위해서라면 그때 그 자리에서 무슨 일이라도 했을 것이었다. 공주가 말로 표현하지는 않았지만, 그녀의 미소와 자태 속에 암시되어 있는 과업을 수행할 정신 자세를 증명해 보이기 위해서라면 칼로 자기 몸을 찌르기라도 했을 것이었다. 톰슨은 그때의 황홀감을 회상하면서 무심결에 신문을 내던지고 자리에서 일어났다. 깜빡거리는 눈에 물기가 배었다. 그는 창문 쪽으로 걸어가면서 중얼거렸다.

"젠장, 무슨 일이 일어난 것일까!"

순간적으로 느꼈던 흥분이 사라지고, 다시 마음이 굳어졌다. 그는 몸을 숙여 눈앞에 펼쳐진 광경을 멍하니 바라보았다. 바로 앞에는 낮은 함

---

* 조모 케냐타를 가리킨다.
** 에든버러 공작 필립 마운트배튼(The Duke of Edinburgh, Philip Mountbatten, 1921~). 영국 여왕 엘리자베스 2세의 남편.
*** 그레이트브리튼 섬을 가리킨다.

석지붕으로 된 세 개의 실험실이 있었다. 식물병리학 및 임학 실험실, 토양물리학 실험실, 토양화학 실험실이었다. 왼쪽으로는 온실이 두세 개씩 흩어져 있었다.

연구소의 식물병리학자인 린드 박사가 아스팔트 길을 건너가고 있었다. 그녀는 곧 온실 뒤편으로 사라졌다. 몇 초 후, 턱 부위가 검은 갈색 불마스티프가 실험실 쪽에서 튀어나와 그녀를 따라갔다.

오른쪽엔 도서관이 있었다. 흑인들이 처마 밑의 잔디에 앉아 있었다. 톰슨은 푸른 잔디가 깔린 구내에서부터 가장 가까이 있는 토양화학 실험실까지 쭉 둘러보면서 모든 것이 참 조용하다고 생각했다. 여러 개 겹쳐놓은 시험관들이 유리창 옆에 가지런히 진열되어 있었다.

'목요일이 지나도 이런 것들이 과연 그대로 남아 있을까? 두 달은 갈지도 모르지. 그다음엔 시험관이나 비커가 깨져버리거나 씻지 않은 상태로 시멘트 바닥 위에 나뒹굴겠지. 온상이나 모판은 잡초로 뒤덮이고 지금까지 철저하게 차단되었던 덤불이 쓰레기로 꽉 찬 구내로 점점 침범해 들어오겠지.'

불마스티프가 토양화학 실험실 건물의 다른 쪽에서 나와 잔디에 코를 대고 킁킁거리다가 일어서더니 도서관 쪽으로 고개를 돌렸다. 톰슨은 긴장했다. 무엇인가 일어나려 하고 있었다. 그는 그걸 느끼고 기다렸다. 서늘한 흥분감을 억누를 수가 없었다.

갑자기 개가 짖으며 흑인들이 모여 있는 구내를 가로질러 뛰어갔다. 몇몇이 소리를 지르며 여러 방향으로 흩어졌다. 그러자 개는 미처 달아나지 못한 남자를 쫓아갔다. 남자는 옆으로 빠져나가려 했지만 개가 그를 벽으로 몰아세웠다. 갑자기 그가 몸을 굽히더니 돌을 집어 공중으로 치켜들었다. 이제 개와 남자의 거리는 1~2미터밖에 되지 않았다.

톰슨은 자신이 두려워하던 일이 일어나기를 기다렸다. 그런데 개가 남자에게 달려들려는 순간 린드 박사가 나타나 뭐라고 소리쳤다. 숨도 제대로 못 쉬고 있던 톰슨은 안도했다. 그러나 한편으로 아무 일도 일어나지 않아 적잖이 실망했다.

그는 사무실에서 나와 잔디가 깔린 구내를 가로질러 몇몇 흑인들이 모여 있는 도서관 쪽으로 걸음을 옮겼다. 린드 박사가 왼손으로 개의 목덜미를 잡고, 오른손으로 카란자를 가리키며 혼내고 있었다.

"너는 창피한 줄도 모르냐."

그녀의 목소리에는 경멸감이 한껏 담겨 있었다. 카란자는 땅을 내려다보고 있었다. 그의 눈에 두려움과 분노가 엿보였다. 얼굴에 맺힌 땀이 아직 마르지 않은 상태였다.

"개가…… 개가…… 덤볐어요, 멤사히브."

그가 더듬거렸다.

"개에게 돌을 던지다니…… 네가 그럴 거리곤 생각도 못 했다."

"안 던졌어요. 던지지는 않았어요."

"너희 족속들이 거짓말하는 걸 보면……."

이렇게 말하며 그녀는 다른 사람들을 둘러봤다. 그리고 다시 카란자를 향해 말했다.

"네가 돌을 들고 있는 걸 내 두 눈으로 봤는데도? 콱 물어뜯으라고 했어야 하는 건데……. 지금도 그런 마음이 없는 건 아냐."

그때 존 톰슨이 그 자리에 나타났다. 흑인들이 길을 내줬다. 린드 박사는 카란자를 혼내다 말고 톰슨을 향해 미소 지었다. 카란자가 일말의 희망을 품고 고개를 들었다. 다른 흑인들이 톰슨을 쳐다보며 중얼거리는 걸 그만뒀다. 그들의 갑작스러운 침묵과 쳐다보는 눈길에 톰슨은 당황했다.

그는 리라의 수감자들이 시위를 했던 때를 떠올리며, 그때 느꼈던 적의를 다시 느꼈다. 그는 끝까지 체면을 지켜야 했다. 그러나 극한 두려움이 그를 사로잡았다. 그는 특별히 누구를 지목하지 않고 스와힐리어로 말했다.

"이건 내가 알아서 처리하겠다."

그러나 그는 그것이 해서는 안 될 말임을 즉각 깨달았다. 사과의 뉘앙스가 너무 짙게 깔려 있었다. 침묵이 깨졌다. 사람들이 개를 향해 손가락질하며 소리를 질렀다. 허공에 대고 알 수 없는 몸짓을 하는 사람들도 있었다. 카란자는 고마워하는 눈빛으로 톰슨을 쳐다봤다. 톰슨은 재빨리 린드 박사의 어깨에 팔을 두르고 함께 그곳에서 벗어났다.

어디로 가는지도 모르는 채 그는 도서관 건물과 행정실 건물을 잇는 좁은 통로를 따라 그녀를 데리고 갔다. 리라와 개를 비롯한 모든 과거가 재현된 것 같았다. 린드 박사는 계속 무슨 말인가를 하고 있었다.

"우후루가 된다고 사람들이 무례해졌어요. 괜찮은 사람들까지 변하고 있다니까요."

그는 개 이야기를 해주고 싶었지만 쉽지 않았다. 그는 자신이 무슨 조치를 취해야 한다는 걸 알고 있었다.

'만약 카란자가 개에게 물리기라도 했다면 어떻게 되었을까?'

그는 행정실장으로서 사무직과 노동자가 원만한 관계를 유지하도록 해야 했다. 그런데 그는 케냐 공무원 조합의 기티마 지부장으로부터 린드 박사의 개에 대한 항의를 많이 받은 상태였다. 철조망으로 둘러싸인 커다란 묘목장에 도착한 그들은 풀이 난 곳을 찾아 앉았다. 그녀에게 진실을 말해주고 싶었다. 그러면 자신의 마비 증세도 얘기하고, 또 사고가 날 것 같은 예감에 넋이 빠져 있었다는 사실도 얘기해야 할 판이었다.

"사실 그자의 잘못은 아니었습니다……."

그가 말을 시작했다.

"개가 그들을 향해 달려가는 걸 내가 봤거든요."

케냐에 사는 많은 유럽인들처럼 톰슨도 애완동물, 특히 개와 관련된 사건을 겪은 적이 있었다. 1년 전, 그는 국립극장에서 시립 극단원들이 연기하는 〈애니여 총을 잡아라〉라는 연극을 마저리에게 보여주려고 나이로비에 간 적이 있었다.

그 전까지 그는 국립극장에 가본 적이 한 번도 없었다. 그곳 무대에 오른 작품이 없었기 때문이었다. 그래서 그는 언제나 도노번 몰 극장으로 갔다.

기티마에서 나이로비까지 가려면 시골길을 통과해야 했다. 아주 깜깜한 밤이었다. 막 길을 건너려는 개가 갑자기 헤드라이트 불빛에 들어왔다. 브레이크를 밟거나 속력을 늦추거나 경적을 울릴 수도 있었다. 그럴 시간도 거리도 충분했다. 그러나 그는 핸들을 꽉 잡았다. 그는 개가 죽기를 바라진 않았지만 자신이 개를 칠 것임을 알았다. 그는 피치 못할 운명을 두려워하며 운전석에 못 박혀 있었다.

갑자기 비명 소리가 났다. 톰슨의 원기가 되살아났다. 그는 브레이크를 밟고 차를 멈춘 다음 손전등을 들고서 차 밖으로 나갔다. 그는 몇 미터를 뒤돌아가봤다. 어디에도 개는 없었다. 길 양쪽도 살펴봤지만 개는 보이지 않았다. 피를 흘린 흔적조차 없었다. 그러나 그는 쿵 하는 소리와 비명 소리를 분명히 들었다. 차로 돌아와보니 마저리는 소리 없이 울고 있었다. 그 자신도 떨고 있어서 그녀를 달랠 수가 없었다.

"어쩌면 차에 깔렸을지 몰라요."

그녀의 말에 밖으로 다시 나가 차 밑을 꼼꼼하게 살폈다. 아무것도 없었다. 그는 마음이 슬퍼져 차를 몰고 떠났다. 사람을 죽인 느낌이었다.

그는 불마스티프가 카란자를 향해 달려가는 걸 본 순간, 오싹했던 그때를 떠올렸다. 너무나 흡사한 사건이었다. 린드 박사에게 무슨 일이 벌어졌는지 설명했지만 그의 마음속에 일어났던 일을 지금의 상황과 분리해 얘기하는 것은 어려웠다.

놀랍게도 그리고 극도로 불편하게도 그녀가 울고 있었다. 그는 고개를 돌렸다. 개는 묘목들 사이를 기웃거리더니 녹나무들이 무성한 곳 옆에 멈춰 뒷다리를 들고 오줌을 싸고 있었다.

"미안합니다."

린드 박사가 하얀 손수건을 눈에 대고 흐느낌을 달래며 말했다. 그녀는 눈 밑과 양 볼의 살이 아래로 처지고, 머리가 희끗희끗한 여인이었다. 그녀는 매일 온실, 실험실, 모판 사이의 구내를 돌아다녔다. 그녀는 유령처럼 혼자 다녔다.

"신경 쓰지 마세요."

그는 대충 눈으로 개를 좇으며 말했다.

"그러지 않으려고 했어요. 그러나…… 그러나…… 그들이 싫어요. 어쩌겠어요? 그들을 볼 때마다 생각이 나요……. 생각이…….."

잔디에 앉아 있던 톰슨은 초조해했다. 그는 자신이 우스꽝스러운 처지에 있다는 걸 느꼈다. 이 상황으로부터 벗어나고 싶었다. 물론 개에 관한 얘기를 하고 싶은 충동도 희미해졌다.

그러나 린드 박사는 달랐다. 갑작스럽게 순수하고 경건한 자기 연민이 치솟은 모양이었다. 그녀는 전혀 모르는 사람에게도 친밀감을 느끼고 자신의 두려움이나 짐을 털어놓고 싶었다. 그래서 자신을 내내 괴롭히고 있는 치욕스러운 사건을 톰슨에게 털어놓았다.

한 톨의 밀알 75

그녀는 집 근처 사방으로 지붕까지 덤불이 수북하게 덮인, 무구가에 있는 낡은 단층집에서 혼자 살았었다. 그녀는 그 집과 고독과 평화를 사랑했다.

비상사태 때의 일이었다. 경찰서장은 여러 차례 그녀에게 외딴집을 떠나 안전하고 보호받을 수 있는 기티마나 나이로비로 가라고 주의를 줬다. 그녀는 막무가내였다. 외딴 농가에서 여자들이 살해당했다는 얘기를 듣고도 겁을 먹지 않았다.

그녀는 케냐에 정치가 아니라 일을 하러 온 것이었다. 그녀는 케냐와 이 나라의 기후를 사랑했고, 그래서 머물기로 작정했다. 그녀는 누구에게도 해를 끼친 적이 없었다. 가끔 집안일을 하는 하인을 혼내기는 했지만, 그에게도 선물과 옷을 주고 뒤편에 작은 벽돌집을 지어주었으며 심하게 일을 시키지도 않았다.

하인은 룽에이 출신의 키 작은 기쿠유족 남자였는데, 2차 세계대전 중에 요리사로 근무했다고 했다. 그런데 그녀의 집으로 오기 전까지 한동안 일자리를 얻지 못했다고 했다. 그녀가 키우던 개는 그 하인을 감동적일 정도로 잘 따랐다.

그러던 아주 캄캄한 어느 날 밤이었다. 하인이 다급하게 부르면서 문을 열라고 했다. 문을 열자 두 남자가 달려들어 그녀를 거실로 끌고 갔다. 그 뒤로 하인도 뒤따라왔다. 그들은 그녀의 손발을 묶고 입에 재갈을 물렸다.

그녀는 그들이 자신을 죽여주기를 기다렸다. 그녀는 처음 충격을 받은 후 살기를 단념했다. 그런데 그다음에 일어난 일은 그녀를 죽인 것보다 더 잔인하고 야만적이었다. 개가 두 남자를 향해 짖었다. 그러다가 개는 하인을 보자 꼬리를 흔들며 주춤거렸다. 그때 그는 개를 칼로 조각조각

난도질해버렸다. 피가 그녀의 옷에 튀었다. 그녀는 그 자리에서 죽고 싶었으나 모든 것을 보면서도 의식이 또렷했다. 그것이 가장 무서운 부분이었다……. 그들은 금고에서 돈과 총을 가져갔다.

그 후 두 남자는 체포되어 교수형에 처해졌다. 그러나 그 하인은 붙잡히지 않았다. 그녀는 다른 개를 사서 훈련시켜야 했다. 그녀는 그날 저녁 남자들의 살기 띤 눈과 짙은 피 냄새를 잊을 수 없었다. 죽는 날까지 결코, 결코 잊지 못할 것이었다.

톰슨은 그녀의 목소리와 몸과 존재로부터 뒷걸음질 치며 그녀를 쳐다보았다. 둘은 앉아 있던 곳에서 일어나 서로 가깝게 느꼈다는 것이 수치스러운 듯 각자 다른 길로 향했다. 그는 마음속에 일어난 공포감을 느꼈다. 그는 사무실에서 낮은 오열을 억누르려 했지만 개만 생각났다. 헤드라이트에 눈이 빛나던 또 다른 개의 모습이 생각났다.

'그 개는 어떻게 됐을까? 불마스티프가 카란자에게 덤벼들어 살점을 물어뜯었다면 어떻게 됐을까?'

그는 흑인들에게 다가갔을 때, 그들의 눈에서 적의를 느꼈다. 침묵, 그것도 리라에서처럼 갑작스러운 침묵이었다. 그곳에서 수감자들은 말하기를 거부했다. 먹고 마시는 것도 거부하고 앉아만 있었다. 그들은 강철처럼 완강했다. 그들의 눈은 항상 그를 따라다녔다. 그때는 '어떻게 침묵을 깰까' 생각하며 괴로워하고 잠 못 들던 날들의 연속이었다. 어둠 속에서도 그들의 눈이 보였다.

오늘 도서관에서 그는 그때와 똑같은 눈을 보았다.

존 톰슨은 케냐의 여러 지역에서 경찰서장을 지냈다. 그는 열심히 일했고, 흑인들을 신속하고 효과적으로 다루는 데 남다른 수완을 가진 것으로 널리 알려졌다. 식민 정부에서의 화려한 장래가 그 앞에 펼쳐져 있었다. 비상사태 때 그는 수용소로 발령을 받고, 마우마우 가담자들을 정상적인 영국 시민으로 복귀시키는 임무를 부여받았다.

그의 인생을 비참하게 만든 비극은 리라에서 일어났다. 단식투쟁과 약간의 구타로 열한 명의 수감자들이 죽었다. 그 사실이 밖으로 새어 나갔다. 책임자였던 톰슨의 이름은 영국 하원과 전 세계 언론에 알려졌다. 진상조사단이 발족되었고, 그는 기티마로 전출당했다. 그것은 관청을 좋아하는 그에게 유배나 마찬가지였다. 그 상처는 쉽게 아물지 않았다. 건드리기만 하면 그때 느꼈던 모욕감이 되살아났다.

그들의 눈을 생각하자 새삼 소름이 끼쳤다.

'만약 카란자에게 무슨 일이 일어났다면 흑인 정부 치하에서 조사가 이뤄졌을 텐데…… 과연 그걸 감당할 수 있을까?'

그는 일을 할 수 없었다. 그러나 오후는 재빨리 지나갔다.

'내일 끝내면 되겠지.'

창문을 닫으면서 다시금 그 장면과 공포감이 떠올랐다.

복도 끝에서 카란자가 기다리고 있었다.

'저 녀석이 원하는 게 뭐지? 원하는 게 뭐야?'

"무슨 일이야?"

"편지를 전해드렸습니다."

"그래서?"

"감사하다는 말씀을 드리려고요."

톰슨은 자신이 한 거짓말을 떠올렸다. 그는 카란자를 응시하고 난 뒤, 계속 걸음을 옮기다가 다시 한 번 생각해보고 카란자를 불렀다.

"개에 관한 얘긴데……."

"예?"

"걱정할 것 없어. 내가 알아서 처리할게."

"고맙습니다, 나리."

톰슨은 속이 부글부글 끓어올랐다.

'카란자를 달래야 하다니! 세상이 어떻게 되어버렸는가!'

그의 눈가에 눈물이 맺혔다. 눈앞이 흐릿해진 그는 차가 있는 곳으로 달려갔다.

5

 존 톤슨은 마저리에게 린드 박사에 대해 얘기하고 싶었다. 그가 다른 개의 죽음을 생각하고 있는데, 그녀가 자기 개의 죽음에 대해 무슨 말인가를 했으며, 우연치고는 너무 놀라웠다고 얘기하고 싶었다.
 그는 두 번이나 입을 열려고 했으나 결국 더운 날씨에 대해 괜한 짜증만 부리고 말았다. 그는 눈앞에 닥친 일에 정신을 집중하려고 애썼다.
 '내일은 송별 파티, 모레는 귀국행 비행기, 영국에서의 새로운 삶…….'
 그러나 그의 마음은 과거와 하찮았던 일들, 가령 오늘 있었던 개와 관련된 사건에 머물러 있을 뿐이었다.
 "나이로비에서 무슨 일을 했어요?"
 그녀는 나름대로 생각에 빠져 있었지만 그에게 무슨 걱정이 있는가 싶어 물었다.
 "사실 거기에 간 것은 아니었어."
 "왜요?"
 "사무실에 할 일이 너무 많았거든."

그는 자신을 보호하려는 것처럼 〈펀치〉 지난 호를 집어 들며 중얼거렸다.

"모든 일이 순조롭게 되기를 바라요. 사무실 일 말이에요."

"응. 서류들을 검토했어. 내일 조금 더 해야 할 것 같아. 당장 보내야 할 편지도 있고. 새로 부임하는 사람을 위해 이것저것 준비도 해놓아야 되고."

"적임자를 찾았대요?"

"응…… 아니…… 그런 것 같지는 않아."

"흑인일까요? 이제는 어디나 흑인들로 채워지나 봐요."

그는 신문을 무릎 위에 내려놓았다. 엉덩이에 핀이 박힌 것처럼 몸이 굳었다. 그날 생각했던 것들이 더 생생하게 되살아났다. 낮에는 실험실 바닥에 깨진 병들과 시험관들이 나동그라져 있는 모습만 생각했는데, 지금은 먼지와 종이와 답장하지 않은 편지들로 가득한 사무실 광경이 떠올랐다.

그는 사무실과 자신이 이뤄놓은 질서가 아까웠다. 그리고 후임자에 대해 증오심을 느꼈다. 적어도 그의 의자만이라도 잘못 사용되지 않게 어떻게 했으면 싶었다. 톰슨은 자신의 존재가 절대적으로 필요하지 않을지도 모른다는 사실을 깨달았을 때 사람들이 느끼는 그런 종류의 괴로움과 무언의 고통을 느꼈다. 그들이 떠날 때, 마치 그들이 존재하지 않았다는 듯, 그리고 그들이 자기 것이라고 여겼던 것들에 아무런 흔적도 남기지 않았다는 듯, 아무리 무모하고 무책임할지라도 한 점 후회 없이 새로운 사람들을 채용하는 학교와 대학과 단체들…….

톰슨은 이렇다 할 이유도 없이 아내에게 화가 났다. 그녀도 그에게서 돌아서버렸는지 물어보고 따지고 싶었다. 그가 정말로 알고 싶은 것은 만약 과거에 그가 리라나 키네니에 숲에서 죽었다면, 아니 오늘 죽었다면 그녀가 다른 사람에게 가겠느냐는 것이었다.

그는 돌연 〈펀치〉를 내려놓고 마저리의 질문에 대답도 하지 않은 채 옆방으로 갔다. 잠시 후 그는 공책과 서류 등 파일을 들고 돌아와 점검하기 시작했다.

마저리는 컵과 접시를 씻으려고 일어섰다. 그녀는 남편의 컵을 집다가 우물쭈물 그를 쳐다보면서 그들이 식민지 근무를 하기 전의 시절을 돌이켜보았다. 그때 그는 속마음을 털어놓으면서 도덕적인 비전과 낙관론으로 그녀의 마음을 부풀게 하곤 했다. 그것은 톰슨이 2차 세계대전 중 아프리카에서 참전했다가 옥스퍼드로 돌아온 후의 일이었다.

그녀는 이런 추억으로 마음이 부드러워졌다. 남편 얼굴에 어린 긴장감을 살짝 문질러 영원히 없애주고 싶었다. 그러나 참을 수 없는 생각과 기억이 그런 마음을 순식간에 지워버리고 말았다.

'정확히 언제부터 각자 다른 길을 갔던가?'

그녀는 서둘러 남은 것들을 모아 부엌으로 갔다. 그와 그녀가 멀어진 것은 아마도 일 때문인 듯했다. 승진만 바라보고 공무에 몰두하면서 그의 비전은 희미해져가는 것 같았다. 그녀는 그녀대로 그의 불가해한 얼굴에서 어떤 의미를 읽어낸다는 것이 점점 어렵다고 느꼈다.

결국 그에게로 향하는 눈곱만한 감정이나 따뜻함이 고통스러운 일이 되어버렸다. 리라 사태 동안에는 그를 지지하고 위로하느라 애썼다. 그러나 아내로서 느껴야 하는 진정한 동정심은 어디에 있는 것일까? 그녀는 그의 괴로움을 같이할 수가 없었다. 대신 남편을 바라보며, 어른이 들과 길에서 나비를 쫓고 있는 모습을 보면서 아이가 느낌 직한 수치심을 느꼈다.

마저리는 똑같은 생각을 오래 하지 않았다. 그녀는 부엌에서 접시를 닦으며 오늘 경험했던 온기를 되살리고 있었다.

'카란자와의 짧은 만남을 세세히 기억하다니……. 얼마나 우스꽝스러운 일인가. 내가 아프리카를 떠나기 때문일 거야. 아냐, 내가 나이가 들어가나 봐. 아프리카의 더위가 여자들을 그렇게 만든다고 하잖아.'

그녀는 소리 없이 웃었다.

'정말 내가 이 부엌을 마지막으로 쓰는 걸까? 정말로 다시는 기티마를 못 보는 걸까? 내가 가꾼 꽃들은 이 집으로 이사 오는 사람에게 무슨 의미가 있을까?'

의자, 탁자, 침대, 심지어 벽까지 집 안 구석구석이 그녀에게는 소중했다. 케냐의 이곳저곳을 떠돌아다녔지만 이 집만큼 정든 집은 없었다. 그녀에게 해방감과 자유와 힘을 느끼게 해준 건 이 집뿐이었다.

그녀는 기티마에서 반 다이크 박사를 만났다. 그녀 안에 있는 무엇인가가, 자신 안에 있다는 것을 결코 몰랐던 무엇인가가 그녀 안에서 깨어났다. 그녀는 그 사람 앞에서 약해졌다. 기분 좋게 약해졌다. 그러나 그의 술버릇과 지나칠 정도로 큰 웃음소리는 혐오스러웠다. 언제나 말끔한 옷차림을 하고 예의 바르게 행동하며 술에 취한 적이 한 번도 없는 남편 존과 너무 대조적이었다.

그런데도 마저리의 몸에선 새로운 활력이 흘러넘쳤다. 규범을 어기는 데서 생기는 비밀스러움, 무모함, 무정부적인 기쁨이 그들의 관계를 한층 더 흥분시켰다. 특히 첫날밤은 굉장했다. 두려움과 호기심과 경이로움으로 가득한 순간이었다.

남편이 춤을 그만 추고 집에 가야겠다고 두 번째로 얘기했을 때 그녀는 무슨 일이 일어날 것인지 알았다. 반이 집까지 데려다주겠다고 했을 때 그녀는 너무 고마워 그의 팔을 꼭 붙잡고 싶었다. 기티마에 있는 많은 숲 중 한 곳에 주차해 놓은 차 안에서 그녀는 눈을 감았다. 그의 입술과 그녀의 입술이 만났다.

"뒷자리로 갑시다."

그가 그녀의 귀에 대고 소곤거렸다.

"오늘은 안 돼요, 반. 오늘은 안 돼요."

그녀가 희미한 목소리로 말했다.

"오늘. 그리고 지금 해야 돼요."

그는 뒷자리로 넘어가면서 그녀의 옷을 거의 벗겼다. 그녀는 아무 말도 할 수 없어 고분고분 그의 말에 따랐다.

"우리, 조심해요."

그녀는 그와 몸이 밀착되자 간신히 말했다.

"그래요, 그래."

"부드럽게……."

그녀가 하려던 말은 그의 몸이 들어오면서 멈추고 말았다. 그녀는 그에게 달라붙었다. 차를 비롯한 온 세상이 무너져 내릴 것 같아 두려웠다. 순간 어둠의 침묵과 숲속에서 끊임없이 울어대는 벌레 소리가 가세했다. 일이 끝난 후 그녀는 남편의 얼굴을 어떻게 대할까 생각하며 울었다.

"왜 우는 거예요?"

"남편 때문에요."

"제기랄!"

그가 숨을 몰아쉬며 욕을 했다.

그들의 관계가 늘 행복한 것은 아니었다. 그녀는 점점 더 질투가 많아졌다. 파티에서 반이 다른 여자와 얘기를 하거나 웃으면 싫었다. 그렇다고 사람들이 많은 데서 추태를 부릴 수도, 공개적으로 그를 자기 것이라고 말할 수도 없었다. 그래서 싸움은 행복해야 할 시간, 훔친 시간이기에 더욱 소중한 때, 단둘이 있는 데서 일어났다.

어느 날 존 톰슨은 학회에 참석하러 우간다로 갔다. 반 다이크 박사가 집으로 와서 처음으로 자신이 하는 일에 대해 얘기했다. 그는 자신의 일에 자부심을 갖고 당당하고 차분하게 얘기했다.

"사람들은 우리가 케냐에서 어떤 일을 겪는지 실감하지 못해요. 알다시피 영국과 같이 비교적 평평한 나라에서는 저기압층의 이동 방향을 결정하는 것은 쉬운 일이죠. 그런데 케냐는 고도가 높아서 기압에 예기치 않은 변화가 생길 때가 많아요. 그래서 날씨를 예보하기가 훨씬 더 어렵지요."

"그러면 그것에 대한 보상이라도 있나요?"

"아, 그럼요. 케냐나 남아프리카 같은 데서는 여러 요인들을 고려해서 기상예보를 해야 하니까 기상학이 훨씬 더 흥미진진하죠……."

그녀는 우량계, 풍향계, 등압선, 저기압골, 기단(氣團) 등 학교에서 배운 것 이상의 것들이 있는 새로운 세계에 들어와 있었다. 그녀는 그가 남아프리카에서 태어나 교육을 받았으며, 남로디지아*에서 일한 적이 있고, 가는 곳마다 이해할 수 없는 것들에 시달렸으며, 그렇게 계속 달아나다가 결국 기티마까지 오게 되었다는 것을 알게 되었다.

그녀는 그가 기티마에서 자신과 화해할 수 있는 유일한 방법은 술이라고 결론을 내렸다. 그러나 이것이 그가 자기 직업에 대해서 최초로 한 얘기였다. 그들은 그들의 삶에 대한 얘기를 했다. 그녀는 그 사람의 여자

---

* 짐바브웨의 옛 이름.

관계를 캐묻기 시작했다.

"빌어먹을! 난 당신 남편이 아니에요!"

그는 이렇게 쏘아붙이고 한밤중에 그녀를 외롭고 비참하게 소파에 남겨두고 가버렸다. 그녀는 '다시는 그를 만나지 않겠다'고 다짐했다. 그러나 그녀는 다음 날 쪽지를 보내 그에게 빨리 와달라고 애원했다.

종종 그녀는 가차 없는 자기분석에 빠졌다. 그녀는 가끔 남편과의 관계를 새롭게 바라보았다. 존이 자신을 꽉 잡고 있다는 것은 부정할 수 없었다. 그녀는 정말 남편의 것이었다.

'이것이 결혼의 유일한 의미일까?'

그런 순간이 되면 마저리는 죄의식과 자기혐오의 수렁에서 허우적거리며 남편에게 부드러운 마음이 되었다. 고백을 해서 마음을 깨끗하게 비우고 싶은 충동이 강하게 일었다.

마저리는 반 다이크 박사를 증오했다. 그러나 그를 증오할수록 꼼짝달싹할 수 없다는 걸 더욱더 실감했다. 그의 육체를 원했다. 미지의 어둠 속에 푹 빠져 혐오감과 절망과 매력을 실컷 맛보고 싶었다. 그녀는 그가 몰래 하는 짓에 대한 두려움과 질투 때문에 불안해했다.

그런데 느닷없이 기차가 그녀의 연인을 데려가버렸다. 놀랍게도 그녀는 슬픈 감정조차 일지 않았다. 실제로 처음에 그녀는 평화를 되찾았다. 그러나 금방 뭔가를 잃어버린 사람처럼 초조해했다. 그래서 꽃을 기르기 시작했다. 그녀는 반과의 관계에 빠져 이 취미를 소홀히 했었다.

접시를 닦는 동안 지난 상념들이 그녀의 머리를 스치고 지나갔다. 슬픔은 피곤함과 남편에 대한 짜증에 녹아들었다. 그녀는 그들이 변화의 기로에 서 있다고 생각했다. 그런데도 남편은 얘기를 하지 않으려 했다. 우후루가 그들의 삶을 위기로 내몰았지만 그는 아무 일도 없는 것처럼 행동했다.

그녀는 남편이 모든 것을 일일이 말해주기를 바라진 않았다. 그러나 적어도 부부로서 자신들의 과거나 내일 있을 파티, 수요일 귀국행 비행기 등 중요한 일에 대한 걱정은 같이할 필요가 있다고 생각했다.

그랬다. 그녀는 오늘 밤 그에게 말을 하게 만들 작정이었다. 마음을 다부지게 먹은 그녀는 접시를 닦다 말고 거실로 갔다. 톰슨은 공책과 서류 더미를 들여다보며 이따금 떨리는 듯한 손으로 뭔가를 적고 있었다.

그녀는 뒤에서 몸을 굽혀 남편의 목에 팔을 두르고 왼쪽 귓불에 살짝 입술을 댔다. 그녀는 스스로 깜짝 놀랐다. 지난 몇 년 동안 그런 적이 한 번도 없었다. 별안간 자신들의 문제를 밖으로 드러내고 말겠다는 결심이 약해져버렸다.

"잘 자요."

"잘 자."

"늦지 말아요."

그녀는 욕실을 거쳐 침대로 가면서 말했다.

톰슨은 2차 세계대전 중 영국 왕립 아프리카 소총 부대에 배치된 장교로 동아프리카에 처음 왔다. 1942년 마다가스카르 전투에서 그는 중요한 역할을 했다. 그 외 대부분의 시간은 수비대를 거쳐 훈련을 하며 케냐에서 보냈다. 전쟁이 끝난 후 그는 하다 만 공부를 마치려고 옥스퍼드로 돌아갔다. 거기에서 역사를 공부하며 대영제국의 발전에 깊은 관심을 갖게 되었다. 처음에는 개인적인 것이 아니라 역사학자로서의 관심이었다.

그러나 그는 러디어드 키플링*의 시를 읽으면서 가슴속에서 뭔가 깜빡거리는 것을 느꼈다. 뭔가 불길이 일었다. 그는 자신이 위대한 일들을 하도록 운명 지어진 사람이라고 생각했다. 그는 루가드 경**의 업적과 일생을 연구했다. 그러다가 우연히 두 아프리카인 학생들을 만나게 되면서 그의 소망은 구체적인 확신으로 굳어갔다. 그들은 문학과 역사와 전쟁에 대해 얘기했다. 그들은 세계사에 있어서의 영국의 소명에 대해 긍정적인 입장을 취했다.

두 아프리카인들은 당시에는 골드코스트였던 곳에 있는 족장 가문 출신들로, 역사와 문학을 확실하게 이해하고 있었다. 톰슨은 그 사실이 놀랍고 경이로웠다. 그의 머리가 작동하기 시작했다. 의복이나 언어, 지적인 능력에서 영국인과 다를 바가 없는 두 명의 아프리카인들이 눈앞에 있었다. 그렇다면 아프리카나 아시아 인종들에게 있는 불합리하고 모순적이고 미신적인 특성들은 어디로 갔단 말인가? 그것들은 서구 사상의 기본적인 세 원리, 즉 이성과 질서와 척도의 원리로 대치되었던 것이다.

그는 몇 날 몇 주일 동안 이 문제를 되새겨봤다. 그는 두 아프리카인이 영국적 전통과 유산을 자랑스럽게 생각하고 있다는 인상을 받았다. 톰슨은 자신이 위대한 발견을 하기 직전에 있다는 걸 알고 흥분했다.

'정확하게 말해 그 유산의 본질은 무엇일까?'

어느 날 밤, 그는 흥분되어 잠에서 깨어났다. 관념의 옷을 입은 운명이 보였다.

나중에 그는 이렇게 썼다.

"나의 가슴은 기쁨으로 충만했다. 나는 순식간에 대영제국의 발전이

---

* 조지프 러디어드 키플링(Joseph Rudyard Kipling, 1865~1936). 영국 제국주의를 문학적으로 이상화한 영국 시인, 예술가.
** 프레더릭 루가드 남작(Frederick Lugard, 1858~1945). 영국 군인, 행정가. 홍콩 총독, 나이지리아 총독 등을 지냈다.

바로 위대한 도덕적 관념의 발전이라는 것을 깨닫게 되었다. 그것은 모든 사람이 평등하게 창조되었다는 것을 전제로 하며, 피부가 다르고 신조가 다른 모든 사람을 통합하는 단 하나의 위대한 국가 영국을 건설하는 것을 의미하고, 또 분명히 그렇게 나아가야 한다. 어둠 속에서 위대한 빛이 내게 빛났다."

대영제국을 하나의 국가로 바꾸는 것, 바로 그것이었다. 그것이 수많은 것들을 설명해주고도 남았다. 가령 수많은 아프리카인들이 히틀러에 대항해 기꺼이 목숨을 바치려고 한 이유가 어디에 있겠는가, 그 이유가 바로 거기에 있었다.

그는 펜을 들어 자신의 생각을 적는 순간부터 제목이 머릿속에 떠올랐다. 그는 원고의 제목을 '아프리카의 프로스페로***'라고 정했다. 그 글에서 그는 영국적이라는 것은 근본적으로 정신 자세라고 주장했다. 그것은 삶과 인간관계와 인간 사회의 질서를 바라보는 방식을 의미했다. 사회적, 문화적 환경을 바꿈으로써 사람들을 재교육시켜 그러한 방식으로 삶을 살도록 만드는 것이 가능하지 않을까?

'아프리카의 프로스페로'는 영국 역사, 그리고 로마시대부터 현재까지의 식민 일반 역사 등을 주도면밀하게 파고들어 얻어낸 결과였다. 그는 프랑스의 동화정책에 영향을 받았다. 하지만 그는 "루가드의 퇴보적인 간접 통치 개념"에 대해 비판적이었듯 프랑스에 대해서도 비판적이었다.

"우리는 소수의 지식인들만 동화시키는 프랑스의 식민정책과 같은 실수를 범해서는 안 된다. 아시아와 아프리카의 농민들도 이러한 도덕적인 갱생 계획에 포함해야 한다. 영국에도 농민이 있고 노동자가 있다. 그들

*** 셰익스피어의《템페스트》에 등장하는 인물.

도 우리 사회의 중요한 일부분이다."

가끔 그는 마저리에게 그의 야심에 대해 얘기했다. 처음에 그녀는 그의 얼굴에 어린 우수와 방황하는 듯한 표정에 매혹되었고, 명민함에 감탄했다. 그의 도덕적인 열정이 그녀의 삶에 의미를 부여했다.

언젠가 한번, 그들은 런던에서 산보하러 나갔다가 세인트제임스 공원에서 웨스트민스터 사원과 의사당, 그리고 그 너머를 바라보며 한동안 서 있었다. 마저리는 그가 얘기하는 곳으로 자기를 데리고 가달라는 듯 그의 어깨에 머리를 기댔다. 그는 실제로 그렇게 했다. 몇 년 후, 톰슨 부부는 식민 통치 드라마의 중심에 서기 위해 동아프리카로 향하는 배에 올라탔다.

몸바사에 도착해 쓴 편지에서 그는 이렇게 말했다.

"나는 케냐의 붉은 흙을 밟을 수 있게 되어 기쁩니다. 나는 전쟁 중에 여기에 있었으며 이곳 기후를 좋아했습니다. 그러나 그때는 내가 다른 소명을 받아 다시 이곳으로 돌아올 줄 몰랐습니다."

그는 항상 그 말들을 기억했다. 심지어 오늘, 동아프리카를 떠나기 전, 마저리의 손이 몸에 닿자 그가 믿었던 신념이 문득 돌아왔다. 영국 제국주의에 대한 그의 믿음은 철저했다.

그는 뉴스탠리 호텔에서 일단의 관리들과 얘기를 나누면서도 이렇게 말했다.

"사람을 다스리는 것은 그 사람의 마음을 다스리는 것입니다."

그는 저녁 식사 후 자신이 한 말을 일기장에 적어 넣었다. 아니, 그건 일기장이 아니었다. 그것은 후에 '아프리카의 프로스페로'에서 논리 정연한 철학으로 통합해 활용하려고 때와 장소를 달리하여 적어놓은 메모장이었다. 그게 바로 지금 톰슨 앞에 펼쳐져 있는 서류들이었다. 그는 그것들을 훑어보다가 마음을 끄는 게 나오면 한참 동안 머뭇거렸다.

니에리는 울창한 숲으로 덮인 산과 언덕과 깊은 계곡으로 가득하다. 이 원시림은 항상 원시인들의 마음에 경외감을 불러일으켰다. 숲의 어둠과 신비로움이 원시인을 마법과 의식에 빠져들게 했다.

마우마우라고 하는 것은 무엇일까?

알베르트 슈바이처 박사는 이렇게 말했다.
"흑인은 어린아이다. 권위가 없이는 어린아이들과 아무 일도 할 수 없다."
니에리와 기티마와 키수무와 응공에서 일해본 결과, 그의 말에 동의한다.

니에리에 돌아왔다. 사람들이 자신들과 테러리스트들과의 관계를 단절하기 위해 새 마을로 이사하고 있다. 나는 예전 마을의 집들을 불사르며, 내 인생이 '막다른 골목'으로 가고 있음을 느꼈다.

룽에이. 키암부의 고위급 경찰서장인 롭슨 대령이 무자비하게 살해되었다. 내가 그의 후임으로 룽에이에 간다. 채찍을 써야 한다. 어떤 정부도 무정부 상태를 용인할 수 없으며 어떤 문명도 이러한 폭력과 야만성 위에 건설될 수 없다. 마우마우는 악이다. 그것을 저지하지 않으면 우리 문명이 뿌리를 두고 번창하게 된 모든 가치들을 송두리째 파괴하는 결과를 가져오게 될 것이다.

"모든 백인은 매일 매시간 계속되는 아프리카인들과의 싸움에서 점진적인 도덕적 파멸의 위험에 직면해 있었다." 알베르트 슈바이처 박사.

아프리카인들을 다룰 때는, 종종 예기치 않은 짓을 해야 할 경우가 있다. 어제 어떤 사람이 내 사무실에 왔다. 그는 내게 수배된 테러리스트 앞잡이에 대해 얘기했다. 처음부터 그 사람이 나를 함정에 빠뜨릴 목적으로, 아니면 자신이 조직에서 한 역할을 숨길 셈으로, 내게 거짓말하고 연기하고 있다는 걸 확신했다. 그는 나를 비웃는 것 같았다. 아프리카인들은 타고난 배우라는 것을 기억하라. 그들이 거짓말을 쉽게 하는 이유는 바로 그것이다. 나는 느닷없이 그의 얼굴에 침을 뱉었다. 왜 그랬는지 모르지만, 아무튼 그렇게 했다.

톰슨은 문득 현재로 돌아왔다. 그는 원고를 응시하면서도 실제로는 아무것도 보고 있지 않았다. 리라 사태 이전에는 정상에 오르는 길이 분명하게 보였다. 그는 지금 기티마에서 자기가 기록해두었던 말 속에서 아이러니를 느꼈다. 여왕의 남편이 우후루 의식의 귀빈으로 참석하리라는 사실에 의해 아이러니는 더욱 고조되었다.
아내가 자신을 만졌을 때 되살아난 느낌이 그를 조롱했다.
'내가 경찰서장이나 주지사나 총독 같은 고위층 인물이 되었으면 어땠을까?'
모든 것이 이 집처럼 곁을 떠날 것이었다. 사무실, 기티마, 나라 전체가 자신에게서 떠날 것이었다.
'린드 박사같이 어리석은 인간들일랑 남을 테면 남으라지.'
그러나 그들도 결국 아무런 설명도 없이 쫓겨날 것이었다. 그것이 톰슨이 사직서를 내고 우후루 전에 떠나고자 하는 이유였다.

'왜 사람들은 기다렸다가 하인이었던 자들에게 쫓겨나는 수모를 당하려 하는가?'

그는 린드 박사와 나눴던 얘기를 떠올렸다. 카란자에게 한 거짓말도 떠올렸다.

그는 마저리에게 얘기하고 싶었다. 여하튼 오늘 밤은 그랬다. 그녀가 그에 대한 믿음을 다시 가져주었기 때문이다. 그녀의 부드러워진 눈길과 목소리가 그를 줄곧 괴롭혔던 환영들을 몰아낼 것이었다.

'우리도 참 많이 늙었어.'

그는 고백할 마음의 준비를 했다. 거창하게 고백할 준비를 하기 위해 욕실로 들어가면서 그의 가슴은 희망과 두려움으로 들떠 있었다.

그는 침실 문을 조심스럽게 열고 들어갔다. 어두워야 분위기를 잡을 수 있을 것 같아 불을 켜지 않았다. 남자란 계속 죽고 새롭게 태어나는 법이었다. 그의 손이 약간 떨렸다. 침대에 다다랐을 때 어둠이 그를 향해 기어오는 것을 느꼈다. 그러나 마저리는 이미 잠들어 있었다. 톰슨은 그녀가 잠든 것을 보고 한없는 안도와 감사를 느끼며 침대로 들어갔다. 그러나 그는 오랫동안 잠들 수 없었다.

6

자수성가해 부와 명예를 거머쥔 사람을 가리켜 사람들은 '하늘은 스스로 돕는 자를 돕는다'고 말한다. 그렇게 말하면서 날이면 날마다 뼈 빠지게 일해도 굶어 죽고, 생활 형편이 조금도 나아지지 않는 수천 명의 다른 사람들이 있다는 것을 잊는다.

이 속담은 기코뇨에게도 맞는 말인 것 같다. 타바이 사람들은 그가 수용소 생활에서 자신을 관리하는 법을 배웠다고들 한다. 기코뇨는 파이프라인을 거쳐 마을로 돌아간 첫 수감자 그룹에 속했다. 파이프라인이란 모든 수감자들이 통과해야 하는 일련의 강제수용소들을 완곡하게 지칭하는 공식 용어였다.

돌아온 그가 지닌 것이라곤 낡은 톱과 망치 한 자루뿐이었다. 다행히 그가 돌아온 때가 8월과 9월 추수철 기간이라 옥수수, 콩, 감자 등을 저장할 헛간이나 창고를 지을 목수들이 많이 필요했다. 타바이 사람들은 비상사태 전부터 그를 알고 있었다.

그는 더욱더 열심히 일했고 제시간에 맞춰 헛간을 지어줬다. 주문이 밀려들었다. 그러나 그는 일을 지체 없이 완수한 만큼 상대에게 걸맞은 대가를 기대했다. 그래서 약속한 날짜와 시간에 돈을 내라고 요구했다. 그는 지불 날짜가 늦어지는 것을 눈감아주지 않았다. 부자에게도 가난한 사람에게도 똑같이 대했다. 유일하게 다른 점이 있다면 가난한 사람이 돈을 마련할 수 있도록 시간을 달라고 하면 들어줬다는 것이었다. 그러나 한 달이든 두 달이든 석 달이든 정해진 때가 되면 돈이 준비되어 있어야 했다.

"수용소 생활을 하더니 변했어."

사람들은 이렇게 불평했다. 그러나 그들은 그의 빈틈없는 정직성을 신뢰하고 존중하게 되었다. 적어도 약속한 시간에 자기가 맡은 일을 해줬던 것이다.

기코뇨는 그 돈으로 그와 가족이 입을 옷을 사는 대신 인도인 상인들의 방식을 따랐다. 추수철이 되면 그는 옥수수와 콩을 헐값에 사들였다. 그리고 그걸 자루에 넣어 어머니인 왕가리의 거무칙칙한 오두막에 보관했다. 그와 뭄비도 거기에 살았다. 그는 아내와 어머니가 지난 6년 동안 헐벗고 굶주리는 데 익숙해 있었으니까 몇 달 더 기다린다고 해도 별 차이가 없을 거라고 생각했다. 일감이 정신없이 밀려들던 추수철이 지나자 기코뇨는 때를 기다리며 이런저런 일을 했다.

타바이와 룽에이 사람들의 집에서는 대부분 1월경이면 추수한 곡식이 바닥났다. 그리고 언제나 한두 달씩 가뭄이 들고, 3월에는 오랫동안 비가 내렸다. 그때도 사람들은 곡식이 자라기를 기다려야 했다.

그때쯤 기코뇨는 힘든 목수 일을 그만두고 시장에 갔다. 매일 새벽 시장에 가 리프트 계곡에서 온 곡물상들에게 도매로 한두 부대의 옥수수를 샀다. 곡물상이 면허가 있든 없든 가리지 않았다. 그러고 나면 아내와 어머니가 기코뇨에게 합류했다. 시장 아줌마들처럼 뭄비와 왕가리는 작은 호리병으로 재서 옥수수를 소매로 팔았다. 돈이 생기면 기코뇨는 다시 한 부대를 더 샀고, 두 여인은 그것을 소매로 팔았다. 거기서 얻은 이익은 다음 장날에 재투자했다. 때로 기코뇨는 옥수수 한 부대를 사서 바로 그 자리에서 다른 사람에게 더 비싼 값으로 팔기도 했다.

그는 손님들에게 절대 무례하지 않았다. 겸손하게 의견을 말하고 그들이 하자는 대로 했다. 그는 언제나 죄송하다고 말할 준비가 되어 있었고 손님들에게 지체 없이 관심을 쏟았다. 이런 식으로 그는 돈을 우려냈다. 특히 여자들은 그와 거래하고 싶어 했다.

"말도 잘하고 정직하다니까."

그들은 이렇게 말하곤 했다. 그는 시장에서 금세 유명해졌다. 기코뇨는 옥수수가 아주 귀해질 때까지 계속 기다렸다. 리프트 계곡의 유럽인 농장에서 나오는 곡물 공급은 철저히 통제되었다. 그는 정확히 시기를 맞춰 시장에 가서 비싼 값에 팔았다.

힘겨운 삶이었다. 처음에 사람들은 여자가 할 일을 남자가 한다며 비웃었다.

"여자들 치마에 바짓가랑이를 스치다니, 그게 어디 남자가 할 일인가!"

그러나 그가 부자가 되자 사람들은 그를 존경하기 시작했다. 어떤 사람들은 그가 했던 것처럼 장사를 해 돈을 벌기도 했다.

타바이 어머니들은 기코뇨가 작은 규모이긴 하지만 부자가 되기까지의 과정을 아이들에게 교훈 삼아 얘기했다.

"그 사람의 아내와 늙은 어머니는 이제 더 이상 시장에서 다른 여자들과 부대끼며 살 필요가 없어졌단다. 그건 그 사람이 궂은일을 마다하지 않았기 때문이야. 유럽인들처럼 그 사람은 한낮까지 잠을 잔 적이 없어."

기코뇨가 항상 일찍 일어난 것은 사실이었다. 그는 마음에 무거운 짐이 있거나 다른 일이 있어도 그것이 당장 해야 할 일을 방해하게 놓아두지 않았다.

가령 무고에게 갔다 온 다음 날 아침, 그는 새들보다 일찍 일어나 업랜즈 너머 키리이타에 가서 나이로비로 수송할 채소를 샀다. 나이로비에 채소를 공급하는 것은 수지맞는 장사였다(나이로비에서 주문하는 물량이 많았다). 특히 운전사와 시장 경찰들을 돈으로 적당히 구워삶으면 이득이 많이 남는 장사였다. 시장 경찰들은 걸핏하면 아프리카인 장사꾼들에게 시비를 걸기 일쑤여서 그들을 요리하는 것이 급선무였다. 자치 정부가 들어선 후에도 유럽인들과 인도인들을 우대하는 건 변함이 없었다.

기코뇨는 운전을 할 줄 몰라서 운전사와 조수를 고용해 운송 일을 맡겼다. 그러나 기코뇨는 모든 것을 빈틈없이 관리했다. 특히 일꾼들을 자기 식으로 부렸다.

점심시간, 그는 우후루 날 운동경기와 춤이 벌어질 들판을 꾸미는 책임을 맡은 위원회의 모임에 참석했다.

오후에는 지역 국회의원과 약속이 있었다. 한 달 전쯤 그는 다섯 사람과 함께 리처드 버턴의 농장을 공동으로 구입하기로 했다. 버턴은 초기 정착민이었다. 우간다까지 철도가 놓인 후, 그는 영국 정부의 장려로 케냐에 와서 헐값으로 땅을 사들였다. 그의 아이들은 케냐에서 태어나 학교를 다녔다. 남자애들은 황태자 학교에, 여자애들은 사람들이 '헤이페르 보마'라고 부르는 케냐 고등학교에 다녔다. 그리고 나서 아이들은 대학에 다니러 영국으로 건너갔다. 대부분의 자식들은 영국에 머물렀고, 아들딸 한 명씩만 케냐로 돌아왔다. 아들은 나이로비에 있는 큰 정유 회사에 다녔다.

버턴은 케냐 말고는 다른 고향이 없었다. 그는 흑인들 손으로 권력이 넘어가는 걸 확인하기 전까지는 케냐를 떠날 생각이 전혀 없었다. 휴가나 건강상의 이유로 영국을 방문한 적도 없었다. 다른 정착민들처럼 버턴도 이미 그들의 지도자 마이클 블런델 경으로부터 암시를 받았다. 그런데도 영국 정부가 권력을 이양할 것이라고 믿지 않았다.

이제 버턴은 자신이 사랑했으며, 인생의 대부분을 할애했던 땅을 팔고 영국으로 가고자 했다. 기코뇨는 버턴과 접촉해 예비교섭을 해놓은 상태였다. 버턴은 현금을 원했다. 그런데 기코뇨와 다섯 명은 버턴이 요구한 액수의 절반밖에 구할 수 없었다.

기코뇨는 국회의원에게 가서 지원금을 얻을 수 있도록 추천해주거나 영향력을 행사해주고, 그것도 아니라면 정부가 보증하는 은행 융자를 받을 수 있게 해줄 수 있는지 타진했다. 국회의원은 그들의 말을 심각한 표정으로 들으며 농장에 관한 세부 사항들을 종이에 적었다. 그리고 기코뇨에게 내일 다시 오라고 했다.

"이것이 진짜 하람베* 정신입니다. 이것이 진짜 자립입니다."

국회의원은 단호히 손을 흔들며 기코뇨에게 말했다.

기코뇨는 나이로비행 버스를 타러 걸음을 서두르면서 희망에 부풀어 있었다. '근면한 아이'라는 이름이 붙은 버스는 독립전쟁 때 돈을 번 룽에이 사람이 소유하고 있었다. 그는 식민 정부에 적극적으로 협조해 사업권을 따고 사업을 확장하려 지원금까지 받았던 사람들 중 한 명이었다.

---

* 조모 케냐타가 만들어낸 스와힐리어. 공동 이익을 위해 힘을 합쳐 짐이나 물건을 끌어당기는 것을 의미한다.

희망에 부풀어 있었지만 기코뇨는 나이로비까지 먼 길을 가야 한다는 사실이 약간 괴로웠다. 자신의 지역구에 사무실이 있는 국회의원들은 거의 없었다. 그들은 당선되자마자 나이로비로 달려갔다. 그러고는 대규모 정치 집회에서 연설을 하러 다른 정치인들과 함께 방문할 때를 제외하면 지역구에 코빼기도 내밀지 않았다.

버스가 나이로비에 도착하기 전이었다. 두 명의 흑인 경찰이 검문을 했다. 한 명은 올라와서 승객들의 숫자를 세고, 또 한 명은 운전사에게 면허증을 보여달라고 했다. 버스에는 정원보다 두 명이 더 타고 있었다. 운전사는 경찰들과 말씨름을 했다. 그러자 차장이 경찰들을 밖으로 데리고 나가더니 운전사더러 어서 가라는 손짓을 했다. 운전사는 그 신호를 알아차리고 버스를 몇 미터쯤 몰고 가서 멈췄다. 차장이 곧 달려와 버스에 올랐다.

"차를 마신다고 몇 실링만 달라더라고요."

그의 말에 승객들이 웃었다. '근면한 아이'는 나이로비를 향해 계속 달렸다. 전에는 프린세스 엘리자베스 고속도로였던 우후루 고속도로의 양편에는 검은색과 녹색과 적색으로 된 케냐 국기와 다른 아프리카 국가들의 국기가 게양되어 있었다. 기코뇨는 잠시 나이로비에 가서 할 일을 잊었다. 그의 마음이 국기들을 따라 펄럭였다.

그는 버스에서 내려 그 도시가 정말로 자기 것인 양 느끼며 케냐타가(街)를 걸어 내려갔다. 델라미어 경의 동상이 이 도로―전에는 그의 이름을 따서 델라미어가(街)라고 불렀다―를 압도했던 자리에는 이제 분수대가 들어서 있었다. 분수대가 뿜어 올리는 물이 뉴스탠리 호텔의 바닥까지 떨어졌다. 흑인들이 그 주위에 서서 빙글빙글 돌아가는 물줄기를 손가락으로 가리키며 얘기하고 있었다.

"저건 오줌을 누가 멀리 싸나 시합하는 남자의 거시기 같아."

기코뇨는 한 여자가 이렇게 말하는 소리를 들었다. 그녀의 주위에 있던 다른 사람들이 웃었다. 나이로비는 우후루를 맞을 준비가 되어 있는 것 같았다. 타바이로 돌아가면 룽에이를 단장하는 데 박차를 가해야겠다고 그는 생각했다.

그는 정부로(路)를 지나 빅토리아가(街)로 갔다. 그의 사업가다운 기질이 다시 발동하기 시작했다. 두 도로를 건널 때면 늘 그랬지만, 그는 오늘도 역시 왜 나이로비의 중심가와 상가에는 아프리카인 상점이 한 군데도 없는지 궁금했다. 예전에 카리우키가 나이로비는 캄팔라와 달리 아프리카적인 도시가 아니라고 했던 말이 생각났다.

인도인들과 유럽인들이 이 도시의 상업권과 사회생활을 지배하고 있었다. 흑인들은 거리를 청소하고, 버스를 운전하고, 물건을 사러 시내에 왔다가 저녁이 되기 전에 변두리로 빠져나갔다. 문득 기코뇨는 자신과 같은 흑인 사업가들이 모든 부지와 점포를 인수하는 것을 상상해보았다!

많은 사람들이 국회의원 사무실 밖에서 기다리고 있었다. 국회의원은 나와 있지 않았다. 사람들은 국회의원이 약속을 어기는 것에 익숙해져 있었다. 국회의원을 날마다 만날 수 없다는 걸 알면서도 그들은 하루도 빠뜨리지 않고 그곳을 찾아왔다.

"하느님 만나는 것만큼 어렵군."

한 여인이 불평했다.

"그런데 그 사람한테 부탁할 게 뭐요?"

"우리 아들이 미국 유학을 갈 장학금이 필요하답니다. 당신은?"

"집에 문제가 생겼어요. 지난 토요일, 그 사람들이 세금을 내지 않았다고 우리 남편을 잡아갔어요. 어떻게 인두세를 내겠어요? 직장도 없고 돈도 없어서 두 애들까지 학교를 그만뒀는데……."

어떤 사람은 땅 문제 때문에 왔고, 어떤 사람은 결혼 문제를 상담하러 왔다. 또 지역에 중등학교를 세우는 문제로 국회의원의 도움이 필요해 파견된 대표단도 있었다.

"우리 아이들이 초등학교를 마친 후, 다닐 학교가 없다오."

연장자 중 한 명이 설명했다.

한 시간쯤 지나자 국회의원이 도착했다. 그는 검은 양복에 가죽 서류 가방을 들고, 파이프 담배를 피우고 있었다. 그는 아버지나 교장 선생님이 아이들에게 함 직한 인사를 사람들에게 건넸다. 그리고 미안하다는 말도 없이 사무실로 들어갔다. 사람들이 한 명씩 안으로 들어가기 시작했다.

기코뇨의 가슴이 희망으로 고동쳤다.

'융자만 받을 수 있다면! 새로운 미래가 눈앞에 열릴 거야.'

그들은 공동으로 농장을 운영할 생각이었다. 높은 등급의 소도 기르고, 제충국(除蟲菊)과 차와 옥수수 등 모든 것을 재배할 수 있을 것이었다. 조합원을 더 끌어들일 수도 있으리라. 새로운 흑인 형제애! 드디어 그의 차례가 되었다. 그를 보더니 국회의원은 깜짝 놀라는 것 같았다.

"앉아요, 앉아요, 기코뇨 씨."

그는 입에 문 파이프를 오른손으로 잡고, 왼손으로 의자를 가리켰다. 그리고 서랍에서 서류를 꺼내 들고 펼치더니 한동안 심각한 표정을 지었다. 기코뇨는 불안한 마음으로 기다렸다. 국회의원이 서류에서 얼굴을 들더니 의자에 등을 기댔다. 그리고 입에서 파이프를 뺐다.

"그런데 이 융자금 말인데 얻기 어렵겠어요. 하지만 내가 최선을 다하고 있으니 며칠 내로 당신에게 좋은 소식이 갈 거요. 알다시피, 여기 은

행들은 여전히 백인들과 인도인들이 잡고 있잖소. 하지만 몇몇은 이미 우리 정치가들의 도움 없이 일할 수 없다는 것을 깨닫고 있지요. 기코뇨, 우리 형제여, 그들에게는 우리가 필요합니다."

"언제 다시 올까요?"

기코뇨는 실망감을 감추지 못하며 물었다.

"아! 그러니까 오늘이……."

그는 일지를 넘기다가 기코뇨를 올려다봤다.

"이렇게 합시다. 기별이 오면 내가 당신에게 가든가, 아니면 편지를 쓰겠소. 룽에이에 당신 가게가 있지 않소?"

"그렇습니다."

"그러면 당신이 수고할 필요도 없고. 그렇게 하는 게 어떻겠소?"

"좋습니다."

이렇게 말하고 기코뇨는 몸을 일으켜 나오다가 문 앞에서 돌아섰다.

"융자금을 얻을 수 있다고 생각하십니까? 아니면 저희가 다른 방법을 찾아볼까요?"

문득 기코뇨는 상대방이 놀라는 것 같다는 생각이 들었다.

"아니, 아니, 아니요."

그는 이렇게 말하면서 일어섰다. 그리고 기코뇨가 서 있는 쪽으로 거들먹거리면서 걸어왔다.

"전혀 어려울 것 없소. 융자금은 해결될 거요. 문제는 어떻게 그걸 얻어내느냐는 거지. 내가 당신에게 말했잖소, 백인들은 우리 없이 일할 수 없다고! 그러니 내게 맡겨두시오. 알겠소?"

"좋습니다."

기코뇨는 이렇게 대답하고, 내일 버턴을 만나기로 마음을 굳혔다. 버턴이 돈을 절반만 받는다면 나중에 융자금이 나올 때 나머지를 지불할 수 있을 것 같았다. 융자금이 아니라면 다른 수단을 통해서라도 돈을 마련할 수 있을 거라는 생각이 들었다.

그런데 기코뇨가 채 몇 미터도 가기 전에 뒤에서 휘파람 부는 소리가 들렸다. 돌아보니 사람들이 그를 향해 손짓하고 있었다. 국회의원이 돌아오라고 했다는 것이었다. 그래서 그는 다시 사무실로 가는 계단을 올라갔다.

"룽에이에서 열리는 우후루 행사에 관한 얘긴데, 초대해주셔서 고맙다고 지부와 원로들께 전해주시오. 그런데 그날 국회의원들은 여기 수도에서 열리는 여러 행사에 초대를 받아 이곳에 오는 외국 손님들을 접대해야 하오. 그러니 저를 대신해 사과해주고 못 간다고 전해주시오."

"우후루!"

"우후루."

이틀 후 타바이 부근의 여덟 마을 사람들은 무고에 대해 이런저런 얘기를 나눴다. 그가 리라에서 단식투쟁을 주도했고 그 때문에 페나 브로코위* 의원이 영국 의회에서 문제를 삼는 계기가 되었다며, 다소 과장 섞인 얘기를 했다. 남들과 어울리지 않는 습관이나 괴팍한 행동을 보면 그가 선택받은 사람이 분명하다는 것이었다.

고통스러운 수용소 생활에 그는 더 건장한 남자로 단련됐다. 그의 눈은 크고 검었으며, 키가 컸고, 얼굴선은 돌에 새겨놓은 것처럼 반듯하고 분명했다. 그는 표정만 봐도 누구나 희망과 신뢰를 품게 되는 사람들 중

---

* 아치볼드 페너 브록웨이(Archibald Fenner Brockway, 1888~1988). 영국 반전 행동주의자, 정치가.

한 톨의 밀알

한 명이었다.

그러나 일요일에도 월요일에도 무고는 사람들이 술렁거리고 있다는 사실을 전혀 몰랐다. 사실 당에서 내놓은 갑작스러운 제의가 그의 평정을 깨뜨리고 있었다. 그는 어젯밤 일이 또 다른 꿈이었기를 바라며 아침에 일어났다. 그러나 사람들이 앉았던 의자를 보자 그런 환상이 깨져버렸다. 그들이 했던 말이 악몽처럼 절박하게 그의 머리를 훑고 지나갔다.

'왜 그들은 나에게 우후루 행사를 주도하라고 하는 것일까? 왜 기코뇨나 와루이, 아니면 숲의 전사들 중 한 명에게 시키지 않는 걸까? 왜 하필이면 나일까? 왜? 왜?'

그는 밭에 갈까 망설였다. 그러나 아무 일도 할 수 없을 것 같았다. 게다가 마을을 지나치고 싶지 않았다. 와루이, 왐부이, 기투아 혹은 그 노파를 만나고 싶지 않았다. 룽에이에 갔다 오는 것이 훨씬 더 나을 것 같았다.

날씨는 여전히 더웠다. 모래가 맨발에 닿아 델 것 같았다. 먼지가 땀난 발가락에 들러붙었다. 더위가 속으로 느끼는 당혹스러움과 흥분감을 부채질을 했다.

'그래…… 그들은 나에게…… 나에게…… 연설을 하라는 거야……. 키히카를 칭송하고…… 그리고 그 모든……. 어쩐담…… 연설을 해본 적이 없는데……. 아, 맞아! 한 적이 있지…… 사람들이 그렇게 말했지……. 잘했다고 했지……. 하하하! 거짓말을 덕지덕지 했는데도…… 그들은 믿었어……. 그 누구든……. 왜 나야…… 나…… 나— 나를 함정에 빠뜨리려는 수작이야……. 기코뇨는 키히카의 매제이고…… R장군…… 코이나 부관…… 오, 그래…… 연설…… 얘기해…… 말들을…….'

지금까지 무고는 딱 한 번 연설을 한 적이 있었다. 타바이 근처 카부이의 가게들 밖에서 열린 집회에서였다. 그 집회는 수용소에서 돌아온 사람들을 대중에게 소개하기 위해 개최된 것이었다. 그때 무고는 집회에 참석하기로 했다. 그러면 예전처럼 마을에서 정상적으로 살 수 있을 것 같았다. 참석하지 않으면 오히려 사람들의 관심을 끌 것이 분명했다. 많은 타바이 사람들이 집회에 참석했는데, 바로 그제야 비로소 정치적인 집회를 할 수 있도록 허락되었기 때문이었다.

어떤 사람들은 도피 생활에 관한 얘기나 영웅담을 듣고 기분 전환을 하고자 집회에 참석하기도 했다. 당시 케냐의 상황은 그랬다. 거의 1년 전 비상사태가 공식적으로 종식되었지만 조모 케냐타와 다른 다섯 명은 카펭구리아 재판으로 여전히 감옥에 갇혀 있었다.* 사람들이 겪은 상처는 눈에 보이고 손으로 만져질 만큼 너무나 생생하게 남아 있었다.

맨 처음 연설을 한 사람은 그 지역의 당 지도자들이었다. 그들은 조모 케냐타가 우후루를 이끌 수 있도록 감옥에서 석방되어야 한다고 말했다. 사람들은 케냐타 이외의 사람을 그들의 총리로 받아들이지 않을 것이라고 했다. 그들은 모든 사람에게 다가오는 선거에서 당의 후보들에게 투표해줄 것을 당부했다.

후보에게 던지는 표는 케냐타를 위한 표였다. 케냐타를 위한 표는 당을 위한 표였다. 당을 위한 표는 조직을 위한 표였다. 조직을 위한 표는 민중을 위한 표였다. 케냐타가 민중이었다! 그러나 그 집회는 실제로 이러한 선거를 가능하게 만든, 나라를 위해 희생하고 충성한 사람들을 소개하려고 개최된 모임이었다.

---

* 1952년 마우마우 암살 사건에 연루되어 체포된 이들 6인은 1952~1953년 카펭구리아에서 재판을 받았고, 이후 1961년까지 북부 케냐에 투옥되어 있었다.

이러한 연설의 어조는 수용소에서 돌아온 이들에게 옮아갔다. 그들은 케냐에 대한 깊은 사랑을 엿볼 수 있는 일화를 섞어가며 백인 밑에서 겪은 고통스러운 경험들을 얘기했다. 연설이 끝날 때마다 사람들은 '케냐는 흑인의 나라'라는 곡을 합창했다.

수용소에서 돌아온 어떤 사람은 이 연설들을 이렇게 요약했다.

"나라에 대한 사랑보다 더 위대한 것이 있겠습니까? 케냐에 대한 사랑만이 나로 하여금 목숨을 부지하고 모든 것을 견디게 했습니다. 따라서 케냐가 흑인의 나라라는 것은 분명한 사실입니다."

집회가 이쯤 진행되었을 때였다. 리라에서 무고가 했던 일을 들은 사람들이 그의 등을 단상으로 떠밀었다. 그들 중에는 후에 당 지부 서기장으로 선출된 니아무도 끼어 있었다. 니아무도 열한 명의 수감자들이 맞아 죽을 때 리라에 있었던 사람이었다.

무고가 군중 앞에 섰다. 그는 자신의 맥없고 쉰 듯한 목소리에 놀랐다. 그는 기억하고 싶지 않은 장면들을 얘기하는 것처럼 단조롭고 지친 목소리로 말했다.

"그들은 우리를 도로나 채석장으로 데리고 갔습니다. 아무 행동도 하지 않았던 사람들조차 말입니다. 그들은 우리를 죄인이라고 했습니다. 우리가 무엇을 훔쳤거나 누군가를 죽였기 때문이 아니었습니다. 우리는 조상 대대로 우리 것이었던 것들을 되돌려달라고 요구했을 뿐이었습니다. 낮이나 밤이나, 그들은 우리보고 땅을 파라고 했습니다. 우리는 병이 들고, 종종 굶주린 채 잠들었습니다. 우리의 옷은 너덜너덜 걸레가 되어 비가 오나 바람이 부나 햇볕이 내리쬐나 몸을 가릴 수가 없었습니다.

우리가 갖고 있던 명분이 좋아 그때 살아남은 것은 아니었습니다. 나라를 사랑해서도 아니었습니다. 그것이 전부였다면 누가 죽지 않았겠습니까? 우리는 집을 생각했을 뿐이었습니다. 우리는 여자들이 웃고, 아이들이 싸우고 우는 것을 볼 날을 기다렸던 것입니다. 언젠가 우리의 어머니와 아내와 아이들의 얼굴을 보고 그들의 목소리를 들을 수 있는 날이 오리라는 생각이 우리를 강하게 만들었습니다.

그랬습니다. 우리는 우리가 피를 흘렸던 명분이 없어진 것처럼 보일 때조차 강해졌던 것입니다. 아무런 명분이 없…… 없…….”

처음에 무고는 자신과 목소리 사이에 생긴 거리를 즐기는 마음이었다. 그러나 곧 그 목소리에 그는 구역질이 났다. 그는 이렇게 소리치고 싶었다.

'그건 절대 아니오. 나는 돌아오고 싶지 않았소. 나는 어머니도 아내도 아이도 보고 싶지 않았소. 나에게는 아무도 없었기 때문이오. 아무도 없다면 내가 누구를 사랑할 수 있었겠소?'

그는 하던 말을 중간에 멈추고 연단을 내려와 자기 집으로 갔다.

집회 이후 무고는 침묵 속에서 위안을 구했다. 사람들은 부서진 것들을 짜 맞추며 일상으로 돌아갔다. 선거가 다가왔다. 사람들은 당에 투표해 권력을 잡도록 했고, 다시 땀 흘리며 일했다.

무고는 타바이가 자신을 잊었다고 생각했다. 그러나 전설은 비옥하지 않은 땅에서 더 무성해지는 법이었다. 집회에 참석했던 사람들은 그가 감정이 복받쳐 더 이상 말을 할 수 없는 상태였다고 말했다. 그리고 와루이는 이 집회에 대해 얘기할 때마다 잊지 않고 이렇게 말했다.

"그런 말은 보통 사람이 할 수 있는 말이 아니지."

무고는 목적지에 일찍 도착하는 데 몰두한 사람처럼 다부지게 걸음을 옮겼다. 번개가 밤을 두 쪽으로 쪼개듯 그의 마음은 짧은 순간 모든 과거를 들여다보고 있었다. 그의 인생은 그 순간에 응축될 수 있을 터였다.

그는 과거에 있었던 사건들을 추려보았다. 그에게 고통을 몰고 오는 것들을 건너뛰려고 해봤다. 그는 집회를 떠올렸다. 그런 다음 지난밤의 만남으로 옮아갔다.

'그분이 사람들 중에서 가난한 자를 가려내실 것이며, 곤궁한 자들의 아이들을 구할 것이고, 압제자들을 갈기갈기 부술 것이니라.'

이 말이 그를 전율케 했다. 한 줄기 불빛이 다시 한 번 그의 마음속에서 너울거렸다. 그는 얼어붙은 듯 서 있었다. 그런 다음 갑자기 다른 생각이 몰려와 그 불빛을 꺼버렸다.

'그들이 나를 의심하지 않았다면 R장군이 그토록 날카로운 질문을 어떻게 할 수 있었을까? 일주일 후 누군가를 만난다고 했다고? 카란자라고? 그래, 그들은 과연 내가 무참하게 배반한 사람을 칭송함으로써 입지를 다지기를 바랄 수 있었을까?'

저녁에 문 앞에서 기코뇨가 '들어가도 되겠느냐'고 말하며 들어왔을 때 무고는 두려움과 희망과 의심으로 맥이 빠져 있었다. 둘은 잠시 서로 어쩔 줄 몰라 하며 서 있었다.

"앉으세요."

무고는 불 가까이 있는 의자를 권했다.

"제가 오리라고는 생각하지 못했죠?"

기코뇨가 의자에 앉은 후 멋쩍은 듯 말했다.

"괜찮습니다. 제 결정을 들으러 왔겠지요."

"아닙니다. 오늘 밤 여기 온 건 그것 때문이 아닙니다."

그는 무고에게 나이로비에서 국회의원을 만났다는 얘기를 했다.

기코뇨의 맞은편 침대에 앉아 있던 무고는 그가 말을 계속하기를 기다렸다. 세 개의 돌로 받쳐진 난로의 불이 그들 사이에서 빛났다.

"그것 때문에 여기 온 게 아닙니다. 제 마음속에 있는 걱정, 걱정 때문입니다."

기코뇨는 웃으며 무심한 듯 말하려고 했다.

"한 가지 질문을 드리려고 왔습니다."

그가 잠시 극적으로 말을 멈추었다.

무고의 가슴이 두려움과 호기심 사이에서 무너져 내렸다.

"당신과 내가 한번 같은 수용소에 있었다는 걸 알고 있습니까?"

기코뇨는 이렇게 운을 뗐다.

"우리가 그랬습니까? 기억이 안 납니다."

그는 약간 안도하는 마음이 되었지만 여전히 의심스러웠다.

"사람들이 워낙 많았으니까요."

그가 재빨리 덧붙였다.

"무히아 수용소였죠. 당신이 거기로 왔다는 걸 우리는 알았습니다. 물론 우리는 리라에서 있었던 단식투쟁과 당신이 관련된 이야기를 이미 들어서 알고 있었죠. 당국이 우리에게 말해준 건 아니었어요. 그것은 비밀에 부쳐져 있었지만 우리는 알았어요."

무고는 리라와 자신을 때렸던 톰슨을 생생하게 기억했다. 그러나 무히아에 대해서는 철조망과 판판하고 건조한 땅만 생각날 뿐이었다. 하기야 대부분의 수용소는 그런 곳에 있었다.

"왜 내게 이런 얘기들을 하는 겁니까? 기억하고 싶지도 않은데."

"잊을 수 있습니까?"

"그렇게 하려고 노력하고 있습니다. 정부도 우리가 과거를 묻어야 한다고 말하잖아요."

"나는 잊을 수가 없어요……. 나는 결코 잊지 않을 겁니다."

기코뇨가 울먹였다.

"고통을 많이 당했습니까?"

무고가 동정하며 물었다.

"아니, 그렇지 않았습니다. 제 말은…… 제가 단 한 차례도 구타당하지 않았다는 걸 알고 계시나요? 놀라우시죠?"

"구타당하지 않은 사람도 있다는 건 압니다."

"당신은 구타를 당했습니까?"

"그럼요. 많이 당했죠."

"자백을 하지 않다니 참 용감하셨어요. 우리는 당신의 용기에 찬사를 보내며 너무너무 창피해했어요."

"자백할 게 아무것도 없었습니다."

"우리는 자백했습니다. 집에 돌아올 수 있다면 무슨 짓이든 했을 겁니다."

"당신에겐 부인이 있고 어머니가 있잖습니까."

"그렇습니다. 이해해주는군요."

"아뇨, 이해 못 합니다. 내가 이해하는 것은 아무것도 없습니다."

무고는 목소리를 높이며 말했다.

"그렇다면 왜 그때, 그렇게 말씀하셨습니까?"

"언제 말입니까?"

"그 집회에서 말입니다! 기억하세요? 우리 상당수는 스스로를 기만하고자 했기 때문에 그렇게 얘기했습니다. 그렇게 하면 수치심을 덜 수 있었으니까요. 우리는 조직에 대한 충성과 나라에 대한 사랑에 대해 얘기했습니다. 그런데 우후루에 대해 더 이상 관심이 가지 않을 때가 다가왔습니다. 저는 집에 돌아오고 싶었을 뿐입니다. 나 자신의 자유를 살 수 있다면 케냐 전체라도 백인에게 팔아넘겼을 것입니다. 저는 키히카와 같은 사람에게 경탄을 금할 수 없습니다. 그들은 진리를 위해 죽을 수 있을 만큼 강합니다. 저는 그런 힘이 없습니다. 이것이 바로 우리가 수용소에 있을 때 하나같이 당신을 우러러봤고, 당신 때문에 열에 받쳤으며, 당신을 증오했던 이유입니다. 끝끝내 신념을 배반하기를 거절했던 당신 같은 사람은 우리에게 어떻게 처신해야 하는지를 보여줬습니다. 그러나 우리에겐 용기가 없었습니다. 우리는 겁쟁이였습니다."

"그것은 겁이 아니었습니다. 나라도 똑같이 했을 겁니다."

"그렇다면 왜 그렇게 하지 않았습니까?"

"알고 싶습니까?"

무고는 정신없이 이렇게 되물었다. 그러나 이내 말해버리고 싶은 유혹이 사라졌다.

"돌아갈 집이 없었습니다."

그는 감정 없이 조용히 말을 이었다.

"돌아오고 싶지도 않았고……."

"아니죠. 그게 아니죠."

기코뇨는 감탄하며 말했다.

"당신은 마음이 넓은 사람입니다. 독립의 결실을 최초로 맛봐야 하는 사람은 당신 같은 사람들입니다. 그런데 큰 차를 타고, 자동차가 옷이라도 되는 것처럼 날마다 바꾸며 호사스러운 생활을 하는 사람들은 누굽니까? 그들은 조직에 참여하지도 않았고, 학교나 대학이나 행정기관으로 도피했던 자들입니다. 심지어 노골적으로 배반하거나 협력했던 자들도 있습니다. 불과 며칠 전만 해도 블런델 같은 인간들이 작곡한 노래들을 불러댔지요. '우후루 바도!'* 또는 '케냐를 산산조각 내자!' 같은 노래들 말입니다. 그들은 정치 집회에서 이렇게 외치는 겁니다.

'우리는 우후루, 우후루를 위해 싸웠다!'

그들이 싸우긴 어디서 싸웠습니까? 할례 받지 못한 애송이들에 불과합니다. 그들은 고통을 입으로만 압니다. 그날 당신이 한 연설을 들었어야 합니다. 그들 모두가 말입니다. 당신이 얘기했을 때 나는 당신이 내 마음을 읽고 있다는 느낌을 받았습니다."

"기다리는 것이 어려웠습니까?"

무고는 대화 주제를 바꾸고 싶은 것처럼 멍한 표정으로 말했다. 기코뇨는 조금만 거들면 얘기가 줄줄 나왔다.

"그렇습니다. 못 돌아올 거라고 생각했거든요. 나가게 되면 수용소에서 겪은 어려움을 바탕으로 뭄비와 함께 내 인생에서 무엇인가 큰일을 할 수 있을 것 같았습니다."

기코뇨는 사랑과 기쁨이 가능한 세상에 대해 얘기했다.

'그런데 저 사람은 왜 지금 괴로워하고 있는 것일까?'

무고는 궁금했다. 그에게는 남자의 행복에 필요한 모든 것, 즉 부와 지위와 그를 사랑하는 가족이 있었다.

"부인을 사랑하시는군요."

"그랬었죠!"

기코뇨는 천천히 자기 말에 힘을 주며 말했다. 오두막 안은 고요했다. 아직도 불이 그들 사이에서 빛났다. 기름등이 계속 파닥거렸다.

"그녀는 제 인생…… 제 인생의 전부였지요."

* '독립은 아직 이루지 못했다!'라는 뜻.

기코뇨는 난로에 눈을 고정한 채 말했다. 그리고 똑같이 조용한 어조로 말을 이었다.

"그런데 제가 돌아왔을 때 모든 것이 변해 있었습니다. 밭, 마을, 사람들……."

"뭄비도?"

"그녀도 변해 있었습니다."

기코뇨는 속삭이듯 말했다.

"아, 무엇 때문에 제 영혼을 팔았단 말입니까? 제가 두고 떠난 뭄비는 어디에 있는 것입니까?"

7

지금처럼 그때도 타바이 마을은 서쪽의 고지대부터 룽에이 무역센터가 있는 작은 평지까지 완만한 경사를 이루고 있었다. 함석지붕을 한 건물들이 두 줄로 나란히 늘어서서 상업지역을 형성했다. 그 사이의 공간은 여러 마을에서 온 여인네들이 먹을 것을 사고 팔고, 잡담을 하기 위해 모이는 시장 역할을 했다.

나이로비에서 온 인도인 상인들도 종종 이곳으로 와 여자들과 물건값을 흥정하다가 한두 마디의 음담패설을 늘어놓아 여자들의 웃음보를 터뜨렸다. 또 그들은 야채나 다른 물건들을 나이로비로 싣고 가 훨씬 더 비싼 값으로 도시 사람들에게 팔았다.

다른 인도인들도 그 지역에 정착해 살았다. 아프리카인 상점들이 있는 곳에서 몇 걸음 떨어지지 않아 인도인이 운영하는 가게들이 있었다. 골함석판으로 된 그들의 상점 건물도 역시 두 줄로 나란히 서 있었다. 추수철이면 그 인도인들도 룽에이 시장에서 완두콩을 비롯한 잡다한 콩들, 감자, 옥수수 낱알을 샀다. 그러나 그들은 가게 뒤쪽에 그것들을 보관했다가 나중에 그것들이 귀해질 때쯤 되팔았다.

아프리카인들의 가게 지붕은 대개 함석이 부식되어가는 상태였지만 벽이 돌이나 벽돌로 되어 있어 부스러지진 않았다. 사람들은 룽에이가 기쿠유 전체를 통틀어서 최초로 그런 건물이 들어선 중심지라고 열을 올렸다.

룽에이에는 다른 장점도 있었다. 쇠뱀이 키수무와 캄팔라로 가는 급경사면을 오르기 전에 이곳으로 먼저 기어왔다. 오랫동안 타바이 사람들은 철도의 혜택을 받지 못한 다른 마을의 부러움을 샀다. 마사이족 땅과 인접한 마을 사람들까지 기차가 덜컹덜컹 달리면서 기침을 하고 연기를 토하는 광경을 보러 가끔씩 이곳을 찾았다.

룽에이는 타바이의 자랑스러운 지역이었다. 그들은 그 상업지역이 마을의 소유라고 생각했다. 그리고 철로나 기차도 타바이와 신비롭게 결합되어 있다고 느꼈다. 나라의 심장부로 철로와 기차를 최초로 맞아들였던 게 그들이 아니었던가? 그런데 기쿠유 예언자가 예언했던 쇠뱀이 그 땅에 처음 나타났을 때 어른 아이 모두 일주일이나 타바이를 떠나 있었다는 이야기는 지금까지도 다른 마을에 돌고 있었다.

그들은 그 이야기가 나올 때면 신중하게 침묵을 지켰다. 이야기에 따르면 그들은 이웃 마을로 나 살려라 도망갔다가 창과 칼로 무장하고 염탐하러 갔던 전사가 돌아와 쇠뱀이 해가 없을 뿐만 아니라 붉은 피부의 이방인들이 그 뱀을 만지기도 한다는 소식을 전해주었을 때에야 비로소 하나둘씩 슬그머니 돌아왔다고 했다.

그 뒤로 기차역은 젊은이들을 위한 만남의 장소가 되었다. 그들은 떼를 지어 집에서 얘기하고, 시골길로 산책을 나가고, 교회에 가기도 했지만, 언제나 그들의 마음속에는 일요일의 기차가 있었다. 일요일 오후가 되면 캄팔라행 열차와 몸바사행 열차가 룽에이 역에서 교차했다. 사람들이 몸바사, 키수무 혹은 캄팔라에서 오는 친구들을 마중하러 역으로 나간 것은 아니었다. 단지 그들은 서로 만나 얘기하고, 잡담하고, 웃고 떠들러 그곳으로 갔다.

으레 그곳에서 연애 사건이 벌어졌다. 비애나 환희로 이어지는 결혼 중 많은 수가 역 승강장에서 시작되었다.

"오늘 역에 갈 거야?"

"그럼, 물론이지."

"얘, 날 두고 가지 마."

"그러면 제시간에 맞춰 준비하고 있어. 옷 입는 데 하루 종일 걸리잖아."

"환한 대낮에 무슨 거짓말을 그렇게 해?"

토요일이면 아가씨들은 빨랫감을 들고 강으로 갔다. 일요일 아침에는 옷을 다리고 머리를 만지느라 분주했다. 점심때쯤이면 역으로 걸어가거나 달려갈 준비가 되어 있었다. 남자들은 그런 의식이 전혀 필요 없었다. 그들은 늘 준비가 돼 있었다. 그래서 어쨌든 남자들 대부분은 역 가까이 있는 룽에이의 상점에서 시간을 보냈다.

기차는 하나의 강박관념이 되었다. 기차를 놓치게 되면 일주일 내내 슬픈 마음으로 다음 주를 기다려야 했다. 그래서 다음 일요일이 되면 정확하게 시간에 맞춰 역으로 갔다. 그러면 기분이 좋아지곤 했다.

역에 모인 그들은 보통 리프트 계곡이 내려다보이는 키네니에 숲으로 춤을 추러 갔다. 기타 연주자들은 인기가 대단했다. 아름다운 처녀들이 그들을 에워싸고 감탄의 눈길을 보냈다. 남자들은 춤을 신청했다. 한 사람이 돈을 내고 춤을 추면 연주자는 그의 이름을 칭송하며 그만을 위해서 기타를 연주했다. 그는 다른 사람들이 지켜보는 가운데 리듬에 맞춰 혼자 춤을 추거나 친구들을 불러 같이 춤을 췄다. 그 밖의 다른 사람들은 끼어들 수 없었다. 모두가 숲에서의 춤에 관한 규칙을 잘 알고 있었다.

종종 춤은 싸움으로 끝나기도 했다. 그들은 모두 그런 상황이 닥칠 거라는 사실을 역시 잘 알고 있었다. 그래서 때때로 남자들은 자극적인 말과 모욕적인 노래를 하는 것에 따르는 위험에 대비했다.

남자들은 어느 마을에서 왔느냐에 따라 끼리끼리 뭉쳤다. 타바이 남자들은 다른 패와의 싸움에서 이겨 그들의 여자를 쟁취하는 데 남달랐다. 여하튼 처녀들은 타바이 남자들을 좋아했기 때문에 그들을 사로잡는 것은 그다지 어려운 일이 아니었다.

그런데 역에서는 사정이 달랐다. 아무도 싸움을 걸려고 하지 않았다. 그곳에서는 지난 일요일에 자신을 때려눕히고 여자를 데려갔던 사람과도 친구가 되었다. 나중에 숲에서 만나면 상대방이 칼로 찌르고 여자를 데려갈 기회를 노리고 있다는 걸 알면서도 그들은 함께 웃고 떠들었다.

"나는 기차를 놓친 적이 별로 없었습니다."

기코뇨는 몇 년이 지나 그것이 단지 지어낸 이야기에 불과하게 된 시절을 떠올리며 무고에게 이렇게 말했다.

"난 그때 처녀 총각들과 어깨를 비비며 놀기를 좋아했죠. 그러나 기차를 놓친 날이 제 일생에서 가장 행복한 날이었습니다."

그때 기코뇨는 타바이에서 목수로 일했다. 다른 마을에서 그 마을로 이사 오긴 했지만 그와 그의 어머니는 새로운 생활에 자연스럽게 적응해갔다. 타바이에 처음 왔을 때 그는 어머니 등에 업힌 어린아이였다. 그는 아버지 와루히우가 유럽인의 농장 일꾼으로 일하고 있는 리프트 계곡의 엘버곤 지역에서 그곳으로 이사 왔다.

그의 아버지는 부지런했기에 많은 여자들이 관심을 보였다. 그는 새 아내들을 얻었고 첫 아내의 허벅지가 더 이상 달짝지근하지 않다고 불평했다. 그는 첫 아내를 두들겨 팼다. 그렇게 하면 알아서 도망가리라고 생각한 것이었다.

그러나 왕가리는 계속 견뎌냈다. 결국 와루히우는 그녀에게 새끼를 데리고 집에서 나가 평생 세상을 떠돌든지 말든지 하라고 욕을 퍼부었다. 왕가리는 그렇게 오랫동안 떠돌아다니지 않았다. 그녀는 기쿠유 땅에 가면 자신을 받아줄 것이라고 생각했다.

"와루히우는 내가 가난하고 먹을 게 없어 굶어 죽을 거라고 생각하지만, 천만의 말씀! 내가 이 아이를 어떻게 키우는지 두고 봐라."

그녀는 이렇게 말하고 아이를 가슴에 안고 타바이행 기차에 오름으로써 와루히우에게 무언의 도전장을 던졌다.

왕가리는 아들을 학교에 보냈다. 그러나 얼마 지나지 않아 기코뇨는 학교를 그만두어야 했다. 수업료로 낼 돈이 충분하지 않았기 때문이었다. 다행히 그는 학교에서 목공 일을 조금 배웠다. 그는 목공 일을 하면서 먹고살아야겠다고 결심했다.

기코뇨는 목공 일을 좋아했다. 그는 대패로 나무를 다듬으면서 두려움과 경이로움을 동시에 느꼈다. 나무에서 나는 냄새는 그를 매혹시켰다. 곧 그는 냄새를 살짝 맡는 것만으로도 어떤 목재인지 분간할 수 있게 되었다. 물론 쉬운 일은 아니었다. 기코뇨는 누가 곁에 있느냐에 따라 달라지는 간소한 의식을 행하곤 했다. 그 의식은 대충 이렇게 거행됐다.

한 여자가 나무토막 하나를 들고 와 재질이 무엇인지 알고자 하면 목수는 그것을 집어 들고 심드렁한 눈길을 보낸다. 그런 다음 그는 나무토막을 다른 나무들이 아무렇게나 쌓여 있는 곳으로 던져버린다. 그리고 하던 일을 계속한다. 그동안 여자는 그의 근육질 몸이 움직이는 모습을 헤벌쭉 바라본다.

잠시 후 그는 나무토막의 한쪽 끝을 탁자 위에 걸쳐놓고 들어 올린다. 그는 왼쪽 눈을 감고 반쯤 뜬 오른쪽 눈으로 나무토막을 바라본다. 그런 다음 오른쪽 눈을 감고 다른 쪽 눈으로 똑같은 동작을 되풀이한다.

이 동작이 끝나면 그는 마치 귀신을 내쫓기라도 하듯 나무토막을 오른쪽 손가락 마디로 재빨리 리듬감 있게 두드린다. 이어서 망치를 집어 들어 나무토막을 두드리고 귀를 기울이고, 또 두드리고 귀를 기울인다. 그런 다음 주의 깊게, 즉 전문가답게 나무토막의 냄새를 맡고 여자에게 건넨다. 그리고 다른 일을 계속한다.

"무슨 나무인가요? 포도(podo) 나무인가요?"

여자는 그가 전문가처럼 냄새를 맡고 동작을 멈춘 데 압도당해 큰마음을 먹고 묻는다.

"포도 나무냐고요? 흠…… 이리 줘보세요."

그는 다시 냄새를 맡는다. 그리고 나무토막을 천천히 뱅글뱅글 돌리며 알겠다는 듯 고개를 끄덕인다. 그런 다음 그 나무토막이 왜 포도 나무가 아닌지 장황하게 설명한다.

"녹나무입니다. 그 나무에 대해 들어본 적이 있으세요? 대부분 애버데어와 케냐 산의 고지대에서 자라지요. 아주 좋은 목재입니다. 그렇지 않다면 왜 백인들이 그 땅을 손에 넣었겠어요?"

목수는 자신이 터득한 지혜를 여자에게 조용한 목소리로 말해준다.

작업장은 기코뇨의 집 벽에 기대어 설치된 작은 탁자였다. 해 질 무렵이면 왕가리는 언제나 작업장에 나와 땔감으로 쓸 게 좀 없을까 하고 대팻밥을 헤적거렸다.

"너, 이것 필요하냐?"

그녀는 미소를 지으며 물었다.

"아, 어머니, 놔두세요. 나무만 보면 때리려고 하지 마세요. 돈이 든단 말이에요. 하기야 여자들은 그런 걸 이해하지 못하겠지만……."

"이건 어떠냐?"

왕가리는 쉽사리 기죽지 않았다. 그녀는 자신에게 훈계하는 아들의 목소리를 좋아했다.

"좋아요. 하지만 다음엔 안 돼요."

그러나 다음 날 그 시간이면 그녀는 어김없이 그 자리에 나타났다. 그녀는 톱이나 망치를 들고 그것들이 신기한 물건이라도 되는 것처럼 조심스럽게 살펴봤다. 그렇게 되면 기코뇨도 웃지 않을 수 없었다.

"제 생각엔 어머니도 좋은 목수가 될 수 있을 것 같아요."

"우리가 무슨 말을 하든 그 사람들은 아주 영리한 사람들이야. 어떻게 물건 자르는 연장들을 만들어낼 생각을 다 했을까?"

왕가리가 말한 그 사람들이란 백인들이었다.

"가셔서 저녁 준비나 하세요. 여자들은 이런 것들을 이해할 수 없으니까요."

"너, 이것 쓸래?"

"아, 어머니이이."

기코뇨의 은밀한 소망은 어머니를 정착시킬 수 있는 땅을 마련하는 것이었다. 그렇게 하려면 돈이 필요했다. 뭄비를 보거나 생각하면 재산을 갖고 싶다는 생각이 더욱더 굴뚝같아졌다. 그녀의 얼굴을 보거나 목소리를 들으면 그의 가슴은 고뇌에 차 욱신거렸다. 그러나 그는 이루어질 수 없는 꿈이라고 고개를 내저었다. 마을에서 가장 아름다운 처녀인 뭄비가 호리병에 찬물을 떠가지고 와서 그에게 '절 위해 이것을 마셔요' 라고 말할 리 없었다.

그런데도 그는 그걸 꿈꾸며 자신의 길을 천천히 모색해갔다. 그는 뭄비가 완두콩꽃과 깍지콩과 옥수숫대 사이로 난 시골길을 걸어오는 모습을 보고, 자신이 그녀를 간절히 원하고 있다는 사실을 그녀에게 털어놓아야겠다고 마음을 굳혔다. 그러나 용기가 없었다. 그래서 그녀에게 인사만 하고 지나쳤다.

뭄비의 아버지 음부구아는 마을에서 유명한 원로였다. 그는 세 채의 오두막과 추수철 다음에 곡식을 저장할 수 있는 두 개의 창고를 갖고 있었다. 집 주위엔 빽빽한 담쟁이덩굴, 검은딸기나무, 가시나무, 쐐기풀, 다른 종류의 가시나무 등이 자연스럽게 담을 이루고 있었다. 옛 타바이는 산마루를 따라 풀로 지붕을 이은 오두막들이 이리저리 흩어져 있는 마을이었다. 담을 다듬는 일은 거의 없었다. 그러다 보니 야생동물들이 그곳에 보금자리를 틀었다.

음부구아는 마을에서 전사이자 농부로서 성공적인 자기 위치를 다졌다. 다른 부족들은 그의 이름만 들어도 두려워했다. 그것은 백인들이 세계대전에 끌어들이기 위해 부족 간의 전쟁을 끝내기 전 일이었지만 음부구아의 명성은 전쟁이 없는 시절에도 살아남았다. 그의 말 한마디로 원로회의 결정이 내려질 만큼 그의 말에는 항상 무게가 실려 있었다.

그의 유일한 부인인 완지쿠는 언제나 그를 '나의 젊은 전사'라고 불렀다. 그녀는 몸집이 큰 그녀의 전사와 대조적으로 몸집이 작은 여인이었다. 목소리에는 따뜻함과 친절함이 배어 있었다. 처음 음부구아의 마음을 사로잡은 것은 그녀의 목소리였다. 젊은 시절 그녀는 댄스 모임에서 노래를 부르곤 했다.

완지쿠는 두 아들 키히카와 카리우키 중에서 카리우키를 더 좋아했다. 나이 어린 막내였기 때문이다. 음부구아는 내색하지 않았지만 키히카를 더 좋아했다. 자신을 닮아 남자답고 용기가 있으며, 오만하면서도 그것을 조절할 줄 알았기 때문이다.

카리우키도 키히카를 좋아하고 우러러봤다. 소년은 하루빨리 진짜 남자가 되고 싶었다. 그래서 밤에 집으로 찾아오는, 성년식을 치른 여자들의 오똑한 젖가슴을 마음대로 만질 수 있는 날이 오기를 바랐다. 카리우키는 망구오에 있는 학교를 다녔는데, 그 학교는 최초의 기쿠유 독립학교들 중 하나였다.

그는 독서를 좋아해 저녁이면 장작불 불빛에 의지해 책을 읽었다. 그러나 형 또래의 처녀 총각들이 장난을 치고 고약한 농담과 얘기를 할 때면 집중할 수 없었다. 그는 어떤 것도 보거나 듣지 못하게 되어 있었다.

"너, 카리우키, 집 밖으로 쫓아낼 거야."

카리우키가 엿듣고 웃자 그들은 이렇게 겁을 줬다. 기코뇨는 종종 그에게 사탕을 가져다주었다. 이런 이유 때문에 카리우키는 그를 좋아했다. 기코뇨는 카리우키가 좋아하는 우스운 얘기들을 해주곤 했다.

그러나 세월이 흐르면서 기코뇨는 뭄비가 옆에 있으면 말수가 점점 적어지더니 나중에는 거의 말을 하지 않게 되었다. 무대를 휘어잡고 언제나 여자들을 호들갑스럽게 웃게 만드는 사람은 카란자였다. 카란자는 이야기를 아주 잘해 인기를 독차지했다. 결국 카리우키는 용기 있고 지혜롭고 다재다능한 그를 좋아하게 되었다.

뭄비같이 아름다운 처녀가 있는 집에는 처녀 총각들이 자주 드나들었다. 완지쿠는 그들에게 먹을 것을 가져다주어야 했다.

"아이들이 많이 있는 집은 결코 외롭지 않지."

그녀는 늘 이렇게 말하곤 했다. 총각들이 집으로 오면 그녀는 무슨 구실이든 붙여 집을 비워줬다.

"저 애들에게 먹을 것을 주렴."

그녀는 뭄비에게 이렇게 이르고 집을 나서곤 했다.

일요일이면 뭄비는 자주 기차역으로 갔다. 덜거덕거리며 달리는 기차는 언제나 그녀의 마음을 설레게 했다. 때로 그녀는 자신의 몸이 기차였으면 좋겠다고 생각했다. 그러나 그녀는 절대 숲으로 춤을 추러 가지 않았다. 그녀는 언제나 기차가 지나가고 나면 집으로 돌아와 한두 명의 친구들과 함께 요리를 하거나 머리를 풀었다가 다시 말곤 했다.

그녀의 검은 눈은 마을이 채워줄 수 없는 무엇인가를 갈망하는 꿈결 같은 모습이었다. 그녀는 햇볕을 쬐며 사랑과 영웅적 행위와 고통과 순교가 가능한 삶을 열렬히 동경했다. 그녀는 젊었다. 그녀는 기쿠유 여인들이 무시무시한 숲의 공포를 무릅쓰고 사람들을 구했다는 얘기나 우기 이전에 신들에게 제물로 바쳐지는 아름다운 처녀들에 대한 얘기를 먹고 살았다.

그녀는 자신을 구약성서에 나오는 에스더라고 상상했다. 그래서 그녀는 에스더가 마지막에 아하수에로 왕의 물음에 대답할 때 하만을 가리키며 '적은 저 사악한 하만입니다'라고 극적으로 하는 말을 자기가 하는 것이라고 상상하며 즐거워했다.

그녀는 자신에게 쏟아지는 남자들의 눈길을 즐겼다. 그녀가 고개를 뒤로 젖히고 웃을 때면 그녀의 목이 불빛을 받아 강렬하게 빛났다. 그럴 때 기코뇨는 무슨 말을 하기가 두려웠다.

잭슨 목사의 아들 리처드가 뭄비에게 청혼을 했다는 소문이 있었다. 시리아나 고등학교의 졸업반인 리처드는 우간다나 영국으로 가서 공부를 계속할 것이라는 소문도 있었다. 뭄비는 상대방의 자존심을 건드리지 않으면서 청혼을 거절했다. 그래서 그들은 좋은 친구로 남았다. 리처드는 종종 밤에 슬그머니 집을 빠져나와 타바이에 사는 뭄비를 만나러 왔다.

'그녀가 그런 남자의 청혼도 거절했는데, 나 같은 사람을 과연 받아들일까?'

기코뇨는 이렇게 생각했다.

그는 일에 몰두했다. 타바이 사람들에게 의자를 만들어주고, 부서진 찬장을 고쳐주고, 오두막의 문과 창문을 새로 달아줬다. 한 여자가 그에게 부서진 의자를 가져와 다리 한쪽을 고쳐달라고 했다. 그는 휘파람으로 유행가를 부르며 조심스럽게 그걸 살폈다.

"3실링입니다."

"뭐, 3실링이라고, 아들아?"

"공짜로는 안 되는 걸 잘 아시잖아요."

"아들아, 난 네 어미야. 1실링만 받아."

"좋아요."

그는 그녀가 어쩌면 1실링도 내지 않을 것이라는 사실을 알면서도 이렇게 말했다. 그리고 그 여자는 두 달이든 그 이상이 걸리든 그가 결국 의자를 고쳐줄 것임을 알면서 집으로 돌아갔다. 그녀는 어쩌면 정해진 돈의 반밖에 주지 않을 것이었다. 그리고 설사 그녀가 수리비를 내더라도 몇 달에 걸쳐 조금씩 나눠서 줄 것이었다.

"이런 식으로 하다간 굶어 죽겠어요."

그는 어머니에게 이렇게 불평하곤 했다.

"그건 아무것도 아니다. 너도 알다시피 그 사람들도 돈이 있으면 그렇게 하지 않을 거다."

왕가리는 종종 아들에게 이렇게 말하곤 했다.

어느 날 그는 기타를 들고 나와 치기 시작했다. 막 결혼한 부부가 쓸 가구를 만드느라 하루 종일 일한 탓에 피곤했다. 그 남자는 삯을 월말에 주겠다고 약속했다. 기코뇨는 기타를 좋아했다. 비록 낡은 것이었지만 인도인 상인에게 꽤 큰 돈을 주고 산 기타였다.

그는 홀로 앉아 기타 연주에 맞춰 새로 나온 노래를 부드럽게 불렀다. 그는 곧 자신의 목소리에 빠져 기타를 쳤다. 굳었던 몸이 풀리기 시작했다. 해가 넘어가면서 나무와 집들의 길어진 그림자가 점점 길어졌다.

그때 대팻밥이 바스락거리는 소리가 들렸다. 기코뇨는 깜짝 놀랐다. 뭄비였다. 그녀를 보자 그는 당황스럽고 흥분되었다. 그녀는 무엇인가 손으로 뜨개질을 하고 있었다.

"왜 그만해요?"

그녀가 웃으면서 물었다.

"아, 너한테 목수의 투박한 목소리를 들려주고 싶지도 않고 내 손이 노래와 기타 줄을 망치는 것도 보여주고 싶지 않아서……."

"그게 당신이 우리 집에 오면 전혀 말을 하지 않는 이유인가요?"

그녀의 눈에는 장난기가 가득했다.

"내가 말을 하지 않는다고?"

"그걸 몰라요? 여하튼 내가 줄곧 서서 당신이 기타 치며 노래하는 걸 들었는데 잘하던데요."

"내 목소리, 아니면 기타 치는 솜씨?"

"둘 다!"

"어떻게 내 솜씨가 좋은지 나쁜지 알 수 있어? 너는 일요일에 춤을 추러 온 적도 없는데…….”

"아하, 내가 춤추러 가지 않는 건 사실이에요. 그렇지만 당신은 다른 남자들 모두가 당신처럼 인색하다고 생각해요? 카란자는 종종 우리 집에 와서 나한테만 기타를 쳐주곤 해요. 난 앉아서 스웨터를 짜고, 그 사람은 기타를 쳐주죠. 그 사람은 잘 쳐요."

"잘 치지."

기코뇨가 짤막하게 대답했다. 그런데 뭄비는 기코뇨의 속이 쓰리다는 걸 알지 못했다. 그녀가 바로 그때, 장난기를 벗어나 진지해져 있었기 때문이다.

"당신도 기타를 치는군요. 당신이 기타를 친다는 걸 몰랐어요. 어쩌면 당신이 혼자서 연주를 했기 때문에 그렇게 감동적으로 들렸는지 모르겠어요."

그녀는 솔직하게 말했다. 그것이 기코뇨를 기쁘게 했다.

"어쩌면 너를 위해 기타를 칠 때가 있을지도 모르지."

"지금 해줘요. 지금 나를 위해 기타를 쳐줘요."

그녀는 간절히 말했다. 기코뇨는 이걸 도전으로 받아들였다. 자신감이 없어질까 두려웠다.

"그러면 내가 기타를 칠 테니 너는 노래를 해. 네 목소리는 참 근사하니까."

그는 이렇게 말하고 기타를 들었다.

그러나 그는 자신의 손이 떨리고 있다는 걸 알았다. 그는 기타 줄을 퉁기며 차분해지려고 노력했다. 뭄비는 그가 연주를 시작하기를 기다렸다. 자신감이 생기자 기코뇨는 타바이 전체가 그의 엄지손가락 밑에 있는 것처럼 느꼈다. 뭄비의 목소리가 그의 등을 흥분감으로 떨리게 했다. 그의 손가락과 가슴에 충만함이 느껴졌다.

그는 천천히, 그리고 확실히, 어둠 속에서 뭄비를 향해 더듬거리며 나아갔다. 그는 줄을 퉁기며 호소했다. 그는 자신의 마음이 손가락에 힘을 실어주고 있다는 것을 알았다. 그는 기분이 가벼웠다. 아니, 즐거웠다.

뭄비의 목소리는 기타 줄 주위를 휘감으면서 정열로 떨렸다. 그녀는 작업장과 타바이와 땅과 하늘이 하나가 되는 것을 느꼈다. 그때 갑자기 그녀의 가슴이 흥분되며 기이한 물결에 몸을 실었다. 그녀는 노래 속에서 홀로 비바람에 맞서고, 사막에서 굶주림과 갈증을 견디고, 숲속에서 낯선 악마들과 싸우다가 결국 사람들에게 기쁜 소식을 전하는 사람이 되었다.

노래가 끝났다. 기코뇨는 고요하고 깊은 황혼을 손으로 만질 수 있을 것 같은 느낌이 들었다.

"지금은 세상이 너무 고요하고 평화롭네요."

그녀가 말했다.

"어둠이 내리기 전에는 늘 그래."

"내가 꼭 들판에서 혼자 짚단을 모으는 룻 같은 느낌을 받았어요."

"너는 천국에 갈 거야. 언제나 성경을 인용하니까."

"놀리지 말아요."

그녀가 심각한 어조로 말했다.

"당신 생각엔 늘 이럴 거 같아요? 이 나라 말이에요."

"모르겠어, 뭄비."

그는 그녀의 심각함을 알아채고 대답했다.

"새 노래 들어본 적 있어?"

"무슨 노랜데? 해봐요."

"너도 알고 있는 거야. 키히카가 소개한 것이라고 알고 있는데, 난 후렴부만 조금 알 뿐이야.

　　기쿠유 나 뭄비*,
　　기쿠유 나 뭄비,
　　기쿠유 나 뭄비,
　　니키히우 응그와티로.**"

엄숙한 분위기를 깬 것은 뭄비였다. 그녀는 조용히 웃었다.
"왜 그래?"
"아, 목수 아저씨, 목수 아저씨, 내가 왜 왔는지 아세요?"
"모르지."
그가 어리둥절한 표정으로 대꾸했다.
"그런데 당신은 방금 나와 기쿠유에 대해 노래를 하면서 손잡이가 타버렸다고 했잖아요."
그때 강으로 물을 길러 갔던 왕가리가 나타났다. 뭄비를 보자 그녀는 좋아했다.
"아주머니는 빈둥거리는 아들보다 딸을 낳았으면 더 좋았을 걸 그랬어요."
뭄비가 그녀를 놀리자 왕가리는 웃으며 대답했다.
"내 팔자지. 하지만 괜찮단다. 늙은이에겐 필요한 게 별로 없거든. 게

---
* 기쿠유 전설에 따르면, 기쿠유는 기쿠유족의 아버지고, 뭄비는 기쿠유족의 어머니다.
** '니키히우 응그와티로'는 손잡이가 굉장히 뜨겁다는 뜻인데, 상황이 아주 좋지 않을 때 쓰는 말이다.

다가 저 애는 게을러서 목욕하거나 빨래하는 데 물을 쓰지 않는단다."

"어머니, 너무하세요. 여자들이 절 보고 모두 도망가겠어요."

"차 한잔 줄까?"

"아니에요."

뭄비가 재빨리 대답했다.

"어둡기 전에 집에 가야죠."

그녀는 들고 있던 작은 바구니에서 낫을 꺼냈다.

"이 낫에 나무 손잡이를 새로 달아야겠어요. 지난번 것은 실수로 불에 태워먹었어요. 어머니가 빨리 해달래요. 농사일할 때 쓸 게 이것밖에 없거든요."

기코뇨는 낫을 들고 꼼꼼하게 살펴봤다.

"비용은 얼마나 들어요?"

뭄비가 물었다.

"신경 쓰지 마. 아무것도 아닌데."

"그렇다고 공짜로 해줄 순 없잖아요?"

"내가 인도인이라도 되나?"

기코뇨가 민감하게 반응했다. 그때 카란자, 키히카, 기토고 그리고 또 다른 남자 한 명이 다가왔다. 기코뇨의 작업장은 청년들이 잡담을 하러 모이는 또 하나의 장소였다. 카란자가 왕가리가 있는 쪽을 향해 큰 소리로 말했다.

"어머니, 저희 왔어요. 차 좀 주세요."

"조금만 기다려라. 물이 끓고 있으니까."

집 안에서 왕가리가 말했다.

기토고와 잡담을 하던 뭄비는 손짓을 하며 집에 가야겠다고 말했다.

남자들이 이구동성으로 안 된다고 했다. 그러나 그녀는 가야 한다고 우겼다.
"그래, 내가 데려다줄게."
카란자가 정중하게 말했다.
"가요, 나의 기사여."
뭄비가 노래 부르듯 말했다.
카란자와 뭄비는 곧 짙어지는 어둠 속으로 사라졌다.
"집에 들어가지."
기코뇨가 아주 낮은 목소리로 다른 사람들에게 말했다. 그는 여자들이 있는 곳에서 편안하고 자신감 있게 행동하는 카란자에게 질투가 났다. 또 한편으로 카란자가 뭄비에게 기타를 쳐주었다는 사실이 마음에 걸렸다.
얼마 후 돌아온 카란자는 눈에 띄게 아무 말 없이 생각에 잠겨 있었다.
"어이, 친구. 자네, 그 여자와 사랑에 빠진 거 아냐?"
그의 옆에 앉아 있던 남자가 그를 놀렸다. 기코뇨를 제외한 모든 사람이 웃었다. 카란자도 씩 웃었다.

다음 날 아침 일찍, 기코뇨는 손잡이를 고치기 시작했다. 손잡이에 쓸 나무를 골랐을 때 그의 가슴에 낮은 흥분의 물결이 일었다. 나무를 만지면 언제나 뭔가를 만들고 싶었다. 그런데 문득 그는 자신의 인생이 지금 하고 있는 일에 전적으로 달려 있는 것 같은 기분이 들었다.
그는 최근에 산 대패를 다부지게 잡고 나무의 거친 표면을 벗겨내고 속살이 나올 때까지 밀었다. 기코뇨는 대패의 촉감과 움직임 속에서 뭄비의 걸음새와 몸짓을 보았다. 그가 몸을 굽혀 나무에 낫자루 모양을 맞출 때 그녀의 목소리가 허공을 떠도는 것 같았다. 그녀의 숨결이 느껴지고 그것이 그에게 힘을 주었다.

 그는 그 힘을 포도 나무에 쏟았다. 그는 두 쪽을 딱 맞추려고 필요 없는 부분을 끌로 파냈다. 그는 구멍을 뚫는 데 각별히 신경을 썼다. 구멍이 뚫리면서 꼬불꼬불한 모양을 지으며 톱밥이 나와 탁자 위에 쌓였다. 이윽고 구멍이 다 뚫렸다. 그다음에는 세 개의 못을 깎아 두 쪽의 나무를 낫에 고정했다. 못의 가느다란 끝을 망치로 박아 넣을 때 또 다른 힘의 물결이 그를 훑고 지나갔다. 새로운 힘이 그의 오른손에 솟구쳤다. 그는 망치를 거듭 내리쳤다. 해방된 느낌이었다. 타바이와 세상, 모든 것들이 그의 손 밑에 있는 것 같았다. 힘의 물결이 환희와 극치의 상태로 바뀌었다. 그의 가슴에 평화로움이 깃들었다. 그는 신성한 고요를 느꼈다. 그는 세상의 모든 것과 사랑에 빠져 있었다.

 일요일 아침, 그는 낫을 가져다주는 것에 대해 생각했다. 그 시간이 다 가오자 편안했던 마음 어딘가에 의심이 배어들기 시작했다. 자신이 한 일이 그리 탐탁지 않은 것 같았다. 매끈함이나 모양새가 생각보다 마음에 썩 들지 않았다. 손잡이는 어떤 목수라도 만들 수 있는 평범한 것 같았다. 그리고 나무 자루는 몇 분만 사용해도 여자의 손에 물집이 잡히게 할 것 같았다. 그는 문득 오기가 생겼다.

 '뭄비가 좋아하든 말든 그게 무슨 상관이야? 만약 못마땅하면 자기가 직접 그걸 만들든지, 아니면 카란자에게 도와달라면 될 거 아냐? 어쩌면 그녀가 집에 없을지도 몰라. 그래, 차라리 집에 없으면 좋을 텐데…….'

 울타리를 지나 마당으로 난 좁은 길을 따라 걸으면서 그는 행여 그녀가 집에 없으면 어쩌나 하고 마음이 초조해졌다. 그의 일은 그녀가 없다면 불완전한 것이었다.

 그녀는 집 앞에 있는 다리가 네 개인 걸상에 앉아 있었다. 기코뇨는 무관심한 듯한 태도를 취했다.

"어머니 안에 계셔?"

그는 뭄비에게 낫을 보여주고 싶어 안달이 나 있었지만 짐짓 심드렁한 목소리로 말했다.

"엄마한테 무슨 일이에요? 우리 엄마한테 남편이 있다는 걸 몰라요?"

그녀는 눈웃음을 쳤다. 기코뇨는 그녀의 미소에 응답하지 않았다. 그는 더 머뭇거리고, 더 엄숙해졌다.

"앉아요."

그녀가 자리를 내주며 일어섰다. 그때 그녀는 낫을 보았다. 그녀가 서둘러 그것을 받아 들었다. 그녀는 잠시 서서 새 손잡이를 보며 감탄하는 표정을 지었다. 그리고 집으로 깡충깡충 뛰어가며 소리쳤다.

"엄마! 엄마! 이것 좀 보세요."

달콤한 온기가 기코뇨의 가슴으로 올라왔다. 기쁨으로 고통스러울 지경이었다. 그의 일이 드디어 완성된 것이었다. 뭄비의 미소와 감사의 눈길을 위해서라면 한 푼도 받지 않아도 계속 의자와 탁자와 찬장을 만들고, 새는 지붕과 쓰러져가는 집을 보수하고, 타바이의 모든 문과 창문을 고칠 수 있을 것이었다. 돈을 못 벌고 가난해도 그녀만 가질 수 있다면 상관없었다.

그는 희미하게 움터오는 결심에 내심 흡족해하며 서 있었다. 그때 뭄비가 다른 의자를 가지고 와서 다시 앉으라고 했다.

"나, 아주 바빠."

그는 이유도 없이 사양했다.

"결혼식에 가요?"

"아니, 네 결혼식이라면 몰라도!"

그는 이렇게 말하며 웃다가 카란자를 생각하고 말을 멈췄다. 그리고 더 이상 아무 말도 하지 않고 의자에 앉았다.

"왜 그렇게 서둘러요? 우리가 당신을 잡아먹을 것도 아닌데."

그녀는 짐짓 목소리에 힘을 주어 화난 척하려 했지만, 그게 잘 안 됐다. 기코뇨는 그것이 마음에 들었다.

그는 뭄비가 머리를 매만지는 것을 쳐다보았다. 그녀의 머리를 만지고 싶은 마음이 굴뚝같았다. 그러자 손끝으로 피가 몰렸다. 그녀는 작은 거울을 무릎 사이에 받치고 팔을 구부리며 두 손으로 머리를 매만졌다. 이따금 그녀는 기코뇨를 지그시 바라보며 미소를 지었다. 기코뇨는 그녀의 눈길과 미소를 모두 들이마셨다.

그때 키히카와 카란자가 나타났다. 뭄비의 관심을 독차지하고 있는데, 갑자기 나타나 판이 깨져버리는 느낌이 들자 기코뇨는 그들이 미웠다.

'하필 왜 이 순간에 나타난 것일까?'

기코뇨는 별수 없다고 체념한 채 정치 얘기며 점점 더 혼란스러워지는 나라의 상황에 대해 얘기하는 그들 사이에 끼어들었다.

정치에 대한 키히카의 관심은 소년 시절 와루이의 발치에 앉아 흑인들이 어떻게 땅을 빼앗겼는지에 대한 얘기를 들으면서 시작됐다. 그것은 2차 세계대전이 일어나기 전, 즉 흑인들이 징집당해 자기 나라와 상관도 없는 전쟁에서 영국 편에 서서 히틀러에 대항해 싸우기 전에 있었던 일이었다. 와루이는 자기 얘기를 들어줄 사람이 필요했다. 그는 와이야키와 다른 전사들이 이 땅에서 백인들을 몰아내려고 어떻게 투쟁했는지 자세하게 얘기해주었다. 그들은 1900년에는 이미 죽고 없었다.

그 외에도 와루이는 청년 해리, 1923년 시위대에 일어났던 일들, 기쿠유 사회의 뿌리와 줄기를 벌레처럼 파먹으려고 할례를 금지했던 기독교 학교와 '무티리구'* 등에 대한 얘기를 해주었다. 아무도 모르는 사이에 키히카는 '그 사람들'에 대해 감정을 품게 되었다. 그것은 그가 실제로 백인을 만나기 훨씬 전의 일이었다.

군인들이 전쟁터에서 돌아와 미얀마, 이집트, 팔레스타인, 인도에서 본 것들에 대해 얘기하다가 마하트마 간디라는 성인이 인도인들을 결집시켜 영국의 통치에 대항하고 있다는 얘기도 나왔다. 키히카는 이런 얘기들을 새겨들었다. 그는 상상력을 동원하고 일상을 관찰함으로써 부족한 부분을 채웠다. 일찍이 그는 자신이 케냐인들을 자유와 권력으로 이끌 성자라고 상상했다.

처음에 키히카는 잭슨 키곤두 목사의 충고대로 타바이에서 멀지 않은 스코틀랜드 교회 학교인 마히가에 다녔다. 사람들은 그 목사를 잭슨이라고 불렀는데, 그는 음부구아의 친구였다. 그는 사람들의 집을 방문하기를 좋아했고, 저녁에 한가롭게 얘기하면서 그리스도에 대해 한두 마디씩 슬쩍 하곤 했다. 타바이에 올 때마다 그는 음부구아를 찾아와 기독교 신앙에 대해 설교하곤 했다.

"기쿠유 신 응가이는 아들인 그리스도를 이 땅에 내리시어 사람들을 어둠으로부터 끌어내 밝은 빛으로 인도하신 하느님과 똑같은 분이십니다."

잭슨은 기독교 신앙이 기쿠유가 숭배하는 전통과 똑같은 데 기초하고 있다는 것을 보여주려고 했다. 음부구아는 그 말을 주의 깊게 듣고 있다가 구석으로 가 호리병에 든 맥주를 가지고 온 다음, 잭슨에게 건네며 말했다.

---

* 기독교 선교사들과 할례 받지 않은 여자들을 풍자하는 노래.

"자, 얘기는 충분히 했으니 갈증도 달랠 겸 술이나 한잔합시다."

잭슨은 이러한 유혹을 웃어넘기며 다음에 다시 와서 하지 못한 얘기를 마저 하리라고 마음먹었다. 그는 몸집이 작고 말랐다. 팽팽한 얼굴과 움푹 들어간 눈은 지혜로워 보였다. 그는 언제나 목사가 차는 옷깃에다 반들반들한 대머리가 안 보이도록 모자를 썼다.

잭슨은 룽에이를 둘러싸고 있는 모든 마을에서 존경받는 원로였다. 종종 원로회의에서는 마을 전체에 영향을 미치는 중요한 일이 있을 때면 잭슨을 불렀다. 원로회의 참석자들은 그를 원로들 중의 원로라고 생각했고, 그 자신도 그렇게 처신했다.

"목사님께서 성경 구절을 읽고 이 문제에 대한 생각을 말씀하시겠습니다."

한 원로가 이렇게 운을 떼면 회의가 시작되었다. 이런 식으로 원로회의는 부흥운동이 케냐에 들어와 복수의 화염처럼 마을들을 휩쓸기 전 몇 년 동안 계속되었다. 부흥운동은 계시를 받은 기독교인들이 교파에 관계없이 벌인 것이었다. 그들은 자신의 죄를 공개적으로 고백함으로써 구원받은 사람이 되었다.

오늘날까지 그 여파가 남아 있는 이 복음주의 운동은 루안다의 백인 선교사에 의해 시작되어 우간다와 케냐로 급속히 확산되었다. 비상사태가 선포되고 몇 개월 후, 잭슨은 이 운동으로 전향했다. 그는 마히가에 모인 군중 앞에서 신들린 사람처럼 몸을 떨고 가슴을 치며 말했다.

"저는 저 자신을 기독교인이라 불렀습니다. 목에 하얀 깃을 차고 다니며, 그것이 나를 지옥불에서 구해줄 것이라고 믿었습니다. 허영 중의 허영, 그렇습니다. 목사님께서 말씀하셨듯이 그것은 허영 중의 허영이었습니다.

그렇습니다, 모든 것이 허영이었습니다. 왜냐하면 제 마음속엔 여전히 분노와 자만심과 질투와 도둑질과 음란한 생각이 남아 있었기 때문입니다. 저는 주정뱅이들과 간통을 일삼는 자들로 친구를 삼았습니다. 저는 어둠 속에서 길을 잃고 죄악의 수렁에서 허우적거렸습니다. 저는 예수를 영접하지 못했던 것입니다. 저는 계시를 받지 못했습니다.

그런데 1953년 1월 12일 밤, 저는 주께서 내리치신 벼락을 맞고, 이렇게 외쳤습니다. 하느님, 제가 구원을 받으려면 어떤 일을 해야 합니까? 하느님은 제 손을 잡고 당신 옆으로 당기셨습니다. 그때 저는 하느님의 손에 난 못 자국을 보았습니다. 그래서 저는 외쳤습니다. 주여, 당신의 피로 저를 씻어주소서. 그러자 하느님께서 말씀하셨습니다. 잭슨아, 나를 따르라."

그런 다음 그는 자신이 어떤 식으로 악마를 섬겼는지 얘기했다. 그는 죄인들과 함께 먹고 마시고 웃었으며, 마을 원로들과 그리스도를 거부한 사람들에게 너무 부드럽게 대했고, 또한 그리스도의 피가 뿌리를 내릴 수 있는 씨앗에 물을 주지 못하게 했다고 말했다. 이제 그는 전쟁터를 향해 행진 중인 그리스도의 군사이며, 정치는 더럽고, 세속의 부는 죄악이라고도 했다.

"저의 집은 하늘입니다. 이 땅에서는 순례자일 뿐입니다."

하느님의 형제자매들이 일어나 노래를 부르고 교회당을 뛰어다녔다. 다른 사람들은 앞으로 나와 잭슨을 껴안고 그에게 성스러운 입맞춤을 했다. 잭슨은 깃과 모자를 찢었다. 하느님에 의해 갈가리 찢긴 마음과 겸손의 표시였다. 부흥운동 교파는 비상사태가 발효되고 있던 당시, 정부가 케냐 전역에서 허락한 유일한 단체였다. 잭슨은 룽에이 지역의 지도자가 되었다.

그는 룽에이에서 최초로 살해된 기독교도 그룹에 속했다.

어느 날 아침 그의 시체는 낫으로 잘게 난도질당한 채 발견됐다. 그의 집과 재산은 불에 타 숯과 재가 되었다. 그의 부인과 어린아이들은 해를 입지 않았지만 집을 잃었다. 그때 리처드는 영국에 가고 없었다.

잭슨이 죽었다는 소식이 타바이와 인근 마을 사람들에게로 퍼졌다. 사람들은 경찰의 끄나풀이라고 알려졌던 또 다른 부흥운동가 무니우 선생이 불과 며칠 전에 똑같은 식으로 살해되었다는 사실을 떠올리며, 다음엔 어떤 배반자들이 마우마우의 공격에 쓰러질지 궁금해했다. 부흥운동가들은 하느님을 찬양하며 잭슨과 무니우가 죽음을 통해 주님의 발자국을 따라갔다고 말했다. 그리고 기독교인에게 그보다 더한 영광이 어디 있겠느냐고 덧붙였다. 그러나 사람들은 다른 기도를 올렸다.

'그렇습니다, 모든 배반자들을 싹 쓸어버리소서!'

키히카가 학교에 가고 문자의 세계를 발견하던 시절에는 거의 아무도 이러한 소용돌이를 예견하지 못했다. 그는 주일학교─이것은 교육의 중요한 일부분이었다─에서 교장 선생이 모세와 이스라엘 백성에 대해 하는 얘기를 듣고 감동했다. 키히카는 읽기를 배우자마자 성경책을 사서 모세에 관한 부분을 거듭 읽었다. 그리고 뭄비를 비롯한 관심 있는 누구에게라도 그것을 얘기해주곤 했다.

키히카는 약간 불명예스러운 일로 마히가 학교를 그만 다니게 되었다. 어느 일요일 아침, 수업 시간의 일이었다. 무니우 선생은 여성들의 할례를 야만적인 관습이라고 몰아붙였다.

"우리는 기독교인으로서 그런 짓을 하면 안 된다."

"선생님, 잠깐만요!"

"그래, 키히카, 말해보아라."

한 톨의 밀알 137

키히카는 두려움에 몸을 떨며 일어섰다. 그 시절에도 키히카는 다른 아이들이 감히 할 수 없는 것들을 말하거나 행동으로 옮김으로써 자기에게 시선이 집중되는 것을 좋아했다. 이번에도 그의 오만함이 쥐 죽은 듯 고요한 정적을 깨고 불쑥 자기 생각을 말하게 했다.

"그것은 사실이 아닙니다, 선생님."

"뭣이라고!"

무니우 선생도 갑작스러운 침묵이 두려운 것 같았다. 어떤 아이들은 흥분되어, 그러나 선생의 화가 자기에게 미치지 않을까 두려워 얼굴을 가렸다.

"그건 백인들이 하는 얘기입니다. 성서에는 여자들의 할례에 대한 언급이 없습니다."

"앉아라, 키히카."

키히카는 앉아서 책상을 꽉 붙들고, 충동적으로 말해버린 것을 후회했다. 무니우 선생은 성경을 펴고 아무 생각 없이 학생들에게 사도 바울이 할례에 대해 얘기하는 대목이 나오는 고린도전서 7장 18절을 보라고 말했다. 무니우는 득의양양해 그 대목을 큰 소리로 읽었다.

그러나 두 문장을 읽었을 때 그는 자신의 실수를 깨달았다. 거기에는 여자들의 할례에 대한 언급이 없었을 뿐만 아니라 할례를 구체적으로 비난하고 있지도 않았다. 그가 성경을 덮었을 때는 이미 때가 너무 늦었다. 키히카는 자신이 이겼다는 것을 알았다. 그래서 그는 선생이 자기들 중 한 명에게 창피당하는 것을 속으로 고소해하는 다른 아이들이 눈짓으로 잘했다고 해주길 바라지 않을 수 없었다.

무니우는 조금 서투르고 어색하게 성경 구절을 설명한 다음 아이들을 해산했다. 키히카는 관심의 초점이었고 작은 영웅이었다. 아이들은 키히카가 한 일에 대해 저마다 이러쿵저러쿵 말이 많았다. 그리고 선생이 다음에 어떻게 나올 것인지 궁금해했다.

월요일에는 무니우 선생이 아무 말도 하지 않았다. 그는 화요일 아침, 교회 건물에 학생과 직원들을 모두 집합시켰다. 그리고 격앙된 어조로 그들에게 신성한 말씀을 모독하지 말라고 경고했다.

"누가 하느님의 입에서 나온 말씀이 거짓이라고 말할 수 있습니까?"

그의 깊은 목소리가 건물에 울려 퍼졌다.

그러나 그는 교회 장로들과 일요일에 있었던 일을 의논한 후 소년에게 그의 영혼을 구제할 기회를 주기로 했다. 따라서 선생은 모든 사람들이 보는 앞에서 소년의 맨엉덩이를 회초리로 열 대 때리기로 결정했다. 소년의 영혼과 참석한 모든 사람들을 위해서였다. 그리고 키히카는 매를 맞은 다음 선생에게 고맙다고 말하고, 지난 일요일에 했던 말을 취소해야 했다.

교회 안에는 숨 막힐 듯한 침묵이 감돌았다. 한두 번의 헛기침 소리가 긴장감을 고조시켰다. 무니우는 동료 선생에게 부탁해 누구나 볼 수 있도록 제단에 놓아둔 두 개의 막대기를 가져다달라고 했다.

"키히카, 일어서라."

그 순간까지 선생은 키히카를 호명하지 않고 막연히 어떤 학생이라고만 했다. 일요일에 선생을 묵사발 낸 키히카와 자신들을 동일시해 자랑스러워했던 많은 학생들은 이제 자기들과 그의 죄는 아무 상관이 없다는 듯 적대적인 눈길로 키히카를 쳐다봤다.

"앞으로 나와!"

키히카는 못 박힌 듯 서 있었다. 모든 것이 없어진 것처럼 속이 횅했다. 그가 움직이기도 전에 다른 학생들이 그가 나갈 길을 만들었다.

"앞으로 나오라고 말했잖아."

그는 움직일 것처럼 보였다. 그는 지붕과 선생과 매와 제단을 번갈아 쳐다봤다.

"때리려면 제가 뭘 잘못했는지 말씀하신 다음에 때리십시오!"

키히카가 분노로 몸을 떨며 말했다. 무니우는 그를 잡으려고 몸을 앞으로 기울였다. 그러나 키히카는 책상 위로 올라가 다른 책상으로 뛰어 달아났다. 그리고 사람들이 무슨 일이 일어나고 있는지 미처 깨닫기도 전에 가장 가까운 창문을 훌쩍 넘어 교회 밖으로 도망쳐버렸다. 그는 집에 도착할 때까지 쉬지 않고 뛰었다. 그리고 집에 도착하자 무서워서 엎드려 울었다.

"차라리 농사일을 하겠어요."

그는 다른 학교를 다니라는 아버지의 말에 이렇게 대답했다.

오랫동안 그 사건이 그의 마음속에서 부글부글 끓었다. 그는 책을 더 열심히 읽었다. 그는 독학으로 스와힐리어와 영어를 읽고 쓰는 법을 배웠다.

몇 년이 지나 전쟁이 끝난 직후 그는 일자리를 찾아 나이로비에 갔다가 정치 집회에 참석했고 조직이 있다는 것을 알았다. 그에게 새로운 시야가 열렸다.

"뭐가 필요하냐고 물었지?"

키히카가 얘기를 하고 있었다.

"얘기해줄게. 우리는 너무나 오랫동안 얘기만 해왔어."

"우리가 무슨 일을 할 수 있지?"

카란자가 키히카와 뭄비를 번갈아 쳐다보며 물었다.

"그들에게는 총과 폭탄이 있잖아. 그들은 히틀러도 때려눕혔어. 지금 영국이 두려워하는 나라는 러시아뿐이야."

키히카가 열변을 토하기 시작했다.

"이것은 단결의 문제야. 우리의 코앞에 인도의 경우가 있잖아. 영국인들은 수백 년 동안 거기에 있었어. 그들은 인도인들의 재산을 먹어치우고 인도인들의 피를 빨아먹었지. 몇몇 사람들이 하는 정치적인 얘기 따윈 결코 귀담아듣지 않았어.

그런데 무슨 일이 일어났지? 간디라는 사람이 나타난 거야. 간디는 백인을 잘 알고 있었어. 그는 돌아다니며 인도인들을 대규모로 조직해 폭탄보다 더 강력한 무기로 만들었어. 그들은 한목소리로 우리에게 자유를 돌려달라고 외쳤어. 영국인들은 비웃었지. 그들은 비웃는 데 이골이 났잖아. 그러나 사태가 심각해지자 웃을 수 없게 됐지.

그 폭군들이 무슨 일을 했지? 간디를 한 번이 아니라 여러 번 감옥에 가뒀어. 수천 명이 감옥에 갇혔고 수천 명이 목숨을 잃었어. 남녀노소 할 것 없이 달리는 기차에 몸을 던졌고 기차에 치였지. 피가 물처럼 흘렀어. 그러나 폭탄은 피를, 자유를 달라고 외치는 사람들의 붉은 피를 죽일 수 없었던 거야. 아! 이 땅의 아비 없는 자식들이 얼마나 울부짖고, 과부가 된 여자들이 얼마나 울어야 우리를 지배하는 폭군들이 깨닫게 될까?"

그는 좌중에게 약간 비탄에 잠긴 목소리로 얘기를 했다. 그의 말이 가져온 효과는 뒤따르는 침묵에서 알 수 있었다. 뭄비는 항상 오빠의 말에 감동해 희생적인 순교로 점철된 다른 나라의 영웅적인 과거를 상상했다. 의식(儀式)과도 같은 안개가 멀리 떨어져 있는 나라의 세월들을 둘러쌌으며, 몽롱한 풍요로움이 마음에 와 닿아 그녀를 흥분시켰다.

그녀는 기차에 치여 죽은 사람들에게서는 영웅적인 것을 차마 상상할 수 없었다. 그 음울한 장면은 생각만 해도 싫었다. 영광에 대한 그녀의 생각은 겟세마네 동산에서 예수가 느끼던 고뇌에 더 가까운 어떤 것이었다.

"난 우리 어머니, 아버지, 형제들이 기차에 치이는 건 보고 싶지 않아요. 아, 그렇게 되면 나는 어찌해야 할까요?"

그녀가 재빨리 외쳤다.

"여자들은 겁쟁이야."

카란자는 농담 반 진담 반으로 되받았다.

"그렇다면 당신은 기차에 치여 죽는 게 좋아요?"

뭄비가 화난 목소리로 쏘아붙였다. 그녀의 분노를 느낀 카란자는 아무런 응수도 하지 않았다.

키히카는 더 편안해진 어조로 말을 계속했다.

"내 십자가를 져라. 나를 따르려는 자는 누구든지 자기를 버리고 십자가를 지고 나를 따르라. 자기 생명을 구하고자 하는 자는 잃을 것이요, 나를 위하여 자기 생명을 잃고자 하는 자는 찾을 것이니라. 바로 이것이 그리스도가 사람들에게 하셨던 말씀이야. 왜 간디가 성공했는지 알겠어? 사람들이 자신의 부모를 포기하고 그들 모두의 어머니인 인도를 위해 봉사하도록 만들었기 때문이야. 우리에게는 케냐가 우리의 어머니야."

기코뇨는 키히카의 말보다 그의 목소리와 눈빛에 더 감동되었다.

"난 피를 보면 기절할 거예요."

뭄비가 말했다.

"케냐가 필요로 하는 건 칼이 들어와도 도망가지 않을 사람들이야."

키히카가 그녀에게 말했다.

"우리가 어떻게 사람들을 단결시키지?"

기코뇨가 자신도 한몫하고자 이렇게 물었다.

완지쿠가 문 앞으로 와서 차가 준비되었다고 했다. 그들은 햇빛이 비치는 바깥에서 차를 마시고 싶다고 했다. 곧 타바이 출신의 두 여자가 합세했다.

"바람을 맞으며 밖에서 차를 마시는 걸 보니 유럽 사람이 다 됐나 보죠?"

왐부쿠가 물었다.

"그럼, 그럼, 진짜 유럽 사람이지. 피부가 검은 걸 빼고는 말이야."

카란자가 점잔을 빼는 유럽인의 목소리를 흉내 내며 대답했다. 모든 사람이 웃었다.

"제법인데."

은제리가 말했다.

왐부쿠와 은제리는 뭄비의 친구였는데, 종종 카란자가 뭄비를 좋아하고 있다며 놀려댔다.

왐부쿠를 보자 키히카의 얼굴이 밝아졌다. 키히카는 언제나 왐부쿠와 춤을 췄으며 그녀와 얘기하는 것을 좋아했다. 두 처녀도 함께 차를 마셨다. 카란자의 눈은 뭄비를 떠날 줄 몰랐다. 기코뇨는 뭄비가 자신에게 그랬던 것처럼 웃는 얼굴로 그를 대하는지 지켜봤다.

은제리의 눈은 왐부쿠와 농담을 하고 있는 키히카 쪽으로 향했다. 외톨이가 된 은제리는 카란자와 기코뇨 사이의 라이벌 의식을 흥미롭게 바라봤다. 기코뇨는 뭄비와 무슨 말이든 해보려 했지만 잘되지 않았다. 뭄비는 머리 매만지는 걸 끝내고 외출복으로 갈아입으러 안으로 들어갔다. 은제리는 느릿느릿 그들에게서 멀어져 울타리 근처의 작은 언덕에 올라섰다. 그리고 갑자기 큰 소리로 외쳤다.

"기차야! 기차!"

그녀는 재빨리 달려 언덕에서 내려왔다.

"늦겠어."

다른 사람들도 덜거덕덜거덕하는 소리를 들을 수 있었다. 왐부쿠는 일어서서 키히카의 오른손을 잡아당기더니 그의 손을 놓고 길을 따라, 울타리를 지나, 기차역을 향해 달리기 시작했다. 키히카가 그녀를 따랐다. 그는 어딘지 슬픈 얼굴을 한 작은 남자였다.

"뭄비야! 뭄비야! 기차가 와!"

은제리가 의자에 놓았던 손수건을 낚아채고 두 사람을 따라가면서 외쳤다. 카란자와 기코뇨는 상대방이 먼저 가기를 바라는 것처럼 잠시 머뭇거렸다. 둘은 기차가 온다는 은제리의 말에 아까 일어서서, 우스꽝스럽게도 똑같이 집 안을 쳐다보다가, 달려가는 사람들을 다시 쳐다봤다. 뭄비가 가느다란 허리에 벨트를 조이며 나왔다. 그때 완지쿠의 목소리가 들렸다.

"얘, 손수건 두고 간다."

그녀가 급히 집 안으로 들어갔다. 카란자와 기코뇨는 마음 바쁜 척하면서도 여전히 그녀를 기다렸다.

"가요."

뭄비가 벌써 그들보다 몇 미터 앞서가며 그들을 불렀다. 기코뇨가 그녀를 따르고 카란자가 맨 뒤였다. 키수무행 기차 소리가 '달려, 달려, 달려, 달려!' 하며 그들을 재촉하는 것 같았다. 뭄비의 집에서 역까지 가려면 다른 쪽 끝에 있는 작은 숲을 거쳐야 했다. 은제리는 숲에 거의 다다른 상태였다. 왐부쿠와 키히카는 벌써 거의 보이지 않았다.

얼마 되지 않아 키가 약간 큰 카란자가 기코뇨를 앞질렀다. 기코뇨는 뭄비를 두고 벌이는 경주라고 생각하면서 힘을 냈다. 카란자가 뭄비를 따라잡고 앞으로 달렸다. 승리의 월계관은 이미 그의 것이나 마찬가지였다.

기코뇨도 뭄비를 따라잡았다. 그런데 그는 창피를 당할 것이 두려워 가슴이 철렁했다. 그는 이미 숲으로 사라진 카란자를 따라잡을 수 없다는 걸 비통하게 깨달으며 숨을 헐떡거렸다.

뒤쪽에서 뭄비가 달리기를 멈추더니 기코뇨를 불렀다. 그가 속도를 늦추고 그녀를 기다렸다.

"나, 피곤해요."

그녀가 말했다.

"왜 멈춰? 기차를 놓칠 텐데."

"그게 그렇게 중요해요? 오늘 기차를 못 보면 죽기라도 할 것 같아요?"

기코뇨는 깜짝 놀랐다. 왜 자기한테 화를 내나 싶었다.

"오늘은 거기 가고 싶지 않아요."

그녀가 부드러워진 목소리로 말했다.

그들은 나란히 걸었다. 기코뇨는 역까지 달려가는 경주에서 졌다는 것이 못내 속상했다. 그러나 숲에 다다르자 그 울분이 사르르 녹았다. 뭄비와 단둘이 있다는 걸 비로소 깨달았기 때문이다. 그는 무엇인가 할 말을 찾으려고 하면서 심장이 뛰는 소리를 뭄비가 듣지 않았으면 하고 바랐다.

뭄비는 나무 밑동에 몸을 기댔다. 기코뇨는 그녀의 눈에 웃음이 돌아왔다는 것을 알았다. 숲은 뜨거운 햇볕을 피할 수 있는 서늘한 그늘을 드리웠다. 꽃으로 수북한 땅 위의 식물들과 풀들이 엄청나게 높이 자라 나무 꼭대기와 가지들이 땅 가까이 내려온 것처럼 보였다. 뭄비가 말했다.

"낫에 손잡이 다느라 힘들었겠어요. 가볍고 부드럽던데……. 우리 어머니가 아주 좋아하셨어요."

"아무것도 아닌데……."

"아무것도 아니라고요?"

"내 말은 작은 나무토막을 사용했을 뿐이고, 그걸 만드는 것이 좋았다는 뜻이야."

"그런데 어떻게 그걸 아무것도 아니라고 해요?"

그녀가 조용히 웃었다. 그녀의 볼이 환했다. 그녀의 목소리가 즐겁게 그의 살 속으로 파고들었다.

"나무를 갖고 일하는 목수라는 직업은 멋진 직업임에 틀림없어요. 당신은 쪼개진 나무를 갖고도 무엇인가를 만들잖아요."

"너도 스웨터를 짜잖아."

"그건 같은 게 아니죠. 언젠가 당신이 작업장에서 일하는 걸 지켜봤어요. 그런데 당신이 연장들과 얘기를 하고 있는 것 같은 느낌이 들었어요."

"우리, 숲이나 둘러보자."

기코뇨는 억제된 감정이 반향되는 목소리로 제안했다. 그들은 숲의 중앙에 있는 탁 트인 곳까지 갔다. 푸른 키곰베 풀이 그들의 무릎까지 닿았다. 그는 뭄비와 마주 보고 섰다. 그리고 서로를 끌어당기는 힘에 자신을 맡겼다. 그는 그녀의 손을 잡았다. 그의 손가락이 충만해지고 아주 예민해졌다.

"뭄비……."

기코뇨는 그녀를 끌어당기면서 무슨 말인가를 하려고 했다. 그녀가 그의 가슴팍에 닿자 둘의 심장이 맞닿은 듯 콩닥콩닥 뛰었다. 모든 것이 고요했다. 뭄비가 떨고 있었다. 그의 핏속에서 두려움과 기쁨의 파고가 일었다. 천천히 그는 그녀를 땅으로 잡아당겼고 기다란 풀들이 그들을 가려주었다.

뭄비는 숨을 거칠게 쉬었지만 무슨 말을 할 수도 없었고, 감히 하려고도 하지 않았다. 기코뇨는 숲속에서 어둠의 의식을 치르는 것처럼 그녀의 옷을 하나씩 벗겨나갔다. 이윽고 그녀의 몸이 햇빛을 받아 빛났다. 그녀의 눈은 부드러우면서 격정적이었고, 순종적이면서 도전적이었다. 기코뇨는 그녀가 몸을 완전히 맡길 때까지 손으로 머리와 젖가슴을 더듬으며 그녀의 몸이 부드러워지도록 천천히 유도했다.

기코뇨는 자신이 허공에 떠 있다는 것을 알았다. 그는 극점에 달해 있었다. 그가 어두운 심연 속으로 황홀하게 들어가자 한 줄기 신음 소리가 뭄비의 입술에서 새어 나왔다. 그녀는 그를 꼭 껴안았다. 그들의 숨결은 이제 하나였다. 하나가 된 그들의 몸 밑에서 대지도 정적 속으로 빠져들었다.

역에 있던 카란자는 사람들과 기차가 시들하게 느껴졌다. 그는 피곤했다. 배도 텅 비었다. 뭄비가 곁에 있으면 모든 것이 활기차고 무엇이든 할 것 같던 기분이 곤두박질쳤다. 그의 눈은 들뜬 군중 속에서 뭄비를 찾았으나 볼 수 없었다.

여자들은 여느 때처럼 마을마다 서로 다른 모양새로, 남자들보다 더 화려하게 옷을 입고 있었다. 룽에이에서 몇 킬로 떨어진 마을들과 은데이아에서 온 사람들은 밝은 청색, 녹색 혹은 황색 옥양목을 어깨에서 겨드랑이로 걸쳤는데, 오른쪽 어깨 부근에는 복잡한 꽃 모양의 매듭이 달려 있었다. 얇은 모직이나 면으로 만든 벨트가 그들의 두툼한 허리에 느슨하게 걸려 있었다.

여자들이 남자들 앞에서 자기들의 모습을 과시하며 승강장을 따라 걸으면 그들의 기다란 벨트 끝이 펄렁거리며 물결쳤다. 타바이, 키힝고 혹은 응게카에서 온 대부분의 여자들은 나이로비에서 유행하는 것보다 2~3년 뒤떨어진 스타일의 면 사라사 치마를 입고 있었다.

남자들은 그렇지 않았다. 어떤 이는 자루 같은 바지와 재킷을 입고 있었는데, 룽에이의 인도인 상점이나 아프리카인 상점에서 산 중고였다. 남자들은 승강장을 따라 조심성 없이, 그러나 무게를 잡고 다리를 뻗치며 걸었다. 그들이 불필요하게 남자다움을 과시하며 걸을 때면 바지 구멍 사이로 작고 검은 무릎이 삐져나왔다.

카란자는 이렇게 움직이는 사람들로부터 떨어져 서 있었다. 슬그머니 질투심이 고개를 내밀었다. 놀라웠다. 그는 한 번도 기코뇨를 경쟁자로 생각한 적이 없었다.

'재치도 없고, 말주변도 없는 목수 놈이 어떻게 감히……'

그러나 지금 그는 기코뇨와 뭄비가 단둘이 어딘가에 있다는 사실을 알았다. 그것이 그를 화나게 했다.

'어떻게 뭄비는 내가 숨을 헐떡거리고 땀 흘리며 뛰어온 것을 의미 없게 만들 수 있지? 어린애처럼 먼저 가라고 해놓고, 어떻게 자기는 기코뇨와 둘이서 살짝 뒤에 남을 수 있지?'

그는 뒤돌아가서 그녀를 찾아내 살려달라고 애원할 때까지 모욕을 주고 싶었다. 사람들이 보는 앞에서 무릎을 꿇리고 싶었다. 그 충동이 너무 강해 막연한 생각만으로 그는 승강장에서 발길을 돌리기 시작했다.

문득 그는 걸음을 멈추고 서서 뛰어야 할까 말까 망설였다. 마치 승강장에서 어떻게 떠나느냐가 스스로 정한 목표의 성공을 가늠하는 척도라도 되듯이…….

'만약 그녀가 기코뇨의 팔에 안겨 있다면 어떻게 될까?'

목수의 거친 손이 그녀의 젖가슴에서 배꼽을 거쳐 아래로 내려가는 모습이 떠올랐다.

'아니야!'

그는 그 모습을 상상할 필요도 없고, 상상해서도 안 되었다. 그러나 더욱더 구체적인 모습들이 머릿속에 떠오르며 그를 괴롭혔다.

'안 돼, 목수 놈은 안 돼.'

그는 하느님을 부르며 몸을 떨었다. 그렇지 않다면 하늘이 무너지고, 땅이 떨리고, 사람들이 굴러떨어지고, 엉덩이가 부스러지고, 아비규환을 이뤄 고통과 죽음의 아가리로 곤두박질쳐버려야 할 것이었다.

그는 자신이 그렇게 격렬하게 반응하는 데 스스로 놀랐다. 그는 자신이 아직 뭄비에게 사랑을 고백하지 않았다고 생각하고 떨리는 몸을 진정시키려 했다. 어쩌면 기코뇨와 뭄비 사이에 아무 일도 일어나지 않았을지도 몰랐다. 그러자 위안이 되었다. 그는 그 생각에 집착해 그것을 구체화하고 여러 가지 합리적 근거들을 덧붙였다. 그는 평온해진 마음의 가장자리에 떠도는 불안감을 몰아내려고 웃으려고까지 했다.

그는 몇 미터 떨어진 남자들의 대열에 끼려고 걸음을 옮겼다. 그는 빨리 행동을 개시해 뭄비에게 자기 마음을 고백하기로 결심했다. 남자들이 키히카 주변에 몰려 활기찬 얼굴로 그의 말을 듣고 있었다. 승강장 아래쪽에서는 다른 남녀들이 떼 지어 거닐거나 서 있었다. 남녀가 함께 웃는 모습을 보자 카란자는 뭄비가 너무 보고 싶었다.

요란한 호각 소리가 나고 기차가 역을 벗어나기 시작했다. 기차를 골똘히 지켜보고 있던 카란자는 낯선 느낌이 들었다. 우선, 호각 소리가 나자 기차의 칸칸이 그의 살에 철렁 부딪쳐오는 느낌이 들었다. 기차가 가버린 후에도 한동안 그 느낌이 여운으로 남아 있었다.

그런 다음 그는 승강장가에 서서 하얗게 텅 빈 심연을 응시했다. 그는 분명히, 나중에도 맹세할 수 있을 만큼 분명히 그것을 보았다. 철로와 승강장의 사람들, 그리고 룽에이 상점들을 비롯한 온 세상이 그의 눈앞에서 점점 더 속도를 더해가며 뱅글뱅글 돌다가 뚝 멈췄다. 사람들이 하던 얘기를 멈췄다. 아무것도 움직이지 않았고, 아무 소리도 들리지 않았다. 카란자는 완벽하게 모든 것이 멈추고 소리도 없어지자 놀라서, 자신이 보고 있는 것이 사실인지 확인하려고 주위를 둘러봤다. 그러나 아무것도 멈춘 게 없었다.

발밑의 땅이 무너지는 게 두려운 것처럼 모든 사람이 달려가고 있었다. 그들은 사방으로 달렸다. 남자들은 여자들을 짓밟고, 어머니들은 아이들을 팽개치고, 노약자들은 승강장에 버려졌다. 사람들은 저마다 혼자였다. 정말이지 혼자였다. 카란자는 보이는 것이 너무 선명해 몸을 휘청거렸다. 그는 살려고 몸부림치며 안간힘을 썼다.

'난 이곳을 빠져나가야 해.'

그는 움직이지도 않으면서 이렇게 말했다. 세상이 다시 돌아가고 있었다.

'달려야 해. 어쩔 수 없잖아. 다른 사람들은 다 그러는데, 왜 나만 아이들과 노약자들을 짓밟고 지나가는 것을 두려워하는 거야?'

곁에 있던 사람이 그가 딱딱한 바닥으로 넘어지지 않도록 재빨리 그의 몸을 붙잡았다.

"무슨 일인가, 친구? 취했어?"

"모, 모르겠어."

카란자가 잠에서 막 깨어난 사람처럼 눈을 비비며 말했다. 역에 있는 모든 것이 예전과 같았다. 기차가 먼 모퉁이를 돌아 막 사라지려고 했다.

카란자가 그를 붙잡고 있는 사람에게 설명했다.

"머리가 잘못된 것 같아. 빙빙 돌더니."

"햇볕 때문이야. 햇볕을 너무 쬐면 현기증이 나지. 그늘 밑에 앉아 좀 쉬지그래?"

"괜찮아."

카란자는 불안한 웃음을 지으며 키히카를 둘러싸고 있는 사람들의 대열에 합류하려고 걸음을 옮겼다. 방금 일어난 작은 사건을 본 사람은 별로 없었다. 키히카는 그리스도에 대해 무엇인가 설명하고 있었다.

"그런 사람이 없다면 자유를 위한 투쟁은 성공할 수 없습니다. 인도의 경우를 봅시다. 마하트마 간디는 사람들에게 자유를 가져다주고 그것을 자신의 피로 갚았습니다."

조금 전의 이상한 경험 때문에 약간 안정을 잃은 카란자는 키히카가 짜증스러웠다.

"넌 이 말 했다가 저 말 했다가 하는데, 도대체 일관성이 없어."

그는 키히카에게 말했다.

"오늘 아침만 해도 넌 예수가 실패했다고 말했는데, 지금은 그리스도가 필요하다고 말하고 있어. 너도 부흥운동가가 돼가는 거야?"

키히카는 못 믿겠다는 듯한 카란자의 경멸적인 어조와 약간 이죽거리는 듯한 웃음에 속이 상했다. 그는 친구에게 공개적으로 도전을 받고 어떻게 반응해야 할지 몰라 잠시 머뭇거렸다. 사람들은 키히카가 완전히 할 말을 잃었는지 보려고 좀 더 가까이 다가가 머리를 끄덕였다. 키히카는 가까스로 분노를 억제하며 말을 계속했다.

"그래. 난 그분의 죽음이 변화를 가져오기 않았기 때문에, 그리고 사람들이 십자가에서 구심점을 찾도록 하지 않았기 때문에 그분이 실패했다고 말했던 거야. 압박받는 모든 사람들은 저마다 져야 할 십자가가 있어. 유대인들은 십자가 지는 것을 거부하고 지구 상에 먼지처럼 흩어졌어.

그리스도의 죽음이 이스라엘 백성들에게 무슨 의미가 있지?

케냐는 무엇인가를 바꿀 수 있는 죽음을 필요로 해. 말하자면 우리에게는 진정한 희생이 필요하다는 거야. 그러나 우리는 무엇보다 먼저 십자가를 질 준비가 되어 있어야 해. 나는 너를 위해 죽고, 너는 나를 위해 죽을 수 있어야 서로가 서로를 위해 희생하는 거지.

카란자, 그래서 나는 바로 네가 그리스도라는 것을 얘기하고 싶은 거야. 나도 그리스도이고. 케냐의 상황을 변화시키려고 '단결의 맹세'를 하는 모든 사람은 그리스도인 거야. 그러니까 그리스도는 한 개인이 아니야. 케냐를 해방하는 십자가를 진 모든 사람이 케냐 민중에게는 진정한 그리스도야."

은제리와 왐부쿠는 몇 명의 다른 여자들과 함께 대열에 합류했다. 정치적인 얘기는 거기서 끝났다. 대부분의 청년들은 키히카의 말에 감명을 받았다. 여자들과 어울려 웃고 떠들게 되자 그들의 얼굴에 떠돌던 진지한 표정이 사라졌다.

그러나 카란자와 키히카는 서로 다른 이유 때문에 멍하니 서 있었다. 그렇게 하려고 의도했던 것은 아니었지만 그들은 서로를 피했다. 그들은 숲으로 춤을 추러 가면서 아무 말이 없었다.

키네니에 숲은 조용하고 서늘했다. 다시 사람들이 떼 지어 웃고 떠들자 숲이 생기를 띠었다. 누군가가 카란자에게 기타를 안겨주었다.

"치세요."

여자들이 소리쳤다.

카란자는 기타를 연주할 때면 언제나 그의 손가락에 기타 줄이 예민하게 반응하는 것을 즉각적으로 느끼곤 했다. 오늘 그는 자신의 기타를 가져오지 않았다. 그래도 그는 다른 사람의 기타를 잡고 손가락으로 기타 줄을 퉁기면서 흥분했다. 줄에 잡힌 흥분이 전해지자, 사람들이 춤을 추기 시작했다. 처음에 춘 춤들은 아무나 출 수 있는 것이었다.

왐부쿠와 키히카는 함께 춤을 추었다. 음악이 그녀를 짜릿하게 했다. 그녀는 키히카에게 더 가까이 다가가 머리를 뒤로 젖히고 반짝이는 눈으로 그를 쳐다봤다. 그녀의 뾰족한 젖가슴이 출렁거리며 키히카의 가슴에 물결을 만들었고, 키히카는 역에서 있었던 일을 잊었다.

그들이 몸을 밀착하고 춤추는 것을 보며 카란자는 뭄비를 떠올렸다. 그는 그녀의 집에서 그녀에게 한두 번 기타를 쳐준 적이 있었다. 지금 그는 다시 그녀를 위해 기타를 쳐주고 싶었다. 그 욕망이 그의 핏속에 있는 기타 줄을 건드렸고, 그 미세한 떨림이 손가락으로 전해졌다.

'기타 줄은 내 마음을 표현해주리라. 안타까운 마음을 담은 선율이 숲을 넘어, 마을을 거쳐 뭄비에게 전해지리라.'

카란자는 기코뇨와 다르게 연주를 했다. 기코뇨는 거칠고 격렬하게 연주했다. 때로는 악기가 그를 지배하는 것 같았다. 그래서 그의 연주에는 거칠고 조야한 힘이 있었다. 그러나 카란자는 달랐다. 그는 연장을 다루는 목수처럼 악기를 통제했다. 그래서 그의 연주는 더 확실하고 세련미가 있었다.

한 남자가 은제리가 서 있는 곳으로 걸어갔다. 그녀는 꿈을 꾸듯 머리를 내저으며 남자의 제안을 거절했다. 그녀의 눈길은 말 없는 나무들 사이를 돌아 떨어진 잎새들 위로 발을 끌며 나아가는 키히카와 왐부쿠 쪽으로 향해 있었다. 나무들의 밑동이 춤추는 남녀들 사이에서 움직이고 있는 것 같았다.

카란자는 슬픔이 고조되어 노래를 했다. 이제 사람들과 숲이 그의 노래에 귀를 기울였다. 그러나 그는 뭄비가 노래를 들어줬으면 하고 바랄 뿐이었다.

'노래를 들으면 그녀는 내 가슴에 있는 미친 듯한 욕망을 알게 되리라. 그리고 내게 달려와 확실히 나를 따르리라. 어떻게 그녀가 목수 놈에게 몸을 던질 수 있을까?'

이런 생각을 하자 고통이 되살아났다. 카란자의 목소리와 기타 소리가 허공에서 멈추더니 갑작스러운 깊은 정적이 찾아왔다. 그것도 잠시, 요란한 박수 소리와 환성이 그 정적을 갈가리 찢었다.

키히카와 왐부쿠는 햇볕이 내리쬐는 공터를 찾았다. 그들은 짙은 숲과 춤추는 남녀들과 은제리의 애타는 눈길을 뒤로했다. 아카시아 나무들과 수풀이 계곡 아래까지 가파른 경사를 이루고 있었다. 계곡은 얼마간 평평하다가 이내 작은 둥성이를 이루었다. 키히카는 그 너머 오른쪽으로 케냐의 모든 집 구석구석을 지배하는 힘의 상징인 마헤 경찰서의 윤곽을 볼 수 있었다.

'저것을 없애면 백인은 물러간다. 백인은 총을 갖고 케냐의 모든 흑인의 삶을 지배한다.'

키히카의 생각은 이렇게 흘러갔다. 한 줄기 빛이 그의 눈에서 반짝였고 그의 가슴은 미래에 대한 환희에 부풀었다. 그러면서 잠시 옆에 있는 여자를 잊었다. 그러나 곧 여자의 숨결을 의식했다. 이 장면을 보여주려고 그녀를 여기에 데리고 온 것 같았다. 그는 여전히 눈길을 마헤와 리프트 계곡에 고정한 채 그녀의 손을 잡았다.

"이 길만 해도 그래. 이 길을 따라 백인이 이 나라의 심장부로 들어갔어."

그는 계곡으로 난 경사면을 따라 달리는 기찻길을 생각하며 천천히 말했다.

"키히카, 정치를 생각하지 않을 때도 있어요?"

왐부쿠가 조급하게 물었다. 화가 났다는 경고이기도 하고, 그렇게 하지 않았으면 좋겠다는 속마음을 내비치는 물음이기도 했다.

왐부쿠는 웃거나 정열적인 발랄함을 내보일 때가 아니면 아름답다고 할 수 없는 여자였다. 그런데 그녀는 눈이 커지고, 기대감으로 입술이 벌어지고, 검은 얼굴이 빛나면 거부할 수 없을 만큼 매력적인 여자가 되었다. 삶을 즐기는 능력을 타고난 그녀는 모든 유혹의 가능성을 찾고 맛보며 그 순간을 위해 살았다.

그녀는 키히카와 함께 살고 싶었다. 그러나 그는 언제나 말을 할 듯 말 듯했다. 단둘이 있을 때면 그녀는 기대감에 부풀어 그의 말을 기다렸다. 물론 그의 마음속에 있는 말을 알아버리는 데서 생기는 두려움도 있었다.

키히카는 결혼을 하지 않을 사람이었다. 그는 신념을 좇는 사람이었다. 왐부쿠는 그것이 그녀에게서 그를 떼어내는 악마라고 생각했다. 만약 그것이 무엇인지 알고, 그 악마를 정면으로 대할 수 있다면 여자가 가진 힘을 모두 동원해 싸울 참이었다.

그 악마가 여자의 모습을 하고 있다면 그것은 다른 문제였다. 그러나 그녀가 어떻게 여자의 모습을 하지 않은 악마와 싸울 수 있을 것인가? 어떻게 그녀가 어둠 속에 숨겨진 것들과 싸울 수 있을 것인가?

"정치가 아니라 삶이야, 왐부쿠. 다른 사람이 자기 땅과 자유를 가져가도록 놔두는 사람이 과연 남자일 수 있을까? 노예한테 삶이란 게 있을까?"

그는 자기 안에 있는 질문에 답변을 찾는 것처럼 고통스러운 목소리로 말했다. 왐부쿠는 자신의 운명과 그의 운명을 결부시키고 싶지 않은 것처럼 그에게서 손을 뺐다.

"키히카, 당신한테는 땅이 있어요. 당신 아버지의 땅도 당신 것이고요.

어쨌든 리프트 계곡에 있는 땅은 애초부터 우리 부족의 것이 아니었잖아요."

"우리 아버지가 소유한 10에이커 말이야? 그건 중요한 게 아냐. 케냐는 흑인의 나라야. 당신은 카인이 잘못했다는 걸 모르겠어? 난 내 형제의 보호자야. 백인이 기쿠유, 우카비, 난디 중 어느 쪽에서 땅을 빼앗아 갔느냐 하는 것은 중요한 게 아냐. 그건 백인의 것이 아냐. 그리고 설사 그렇더라도 모든 사람이 땅을 골고루 나눠 가져야 되는 것이 아닐까?

이 땅은 케냐인의 것이야. 아무도 그걸 사고 팔 권리가 없어. 땅은 우리의 어머니야. 우리 자식들은 어머니인 땅 앞에서 평등한 거야. 땅은 우리의 공동 유산이라고. 백인 정착민들 중 아무라도 생각해봐. 수백 에이커가 되는 땅을 소유하고 있어. 그런데 거기에 눌러앉아 커피와 차와 사이잘*과 밀을 기르느라 뼈가 빠지게 일하고도 한 달에 단돈 10실링을 받는 흑인들은 뭐지?"

키히카는 그 앞에 많은 청중들이 있는 것처럼 손짓을 해가며 말했다. 별안간 왐부쿠는 바로 지금이 악마와 싸워야 할 때라고 느꼈다. 그녀는 그의 손을 잡고 부드럽게 눌렀다. 그러자 키히카가 그녀를 바라보았다. 그런데 어찌 된 일인지 그녀의 속마음이 말이 되어 나오질 않았다.

"지금은 그런 것들에 대해 얘기하지 말아요."

그녀는 말이 나오지 않아 이렇게 얼버무렸다. 키히카는 행동을 하는 과정에서 자신을 위로해줄 누군가를 찾은 사람처럼 기뻐하며 그녀의 손을 지그시 눌렀다. 그녀에게 고마움을 전하고 싶었다. 모든 사람들 중에서 그녀만이 그와 그의 생각을 완전히 믿어주지 않았던가? 만약 그녀가

---

* 용설란과(科) 식물. 잎 섬유로 로프, 바닥 깔개 등을 만드는 데 쓴다.

전에 별로 말을 하지 않았다면 그녀는 지금 그녀의 부드러운 손길로 모든 것을 말한 것이나 마찬가지였다.

"나한테서 떠나지 말아요. 나를 혼자 남겨놓지 말아요."

그녀는 필사적으로 그에게 매달렸다.

"안 그럴게!"

키히카는 언제나 그의 곁에 왐부쿠가 있으리라고 생각하며 황홀감에 들떠 외쳤다. 행동할 때가 되면 다른 남자들 가운데서 그만이 사랑하는 여인과 같이 싸우는 복 받은 남자가 될 것이었다.

그의 말 한마디가 왐부쿠의 마음속을 칼처럼 찌르고 들어왔다. 그녀는 지금, 그리고 영원히 행복할 것 같은 느낌이었다.

'이제 키히카가 다른 남자들처럼 마을에서 평범하게 사는 데 만족하고, 악마는 가만히 내버려둘까?'

그들은 각자 자기기만에 빠져 손에 손을 잡고 행복에 겨워 환한 얼굴로 사람들에게로 돌아갔다.

기코뇨는 숲에서 있었던 일을 결코 잊지 않았다. 수용소에 갇혀 있을 때도 바랄 수 없는 것들을 꿈꾸며 그때 있었던 일을 낱낱이 기억하며 살았다. 그것은 오래전, 잊힌 땅에서 거행된 일종의 의식이었으며 신화였다.

"다시 태어나는 것 같았습니다."

그는 자신의 경험이 실제였다는 것을 전달해줄 말을 찾으려고 애쓰면서, 낮고 고른 목소리로 그때의 일을 회상하며 무고에게 말했다. 세 개의 돌로 받쳐진 난로 안의 불이 시들해졌다. 기름등이 흔들거리며 구석에 그림자를 드리웠다. 무고와 기코뇨의 얼굴 윤곽이 흐릿해졌다.

"완전하고, 새로 태어난 느낌이었습니다……. 많은 여자들과 사랑을 해봤지만 그런 느낌은 처음이었습니다."

그는 말을 멈췄다. 말이 잘 나오지 않아 당황하는 눈치였다. 그는 손가락을 약간 편 채 무릎에서 천천히 오른손을 들어 올렸다가 내려놓았다.

"나는 그 전에는 아무것도 아닌 존재였지요. 그런데 그때 나는 남자가 됐어요. 나의 짧은 결혼 생활 동안 뭄비는 내게 그것이 중요하다는 것을 느끼도록 해줬어요……. 나는 갑자기 그걸 발견했던 거예요……. 아니, 마치 내가 행복하겠노라고 하느님과 계약이라도 맺은 것 같았어요. 내 여자를 팔에 안았을 때의 느낌을 어떻게 말해야 좋을까요? 바나나 줄기 아시죠? 그러니까 껍질을 벗기고 벗기며 속에 똬리를 틀고 있는 근원적인 것을 잡으려고 떨리는 손을 뻗치는 것 같았어요.

매일 나는 새로운 뭄비를 발견했어요. 우리는 함께 숲으로 뛰어들었지요. 난 어둠이 두렵지 않았어요……."

그의 어머니 왕가리도 행복해했다. 그녀는 여자들이 느끼는 희로애락을 말로 표현하지 않고도 며느리와 함께 나눌 수 있었다. 둘은 함께 밭에 갔으며, 교대로 강에서 물을 길어 왔고, 같은 그릇에 요리를 했다.

시어머니는 말로는 도저히 건널 수 없는 침묵의 심연을 건너는 며느리를 향해 따뜻한 마음을 보냈다. 서로를 새로이 알아가는 게 그렇게 기쁠 수가 없었다. 그들은 기코뇨가 톱이나 대패를 들고 작업장으로 갈 때도 같이 눈길을 보냈다. 그들은 연장을 들고 흥얼거리는 목수의 목소리를 듣고 가슴이 벅차 터질 것 같았다.

그런데 곧 왕가리와 뭄비도 타바이의 다른 여인들처럼 남자가 변해가는 것을 눈치챘다. 그는 도전적인 노래를 부르며 타바이 너머에 사는 백인들과, 나이로비와 기쿠유 조상들이 살았던 지역에 살고 있는 백인들에게 공개적으로 도전했다. 카란자와 키히카와 다른 젊은이들이 기코뇨와 더불어 구슬픈 희망의 노래를 불렀다. 그들은 웃기도 하고 얘기도 했다. 그러나 그들의 웃음은 예전과 달랐다.

그들의 입가에는 조롱과 기대감이 묻어 있었다. 역으로 가는 횟수도 적어졌으며, 숲속의 댄스 모임은 결전일에 실행할 계획을 짜는 집회로 바뀌었다. 또한 그들은 한밤중에 어두운 곳에 있는 오두막들에서 만나기도 했다. 함께 귓속말을 하고 난 후 호전적인 웃음을 터뜨리며 전투가를 부르기도 했다.

여자들은 가슴이 두근거렸다. 남자들의 노래에서 슬픔의 기미를 느끼며 아이들의 앞날을 염려했다. 무슨 일이 일어날 것만 같은 분위기였다.

어느 날 밤, 그것은 현실로 나타났다. 조모 케냐타와 다른 지도자들이 체포되었고, 베어링 총독*은 케냐 전역에 비상사태를 선포했다.

비상사태가 선포되고 몇 달 후였다. 뭄비는 집 앞에서 나른한 눈으로 땅을 쳐다보며 서 있었다. 기코뇨는 작업장에 있지 않았다. 왕가리는 강에 가고 없었다. 마을은 흩어진 집들을 둘러싸고 있는, 다듬어지지 않은 울타리들로 인해 끝없이 펼쳐져 있는 숲 같은 모습이었다. 그러나 여러 개의 굴뚝에서 구불구불 솟아오르는 연기는 마을을 수수하고 평화롭게 보이게 했다.

해가 막 지려 했다. 뭄비의 새집 밖에 있는 작은 울타리가 바람에 물결쳤다. 그녀는 그 광경을 바라보며 은밀한 즐거움을 느꼈다.

남동생인 카리우키가 들길로 걸어오고 있었다. 뭄비의 가슴이 훈훈해졌다. 그녀는 동생이 찾아오는 것이 그렇게 좋을 수가 없었다. 그녀는 카

---

* 에벌린 베어링(Evelyn Baring, 1903~1973). 1952~1959년까지 케냐의 영국 식민 정부 총독을 지냈다.

리우키를 사랑했으며, 결혼하기 전에는 그의 옷을 빨아주고 정성스럽게 다려주곤 했다. 아침이면 항상 일찍 일어나 동생이 학교에 가기 전에 마실 수 있도록 차를 준비해놓고 있었다.

그녀는 키히카를 좋아하고 존경했으며, 동생보다 강한 그에게 마음을 의지하곤 했지만 카리우키에게는 누나로서의 애정을 듬뿍 쏟았다. 가끔씩 카리우키와 함께 시골길로 산책을 나가곤 했다. 그녀는 학교 얘기에서 여자 얘기까지 이것저것 재잘대는 동생의 말에 귀를 기울였다. 또 동생이 성인 남녀에 관해 무슨 말인가를 하면 막연하고 어정쩡하게 혼내곤 했다. 그럴 때면 카리우키는 우스꽝스러운 얼굴을 했고, 뭄비는 참았던 웃음을 터뜨렸다.

카리우키는 교복을 입고 있었다. 뭄비는 가까이 온 동생의 얼굴 표정이 심각한 것을 보고 깜짝 놀랐다. 그 전까지 빛나던 그녀의 눈빛이 희미해지고 즐거웠던 마음이 걱정으로 바뀌었다. 그녀를 뭐라도 행동을 취할 준비를 했다.

"무슨 일이니, 카리우키? 집에 안 좋은 일이라도 있니?"

"매형, 집에 있어?"

묻는 말에 대답조차 하지 않고 카리우키는 누나의 눈을 피하며 물었다.

"아니, 없어. 그런데 무슨 일이니? 네 얼굴을 보니…… 나, 놀라서 죽겠다!"

"아무 일도 아냐. 아버지가 매형을 데리고 집으로 오랬을 뿐이야. 누나도 같이……."

카리우키는 눈을 내리깔았다. 마음을 단단히 먹으려고 애쓰고 있었지만 그의 목소리는 속삭이는 것 같았다. 카리우키가 뭄비를 올려다봤다. 눈물 같은 것이 그의 눈에서 반짝였다.

"키히카 형 때문에 그래. 아…… 뭄비 누나, 형이 싸우러 숲으로 들어갔어."

그는 이렇게 말하고 그녀의 팔에 안겼다. 한동안 뭄비는 동생을 안고 있었다. 타바이 전체가 발밑에서 빙빙 도는 듯해서였다. 그러고 나자 땅이 다시 멈추고 평화스러움을 가까스로 되찾았다.

"어떻게 해야 되니?"

그녀가 물었다.

밖은 어두웠다. 왐부쿠와 은제리는 음부구아의 집에서 나와 그들의 집으로 향했다. 그들은 말없이 걸었다. 그들은 각자의 생각을 하느라 바빴다.

왐부쿠는 잠시 두통이 달아날 정도였던 오두막에서의 광경을 떠올렸다. 음부구아는 머리를 숙이고 앉아서 왐부쿠가 하는 말을 막지 않고 듣고 있었다. 그녀가 말을 마쳤을 때에야 그는 그녀를 쳐다봤다.

"자기가 있을 곳이 숲이라고 그 애가 말했다고?"

"예."

"머리가 어떻게 된 거 아니냐? 제 평생 먹고, 제 자식들 평생 먹고도 남을 땅이 있는데 도대체 무엇이 부족해서 그런다더냐?"

그러한 슬픔을 조금은 다른 입장에서 볼 수 있도록 하는 일이 뭄비에게 맡겨졌다.

"조모가 체포되면서 상황이 달라졌어요. 이 나라의 지도자들이 모두 체포되어 어디로 갔는지 모르는 상황이 됐어요. 이 지역의 조직 책임자인 키히카 오빠가 백인들의 손아귀에서 빠져나갈 수 있을 것 같아요? 오빠는 감옥과 숲 중 하나를 택해야 했어요. 그래서 숲을 선택한 것이죠."

"그렇다면 신께 운명에 맡겨야지."

한 톨의 밀알 161

음부구아가 말에 공감한 완지쿠는 고개를 끄덕였다.

왐부쿠는 가까스로 눈물을 참았었다. 그러나 지금 그녀는 어둠 속에서 소리 없이 울고 있었다. 그녀의 슬픔이 말로 되어 나왔다.

"그것은 악마야."

"너, 그 사람에게 갈 테야?"

은제리가 묻자 그녀는 격렬하게 울며 말했다.

"안 갈 거야! 그 사람이 나한테서 떠나버렸어. 내 품에서 빠져나갔단 말이야. 은제리, 나는 가지 말라고 눈물로 애원했어. 그래, 우리는 단둘이 우리 집 밖에서 만났어. 숲으로 간다고 나한테 얘기하러 왔더라. 나한테 기다릴 거냐고 물었어. 나는 그 사람에게 키네니에 숲에서 절대로 나를 떠나지 않겠다는 약속을 하지 않았느냐고 다그쳤어. 그러나 그는 가버렸어."

"너, 그 사람을 사랑하지 않니?"

은제리가 경멸과 우월감이 섞인 어조로 물었다.

"사랑하지. 아니, 사랑했지. 그를 위해 다른 사람들과는 어울리지도 않았어. 나는 밤이면 그 사람만 생각했어. 그 사람을 원했지. 나는 그 사람을 구원해줄 수 있었을 거야. 은제리, 그 사람은 강하고 든든한 남자지만 약했어. 어린애처럼 약한 사람이야."

"넌 그 사람을 사랑하지 않았어. 너하고 잠자리를 같이해줄 때만 그 사람을 원했을 뿐이야."

갑자기 은제리가 표독스럽게 말하자 왐부쿠는 놀랐다.

"내 마음속에 무엇이 있는지 가르치려 들지 마."

"자기 가슴속에 뭐가 있는지도 모르는 사람들이 있지."

"난 알아. 넌 질투하고 있는 거야."

"너를? 천만에!"

그들은 더 이상 아무 말도 하지 않고 헤어졌다. 은제리는 키가 작은 처녀였지만 가냘픈 몸매가 오히려 그녀를 더 커 보이게 했다. 그러나 그녀의 가냘픔에는 강인함이 있었다. 그녀는 여자들이 눈물을 흘리고 나약하게 행동하는 것을 싫어했다. 그녀는 키네니에서 싸움이 있을 때마다 늘 같이 싸웠다. 때로는 남자들과 함께 싸웠다. 남자들은 그녀를 고양이라고 불렀다. 아무도 물리적인 힘을 그녀에게 가할 수 없었기 때문이었다.

이제 그녀는 우월하고 더 강인해진 것을 느꼈다. 그녀는 왐부쿠에 대한 경멸감을 감출 수 없었다. 그녀는 자기 집 앞의 어둠 속에 홀로 서서 키네니에 숲이 있는 쪽을 응시했다.

"그 사람이 저기에 있어."

그녀는 혼잣말로 속삭였다. 그리고 그가 있는 곳을 향해 열정적인 헌신의 어조로 말했다.

"당신은 나의 전사예요."

그녀는 목소리를 높이며 오랫동안 참았던 분노를 터뜨렸다.

"그 여자는 당신을 사랑하지 않아요, 키히카. 그 여자는 당신을 좋아하지 않는다고요."

그녀는 몇 발자국 걷다가 다시 돌아서서 영원히 헌신하겠다는 자신의 말을 어둠의 물결이 키히카에게 실어다 주기를 바랐다.

"내가 당신께 가겠어요. 멋있는 나의 전사여, 내가 당신께 갈게요."

이렇게 소리치고 나서 그녀는 자신이 키히카에게 돌이킬 수 없는 약속을 했다는 사실을 깨닫고 몸을 떨며 집으로 뛰어 들어갔다.

저녁이면 기코뇨는 뭄비에게만 얘기할 수 있는 비밀 모임에 참석했다. 그는 행여 다른 사람이 알세라 말을 아꼈다. 그리고 작업장에서 일을 계속했다. 저녁이면 카란자와 다른 사람들이 작업장에 모여 허공에 대고 욕하고 삿대질을 했으며, 자부심을 갖고 키히카에게 새로이 합류할 사람들의 신상을 살폈다.

왕가리와 뭄비는 대패질하는 기코뇨의 손길이 고르지 않다는 것을 알았다. 왕가리는 아들을 이해한다고 생각했지만 두려웠다. 그러나 공중에 총을 발사하거나 저녁 6시면 문을 잠그라고 울려 퍼지는 나팔 소리가 그의 남자다운 기백을 어쩌지 못하는 것처럼, 왕가리는 그의 눈의 반짝임이나 목소리의 생기를 뭐라 설명할 수 없었다.

뭄비만이 그를 이해할 수 있다고 느꼈다. 자신의 몸에 닿는 남자의 손과 손가락을 낱낱이 알고 있기 때문이었다. 그의 몸이 그녀를 바닥에서 옴짝달싹 못 하게 할 때 그녀는 남자의 힘을 느꼈다. 그녀는 날개를 파닥이며 날아갈 준비를 했다. 두려움과 부드러움이 동시에 느껴지는 순간이었다. 그녀도 이제 자신의 여자로서의 힘에 환희를 느끼며 그를 원했다. 그가 그녀에게 몸을 구부릴 때 그를 구원하고 삶의 원기를 되돌려주는 것은 그녀의 부드러움과 이해심이었다.

그녀는 그가 가는 것을 원치 않았다. 그녀는 이렇게 비겁한 자신이 싫었다.

더 많은 남자들이 체포되어 강제수용소로 끌려갔다. 케냐 밖에서는 그곳이 그저 임시 수용소라고 알려졌다. 기차역의 승강장은 이제 항상 텅텅 비었다. 여자들은 차가운 오두막의 뒤에서 남자들을 그리워하며 젊은 남자들이 하루빨리 숲과 수용소에서 돌아오기를 기도했다.

어느 날 백인의 손이 뭄비의 집까지 뻗쳤다. 그녀는 두려움 속에서 그날을 기다리며 마음의 준비를 했다. 그러나 그 순간이 닥쳤을 때 그녀는 자기 남자를 구하기에는 너무 무력했다. 그녀는 있는 힘을 다해 거기 있던 많은 사람들의 가슴속을 파고드는 소리를 질렀다.

"기코뇨, 내게 돌아와요."

그 소리는 공포에 질린 비명 같았다. 그리고 이 열병 같은 공포는 노파의 벙어리 아들인 기토고가 백인의 평화의 사도들에게 총살당했다는 사실이 밤늦게 알려졌을 때 타바이 전역을 사로잡았다.

어쩌면 그들은, 그러한 중요한 군사행동은 타바이 땅에 피를 뿌리면서 시작하는 것이 격에 맞는다는 사실을 몰랐는지도 모른다.

기코뇨는 수용소를 향해 씩씩하게 걸어갔다. 사랑을 알고 인생을 안 데서 생긴 확신이 있었기 때문이었다.

'어쨌든 이런 일은 곧 끝날 거야. 조모는 멀리 백인의 나라와 간디의 나라인 인도에서 온 변호인들의 변론을 받아 재판에서 이길 거야. 석방될 날이 멀지 않았어. 다시 돌아가 삶의 실을 이어갈 수 있겠지. 이번에는 영광과 풍요의 땅에서 새로 시작할 수 있을 거야.'

이것은 군인들이 대기하고 있는 트럭으로 끌려갔을 때 어머니와 뭄비에게 해주고 싶었던 말이었다.

'백인들이 어떤 짓을 하든지 그날은 오리라. 숲으로 갔던 사람들과 함께 타바이로 돌아와 되찾은 자유를 노래하며 지축을 흔들 날이 머지않아 오리라.'

6년 후, 먼지가 자욱한 길을 따라 타바이로 돌아올 때 기코뇨의 머리에 여전히 가장 큰 호소력을 지닌 것은 실의 이미지였다. 그는 빡빡 깎은 죄수 머리였다가 아무렇게나 자란 머리카락을 감추려고 길가에서 주운 모자를 눌러썼다. 하기야 모자가 너무 심하게 찢어져 있어서 쓸데없는 짓이긴 했다.

한때는 하얀색이었지만 너무 오래 입어 누런 갈색으로 변해버린, 덕지덕지 기운 그의 옷이 축 늘어진 어깨에 느슨하게 걸려 있었다. 6년 전에는 젊음으로 빛나던 얼굴이 생기를 잃었고, 입가에는 잔주름이 생기기 시작했다. 입을 다물면 조금만 건드려도 화를 내며 폭력을 행사할 것만 같은 험악한 표정이 되었다.

울퉁불퉁하고 찌그러진 땅은 양쪽으로 경사를 이루고 있었다. 길가의 양쪽 밭에 길게 늘어서 있는 병든 농작물은, 엎친 데 덮친 격으로 이 나라를 강타해 수심에 찬 여자들의 얼굴을 더욱더 비참하게 했던 가뭄에서 막 벗어나려 하고 있었다. 그러나 걸음을 서두르던 기코뇨는 주변의 병적인 분위기를 느끼지 못했다.

두고 떠난 뭄비의 모습이 그를 끌고 있었다. 그 모습이 그를 부르며, 육체적인 어려움과 기다림의 고통으로 거의 망가져버린 그의 감정을 불러일으켰다. 금방 올 거라던 독립에 대한 소망이 와르르 무너져버린 후, 그는 유일하게 변하지 않는 현실인 뭄비와 왕가리의 모습에 매달려 살았다.

'곧 그들을 만나겠지.'

그 생각을 하자 지친 팔다리에 힘이 생기는 것 같았다. 걸음이 더욱 빨라지자 그가 지나간 뒤편으로 먼지가 일며 가느다란 먼지 띠가 형성되었다.

기코뇨는 날이 갈수록 점점 더 자포자기 상태에 빠져 오직 이 순간만을 기다렸다. 수용소에 갇힌 처음 몇 달 동안은 기다린다는 것이 참을 만했다. 수감자들은 밤낮으로 저항의 노래를 부르며 백인에게 경멸의 웃음을 보냈다. 수감자들은 누구나 할 것 없이 '특수계'라는 아주 비밀스러운 명칭이 붙은 부서의 정부 요원들로부터 가혹한 심문을 받았으며, 어떤 수감자들은 구타를 당했다.

그러나 수감자들은 서약을 했다는 사실을 고백하지 않고 마우마우에 관한 세부 사항들을 누설하지 않기로 마음을 굳게 먹었다. 흑인들의 자유를 찾자는 운동에서 기쿠유인들을 결속시키는 힘에 대한 비밀을 누설할 사람은 아무도 없었다. 그들은 끝까지 참는 자가 결국 승리의 월계관을 쓸 것이라는 믿음을 갖고, 백인들이 하는 온갖 악행들을 참아냈다.

기코뇨에게는 이런 모든 것들이 뭄비를 통해 보상받게 될 터였다. 그는 뭄비가 떨리는 손으로 푸른 월계관을 쥐고 있는 모습을 너무나 선명하게 상상할 수 있었다. 뭄비와의 재회는 곧 새로운 케냐의 탄생을 의미할 것이었다.

이렇듯 한껏 기대감에 부풀어 있었음에도 불구하고, 아니 바로 그것 때문에 첫 번째 느꼈던 좌절감은 기코뇨를 요란스럽게 흔들어놓았다. 그는 감방에 가서 일어났던 일이 의미하는 바를 헤아려보려고 했다. 그것이 안 되자 그는 악마의 장난이 어디까지 가나 해볼 테면 해보라는 식으로 다른 수감자들의 집단적인 노력에 동참했다. 조모는 카펭구리아에서 열린 재판에서 졌다. 백인들은 아버지의 입을 틀어막을 것이고, 아이들은 고아가 되어 도와주는 이도 없이 버려질 것이었다.

물론 처음에 그들은 그것을 믿지 않았다. 햇볕에 타서 피투성이가 된 듯한 피부의 뚱뚱한 수용소 소장이 수감자들을 작은 감방에서 나오게 해 구내에 집합시키고 라디오를 틀었다. 바깥 세계와의 첫 접촉이었다. 소장은 즐겨 입는 카키색 반바지 주머니에 손을 찌르고 멀찌감치 서서 득의양양한 미소를 띠고, 놀란 얼굴들을 살펴봤다.

"내가 한마디 하겠소. 믿든지 말든지 여러분 자유요. 그러나 백인들은 거짓말로 우리를 와해시키려 하고 있소."

가투가 말했다.

그는 언제나 수감자들에게 힘과 용기를 불어넣어주는 니에리 출신의 수감자였다. 가투는 농담도 잘하고 얘기도 잘해서 사람들이 그의 말에 귀기울이게 하는 재주가 있었다. 그는 입가에 빈정대는 웃음을 머금었다. 그는 수감자들이 슬픈 기분에서 벗어나 웃고 마음이 편해지도록 했다.

그의 걸음새는 너무나도 우스웠다. 그는 언제나 백인들과 수용소 간수들이 걷는 모습을 흉내 냈다. 그가 하는 농담이나 얘기에는 교훈이 있었다. 웃는 얼굴과 눈에는 확실한 지혜가 서려 있었다. 그러나 그날 그의 목소리는 갈라져 있었고, 확신이 없었다.

그런데도 얄라의 수감자들은 그의 말을 믿었다. 백인의 말을 믿을 수 없다고 공개적으로 표현했다. 귀에 거슬리고 내키지 않는 웃음을 지으며 말없이 그들을 조롱하고 있는 백인에게 맞섰다.

수감자들은 각자 마루 위에 있는 침대 속으로 슬금슬금 기어 들어갔다. 낮이 되자 그들은 조모와 카펭구리아에서의 재판 결과가 어떻게 될지에 대해 얘기하는 것을 피했다. 그들은 자기들이 무슨 생각을 하고 있는지 알지 못하도록 상대방의 눈을 쳐다보지 않았다.

오래전, 청년 해리도 수감되어 7년 동안 인도양에 있는 섬에서 유배 생활을 했다. 당을 만드는 데 한몫했던 그가 당을 비난하며 언제라도 압제자들에게 협력하겠다는 약속을 하고 만신창이가 되어 돌아왔다. 어제 일어났던 일은 오늘도 일어날 수 있을 것이었다. 역사를 돌아보면 똑같은 일이 되풀이되었다.

어느 날 밤, 수감자들은 마지막 한 명까지 그 소식을 믿게 되었다. 그들은 자신들이 믿는다는 사실을 서로에게 말하지 않았다. 그들은 구내에 모여서 노래만 했다.

기이쿠유 나 무움비이

기이쿠유 나 무움비이

기이쿠유 나 무움비이

니키히우 응그와티로.

그들이 풀려날 날은 먼 미래의 일이 되어버렸다. 수용소 소장은 무장한 경비들의 호위를 받으며 확성기를 들고 그들에게 감방으로 돌아가라고 명령했다. 그들은 발소리 외에 아무 소리도 내지 않고 웃지도 않고 흩어졌다.

그들은 바깥 사람들이 자신들의 목소리를 전혀 들을 수 없는 사막에 버려진 것이었다. 이것이 기코뇨를 두렵게 했다.

'이제 누가 우리를 구해주지? 태양은 우리를 태워 죽일 것이고 우리의 시체는 뜨거운 모래에 묻히겠지. 우리는 흔적도 없이 영원히 사라지겠지.'

뭄비와 왕가리를 생각하며 기코뇨는 더 깊은 자포자기 상태에 빠졌다. 죽어서도 지구 상에 흔적조차 남지 않는다고 생각하니 추운 밤에도 식은땀이 줄줄 흘렀다. 그럴 때면 기도문도 목구멍으로 넘어오지 않았다.

이 모든 일들에도 얄라의 수감자들은 그들의 맹세를 꿋꿋하게 지켰다. 그들이 한 서약에 대해 아무 말도 하지 않았다. 가투는 그들의 기분을 한층 더 북돋아줬다. 일찍이 그는 조직에 투신해 니에리에 독립학교를 세우려고 분투했던 사람이었다. 그는 조직을 신뢰했다. 조직을 통해서만 독립과 잃어버린 땅을 되찾을 수 있다고 생각했다. 그는 니에리에서 서약에 관한 일을 담당해 이 마을에서 저 마을로 뛰어다녔다.

가투는 다른 나라의 정당들과 독립운동들에 대해 잘 알고 있었다. 종종 그는 인도 얘기를 해주고, 네루와 간디가 겪은 고초를 얘기해 수감자들을 즐겁게 해주었다. 또 그는 미국의 독립전쟁과 에이브러햄 링컨이 미국의 흑인들로 하여금 반란을 일으키게 해 영국으로부터 처벌을 받은 얘기를 해줬다. 나폴레옹은 전사였다고 했다. 그것도 역사상 가장 위대한 전사들 중의 한 명이었다고 했다. 영국인들은 나폴레옹의 목소리만 들어도 집 안에서 바지에 오줌과 똥을 지렸다고 했다.

수감자들은 이 이야기들에 고무되었다. 그들은 간디와 나폴레옹과 링컨이 독립투쟁을 하는 케냐의 흑인들을 지켜보고 있다고 느꼈다. 흑인 간수들까지 가투의 얘기를 듣고 감동했지만, 그들의 감동은 곧 두려움과 뒤섞였다. 그들은 전혀 감동하지 않은 척하면서 쓸데없이 입을 나불댄다고 가투에게 욕을 해댔다. 그러나 그들은 속으로는 꾸짖는 게 아니었다. 그들은 얘기를 그만하라고 하지 않았다.

그들은 수용소 생활을 끝낸 후 할 일에 대한 계획을 세웠다. 교육과 농업과 정부에 대해 논의했고, 가투는 이런 주제들에 대해 상세하게 얘기했다. 이를테면 그는 영어를 한마디도 읽고 쓰고 말할 줄 모르는 보통 사람들이 정부를 운영하고 있다는 러시아에서 벌어진 일에 대한 놀라운 얘기도 해주었다. 이제 지구 상의 모든 나라가 러시아를 두려워하고 있다고 했다.

아무리 얻어맞아도 가투는 얘기를 멈추지 않았다. 그는 다른 사람들에게 돌아와 영국인들의 목소리와 생김새를 흉내 내며 사무실에서 있었던 일을 재현했다. 결국 그는 독방에 갇혔다. 며칠 동안 그는 바깥 구경을 못 했고 다른 사람과 얘기도 못 했다. 그들은 하루에 한 끼만 주면서, 그것도 캄캄한 데서 먹으라고 했다. 나중에 그는 독방에서 나와 다른 사람들과 다시 합류했다.

"무슨 일이 있었소?"

수감자들은 이런 물음으로 보고 싶었다는 마음을 대신했다.

"그 사람들은 잊어버리쇼. 그자들은 칠흑처럼 시커먼 인간들이니까. 대신 내 인생 얘기를 하나 해주겠소. 난 골짜기에서 태어났수다. 골짜기에 빽빽하던 푸른 풀들, 참 대단했었소. 햇빛은 날마다 그곳을 비추고, 비도 알맞게 내려서 과일나무들이 무럭무럭 자랐소. 난 과일을 손에 들고 풀밭에 누워 흘러가는 계곡물 소리와 짐승들의 소리를 듣곤 했소. 아무도 이 골짜기에 대해서 몰랐소. 그래서 난 두려움이 전혀 없었던 거요.

그런데 어느 날, 놀랍게도 예기치 않은 손님이 찾아왔소. 누군지 짐작하겠소? 하여튼 내가 그 유명한 영국 여왕을 두 눈으로 직접 봤을 때 얼마나 놀랐는지 상상되겠죠? 그 여자가 가까이 다가오더니 (목소리를 흉내 내며) '왜 이렇게 어두운 곳에서 사는 거죠? 이곳은 차갑고 어두운 감방 같군요' 하고 말합디다. 난 그대로 풀밭에 누워 있었소. 난 그 여자가 아주 놀랐다는 걸 알았소. 그럴 수밖에 없었지. 내가 그 여자의 피로 얼룩진 입술을 보고도 끄떡하지 않았으니까…….

그래서 '난 여기가 좋습니다'라고 말하곤 계속 누워 있었소. 그러니까 그 여자가 (흉내 내며) '이 골짜기를 내게 팔면 당신이 한번…… 하도록 해주겠소' 하고 말합디다. 원 나 참, 여자는 여자일 수밖에 없습디다. 그래서 난 '우리 나라에서는 남자들이 그걸 여자들한테서 사지 않아요. 공짜요!' 하고 말했소. 그런데 내 물건이 서버렸지 뭡니까. 몇 년 동안 여자 구경을 못 했거든요. 하지만 내가 무슨 말을 하기도 전에 그 여자는 군인들을 불러 내 손발을 묶고 계곡에서 쫓아냈소.

나는 지금 거기서 막 온 참이오. 여러분, 바로 이것이 당신들이 놀랄까 봐 내가 당신들한테로 돌아온 이유요."

그는 한차례 웃음을 터뜨린 후 다시 말을 이었다.

한 톨의 밀알

"그때 내 물건으로 한번 하자고 할 걸 그랬소. 지금까지 근질근질해 죽을 지경이오."

그들은 계속 웃었다. 그러다가 누군가가 물었다.

"그 여자의 걸음걸이는 어땠소?"

가투는 일어서서 그 모양을 흉내 냈다. 사람들은 얼씨구절씨구 야단이었다.

수용소 소장이 그에게 경고했다.

"널 가만두지 않겠다!"

가투는 수감자들의 집단적인 저항의 상징이 되었다. 기코뇨는 가투가 고통스러운 고문을 받으면서도 어떻게 한결같이 강인할 수 있는지 이해할 수 없었다.

'그것은 환상일까? 아니면 그 남자는 쇠로 된 걸까?'

수감자들은 돌을 깨는 사역을 하러 얄라에서 8킬로 떨어진 채석장으로 갔다. 돌은 새로 온 장교들과 간수들을 위한 건물을 짓는 데 쓰일 것이었다. 얄라 수용소는 점점 더 커지고 있었다. 더 많은 수감자들이 도착했다. 기존의 수감자들에게 그들은 외부의 소식을 들을 수 있는 유일한 통로였다.

기코뇨와 다른 수감자들은 선인장 숲과 잎이 없는 작은 가시나무들이 군데군데 서 있는 뜨거운 모래밭을 걸어 다녔다. 기코뇨는 커다란 망치를 들었다 내렸다 하는 기계적인 동작을 되풀이했다. 더웠다. 땀이 후드득 떨어지고 셔츠가 끈적끈적한 몸에 들러붙었다. 평지는 해변을 향하고 있는 언덕에서 회색으로 가물가물해지는 곳까지 뻗쳐 있었다.

어느새 기코뇨는 무엇인가 다른 생각을 하고 있었다. 그의 마음은 채석장과 얄라 지역과는 다른 곳을 향하고 있었다. 결혼한 후 얼마 지나지 않아 그는 손수 뭔가를 만들어 뭄비에게 선물해주고 싶어 한 적이 있었다. 그는 뭘 만들어야 하나 생각했지만 쉽사리 결정을 내릴 수 없었다.

그러던 어느 날 그는 뭄비와 왕가리가 전통적인 기쿠유 가구에 대해 얘기하는 소리를 엿들었다.

"요즘은 목각사(木刻師)들이 없어. 적당히 못을 박아 의자 같은 것이나 만들고 만다니까."

왕가리의 말을 들은 기코뇨는 의자를 만들고 싶어 좀이 쑤셨다. 그는 여느 것들과는 다른 의자를 만들고 싶었다. 때와 장소를 가리지 않고 1년 내내 그 욕망이 그를 사로잡았다. 그의 마음은 아주 흥분해 있었지만 어떤 형상으로 만들 것인지 머리에 떠오르지 않았다.

기코뇨는 채석장에서 줄곧 어떤 형태로 의자를 만들 것인지를 생각했다. 기코뇨는 몇 분간의 휴식이 끝나갈 때까지 계속 그 생각에 빠져 있었다. 그러다가 고개를 돌려보니 바로 옆에 가투가 앉아 있었다. 어찌 된 일인지 가투의 얼굴이 지쳐 보였다.

"무슨 일이오?"

기코뇨가 물었다.

"아무것도 아니오."

이렇게 말하는 그의 눈은 채석장 너머 먼 곳을 향했다.

"뭔가 생각하고 있는 것 같은데."

기코뇨는 막 떠오른 형상을 생각해보며 말했다.

"지금 생각할 것이 뭐가 있단 말이오?"

"자유죠."

기코뇨가 의기양양하게 말했다.

"자유! 그래, 자유요."

가투는 울음을 억제하고 있는 듯 가라앉은 목소리로 천천히 말했다. 그 어조가 기코뇨가 생각하고 있던 형상을 박살 내버렸다. 그러자 기코뇨는 풀이 죽었다. 가투가 축축한 눈으로 기코뇨를 바라봤다. 기코뇨는 그들 사이에 굉장한 유대감이 생겼다는 걸 느꼈다. 그는 그것에 저항했지만 결국 단념하고 말았다.

기코뇨가 먼저 속마음을 드러냈다. 그는 가투에게 타바이와 왕가리와 뭄비에 대한 생각을 털어놓았다. 그는 그에게 뭄비와의 정신적, 육체적 합일 상태를 얘기해줬다. 그리고 마지막으로 뭄비를 단 한 번만이라도 보고 싶다고 말했다.

"군인들에게 끌려올 때 작별 인사도 못 했소."

가슴속의 짐이 덜어진 듯했다. 적어도 잠깐은 그랬다. 그러나 기코뇨는 이내 자신의 속내를 보인 것이 수치스러워졌다. 더욱이 그가 무절제하게 감정을 드러낸 후 가투의 침묵은 그를 비난하는 것처럼 보였다. 가투는 기코뇨에게서 먼 곳으로 눈길을 돌리면서, 또렷하지만 속삭임이나 다름없는 무미건조한 목소리로 말했다.

"어떤 사람이 있었지. 그 사람은 외아들이었어. 그런데 그 사람은 한때 어떤 여자를 사랑했어. 그리고 그 여자도 그와 결혼해 아이들을 낳고 싶어 했어. 그러나 그 남자는 자꾸 결혼을 미뤘어. 결혼하기 전에 아이들이 태어나고 자랄 새 집을 장만하고 싶었기 때문이었어. 여자는 남자에게 '함께 집을 지으면 되잖아요'라고 말하곤 했지. 결국 여자는 기다림에 지쳐 포기해버렸어. 다른 남자와 결혼하고 만 거지. 그 남자는 계속 집을 지으려고 했지. 그런데 결코 완성되지 않았어. 사람들은, 집을 짓는 것은 평생 계속되는 과정이라고 얘기하지. 결과적으로 그 남자는 가정의 불을 지펴줄 여자도, 아이들도 결코 갖지 못했던 거야."

이렇게 말하고 나서 그는 기코뇨를 바라보다가 기코뇨의 심장에 대고 직접 얘기하는 것처럼 덧붙였다.

"이제 알겠소? 우리는 모두 저마다 잃은 게 있는 거요. 대의를 위해서 말이오. 우리는 힘을 합쳐 똘똘 뭉쳐야 해요!"

가투는 얘기를 끝내자마자 일어서서 가버렸다.

'우리같이 그렇게 약한 면이 있었구나.'

기코뇨는 안쓰러운 마음에 속으로 중얼거렸다. 가투는 다른 사람은 물론이고 자신마저 웃어넘길 수 있을 정도로 확실하고 안정된 사람처럼 보였었다. 순간 기코뇨의 안쓰러운 마음은 금세 스스로도 이해할 수 없을 만큼 강한 증오로 바뀌었다.

'그래, 그게 그 사람이 강한 이유야. 그에게는 뭄비 같은 여자가 없어. 그런데 어떻게 감히 나한테 집단의 힘 어쩌고저쩌고 할 수 있지?'

군인들이 채석장으로 가투를 데리러 왔다. 그날 저녁 사람들은 감방 벽에 대롱대롱 매달려 있는 시체를 발견했다.

수용소 소장이 웃으며 그들에게 말했다.

"스스로 목매달아 죽었군……. 죄의식 때문이다, 알겠냐? 너희도 불지 않으면 저렇게 끝나고 말 것이다."

알라에는 우울한 분위기가 감돌았다. 수감자들은 가투의 죽음에 대해 아무 말도 하지 않았다. 그 사건은 기코뇨를 송두리째 흔들어버렸다.

"그렇게 되리라는 걸 미리 알았어야 했는데……."

그는 혼잣말을 했다. 자신의 마음이 약해지는 게 두려웠다.

밤이 오고 낮이 왔다. 시간은 그렇게 어김없이 반복되었다. 기코뇨는 해가 지기 전에 구내를 돌아다니기 시작했다. 여러 구내로 나뉜 수용소 전체를 둘러싼 장벽과 각 구내의 벽은 철조망이 쳐져 있었다. 아침이 되면 그들은 철조망을 벗어나 도로와 채석장으로 나갔다. 그리고 저녁이면 철조망 안으로 들어왔다.

철조망! 철조망은 어디에나 있었다. 오늘도 그렇고 내일도 그러할 것이었다. 철조망이 기코뇨의 시야를 흐리게 했다. 그 너머에는 아무것도 없었다. 인간의 목소리는 들리지 않았다. 바깥 세계는 죽고 없었다. 아니, 어쩌면 그의 귀가 먹고 눈이 멀어서 그런지도 모른다고 철조망 담을 따라 걸으며 생각했다. 며칠 동안 그는 물만 마시며 지냈다. 그렇다고 배가 고프거나 허약해진 것 같지도 않았다.

어느 날 저녁, 그는 멍하니 철조망을 응시하고 있었다. 돌연 흥분감에 울고 싶기도 했고 웃고 싶기도 했다. 하지만 이도 저도 할 수 없었다. 천천히 일부러 오른손을 철사에 갖다 댔다. 날카로운 쇠가시가 살을 파고들었다. (그때 그는 자신으로부터 분리되어 자신이 하는 행동을 먼발치에서 지켜보았다.) 기코뇨는 살이 찔리는 것을 느꼈지만 고통스럽지 않았다. 그는 손을 빼고 피가 흐르는 것을 지켜보았다. 그는 몸을 떨면서 야릇한 흥분을 즐겼다.

보초는 총을 꽉 잡고 기코뇨가 철조망을 뚫고 나가기를 기다렸다. 그러나 기코뇨가 가만히 있자 그를 불러 세웠다. 기코뇨는 멀리서 어렴풋이 들리는 목소리를 듣고 새로운 경험에 흥분한 채 그쪽을 향해 걸어갔다. 눈앞에 보초가 있었다. 그는 보초의 얼굴을 거만하게 쳐다보면서 손을 들어 의기양양하게 피를 보여주었다. 그는 몇 안 되는 마음씨 좋은 보초들 중 한 명이었는데 기코뇨의 눈이 반들거리는 것을 보고는 "가서 쉬어" 하고 말했다. 그러고는 기코뇨의 이상야릇한 웃음으로부터 달아나듯 가버렸다.

감방으로 돌아온 기코뇨의 눈에는 철조망, 얄라 수용소, 타바이 등 모든 것이 무색의 안개 속으로 흐물흐물해져갔다. 그는 뭄비의 얼굴 윤곽을 떠올리려 했다. 그러나 나타났다가 지워지고, 또다시 나타났다가 지워지기만 했다.

'내가 죽은 걸까?'

그는 가슴에 손을 얹었다. 심장이 뛰고 있었다. 그러자 자신이 살아 있다는 것을 느꼈다.

'그런데 뭄비의 얼굴은 왜 떠오르지 않는 걸까? 어쩌면 그녀도 안개 속으로 사라져버린 것일까?'

그는 마음속에서라도 숲속에서의 추억으로 되돌아가고 싶었지만 아무런 느낌이 없었다. 욕망, 완전히 남자가 되던 경험, 뭄비의 홀리는 듯한 목소리, 마지막 순간의 폭발 등 아무것도 느낄 수 없을 뿐만 아니라 그것들이 과거의 일로 다가오지도 않았다.

그런데 기코뇨는 이렇게 생각하고 행동하는 자신을 멀리서 지켜보았다. 다른 사람이 되어 몸짓 하나하나와 흘러가는 사념들을 지켜보는 것이었다. 그는 정신이 오락가락했다. 그러면서도 모든 것을 담담하게 생각했다. 옛날 생각이 나지 않는 것이 의아했다.

'내가 지쳐서 그런지도 몰라.'

이런 생각이 그의 뇌리를 스쳤다.

'일어서면 모든 것들이 금세 제자리로 돌아가 예전처럼 움직이겠지.'

그래서 그는 일어섰다. 정말로 모든 것이 즉시 움직이는 것처럼 보였다. 방 안이 빙글빙글 돌았다. 그는 걸어보려고 했다. 그런데 갑작스러운 고통이 엄습했다. 그는 벽에 몸을 기댄 채 비틀거렸다. 입에서 외마디가 새어 나왔다. 그때 그는 바닥으로 쿵 떨어지면서 캄캄한 어둠 속으로 빠져들었다.

그는 숲에서 마른 나뭇잎을 밟으며 걷는 발걸음 소리를 희미하게 들었다. 바짝 귀를 기울였다. 그런데 그 소리가 뭄비의 목소리로 바뀌었다. 그는 고개를 들었다. 그녀가 천사 같은 미소를 지으며, 눈앞에 있는 칠흑같은 어둠을 쫓아버리는 활활 타는 횃불을 두 손에 들고 있었다. 변화무쌍한 그림자의 세계에서 타락할 줄 모르는, 그렇게도 순수한 그녀가 그를 들어 올리려고 했다. 그녀의 순수함이 그를 으꼈고, 그를 굴렸으며, 그에게 두려움을 느끼게 했다.

새삼스러운 황홀감이 그를 휘저었다. 그는 그녀 앞에 무릎을 꿇고 "저는 저의 구원자가 살아 계신다는 것을 알고 있습니다"라고 외쳤다. 그는 숲속에서의 그날처럼, 죽어서 다시 태어날 수 있도록, 그녀의 속에서 죽고 싶었다.

'틀림없이 그녀는 나를 받아줄 거야.'

이렇게 생각한 그는 여전히 황홀감에 사로잡힌 채 깊은 잠 속으로 빠져들었다.

아침에 일어나자 너무 배가 고팠다. 오른쪽 팔목이 붓고 쑤셨다. 그는 전날 밤에 무슨 일이 일어났는지 기억할 수 없었다. 단지 자신이 가투가 목매달려 죽은 이후 수없이 꾸었던 비현실적인 꿈에서 깨어났다는 것밖에는 알 수 있는 게 없었다. 뭄비를 보고 싶은 마음이 간절했다. 이제 그의 마음은 확실했다. 죄의식도 느끼지 않았으며 자신이 무슨 일을 하려는지 알았다.

소문이 퍼졌다. 얄라의 수감자들은 모두 자기가 속한 구내의 담 근처에 모여 오싹한 적개심을 품은 눈으로 그를 지켜보았다. 기코뇨는 다른 수감자들의 눈길 때문에 맥이 빠질까 두려워 뭄비에게 온 신경을 집중했다. 그는 계속 걸음을 옮겼다. 수감자들을 선별하고, 취조하고, 자백시키는 사무실에 이르는 보도 위를 내딛는 발걸음 소리가 유난히 큰 것 같았다.

그의 뒤쪽에서 문이 닫혔다. 다른 수감자들은 각자의 감방으로 돌아갔다. 채석장에서의 사역을 준비하기 위해…….

도로에서 들판으로 가는 길로 접어들자 기코뇨는 4년 전 시멘트 도로를 걸을 때 나던 자신의 발걸음 소리가 아직도 메아리가 되어 들려오는 것 같았다. 발소리는 파이프라인을 거쳐 다시 돌아오는 내내 그에게 끈질기게 달라붙었다.

기코뇨는 자백을 했지만 곧바로 석방되지 않았다. 선별 과정에서 서약과 관련된 이들의 이름을 대지 않았기 때문이었다.

그는 언제까지 발걸음 소리가 따라다닐 것인지 궁금했다. 또 옛날에 알던 사람들을 만나지 않을까 두려웠다. 그는 승리감을 느끼지도 않았다. 자신이 영웅이라고 느낀 건 더더욱 아니었다. 월계관은 그를 위한 것이 아니었다. 그때 기코뇨는 그것을 원하지 않았다. 다만 뭄비가 보고 싶었고, 그가 떠나온 그 자리에서 다시 삶의 실을 이어가고 싶을 뿐이었다.

거리에는 완전히 발가벗었거나 반벌거숭이인 아이들이 서로 흙을 던지며 놀고 있었다. 먼지가 기코뇨의 눈과 목으로 들어갔다. 손등으로 눈을 비비자 눈물이 나왔다. 쿨룩쿨룩 기침도 나왔다. 그는 낯선 여자들에게 왕가리의 집이 어딘지 물었다. 어떤 여자들은 적개심이 섞인 눈으로 그를 쳐다보기만 했고, 어떤 여자들은 무관심하게 고개를 내저었다. 그 때문에 그는 초조하고 화가 났다. 결국 한 소년이 집으로 가는 길을 가리켜주었다.

그는 집을 향해 걸으면서 뭄비를 마주 대하면 어떻게 할까 생각했다. 흥분했던 마음이 의심으로 이어졌다.

'뭄비가 강에 갔거나 가게에 갔다면 어떡하지? 그러면 한두 시간을 기다릴 수 있을까?'

그는 문 앞에서 그녀와 딱 마주쳤다. 그녀는 1~2초쯤 그를 처다보더니 무심결에 비명을 내질렀다. 거칠다고 할 수 있는 소리였다. 그리고 입술을 벌린 채 그에게 길을 열어주기라도 하듯 한 걸음 뒤로 물러섰다.

뭄비는 아이를 등에 업고 있었다. 기코뇨는 팔을 들어 올린 채 그대로 얼어붙었다. 뭄비가 조심스럽게 가까이 다가오자 그는 목이 콱 막혔다.

"정말 당신이에요?"

뭄비가 먼저 입을 열었다.

"그래. 내가 아니라면 누가 오기를 기다린 거지?"

그는 낮은 목소리로 말했다. 집에서 나는 연기가 그의 얼굴로 쏟아져 문에서 한 걸음 뒤로 물러서야 했다. 그러자 그와 뭄비 사이의 간격이 벌어졌다. 아이가 울기 시작했다. 뭄비는 남편을 처다보기 전에 슬쩍 아이를 처다봤다.

"당신이에요?"

그녀가 다시 물었다.

"당신이 올 줄 알았지만 이렇게 빨리 올 줄은 몰랐어요."

"이렇게 빨리라고?"

기코뇨는 속으로 6년이란 세월의 거리를 헤아려보며 뭄비가 한 말을 따라 했다. 아무것도 현실이 아닌 것 같았다. 그는 그녀가 한 말의 의미를 이해할 수 없었다.

사람 소리가 나자 왕가리가 오두막 밖으로 나와 기코뇨에게 달려왔다.

"내 아들아!"

그녀는 그의 허리를 팔에 두르고 울부짖었다. 그녀의 야윈 얼굴에 눈물이 흘러내렸다.

어머니가 껴안자 기코뇨는 몸이 굳어졌다. 누가 말해주지 않아도 그는 뭄비의 등에 업힌 아이가 다른 남자의 소생이라는 것을 알았다. 뭄비는 그가 없는 사이에 다른 남자들과 잠자리를 같이한 것이었다. 기다림의 세월, 경건한 희망, 보도 위의 발걸음 소리, 이런 모든 것들이 한꺼번에 몰려들면서 그를 조롱하기 시작했다.

'여자와 아이를 죽이고…… 지긋지긋한 인생을 끝내버리자.'

그는 이렇게 생각했다. 그는 자기 생각을 행동으로 옮기려고 왕가리에게서 몸을 뺐다. 그러나 그는 땅에 붙박인 듯 서 있었다. 왕가리는 뭄비가 있는 쪽을 바라보았다. 이미 뭄비는 우는 아이를 달래려고 집 안으로 들어가고 난 뒤였다.

"안으로 들어가자."

왕가리가 그를 끌었다. 기코뇨는 행동의 의지가 마비된 사람처럼 연기가 자욱한 집 안으로 끌려 들어갔다. 안에서는 뭄비가 아이를 안고 젖을 물리고 있었다. 기코뇨는 의자에 앉았다. 이따금 그녀가 그를 훔쳐봤다.

'저 여자가 나를 조롱하고 있어.'

이렇게 생각한 그는 왕가리와 뭄비를 번갈아 쳐다보고 나서 오두막 안을 둘러봤다. 주의를 집중할 만한 물건을 찾기라도 하는 것 같았다. 몇 분 전 그가 느꼈던 극심한 고통은 무거운 무료함으로 바뀌었다.

'무색무취, 그것이 삶이다. 그것은 끝없이 판판하고 텅 빈 시트다. 거기엔 계곡도, 시내도, 나무도 없다. 아무것도 없다. 누가 삶을 자신만의 무늬를 만들어갈 수 있는 실이라고 했던가.'

그는 자신이 피곤하다는 걸 어렴풋이 의식했다. 기코뇨가 기계적으로 입술을 움직이자 냉담한 호기심을 제외하면 아무런 감정도 실리지 않은 말이 밖으로 튀어나왔다.

"누구 아이야?"

뭄비는 기코뇨와 맞은편 벽을 바라볼 뿐이었다. 왕가리는 아들이 느끼는 고통과 며느리가 느끼는 비참함을 동시에 느꼈다. 그녀는 두 사람을 치료해줄 말을 마음속에서 더듬어 찾았다. 그녀는 어떤 것을 알아버린다는 것이 얼마나 참기 힘든 것인지 알고 있었다. 그녀는 아들에게 사실대로 얘기해주면서 강인하고 부드러운 자신의 모성이 그에게 전달되기를 바랐다.

"카란자의 아이다!"

그녀는 무뚝뚝하게 말했다. 그리고 이후 벌어질 일을 조용히 기다렸다. 그녀는 신음 소리나 고함 소리, 아니면 뭄비의 생명이 위태로워지는 상황 등을 마음속에 그려놓고 있었다. 하지만 그녀는 아들이 그렇게 맥 빠지게 반응하리라고는 전혀 생각지 못했다.

"제 친구 카란자 말이에요?"

그는 고통스럽기보다는 당황스러운, 그러나 여전히 무관심한 듯한 목소리로 물었다.

"그렇단다. 이런 일들이 일어나곤 하지."

그녀는 이렇게 대답하고 다시 기다렸다.

아이는 뭄비의 허벅지에서 잠들어 있었다. 뭄비는 앞으로 몸을 숙여 왼손으로 세심히, 그러나 단단히 아이의 등과 머리를 받치고 있었다. 그리고 오른쪽 팔꿈치를 무릎에 괴고 작은 손가락으로 아랫입술을 지그시 눌렀다. 그녀의 하얀 이가 드러나 보였다.

기코뇨는 움직이지 않았다. 그는 뒤쪽에 있는 기둥에 몸을 기댄 채 앉아 있었다. 그의 눈동자는 어떤 것을 보고 있는 것 같지 않았다. 그저 움직이다가 움직이지 않다가 할 뿐이었다. 지난 6년 동안 뭄비가 매일 밤 다른 남자들과 잠자리를 같이했다는 상상도 그를 혼란스럽게 하지 않았다. 기코뇨는 마비된 것처럼 상처를 느끼지 못했다. 무엇이 그토록 그를 기진맥진하게 했는지 알 수 없었다.

"어머니, 저 피곤해요. 먼 길을 걸어왔거든요. 잠 좀 자야겠어요."

그는 이렇게 말했다. 왕가리는 아들을 이해할 수 없었다. 그러자 뭄비가 울기 시작했다.

그는 잠을 잘 수 없었다. 기코뇨는 누워서 매 순간 두 여자의 입에서 나오는 무거운 숨소리를 의식하며 어둠을 응시했다. 6년 동안 그는 이날만을 손꼽아 기다렸다. 일곱 군데의 수용소를 전전하며 오로지 이날만을 기다렸다.

그에게는 언제나 인생의 모든 의미가 뭄비에게 돌아오는 것으로 귀착되었다. 그 외의 것은 중요하지 않았다. 뒤에 두고 온 여자에게 언젠가 돌아갈 수만 있다면 수용소, 산, 계곡 등 모든 것이 지구 상에서 없어지더라도 눈 하나 깜짝하지 않고 지켜볼 수 있었다. 그때 그는 자신이 이처럼 침묵하게 될 거라는 생각을 해본 적이 없었다.

'나와 이 여자 사이에 생겨버린 골짜기를 이제 건널 수 있을까? 내가 사라지기도 전에 다른 남자와 잠자리를 서두른 여자를 찾을 이유가 과연 있을까? 아니다! 나의 침묵은 영원히 계속될 거다.'

작업장에서 일하던 시절, 그는 말 한마디 하지 않으면서도 왕가리와 대화하곤 했다. 그는 그녀를 쳐다보기만 해도 두려움과 걱정, 그리고 자신에게 뭘 바라는지를 알았다. 그녀는 어머니만의 자부심과 확신을 갖고 가정을 꾸려나갔다. 그는 그것을 신뢰했다. 그는 어머니가 언제 강에 가고, 언제 가게에 가고, 언제 밭에 가는지를 알았다.

뭄비가 시집왔고 그녀는 두 사람의 생활에 잘 적응해나갔으며, 서로 간의 대화와 가정생활에 새로운 활력을 불어넣었다. 뭄비는 침대에서 그의 가슴에 머리를 묻거나 곁에서 숨을 쉬는 것만으로도 여자의 손길과 비견할 만한 것이 이 세상에 아무것도 없다는 것을 그에게 가르쳐주고 이해시켰다.

그 손길, 그 교감 이상의 것이 어디 있을까! 그것은 그의 삶에 의미를 주고 투명성을 부여해주었다. 그때는 모든 것을 살아 있게 만드는 말 없는 접촉과 교감을 풍요롭게 해주는 것이 아니라면 재산과 지위도 중요하지 않았다.

그는 이런 생각을 하며 침대에 누워 뜨거운 머릿속에 고개를 쳐들고 일어나는 끝없는 이미지들을 지켜보았다.

'날이 새면 아마도 길이 보이겠지.'

그러나 다시 해가 떠도 안도감은 없었다. 아침 일찍 아이가 보챘다. 뭄비는 불을 붙이고 아이에게 젖을 물렸다. 아이는 계속 훌쩍거렸다. 그것이 기코뇨의 신경을 긁었다.

'저걸 바닥에 내동댕이쳐버릴까. 저 더러운 것의 주둥이를 틀어막을까.'

그는 침대에서 일어나려고도 하지 않고 이렇게 생각했다. 그는 뭄비의 눈과 코와 입을 쳐다보고 싶지 않았다. 하지만 수용소에 있었을 때는 그녀의 얼굴을 생각하는 것만으로도 기분 좋게 괴로웠다. 그러나 지금은 그녀의 손이 자기 몸에 닿는다는 생각만 해도 몸이 움찔했다. 아이는 칭얼거리기를 멈추고 엄마의 젖을 빨았다.

어쩌면 아이를 죽이는 것은 옳은 일이 아닐지도 몰랐다. 아이가 생기게 된 상황이 언제나 그를 괴롭힐 것이다. 뭄비는 다른 남자의 침대로 가서 그녀의 허벅지, 그녀의 살 속에 다른 남자의 그것이 들어오게 하고 그녀의 깊은 곳에 남자의 씨를 황홀하게 받아들였던 것이다. 지난 6년 동안 매일 밤 그랬겠지. 그녀는 그들 사이에 있었던 유대감과 비밀을 배반한 것이다. 아니, 어쩌면 그들 사이에는 교감이라는 게 애초에 없었는지도 몰랐다. 두 사람 사이에는 아무것도 생길 수가 없었다. 인간은 혼자 살다가 가투처럼 혼자 무덤 속으로 가는 것이다.

기코뇨는 이런 생각을 하면서 불쾌감을 게걸스레 즐겼다. 끔찍한 깨달음이었다. 혼자 살다가 혼자 죽는다는 것은 궁극적인 진리였다.

그는 지독하게 연기가 나는 집에서 나와 여러 갈래의 길이 나 있는 새 타바이를 돌아다녔다. 걸음을 옮길 때마다 먼지가 일어 그를 따라다녔다. 공기 때문에 질식할 것 같았다. 타바이는 또 다른 수용소나 마찬가지였다.

'어떻게 여기에서 빠져나갈 수 있을까? 하지만 어디로 가야 하지?'

그는 룽에이로 뻗어 있는 아스팔트 길로 접어들었다. 인도인 가게들은 새로운 중심가에 자리 잡고 있었다. 돌로 지은 높은 건물들도 있었다. 그곳은 전깃불과 아스팔트 길이 있어서인지 대도시의 한 단면 같았다. 하수구 냄새가 지독했다. 1년간 청소를 하지 않았던 것이다.

그는 계속 걸어서 룽에이의 아프리카인 가게들이 있는 곳으로 갔다. 가게는 모두 닫혀 있었다. 잡풀들이 무성하게 자라 녹슨 건물의 벽을 타고 기어오르고, 한때 시장이었던 땅을 온통 뒤덮고 있었다. 건물 벽은 대부분 찌그러지거나 구멍이 뚫려 있었고, 문짝들은 산산조각 나고 박살나 있었다. 그런 광경들은 예전에 있던 삶의 흔적을 어렴풋이 말해주고 있을 뿐이었다.

어느 건물 문 앞에서 기코뇨는 부서진 판자를 집어 들었다. 대문자로 쓰인 글자는 너무 바래서 아랫부분이 잘 보이지 않았다. 한참 동안 들여다보니 '호텔'이라는 글자였다. 건물 안은 온통 흙더미였다. 사기 그릇, 접시, 유리잔 조각들이 어지럽게 널려 있었다. 그는 부서진 판자의 뾰족한 끝으로 벽을 가볍게 두드리고 톡 쳐보고 찔러보았다. 그러자 시멘트와 흙이 뒤섞여 쏟아지며 푹 꺼졌다. 점점 더 그 양이 많아지면서 벽이 무너져버릴 것 같았다.

기코뇨는 건물이 무너질까 두려워 유령이 나올 것 같은 룽에이를 빠져나와 들판에 이를 때까지 계속 달렸다. 그는 마을에 대한 집단 처벌로 아프리카인 가게들이 영업정지를 당했다는 것을 나중에야 알게 되었다.

기코뇨는 경지 정리로 말끔하게 울타리가 쳐진 길을 따라 걸었다. 그러나 그는 더 이상 그런 변화에 신경 쓰고 싶지 않았다. 풀이나 나무가 몸에 닿기만 해도 움찔거리고 떨렸다. 그는 산마루에 서서 새로 생긴 마을을 다시 바라보았다. 집과 풀, 삶이 한곳에 뭉쳐 있었다. 몇몇 집에서 나오는 푸르스름한 연기가 한낮의 밝은 햇살 속으로 사라졌다.

그런데 지난밤엔 달랐다. 여러 집의 굴뚝에서 나온 꾸불꾸불한 연기가 마을 위 허공에 모여 고요하고 태연하게 지붕을 이루고 있었다. 그 너머로 지는 해에서 나온 핏빛 줄무늬들이 가운데부터 퍼져나가 가장자리에 이르러서는 갈색과 노란색의 음영을 이루다가 다시 짙은 회색으로 녹아들었다. 지금은 새로 들어선 마을에 있는 어떤 것도 그의 관심을 끌지 못했다. 전날 밤과 달리 집들은 더 이상 그의 가슴을 흥분시키지 않았다.

'여기 말고 어디로 갈 수 있단 말인가? 다른 곳으로 갈 수 있을까?'

보도 위의 발소리, 칭얼대는 아이, 아이에게 젖을 물리고 있는 어머니의 이미지가 언제나 그를 괴롭힐 것이었다.

문득 기코뇨는 마을로 돌아왔다는 것을 자치대장에게 보고해야 한다는 걸 떠올렸다. 비상사태는 아직 끝나지 않았다. 아직도 백인이 헛기침하면 사람들은 그것에 맞춰 춤을 추게 되어 있었다. 자치대장의 집을 찾는 것은 어렵지 않았다. 그의 집은 타바이 자치대의 구내에 있었다. 그 아래의 초소 저편으로 나쿠루에서 대도시로 가는 아스팔트 길이 보였다.

기코뇨는 자치대장의 집 문 앞에 섰다. 발아래의 땅이 흔들리기 시작했다. 기코뇨는 자치대장의 근엄한 얼굴을 바라보았다. 운명이 그를 조롱하고 있었다.

'그럴 리 없어.'

"들어와."

카란자가 말했다.

기코뇨는 도무지 이해할 수 없었다. 자치대장 카란자는 게슴츠레한 눈으로 얼굴을 찡그리며 탁자 뒤에 똑바로 앉아 있었다.

"들어오라고 했잖아."

카란자는 불필요하게 큰 목소리로 말했다.

기코뇨는 조심스럽게 안으로 발을 들이밀었다. 온갖 생각이 마음속을 스쳤다. 그는 의자에 앉아 너무 비통해 눈물이 나오려는 것을 참으려고 아랫입술을 깨물었다. 동시에 그의 머리와 가슴을 스치는 말이 있었다.

'하느님도 너무하시다. 그렇지 않다면 왜 나에게 이런 모욕을 감수하라고 하는 것인가!'

그는 옛 친구인 카란자가 일거수일투족을 지켜보고 있다는 것을 알았다. 카란자는 모르는 사람처럼, 기코뇨가 죄인인 것처럼 그에게 차갑게 말했다.

"어디 봅시다."

그는 벽에 걸린 한 장의 종이를 떼어내며 말했다.

"당신이 에…… 기코뇨, 에…… 와루히우의 아들이군."

그는 종이에 뭔가를 표시했다. 기코뇨는 그 모습을 지켜보고 있었다. 그는 노인처럼 머리를 수그리고 아랫입술을 더 꽉 깨물었다.

"잘 들어. 당신은 이제 마을의 정상적인 삶으로 돌아온 거야. 여기 사람들은 법을 지키며 산다. 알아듣겠어? 밤에 집회할 생각도 하지 말고, 간디나 단결 등 허튼소리 하고 다니지 말고. 여긴 백인이 있을 곳이야."

기코뇨는 대뜸 일어서서 무의식적으로 문을 향해 걸어갔다. 카란자는 그가 문까지 가도록 놔뒀다가 소리쳤다.

"거기 서!"

기코뇨가 그 목소리에 마비된 것처럼 멈췄다. 그리고 돌아서서 기다렸다.

"어디 가는 거야?"

"네놈한테!"

그는 이렇게 소리 지르며 손을 뻗쳐 카란자의 목을 조르려고 탁자를 향해 돌진했다. 그러다가 갑자기 동작을 멈추고 공포에 질린 소리를 냈다. 카란자가 기코뇨의 가슴에 총을 겨눈 것이었다.

"앉아라, 기코뇨."

기코뇨는 의자에 앉았다. 몸이 눈에 띄게 떨렸다. 모든 것이 꿈만 같았다. 그러나 그는 자신이 느끼는 혐오감을 최대한 드러내려고 바닥에 침을 뱉었다.

"침을 뱉어도 좋다."

카란자는 의자에 기댄 채 총을 탁자 위에 놓으며 의기양양한 목소리로 말했다.

"그러나 내가 친구로서 너한테 얘기하는데, 네가 알아둬야 할 게 있다. 너, 저기 바깥에 초소 보이지? 네가 나한테 덤비려고 했다고 내가 한마다만 해봐라. 넌 한두 주일 동안 저곳에 갇혀 있어야 될 것이다."

모든 것이 너무 빨리 일어나 기코뇨는 머릿속에 소용돌이치는 생각과 감정을 추스를 수 없었다. 다만 백인과 싸우자고 함께 맹세를 했던 사람이 백인의 권리에 대해 얘기하고 있으며, 종종 같이 기타를 치고 작업장으로 잡담을 하러 놀러 오던 사람이 지금 자신에게 소리치고 있다는 사실을 알 뿐이었다.

밖으로 나오자마자 기코뇨는 카란자가 뭄비와 잠을 잤던 사람이며, 그녀가 아홉 달 동안 그의 아이를 배고 있었다는 사실을 떠올렸다. 어찌 된 일인지, 그때까지는 카란자의 이름이 기코뇨의 들뜬 머리에 기록되어 있지 않았던 것이다. 지난밤과 오늘 하루 종일, 기코뇨는 줄곧 뭄비가 다른 남자들과 잠자리를 같이했다는 생각만 했었다.

그러나 기코뇨는 단 한 번도, 카란자를 눈앞에서 봤을 때조차 그를 자신의 고통과 결부시켜 생각하지 않았다. 마음에 여러 개의 방이 있다면 그의 고통은 카란자와 관련이 없는 다른 방에 있었다. 그러나 이제, 뭄비가 벌거벗은 몸으로 카란자의 육중한 몸을 받아들이면서 쾌락의 신음 소리를 내는 모습이 그의 몸 구석구석을 파고들었다. 그 장면이 세세하게 머릿속에 떠올랐다. 침대는 삐걱거리고, 카란자의 손이 뭄비의 몸 구석구석을 애무하고, 그들의 거친 숨결은 하나가 되고…… 그리고 아, 절정에 이른 신음 소리와 한숨!

기코뇨는 오랫동안 몸을 떨다가 비틀거리며 길가에 있는 작은 나무를 붙잡았다. 그러나 상상 속의 광경들이 계속 그를 물고 늘어졌다.

'뭄비 위에 올라타고 있는 카란자! 뭄비는 오르가즘에 도달했을 때 너무 좋아서 눈물을 훌쩍거렸을까, 아니면 그러지 않았을까.'

그는 이렇듯 자질구레한 것에 자꾸 신경이 쓰였다. 그는 상상에 상상을 거듭하다가 너무 괴로워 거칠게 비명을 내질렀다. 그리고 나무를 놓고 어머니의 오두막을 향해 달리기 시작했다.

'땀에 젖은 카란자의 몸 아래에서 쾌락의 신음 소리를 냈던 여자를 살려둬선 안 돼.'

행인들이 그를 힐끗 보더니 재빨리 길을 비켜줬다. 기코뇨는 계속 달렸다.

'널 죽이고야 말 테다. 목을 졸라 죽여버리겠어.'

그런데 거리가 너무 멀었다. 상상력이 그의 몸을 앞질렀다. 머릿속에서는 벌써 뭄비가 침을 흘리고 눈이 튀어나온 채 살려달라고 애원하고 있었다. 그러나 운명이 그의 길을 가로막았다. 집은 잠겨 있었다.

'안에서 문을 잠갔는지도 몰라.'

그는 몸으로 문을 치며 소리쳤다.

"문 열어. 문 열어. 시장에서 가랑이를 판 년아!"

문은 열리지 않았다. 그는 온 힘을 다해 문을 몇 번이고 찼다. 돌연 나무 문이 부서졌다. 기코뇨는 바닥으로 넘어지면서 바닥 돌에 머리를 찧었다. 입가에서 거품이 쏟아졌다. 한동안 그는 거품을 내뿜으며 알 수 없는 소리를 지르면서 절규했다.

"하느님, 아, 아, 하느님, 하느으니이임."

8

 기코뇨는 집에 돌아왔을 때 겪었던 처음 며칠 동안의 일을 또렷하게 기억할 수 없었다. 모든 것이 몽롱한 꿈 같았다. 그는 그때 무슨 일이 일어났는지를 논리적으로 무고에게 설명하기 어렵다는 것을 깨달았다. 다시 그는 말을 더듬었다. 이따금 손으로 허공을 저으며 절망적인 표정을 지었다.
 "여하튼 난 미쳤던 게 틀림없습니다. 내 생각으로는 친구가, 아니 그것도 언제나 믿었던 친구가 나를 배반했다는 걸 알았을 때 느끼는 것만큼 고통스러운 것은 없을 것 같아요.
 나중에 깨어나보니 나는 침대에 누워 이불을 덮고 있더군요. 여기 있는 것과 똑같은 기름등이 병든 것처럼 흐릿하게 타고 있었습니다. 무슨 말인지 아시겠습니까? 모든 것에서 병원 냄새가 나더군요. 어머니는 침대 옆에 앉아 있었고, 뭄비는 저만치 떨어져 서 있었어요. 얼굴이 확실히 보이지는 않았지만, 그녀가 울고 있다는 것을 저는 알았습니다.
 잠깐, 어쩌면 1분쯤 됐을 겁니다. 내 가슴에 무엇인가 파문이 일었어요. 내가 알고 있던 뭄비라는 여자는 카란자를 침대로 끌어들일 리가 없었습니다. 그녀는 내가 떠났을 때와 똑같은 여자였죠. 그런데 아이를 쳐다보자 도저히 일어날 수 없는 일이 일어났음이 실감나더군요.

말라리아에 걸려 열이 나고 오한이 든 것처럼 이가 딱딱 마주치고 온몸이 사시나무같이 떨리기 시작했습니다. 그러나 이제 그녀를 죽이고 싶은 마음이 모두 없어진 상태였어요. 아이에 대해선 한마디도 입 밖에 내지 않겠다는 결심을 한 건 바로 그때였죠. 아무 일도 일어나지 않은 것처럼 살기는 하겠지만 결코 뭄비와 잠자리를 같이하지 않겠다고 작정했습니다. 그때부터 일에, 그것도 심한 일에 매달릴 수밖에 없었던 거죠."

기코뇨는 무고의 얼굴을 살폈다. 그는 무고의 얼굴에서 아무것도 읽을 수가 없었다. 침묵이 그를 불안하게 했다. 마치 모든 것이 친숙한 장면의 반복인 것 같았다.

"그래요……. 전 몸과 마음을 모두 일에 바쳤습니다."

그가 다시 말했다.

여전히 무고는 아무 말이 없었다. 기코뇨는 어렴풋이 실망감을 느꼈다. 무거운 짐이 덜어진 것 같았지만 다른 종류의 죄의식이 스며들었다. 그는 무고 앞에서 완전히 벌거벗은 거나 마찬가지였다. 무고는 그에 대해 판결을 내리고 있음에 틀림없었다.

기코뇨는 청교도 목사 앞에 서 있는 사람이 느낌 직한 불안감을 느꼈다. 돌연 무고 앞에서 사라지고 싶었다. 너무 창피해 어둠 속에서 울음을 토해내고 싶었다.

"이제 가야겠습니다."

기코뇨가 일어서며 말했다. 그는 어둠 속으로 나섰다. 스스로도 놀랄 정도로 심장이 뛰었다. 뭄비를 대할 것이 두려웠고, 보도 위의 발걸음 소리에 잠이 달아날 것이 두려웠다.
 칠흑 같은 어둠이 집이라고 할 수 없는 집으로 발걸음을 재촉하는 그를 사방에서 몰아붙였다. 무고의 순수함과 뭄비의 부정 등 모든 것이 공모해 자신에 대한 믿음의 토대와 남자의 기백을 송두리째 허물어뜨렸다. 그러면서 얄라 수용소에서 맨 처음 서약을 자백한 자신의 행위에 대한 수치심을 가중시켰다.

 기코뇨가 나가자마자 무고는 문으로 달려가 열어젖히고 돌아오라고 소리쳤다. 그는 응답을 기다렸다. 아무런 반응이 없자 그는 다시 돌아와 앉아 사념에 잠겼다. 그의 마음은 이런저런 일들을 떠올렸다.
 기코뇨는 그가 무슨 말이든 해주기를 바랐다. 무고도 무슨 말이든 해야 한다는 걸 느꼈다. 그는 두 번이나 입술에 침을 묻히고 목을 가다듬었다. 그러나 입안이 말랐다. 어떤 생각도, 어떤 말도 할 수 없었다. 무슨 말을 할 수 있었겠는가?
 카란자의 배신에 대한 기코뇨의 감정 폭발과 뭄비에 대한 누그러질 수 없는 분노에 무고는 움찔했다. 기코뇨가 뭄비와 카란자에 대해 얘기할 때마다 무고는 산(酸)이 위의 궤양을 갉아먹는 것처럼 초조해졌다. 지금, 무고는 그 기억에 몸을 떨었다. 그는 방 안을 왔다 갔다 하며 불안해했다.
 '가령 내가 얘기했다면……. 가령 내가 그에게 얘기했다면……. 모든 것은 끝났을 것이다……. 끝났을 것이다……. 알고 있는 것……. 짐…… 두려움…… 희망…… 난 그에게 얘기할 수 있었을 것이다……. 그리고 아마…… 아마…… 혹은 그것이 그가 내게 자신의 얘기를 한 이유일까?'
 이런 생각을 하다가 무고는 걸음을 멈추고 침대에 몸을 기댔다.

'사람은 낯선 사람에게 자기 속을 열어놓지 않는 법……. 난 모든 걸 안다…… 모든 것을……. 그는 나를 쳐다보지 않는 척했다…… 그러나…… 계속 나를 훔쳐보았다. 내가 놀라는지 어쩌는지 보려고……. 만약……. 아니, 그건 아니었다.'

무고는 기코뇨의 고뇌 어린 얼굴을 떠올렸다. 기코뇨의 목소리는 성실하고 진실하게 들렸다.

무고는 밖으로 나갔다. 어쩌면 차가운 밤공기를 마시면 불안한 마음이 진정될 수 있을지도 몰랐다. 카부이에서 차를 한잔 마시는 게 제일 좋을 것 같았다.

과거에 있었던 많은 장면들이 어둠 속을 걷고 있는 그의 마음속을 스치고 지나갔다. 그는 장면이 바뀔 때마다 번번이 마음이 불안해지고 몸이 떨리고 속이 메스꺼워졌다. 그런데 묘하게도 모든 것이 지난밤 그를 찾아왔던 사람들이 인용했던 성경 구절로 귀착되었다.

'그분이 사람들 중에서 가난한 자를 가려내실 것이며, 곤궁한 자들의 아이들을 구할 것이고, 압제자들을 갈기갈기 부술 것이니라.'

그 구절이 마음속에 있는 무엇인가를 건드리면서 옛 기억을 떠오르게 했다.

1955년 5월 어느 날이었다. 당시 케냐에는 2년 정도 비상사태가 계속되고 있었다. 무고는 룽에이 역 근처에 있는 그다지 크지 않은 밭에 일하러 갔다. 그는 비상사태에 따르는 규제나 문제 등에 무관심했다. 역 저편으로 아스팔트 길이 나 있었다. 백인 정착지를 거쳐 나이로비와 몸바사, 그리고 바다로 이어지는 도로였다.

무고는 룽에이를 벗어나 정착지나 대도시로 가본 적이 한 번도 없었다. 어렸을 때 백인들이 떼 지어 담배를 피우면서 웃고 얘기하는 동안,

흑인들이 트럭에 실린 옥수수와 제충국 자루들을 무개(無蓋) 화물차로 옮겨 싣는 걸 한두 번 봤을 뿐이었다. 짐이 모두 실리자 화물열차는 덜거덕거리며 사라졌다. 무고는 멀리서 그 광경을 지켜보았다. 그런데 세월이 흘러 백인, 심지어 존 톰슨에 대해 생각할 때마다 그의 머릿속에는 담배를 피우는 백인과 연기를 내뿜으며 서 있는 기차가 떠올랐다.

그날 그는 셔츠를 벗어 허리에 감고 있었다. 농작물에 손을 대려고 몸을 굽힐 때마다 셔츠의 깃과 소매가 종아리와 허벅지 뒤쪽을 간질였다. 햇볕이 벗은 상반신을 기분 좋게 태웠다. 땀이 줄줄 흐르는 몸에 햇빛이 비쳐 피부가 갈색으로 번들거렸다. 어린 옥수수, 감자, 콩, 완두콩 등이 꽃을 피우고 태양을 향해 잎을 뻗었다.

무고는 잡초가 많은 작물들 사이의 맨땅을 작은 괭이로 판 다음 손으로 작물에 흙을 북돋아주었다. 그가 작물의 줄기를 건드리자 잎에 맺혀 있던 이슬방울이 파드닥 깨지며 흘러내렸다. 공기는 신선하고 맑고 서늘했다. 주변의 들은 온통 초록색이었고, 기다랗고 넓적한 잎들이 거무스름한 대지를 덮고 있었다. 아름다운 광경이었다. 햇볕이 점점 뜨거워지면서 잎에 맺힌 이슬방울들이 증발하고, 잎들이 아래로 처지기 시작했다.

정오가 되자 푸른 들판은 잿빛을 약간 띠면서 시들시들 지친 것 같았다. 무고는 므와리키 나무의 그늘 밑에 누워 낮잠을 자면서 한낮의 휴식이 주는 짜릿한 만족감을 만끽했다. 누워서 쉴 때면 그는 언제나 누군가의 목소리를 들었다. 그 목소리가 그에게 무슨 일이 일어날 것이라고 말했다. 눈을 감고 있는 그는 형태가 희미하지만 아주 아름다운 그것을 느낄 수 있었으며 만질 수 있었다. 부드러운 목소리가 그를 과거의 먼 땅으로 데리고 갔다.

모세도 혼자 그의 장인 이드로의 양 떼를 지켰다. 그는 사막 저편으로 양 떼를 몰고 하느님이 계신 호렙 산으로 갔다. 그러자 하느님의 천사가 숲 한가운데의 불길 속에서 그에게 나타났다. 그리고 하느님이 가느다란 목소리로 '모세야, 모세야!' 하고 그를 불렀다. 그러자 무고가 큰 소리로 외쳤다.

"주여, 제가 여기 있나이다."

그날을 생각할 때마다 그는 언제나 그때를 인생의 절정기라고 생각했다. 왜냐하면 그로부터 일주일 후 롭슨 서장이 총에 맞아 죽었고 키히카가 그의 삶 속으로 들어왔기 때문이었다.

카부이에 있는 찻집에 불쑥 들어섰을 때 무고는 흥분한 상태였다. 예전에 그곳은 맘보 레오*라고 불렸다. 그러나 자치 정부가 들어선 이후 주인이 바 레스토랑이라는 상호가 딸린 우후루 호텔로 이름을 바꿨다. 한 무리의 남자들이 카운터에서 떠들고 노래하고 야단법석이었다. 또 다른 무리는 삐걱거리는 탁자 둘레에 흩어져 있었다.

무고는 구석 자리로 가서 앉았다. 그는 흥분되어 머리가 빙빙 돌았다. 그리고 이내 상념에 젖었다. 그가 걸어왔던 땅이나 술집 안의 사람들 모두가 비현실적이었다.

"1분만 지나면 그들은 모두 사라지고 없으리라."

사람들이 술에 취해 떠들썩한 가운데 누군가가 큰 목소리로 말했다. 갑자기 침묵이 흘렀다. 목발을 짚은 기투아가 카운터에 있는 사람들을 떠나 무고를 향해 절룩거리며 다가왔다. 그는 무고 앞에서 차렷 자세를 취한 다음 모자를 벗고 고개를 숙이며 소리쳤다.

"대장님! 충성!"

---

* '맘보(mambo)'는 행동을 의미하며, '레오(leo)'는 지금 혹은 오늘을 의미한다.

기투아의 누런 이 사이로 술 냄새가 풍겼다. 그의 자세가 아부하는 노예의 모습으로 바뀌었다.

"대장님, 저희를 기억해주세요. 저희를 기억해주세요. 이 누더기가 보이시죠? 제 어깨 위에 기어 다니는 이가 보이시죠? 제가 언제나 그랬던 것은 아니랍니다. 제 어머니의 쭈글쭈글한 아랫도리, 아니 노파의 아랫도리를 걸고 맹세합니다. 여기 있는 사람 누구한테나 물어보세요."

기투아는 맹세를 한다는 듯 손가락을 들어 올렸고, 증인을 서달라고 하는 것처럼 주위를 둘러봤다. 이때쯤 사람들은 자기 자리를 떠나 두 남자 쪽으로 어슬렁어슬렁 몰려들었다. 무고는 두렵기도 하고, 동시에 떨리기도 했다.

"제가요, 한때는 키수무에서 몸바사까지 모르는 사람이 없는 운전사였습니다."

기투아는 도전적으로 가슴을 치며 허풍을 떨었다.

"돈은 제겐 아무것도 아니었죠. 전 웅공 근처의 케라라폰에 있는 농장을 사려고 협상을 한 적도 있었죠. 이곳에 있는 집에서는 닭도 키웠고요. 그것도 많이 말이죠. 대장님이 그 달걀들을 보셨어야 하는데……. 웨이터, 술 한 잔 가져와. 대장님께도 술 한 잔 갖다 드리고. 비상사태 전이라면 술집을 몽땅 다 살 수도 있었을 텐데……."

사람들은 기투아의 허풍에 익숙해 있었지만 아무도 웃지 않았다. 그들은 기투아의 울먹이는 듯한 목소리에 고개를 끄덕이거나 내저으면서 심각한 표정으로 귀를 기울였다. 무고는 아무것도 마시고 싶지 않다고 말했다. 사람들은 케냐에 산적한 문제점에 대해 얘기하기 시작했다.

누군가가 말했다.

"비상사태가 우리에게 심각한 타격을 입혔지. 난 말이야! 우후루 전쟁이 시작되었을 때 싸워야 한다는 걸 단박에 알았다고. 두 번 생각하지도 않았어. 장군님! 장군님! 장군님은 어디 계시지?"

사람들이 R장군을 찾으려고 두리번거렸다. R장군은 그 광경을 생각에 잠겨 바라보며 카운터에서 조용히 술을 마시고 있었다. 기투아는 여전히 말을 계속했다. 그는 키히카와 자유의 전사들에게 총알을 운반했다는 둥 비상사태 때 자기가 했던 일에 대해 장황하게 얘기를 늘어놓았다. 사람들은 재미있는 이야기를 좋아했다. 술에 취한 사람들까지 술잔을 내려놓은 채 기투아의 무용담을 들었다.

"그런데 어느 날 백인이 총을 쐈죠. 피이이잉! 바로 여기에 총알이 박혔죠!"

그는 절단된 자신의 다리를 가리켰다. 무고는 다리의 남은 부분이 대롱거리는 것을 보고 속으로 움찔했다. 그러나 곧 자신보다 더 칭찬받을 가치가 있는 이 남자에게 다른 사람들처럼 동정심을 느꼈다.

"정부가 우리 같은 사람들을 잊어버렸다니까요. 우리는 자유를 위해 싸웠는데, 지금 이게 뭡니까?"

그의 목소리가 다시 울먹거리면서 애원조로 바뀌었다.

"그러니, 대장님. 저를 기억해주십시오. 가난한 사람을 기억해주세요. 기투아를 기억해주세요. 웨이터, 웨이터, 터스커 맥주를 가져와. 대장님이 내실 거야. 대장님이 기투아에게, 불쌍한 기투아에게 술 한 잔 안 사지는 않으시겠지."

무고는 호주머니를 뒤져 2실링을 꺼냈다. 그는 R장군이 자신을 계속 지켜보고 있다는 걸 의식했다. 그는 일어서서 사람들을 제치고 바깥으로 나왔다. 기투아의 목소리가 거리로 나온 그에게까지 들렸다.

"고맙습니다, 대장님! 고맙……."

무고가 마을로 가는 길을 건너려고 할 때였다. 뒤쪽에서 달려오는 발걸음 소리가 들렸다. 누군가가 다가와 그의 옆에서 걸었다. R장군이었다.

"웃기는 사람이죠! 안 그렇습니까?"

"누구 말입니까?"

"기투아 말입니다."

무고는 몸을 떨었다. 온갖 생각이 머릿속으로 몰려들었다.

"같이 가려는 게 아닙니다. 내일 봅시다."

R장군은 이렇게 말하고 금세 사라졌다. 무고는 어둠 속에 홀로 남았다. 그는 밤을 통째로 껴안을 수 있을 것 같은 느낌이 들었다. 세상을 손바닥 안에 그러잡을 수 있을 것 같다는 느낌도 들었다. 무엇인가가 드러날 것 같았다. 기코뇨와 기투아가 그렇게 만든 것이었다. 성경 구절이 떠올랐다.

'그분이 곤궁한 자들의 아이들을 구할 것이니라.'

그 사람은 자신임에 틀림없었다. 기투아와 노파 같은 사람들과 고통받는 사람들을 구원할 사람은 바로 자신이라는 생각이 들었다.

'그 일을 하자! 그래, 우후루 기념식에서 연설을 하자. 사람들로 하여금 과거를 잊고 감사하는 마음이 되게 하자. 아무도 키히카에 대해서는 알 필요가 없다. 하느님께 선택된 자는 과거를 용서받고, 많은 사람들을 구원하는 위대한 행위를 통해 깨끗해지는 거야. 야곱과 에서가 살았던 시절에도 그러했으며, 모세가 살았던 시절에도 그러했어.'

그날 밤 꿈속에서 무고는 리라로 돌아가 있었다. 수감자들이 허리까지 맨몸을 드러낸 채 줄지어 벽에 기대서 있었다. 기투아와 기코뇨도 마찬가지였다. 다른 쪽 구석에서 존 톰슨이 벽에 기대고 있는 불운한 사람들에게 기관총을 겨누며 다가왔다. 그는 그들이 키히카에 대해 입을 열지 않으면 쏴 죽일 작정이었다.

갑자기 기투아가 소리쳤다.

"우리를 구해주세요, 무고."

그러자 다른 사람들도 따라서 울부짖었다.

"우리를 구해주세요, 무고."

애원하는 목소리가 더욱더 커져갔다.

"우리를 구해주세요, 무고!"

그런데 존 톰슨도 수감자들을 따라서 다른 사람보다 더 큰 목소리로 소리쳤다.

"우리를 구해주세요, 무고."

그가 어떻게 고뇌에 차서 울부짖는 소리를 외면할 수 있을 것인가!

'주여, 제가 여기 있나이다. 천둥의 구름을 타고 제가 가고 있나이다.'

사람들이 한목소리로 울며 소리쳤다.

"아멘!"

야훼께서 계속 말씀하셨다.
"나는 내 백성이 이집트에서 고생하는 것을 똑똑히 보았고 억압을 받으며 괴로워 울부짖는 소리를 들었노라. 나는 그들의 슬픔을 알고 있노라."

— 출애굽기 3장 7절

(키히카의 성경책에 빨간 줄이 그어져 있는 구절)

9

 교육을 받은 사람들은 틀림없이 케냐의 혼란기를 살펴보고, 역사의 교훈을 한마디로 요약할 수 있을 것이다. 그렇다면 왜 하필이면 리라 수용소 사건이 세계의 이목을 집중시켰는지 그들에게 물어보자. 당시 케냐 전역에는 인도양에 있는 만다 섬에서 빅토리아 호수에 있는 마가타 섬까지 리라 수용소보다 더 큰 수용소들이 얼마든지 있었다.
 무고는 체포되자 티고니 경찰서로 끌려갔고, 그곳에서 다시 숲의 전사들을 수용하는 티카 수용소로 끌려갔다. 전사들 중 상당수는 엠부, 메루, 므와리가에서 온 사람들이었다. 그는 이곳에서 6개월 동안 머물렀다. 어느 순간인가, 그는 이곳이 종착역이라고 생각했다.
 그런데 어느 추운 날 아침, 그들은 아무런 예고도 없이 트럭에 실려 기차역으로 갔다. 그곳에서 그들은 기차로 옮겨 탔다. 탈출하지 못하도록 창문마다 철조망이 쳐진 그 기차는 마니아니로 향했다. 기차에서 내리자마자 그들은 머리에 손을 얹고 줄을 지어 쪼그려 앉았다. 군인들은 서로에게 더 세게 패라고 부추기며 시합이라도 하듯 그들을 마구 두들겨 팼다.

"더 세게 패. 이 새끼들을 여기로 데려온 건 우리가 아니라 백인이란 말이야."

마니아니는 세 개의 거대한 수용소 A, B, C로 나뉘어 있었다. 무고가 끌려가게 된 C수용소는 구제불능의 수감자들을 수용하는 곳이었다. 세 개의 수용소는 다시 몇 개의 하위 구내로 나뉘어졌고, 하위 구내에는 열 개의 감방이 있었으며, 큰 감방 하나에는 600여 명을 수용할 수 있었다.

여러 번의 조사 과정을 거친 다음, 무고와 몇 명의 다른 사람들은 손발이 묶여 리라로 끌려갔다.

리라 수용소는 케냐의 오지에 있었다. 비가 전혀 내리지 않았고, 아무런 식물도 자라지 않는 해변이었다. 보이는 것이라고는 모래와 바위뿐이었다. 그곳으로 끌려간 사람들은 케냐타가 감옥에 갇혀 있는 한 정부에 협조하지 않겠다고 맹세한 사람들이었다. 그들은 묻는 질문에 대답하지 않았을 뿐만 아니라 때때로 사역을 나가는 것도 거부했다.

무고는 이곳 사정이 마니아니보다 더 나쁘다는 것을 알게 되었다. 먹을 것도 적게 주었다. 고기는 일주일에 8온스, 밀가루는 하루에 7온스씩 배급되었다. 그런데 이곳에서 무고는 존 톰슨을 다시 만나게 되었다.

톰슨이 얄라에서 거둔 갑작스러운 성공은 당국에 강한 인상을 주어 그는 즉각 리라로 전출되었다. 톰슨은 리라에 새 바람을 몰고 왔다. 리라에서는 자백을 받아내려고 사람을 벌거벗겨 뜨거운 모래에 산 채로 묻는 일이 흔했다. 때로는 밤새도록 그들을 그런 상태로 놓아두었다.

그런데 톰슨은 다른 방법을 택했다. 그는 수감자들을 모아놓고 가정의 기쁨에 대해 연설했다. 그들이 자백을 하면 즉시 부인과 아이들이 있는 집으로 보내준다는 것이었다. 그는 다른 수용소에서 이런 방법으로 수감자들의 저항을 누그러뜨리는 데 성공했다. 톰슨은 리라에서도 그 방법이

통하기를 바랐다. 그가 부임한 지 몇 개월 만에 리라의 위생 상태는 호전되었다. 이전에는 수감자들이 장티푸스에 걸리면 그대로 내버려뒀다. 그런데 톰슨은 이들을 병원에 바로 보냈다.

시기가 무르익었다고 생각했을 때쯤 톰슨은 그들을 하나하나 사무실로 호출하기 시작했다. 수년 동안 흑인들을 다루면서 익힌 그의 지론은 예기치 않은 짓을 하라는 것이었다. 그러나 리라의 수감자들은 달랐다. 입을 열기는커녕 그를 빤히 쳐다보기만 했다.

2주일이 지나자 그는 수감자들의 반항과 완강함으로 인해 인내심의 한계에 도달하고 말았다. 집에서 그는 마저리에게 소리치며 말했다.

"그 인간들은 돌았어."

3주째가 되면 달라질 거라고 생각했다. 그는 의자에 기대어 흑인 간수들이 첫 번째 사람을 데리고 들어오기를 기다렸다. 톰슨 곁에는 두 명의 장교가 앉아 있었다.

"이름이 뭐야?"

"무고입니다."

"어디서 왔나?"

"타바이입니다."

톰슨은 묻는 말에 상대방이 답변하는 것을 보자 안도감이 들었다. 시작이 좋았다. 한 사람이 자백한다면 다른 사람도 따를 것이었다. 그는 타바이에 대해 잘 알고 있었다. 그는 두 번씩이나 룽에이 지역의 경찰서장을 지냈다. 마지막으로 서장을 지낸 것은 롭슨 서장이 살해되었을 때였다.

그는 호의적인 말투로 타바이의 경치가 굉장히 푸르고 아름답고, 주민들이 착하고 친절하다고 말했다. 그러다가 질문을 계속했다.

"몇 번이나 서약을 했나?"

"한 번도 안 했습니다."

이 말에 톰슨은 벌떡 일어섰다. 그는 사무실 안을 이리저리 거닐었다. 그러다가 무고에게 다가섰다. 그의 얼굴이 어쩐지 낯익었다. 하지만 흑인들의 얼굴을 구분하기는 힘든 일이었다. 그들은 똑같은 가면을 쓰고 있는 것처럼 모두 똑같아 보였다.

"몇 번이나 서약을 했나?"

"안 했습니다."

"거짓말!"

그는 땀이 다 날 정도로 소리쳤다.

무고는 자신의 운명이 어떻게 되건 무관심했다. 그는 자포자기 상태였다.

'아무리 발버둥 쳐봤자 소용없는 짓이다. 어차피 죽게 돼 있어. 죽일 테면 빨리 죽이라지.'

장교 한 명이 톰슨에게 무엇인가 귓속말을 했다. 톰슨은 잠시 무고의 얼굴을 뜯어봤다. 무엇인가 떠오르는 게 있었다. 그는 무고를 밖으로 내보내고 그의 기록을 세밀하게 살펴봤다.

그때부터 사태는 설상가상이었다. 수감자들은 절대 입을 열지 않았다. 무고가 질문에 대답한 유일한 사람이었다. 그러나 그는 수용소를 전전하면서 했던 말을 되풀이했을 뿐이었다. 톰슨은 진드기처럼 무고에게 달라붙었다. 날마다 그는 무고를 취조했다. 무고가 꼭 굴복할 것 같았기 때문이다.

톰슨은 무고에게 본보기로 벌을 주었다. 때때로 톰슨은 간수들을 시켜 다른 죄수들이 보는 앞에서 그에게 매질을 하게 했다. 그러다가 화가 머리끝까지 오르면 간수들에게서 채찍을 빼앗아 직접 매질을 하기도 했다. 만약 무고가 울부짖거나 살려달라고 애걸했다면 그의 마음이 풀렸을지 몰랐다. 그러나 무고는 외마디 소리 하나 내지 않았다. 톰슨은 수감자들이 자기를 조롱하고 경멸하고 있다는 느낌을 받았다.

무고는 수감자들 사이에서 유명해졌다. 자포자기 상태를 넘어선 그는 신음 소리조차 내지 않았다. 어떤 벌을 받아도 싸다는 생각이 무고로 하여금 고통에 무디게 만들었다.

반면 수감자들은 그의 체념을 다른 각도에서 바라보았다. 무고의 행위는 그들에게 용기를 불러일으켰다. 그들은 집단적으로 불만을 나열한 편지를 썼다. 무엇보다도 먼저, 그들은 자신들을 범죄자가 아니라 양심수로 취급해줄 것을 요구했다. 만약 요구 사항이 받아들여지지 않는다면 단식투쟁을 하겠다고 했다. 실제로 그들은 사흘째 되던 날, 마지막 한 사람까지 앉아서 단식투쟁을 시작했다.

톰슨은 미치기 일보 직전이었다.

'이 버러지들을 없애버려야지.'

밤마다 그는 이를 부득부득 갈았다. 그는 백인 관리들과 간수들에게 그들을 공격하게 했다.

"그래, 버러지들을 없애버려."

단식 사흘째 되던 날이었다. 수감자들이 폭동에 가까운 단체 행동을 했다. 간수들이 수감자들에게 음식을 가져다주러 갔을 때 돌멩이 하나가 날아와 그중 한 명의 머리를 맞혔다. 그러자 간수들은 '사람 죽이네!' '반란이다!' 하고 외치면서 도망갔다. 수감자들은 웃으면서 돌을 더 던졌다.

그다음에 벌어진 일은 세상에 알려진 바와 같다. 무장한 간수들이 몰려와 수감자들을 에워쌌다. 그러고는 감방에 가뒀다. 그 뒤 밤낮으로 무자비한 구타가 계속되었다. 열한 명이 죽었다.

이것이 환상을 본 다음 날, 기코뇨의 집으로 가면서 무고의 마음속에 맨 먼저 떠오른 것이었다. 그는 자신이 기적적으로 살아남았다는 사실에서 어떤 운명의 손길을 느꼈다. 그는 기투아와 같은 사람들을 가난과 비참함에서 구원하기 위해 죽지 않고 살아남은 게 틀림없다는 생각이 들었다.

독생자인 그는 다른 사람들을 구원하기 위해 태어난 것이었다. 그에게 새로운 일이 맡겨졌다는 사실은 매력적이었다. 그는 우후루 기념행사에서 사람들의 선두에 서겠다는 결심을 기코뇨에게 말하러 가는 길이었다.

'그런 다음 지도자로서 사람들을 이끌고 사막을 건너 새로운 예루살렘으로 가리라.'

집 안의 라디오에서 나오는 노래가 무고의 귀로 흘러들었다. 그런데 노래를 따라 부르는 여자의 목소리가 어찌나 생동감 있고 충만한지 라디오에서 나오는 노래를 압도했다. 노래는 느리고 슬프게 나아갔다. 생기에 찬 맑은 아침과 기묘한 대조를 이루었다. 잠시 동안 그는 집 둘레의 말끔하게 깎인 울타리 근처에서 망설이며 서성거렸다.

L자형 집은 빛나는 골함석으로 지붕을 이었고, 바깥벽은 두꺼운 삼목판으로 되어 있었다. 그는 울타리 안쪽에 가정의 불협화음이 존재한다는 것을 믿을 수 없어 하면서 뭄비의 노랫소리를 기분 좋게 들었다.

왕가리가 손에 냄비를 들고 그 집에서 나왔다. 그러곤 한쪽 구석에 있는, 새로 지어진 작은 집을 향해 걸어갔다. 자그마한 사내아이가 왕가리 앞에서 깡충거리며 뛰어갔다. 기코뇨가 말하던 바로 그 아이 같았다. 그런데 그 모습이 아무런 이유도 없이 그를 고통스럽게 했다.

뭄비는 웃으며 그를 맞았다. 마치 기다렸다는 듯 얼굴을 활짝 폈다. 문득 무고는 오랜 세월을 거슬러 올라가 그녀가 그에게 숙모의 죽음을 애도한다고 말하던 때의 모습을 떠올렸다. 지금 그녀의 얼굴은 지치고 굳어 보였다.

'마음이 지쳐 있는지도 몰라.'

무고는 이렇게 생각했다. 그는 그녀의 균형 잡힌 몸매를 의식했다. 끝도 없이 깊어 보이는 검은 눈이 그를 집어삼키고 뒤흔들듯했다. 그는 그녀가 두려웠다.

그는 그녀가 내준 의자에 앉기를 마다하며 말했다.

"기코뇨를 만나러 왔습니다. 집에 안 계신가요?"

"그는 아주 일찍 일하러 나가요."

무고는 그녀의 말투에서 미세한 슬픔을 감지할 수 있었다. 그러나 그녀의 목소리는 맑고 흐트러짐이 없었다.

"좀 앉으시겠어요? 앉으세요. 빨리 차를 끓여드릴게요. 금방 돼요."

그녀의 목소리가 활기를 띠어가자 무고는 그에 압도되어 본능적으로 그녀의 말에 따랐다. 그는 그녀의 얼굴을 뜯어보면서, 문득 자신이 뭄비와 키히카가 오누이 사이라고 생각한 적이 거의 없었다는 게 이상한 일이다 싶었다. 그녀의 눈썹은 키히카와 똑같이 굴곡을 이루고 있었고, 코는 조금 작긴 해도 똑같은 모양이었다.

"형제는 어떻게 지내세요? 제, 제 말은 당신의 남동생 말입니다. 남동생이 있지요?"

그는 당혹스러움을 감추려고 차를 저었다.

"카리우키 말인가요?"

그녀가 그의 맞은편에 있는 의자에 앉으면서 말했다.

"그게 남동생의 이름이지요? 그렇지 않나요?"

"2년 전쯤 고등학교를 마치고 나이로비에 있는 은행에서 일하다가 마케레레 대학에 들어갔어요."

"오보테 왕국인 우간다에 있는 대학이지요?"

"그래요. 기차를 타고 가요. 거기 도착하려면 꼬박 하루가 걸린대요. 전 그게 부러워요…… 밤낮으로 기차를 타고 여행하고……. 저는 기차를 타고 그렇게 긴 여행을 해본 적이 없거든요."

그녀는 조용히 웃었다. 그녀의 눈이 여행을 생각하는 것처럼 빛났다. 비록 몸은 고통받고 있긴 하지만 삶에 대한 발랄한 욕구로 충만해 있는 듯했다.

"그런데 아쉽게도 그 애가 이번 휴가에는 집에 오지 않는대요. 목요일에 있을 기념행사를 못 보게 됐어요."

무고는 기념행사에 대해 아무 말도 하지 않았다. 갑자기 대화가 끊겼다. 다른 얘깃거리를 찾으려 했지만 마음같이 되지 않자 그는 가겠다며 일어섰다.

뭄비는 뻣뻣한 얼굴로 그냥 앉아 있었다. 가겠다는 말을 알아듣지 못한 것 같았다.

"당신을 만나고 싶었어요. 당신을 찾아가려고 했어요."

그녀의 말은 속삭이는 듯했지만 명령처럼 그에게 다가왔다. 그는 다시 의자에 앉아 다음 말을 기다렸다.

"꿈을 꾼 적이 있으세요?"

입술에 슬픈 미소를 머금고 그녀가 느닷없이 물었다. 그 물음에 무고는 깜짝 놀랐다. 오싹하는 두려움이 찾아왔다가 서서히 가라앉았다.

"그럼요. 때때로 꾸지요. 누구나 꿈을 꾸는 거 아닙니까?"

"제가 말씀드리는 것은 잠잘 때 꾸는 그런 흔한 꿈 이야기가 아니에요. 젊었을 때, 그것도 한낮에 앞으로 있을 좋은 것들을 내다보는 꿈 말이죠.

그날이 빨리 왔으면 좋겠다며 가슴 설레는 그런 꿈. 그렇게 되면 슬픔을 위한 공간이 남지 않게 되죠."

그녀의 목소리는 무고를 더욱더 전율케 했다. 그녀는 생생한 말과 숨결로 자신의 꿈에 대해 얘기했다.

"그런 꿈을 꾸신 적이 있어요?"

"어쩌면 때때로."

그가 애매하게 말하자 그녀는 재빨리 말을 가로챘다.

"맞군요. 당신도 꿈을 꿨군요. 그래요, 전 다른 사람들도 그런 꿈을 꾼다는 걸 알고 있어요. 전 그런 꿈들을 너무 생생하게, 그것도 아주 자주 꿨어요."

그녀는 목소리와 눈과 얼굴로 과거를 더듬으며 말했다.

"사람들은…… 그럴 수도…… 젊을 때는…… 그럴 수도 있지요."

그는 일반적인 말을 했다.

"저는 우리 오빠가 얘기를 할 때 그랬어요. 제 마음은 오빠의 말을 따라 여행을 했어요. 전 수많은 사람들을 구원하기 위해 자신을 희생하는 꿈을 꿨지요. 때로 그것이 두렵긴 했지만 그런 날이 오길 바랐어요. 결혼을 하고 나서도 그런 꿈은 없어지지 않았어요. 그래요, 전 남편을 행복하게 해주고 싶었어요. 때가 되면 그를 도울 준비도 했어요. 그의 칼집을 갖고 다니고, 그가 적들을 재빨리 공격할 수 있도록 화살을 집어주고, 위험이 닥쳐 쓰러지면 그를 안고 집으로 안전하게 데려올 준비도 했지요."

무고는 그녀의 눈빛 속에서 웅덩이에 빠져 허우적대는 마음을 읽을 수 있었다. 그는 자신을 압도하는 그녀의 어두운 힘을 느꼈다.

"그러나 그들이 그이를 데려갔을 때 전 아무것도 하지 않았어요. 그리고 피곤한 몸을 이끌고 그가 마침내 집에 돌아왔을 때 전 더 이상 그를 행복하게 해줄 수 없었어요."

그녀는 아직 젊고 약했다. 그러나 고요한 웅덩이 바닥에서 손발을 허우적대고 있는 것은 그녀가 아니라 바로 무고 자신이었다. 그 몸부림은 끔찍했다. 그는 빠져 죽고 싶지 않았다.

"전 때때로 왐부쿠도 꿈을 꿨는지 궁금해요."

그녀는 잠시 말을 멈췄다가 계속했다.

"그런데 당신은 그녀, 그녀를 아세요?"

"왐부쿠?"

"예."

"아뇨, 모릅니다."

"아셔야 해요. 당신이 목숨을 구해줬던 여자를 모르세요? 참호 속에서 두들겨 맞던 여자 말이에요."

"예……. 알아요."

그는 그녀의 얼굴을 기억할 수 없었다. 다만 매를 맞아 찢어진 그녀의 옷과 고통스러워하는 모습만 기억할 뿐이었다.

"죽었어요."

"죽었다고요?"

"예, 나중에 그랬어요. 사람들 말로는 그때가 임신한 지 3~4개월 정도 됐었다고 해요. 키히카가 숲으로 도망가기 전에, 그녀는 키히카 오빠의 애인이었어요. 그녀는 그를 결코 용서하지 않았어요. 그렇지만 그녀는 그가 돌아오기를 바랐고, 딴 남자와 잠자리를 같이한 적도 없었어요.

키히카가 체포되고 나무에서 교수형을 당하자 그녀는 이상해졌어요. 며칠 동안 그녀는 집에 틀어박혀 있었어요. 그러더니 군인이나 자치대원 등 아무 남자하고나 자면서 몸을 함부로 굴렸어요. 그런데 사람들 말로는 그녀가 자치대원 한 사람에게만은 결코 몸을 허락하지 않았다고 해요. 바로 그자가 참호에서 복수를 했어요. 그녀는 그렇게 매를 맞고 몸을 회복하지 못한 채 3개월 후 임신한 몸으로 죽었어요."

그녀는 흐르는 눈물을 닦으려고 손수건을 꺼냈다. 바로 그때 아이가 안으로 달려 들어왔다. 아이는 무고를 쓱 쳐다보더니 엄마의 무릎으로 달려갔다.

"엄마, 왜 울어?"

아이는 불쑥 이렇게 말하면서 무고를 적개심 어린 눈으로 쳐다봤다. 뭄비는 어떤 재앙이나 알아서 좋을 것이 없는 것으로부터 보호하기라도 하듯 아이를 꼭 껴안았다. 그녀는 미소를 지으려고 애쓰며 속삭였다.

"빨리 할머니한테 가거라. 할머니를 혼자 계시게 할 수는 없잖니? 너, 이리무*가 할머니를 훔쳐 가면 어떡할래?"

아이는 무고를 흘깃 쳐다보다가 다시 뭄비를 바라보았다. 그리고 밖으로 달려 나갔다.

"그녀는 우리 오빠를 위해 죽었다고 할 수도 있어요."

뭄비는 말이 끊어지지 않았던 것처럼 계속했다. 그러나 그녀의 목소리는 아까보다 강렬하지 않았고, 더 머뭇거렸다.

"희생했던 셈이죠······. 그리고 은제리도 관련이 있는데······."

"그녀가 누군데요?"

"그 애도 친구였어요. 제 친구요. 왐부쿠와 은제리와 저는 종종 기차역에 같이 가곤 했어요. 그러나 은제리의 마음이 우리 오빠에게 있었다는 것을 우리가 어떻게 알 수 있었겠어요? 그 애는 종종 남자들이나 여자들

---

* 거인을 뜻한다.

과 말다툼을 하거나 싸우는 선머슴 같은 애였어요. 우리 중 아무도 그 애에게 은밀한 꿈이 있다는 사실을 몰랐어요. 여하튼 그 애가 키히카 오빠 옆에서 싸우러 숲으로 달아날 때까지는 몰랐어요. 그 애는 키히카 오빠가 죽은 후 얼마 지나지 않아 전투를 하다가 총에 맞아 죽었어요."

무고의 얼굴에 드리워진 그림자가 더욱더 어두워졌다. 그의 아랫입술이 약간 아래로 처졌다. 그는 그런 것들을 바라보고 싶지 않았다. 뭄비가 부르는 목소리에 깜짝 놀라 정신을 차렸을 때 그는 벌써 문 앞에 가 있었다.

그는 문가에서 가까스로 정신을 가다듬으며 서 있었다. 그는 천천히 몸을 돌리면서 아직도 자신이 충동적인 것에 무력하다는 데 수치심을 느꼈다. 뭄비도 일어섰다. 그녀는 놀라움과 당혹스러움을 숨길 수가 없었다.

"이런 것들을 누구에게도 말해본 적이 없는데……."

뭄비가 다시 자리에 앉으며 말했다.

"당신은 제가 이런 과거사를 얘기해도 될 분 같았어요……. 참 이상하죠. 이제야 기억나는데……. 우리 오빠를 아세요? 아니, 그게 아니라 오빠는 친구들에게 화가 나면 종종 말하곤 했어요. 당신을 보니까 너무나 또렷하게 기억이 나네요. 오빠는 정말로 중요하고 비밀스러운 것이 있으면 당신 같은 사람만 믿을 거라고 했어요."

무고는 멍한 눈으로 그녀를 바라보며 가만히 서 있었다.

'나를 내버려두란 말이야!'

그는 이렇게 그녀에게 외치고 싶었다. 하지만 거의 들리지 않는 목소리로 속삭였을 뿐이었다.

"이런 것들이…… 고통스럽군요……."

무고는 그녀의 매혹적인 힘에 굴복해, 그녀의 눈과 목소리 앞에 약해져 자리에 앉았다. 그는 그녀가 무슨 말인가를 하려고 힘겨워하는 동안 기다렸다.

"전 당신에게 제 남편 일을 말씀드리고 싶어요."

그녀는 그를 똑바로 쳐다보며 솔직하게 말했다. 그러나 그녀의 눈에 어려 있던 도전적인 표정이 조용하고 순종적인 애원으로 바뀌어갔다. 그녀의 열린 입술이 약간 떨렸다.

"저는 그 사람이 필요해요. 다른 어떤 것보다 그 사람이 필요해요."

그녀는 잠시 말을 멈추고 나서 편안해진 듯했다.

"아이에 대해 알고 있으세요?"

무고는 그녀에게 상처를 입히고 싶은 충동이 강하게 일었다. 그녀를 모욕하고 바닥을 기어 다니게 하고 싶은 욕망이 미칠 듯이 그를 사로잡았다.

'저 여자는 왜 나를 자신의 삶과 다른 모든 사람의 삶 속으로 끌어들이려고 하지?'

"당신 남편이 말해줬어요."

"그 사람이 당신께 얘기를 했다고요?"

"그래요."

"언제 그랬나요?"

"엊저녁에요."

"모든 것을 다 말인가요?"

"그래요. 모든 것을……. 아이…… 카란자."

그는 퉁명스럽게 말했다. 그리고 그녀가 한두 번 움찔하는 것을 보고 속으로 고통스러운 웃음을 머금었다. 집 안에 정적이 감돌았다. 무고의 눈은 적개심을 띠고 있었다.

'그녀가 대놓고 울어도 자리를 뜨거나 움직이지 않을 테다. 위로의 말 따위 한마디도 건네지 않을 테다.'

다음 순간 뭄비는 막 중요한 생각이 떠오르기라도 한 것처럼 흥분해 열을 올렸다.

"그이가 집에 대해서도 얘기했어요? 우리가 사는 두 오두막 말이에요. 그랬어요?"

"집? 어떤 집 말입니까?"

그는 어리둥절해서 물었다.

"그들이 그이를 데려가기 전에 우리가 살았던 집 말이에요. 아, 그이가 당신에게 집 얘기는 안 했군요."

그녀는 슬픈 승리감에 젖어 말을 계속했다.

"저 말고 누가 그이에게 그 얘기를 할 수 있겠어요? 그러나 그이는 알고 싶어 하지 않아요……."

무고는 정해진 기간 내에 새 마을로 이주하지 않은 사람들이 집에서 쫓겨나고, 그들의 집이 불살라졌다는 사실을 머릿속에 떠올렸다.

"지금도 밤에 잠자리에 들면 붉은 불길이 떠올라요. 오두막이 두 채 있었어요. 하나는 어머니 집이었고, 다른 하나는 제 집이었어요. 그들은 우리에게 침구와 옷과 살림을 치우라고 하고, 어머니의 집 지붕에 석유를 뿌렸어요. 전 그때 왜 쓸데없이 석유를 뿌릴까 하고 한가하게 생각했지요. 지붕이 말라 그럴 필요가 없었거든요. 여하튼 그들은 마른 지붕에 석유를 뿌렸어요. 태양은 지글지글 끓고 있었고요.

어머니는 우리 오두막에서 나온 물건들 더미 옆 의자에 앉아 계셨어요. 전 옆에 서 있었고요. 전 머리에 기코이*를 이고 있었어요. 자치대장이 성냥을 켜서 지붕에 던졌어요. 불이 안 붙더군요. 다른 사람들이 그를 보고 웃었어요. 그들은 소리를 치며 다시 해보라고 했어요. 그중 한 명이 그에게 성냥을 달래서 시범을 보이려고 했어요. 그들에게는 그 일이 장난거리였으니까요. 네 번째인가 다섯 번째인가 지붕에 불이 붙었어요. 시커멓고 푸른 연기가 지붕에서 솟구치고 불길이 하늘로 치솟았어요. 그들은 제 오두막으로 달려가더군요.

저는 똑같은 짓이 반복되는 것을 쳐다보고 있을 수 없어서 눈을 질끈 감았지요. 비명을 지르고 싶었지만 소리가 나오지 않았어요. 그런데 어머니가 옆에 계시다는 생각이 났어요. 저는 어머니가 모든 것이 끝장나는 것을 보지 못하도록 다른 데로 모셔 가고 싶었어요. 왜냐하면 그 집들은 어머니에게 굉장한 의미가 있었거든요. 리프트 계곡에 있는 남편한테서 쫓겨난 후 지은 집들이었으니까요.

여하튼 어머니는 제 손을 뿌리치셨어요. 어머니는 고개를 약간 저으면서 불길을 계속 바라보셨어요. 지붕이 갈라졌어요. 저는 지붕이 갈라지는 걸 보면서 느꼈던, 가슴을 파고드는 고통을 지금도 기억해요. 얼마 안 있어 지붕이 하나 둘 와르르 소리를 내면서 무너졌어요. 저는 첫 번째 지붕이 무너질 때 어머니가 헐떡거리는 소리를 들었어요. 그런데도 어머니는 그 광경에서 눈을 떼지 않으시더군요……

집이 무너져 내리는 걸 보면서 제 가슴속에서 무엇인가가 무너졌어요. 제 안에 있는 무엇인가가 부서져버렸어요."

옛 타바이 마을의 소개(疏開)는 키히카와 숲의 전사들에게 마헤 경찰서가 함락된 후에 취해진 조치였다. 마헤에서 일격을 당하자 당국은 격

---

* 륙색을 의미한다.

노했다. 들리는 말로는 니에리에 사는 흑인 므왕기 마테모가 라디오에서 함락 소식을 듣고 멋모르고 좋아하다가 가장 악명 높고 가장 큰 수용소인 마니아니로 즉시 끌려갔다고 했다. 뉴스는 검열을 받은 것이긴 했지만 라디오는 기쿠유의 전 지역 사람들이 모두 알고 있는 사실을 확인해주었을 뿐이었다.

당국은 보복을 하기 시작했다. 룽에이와 같은 흑인 상업지역이 '평화와 안전상의 이유로' 폐쇄될 예정이었다. 사람들은 수도 적고 덜 흩어진 마을들로 이주해야만 할 판이었다. 처음에는 뜬소문에 불과했다. 그래서 사람들은 못 믿겠다고 어깨를 으쓱하며 수용소에 끌려갔거나 숲으로 간 사람들이 어떻게 될 것인지 계속 걱정만 했다.

'그들이 돌아올 수 있을까?'

당시 경찰서장이었던 토머스 롭슨은 마을마다 집회를 열어 사람들에게 두 달 내에 옛날 집을 허물고 새 집을 지으라고 명령했다.

뭄비는 집안에 남자가 없었기 때문에 낙담했다. 결국 그녀는 허리띠를 질끈 매고 남자가 하는 일을 도맡아 할 수밖에 없었다. 그녀는 왕가리와 같이 집터를 골랐다. 집 짓는 계획을 세우도록 카란자가 그들을 도와줬다. 그는 아무 말이 없었고 마음이 다른 곳에 있는 듯했다. 그러나 뭄비는 남자의 과묵함을 알아차리기엔 너무 바빴다. 며칠 내에 집터가 마련되었다.

그다음, 그녀는 아버지가 소유한 작은 숲으로 가 말뚝과 기둥으로 쓸 검은 아카시아 나무를 베었다. 그즈음엔 타바이에 있는 어떤 오두막 굴뚝에서도 연기가 피어오르지 않았다. 모든 사람이 어두워져서야 집으로 돌아오기 때문이었다. 다음 날이면 사람들은 집을 지을 터로 돌아갔다. 아이들은 밤새 어른이 돼야 했고, 여자들은 바지를 입어야 했다. 하지만 엄마 등에 업힌 철없는 아이들은 여전히 먹을 것을 달라고 보챘다. 학교 수업이 끝나는 오후 4시가 되면 카리우키는 누나를 도와주려고 달려왔다.

남자들은 뭄비와 같은 여자들이 지붕에서 못을 박고 있는 모습을 보면 하던 일을 멈추고 그들을 놀렸다. 여자가 왕인 영국을 빗대어, 여자가 나서서 무슨 좋은 꼴을 보겠느냐는 것이었다.

"아, 그건 사실과 다르지."

여자들은 일을 하다가 남자들이 말을 거는 것이 오히려 반가워 때때로 이렇게 반응하곤 했다.

"케냐를 다스리는 베어링 총독한테는 그게 안 달렸나?"

"아, 그것도 여자의 샤우리*지. 당신네 여자들이 남자들을 모두 수용소로 보내 그걸 썩히고는 엘리자베스 여왕한테 마지못해 남편 노릇을 하게 하잖소."

이쯤 되면 여자들은 농담이 비통함으로 바뀌어 남자들에게 소리를 질렀다.

"싸우라고 숲으로도 보냈어."

남자들은 그 소리에 찍소리도 못 한 채 일하던 곳으로 돌아가 망치로 못 박는 일을 계속했다.

가끔씩 카리우키와 카란자가 도와줬지만 집 짓는 일이 쉽게 끝나지는 않았다. 두 달 동안의 유예 기간이 끝났을 때 뭄비의 집은 벽을 바르지 않은 상태였다. 뭄비와 왕가리는 하루나 이틀 내에 벽을 바르면 될 거라고 생각하고 옛 집에 머물렀다.

그런데 이틀째 되는 날 자치대원들이 들이닥쳤다. 뭄비는 문을 열고

---

* 계획을 의미한다.

그들의 골똘한 표정을 보았다. 그녀는 무슨 일이 일어날 것인지를 왕가리에게 알리려고 안으로 뛰어 들어갔다.

"얘야, 난 그들이 올 것을 이미 알고 있었다."

왕가리는 지친 듯 말하고 선고가 내려진 집에서 살림살이를 옮기기 시작했다.

자치대원들은 의식을 거행하듯 엄숙하게 물러갔다. 그들은 자기들이 일을 잘 처리했는지 확인하려고 롭슨의 표정을 살폈다. 롭슨도 물러갔다. 그들에게는 불태울 집들이 여러 채라 하루가 짧았다.

밤이 되기 전에 옛 타바이 마을의 마지막 벽이 허물어졌다. 집들이 있던 곳에는 진흙과 검댕과 재만 남아 있었다.

"그날 밤 시어머니와 저는 마무리도 안 된 오두막에서 잤어요. 통금령을 위반하면서까지 아버지가 밤중에 우리를 데리러 오셨더군요. 그러나 시어머니는 막무가내로 가지 않겠다고 하셨어요. 저는 어머니를 혼자 두고 갈 수 없었지요. 지붕은 있었지만 벽에는 진흙이 발라져 있지 않았어요.

밤새도록 찬바람이 텅 빈 벽으로 들어왔어요. 저는 담요 한 장과 사이잘 부대를 덮었지만 여전히 몸이 덜덜 떨렸어요. 눈을 한 번도 감지 않았던 것 같아요. 저는 시어머니도 잠을 못 주무시고 계시다는 것을 알았어요. 하지만 우리는 아무 말도 하지 않았어요. 정말로 긴긴 밤이었어요.

그날부터 카란자가 자주 우리 집에 와서 우리의 건강 상태를 묻곤 했어요. 때때로 음식을 가져다주기도 했고요. 하지만 그는 말이 없었어요. 무슨 괴로운 일이 있는 것 같았어요. 처음에 저는 그걸 눈치채지 못했지요. 그가 점점 더 자주 찾아오고 있다는 것도 특별히 눈치채지 못했고요. 그러기에는 너무 바빴어요. 어머니를 간호하느라고요. 어머니는 집이 불탄 후 계속 배와 머리와 관절이 아프다며 고통스러워했어요.

어느 날 제가 바깥에서 장작을 패고 있는데 그 사람이 와서 말없이 저를 들여다보는 거예요. 저는 일할 때 남이 들여다보는 것을 싫어해요. 어쩐지 불안하고 손놀림이 정확해지지 않거든요. 그래서 저는 '쳐다만 보지 말고 여자가 일하면 도와줘야죠'라고 말했죠.

그는 제게서 도끼를 받아 들고 일을 시작했어요. 여전히 말이 없었어요. 그래서 전 '들어와서 차 한잔해요' 하고 말했죠. 제가 장작을 모으려고 몸을 굽혔을 때 그는 제 머리에 손을 대면서 '뭄비' 하고 속삭였어요. 저는 재빨리 고개를 들었어요. 무슨 말인가를 하고 싶어 하는 것 같았어요.

저는 깜짝 놀랐어요. 제가 기코뇨와 결혼하기로 약속한 후 일주일쯤 지났을 때 카란자가 제게 청혼했었거든요. 저는 그때 그에게 웃으면서 기코뇨가 그의 가까운 친구라는 사실을 상기시켜주었지요. 그 후 그는 다시 저에게 청혼을 하지 않았고 계속 제 남편을 찾아왔어요.

그 사람은 제가 깜짝 놀란 얼굴을 하는 걸 보더니 아무 말도 하지 않고 곧바로 가버렸어요. 뒤돌아보지도 않았어요. 뒤돌아봤다면 제가 그 사람을 다시 불렀을 것 같아요. 미안하다는 생각이 들었거든요. 어쩌면 그의 마음속에 무거운 어떤 것이 있었는지도 모르잖아요. 게다가 그 사람은 저와 어머니에게 친절했거든요.

그는 다시 오지 않았어요. 그런데 얼마 지나지 않아 키히카 오빠가 키네니에 숲 부근에서 체포되어, 나무에 목매달려 죽었어요. 한때 니에리에서 카베테까지 모르는 사람이 없을 정도로 유명한 전사였던 아버지가 바지에 오줌을 지렸다는 사실을 아세요? 아버지는 밤새도록 어린아이처럼 우셨어요. 어머니는 아버지를 달래느라 정신없었고요. 그날부터 부모님은 정상이 아니었어요. 카리우키에 대한 믿음과 희망이 없었다면 그분들은 돌아가셨을 거예요. 저도 아팠지요. 이틀 동안 먹고 마신 것을 다 토했어요.

당신도 알겠지만, 그런 다음 형벌이 찾아왔어요. 타바이 전체가 오빠가 한 행위 때문에 집단적으로 처벌을 받게 된 거예요. 당신도 참호에 대해 알겠죠? 적어도 처음 부분은 알겠죠. 카란자가 자치대에 합류했다는 소식을 처음 들은 것은 당신이 왐부쿠를 구하려다가 체포된 직후였어요. 저는 그 사실을 믿을 수 없었죠. 그 사람은 키히카와 기코뇨의 친구였고, 그들은 함께 맹세한 사이였어요. 그런데 그가 어떻게 배신할 수 있을까 싶더군요.

이런 생각들은 눈앞에 닥친 일 때문에 곧 잊혔어요. 참호는 마을 전체를 둘러싸도록 되어 있었죠. 당신이 끌려간 후 매질은 어느 한 개인에게 국한된 게 아니었어요. 군인들과 자치대원들은 참호로 들어가 허리를 펴거나 일을 더디게 한다 싶으면 누구한테나 매질을 했어요. 그들은 우리를 몰아세웠어요. 시한이 있었거든요. 그들은 해가 지기 두 시간 전에야 여자들을 집에 보내 저녁을 준비하게 했어요. 그 외엔 아무도 나갈 수 없었어요. 심지어 초등학생들도 마을에 남아 있어야 했어요.

며칠이 지나자 두 시간이 한 시간으로 줄어들었어요. 시한이 다가오자 그나마 한 시간도 없어졌어요. 우리는 마을에 남은 포로였던 셈이지요. 군인들은 우리가 도망치지 못하도록 빙 둘러 그들의 막사를 세웠어요. 우리는 먹을 음식도 없이 살았어요. 아이들이 우는 소리는 듣기만 해도 끔찍했어요. 새로 온 서장은 아이들이 울어도 꿈쩍하지 않더군요. 심지어 군인들이 여자를 골라 막사로 데려가는 것도 허락했어요.

아! 저는 어떻게 하면 그 치욕을 피할 수 있을지 알 수 없었어요. 밤마다 저는 그런 일이 제게 일어나지 않기를 기도할 뿐이었지요. 왐부쿠는 참호에서 죽었어요. 그들은 그녀의 시신을 참호에서 몇 미터 떨어지지 않은 곳에 판 무덤에 던져버렸어요.

당신은 우리 모두가 세상의 끝이 왔다고 생각했다는 것을 아세요?

그런데 어느 날부터 우리는 노래를 부르기 시작했어요. 더 많은 군인들과 자치대원들이 참호에 투입되었어요. 그들은 채찍과 매를 들고 왔지만 우리의 노래를 멈추게 할 수는 없었어요. 참호의 한쪽 끝에 있는 사람들 중 한 명이 노래를 시작하면 우리가 뒤따라 불렀어요. 기가 막히게 노랫말을 만들어가면서 말이죠.

이스라엘의 백성들은
이집트에 있을 때
소나 당나귀보다 더 심한 일을
하도록 강요당했네.

그러나 무엇보다 우리를 감동시킨 것은 무덤 속에 있는 왐부쿠에 대한 노래였어요.

너무나 아름다웠던 여인 왐부쿠,
그녀가 눈을 들어
하늘을 보던 것을 생각하면
눈물은 하염없이 내 가슴에 흐르네.

진실되고
진실된 그분을 찬송하라.

그는 언제나 똑같은 하느님이시라.

오늘의 태양과 흙먼지, 그리고 피로 파는 이 참호를
그 누가 잊을 수 있으리!
그들이 나를 참호 속으로 밀어 넣었을 때
눈물은 하염없이 내 가슴에 흘렀네."

뭄비는 하던 얘기를 멈추고 무고를 위해 그때 불렀던 노랫가락을 흥얼거리며 잊었던 두 단어를 생각해내려 했다. 그 가락은 느리고 도전적이었지만 구슬펐다. 그녀의 눈가에 눈물이 선명하게 어렸다. 그녀의 가슴이 노랫가락을 따라 오르락내리락했다. 무고는 자리에 못 박힌 채 그가 보지 못했던 장면을 간접적으로나마 고통스럽게 체험했다. 당시 그는 수용소에 있었다.

"그들은 저의 아버지와 같은 노인들이나 병자들, 아이들에게는 땅을 파라고 강요하지 않았어요. 그러나 그들은 참호 주변에 앉아서 그들의 아내, 아들딸, 어머니가 일을 하고 매 맞는 모습을 지켜봐야 했어요. 서장은 매일 확성기를 들고 왜 우리가 그런 벌을 받고 있는지를 상기시켰어요. 다른 마을에게 타바이는 일종의 경고였지요. 숲에서 싸우는 사람들을 돕거나 그들에게 음식을 제공하는 마을은 그렇게 될 거라는 경고였어요.

두 명의 여자가 더 죽었어요. 참호 옆에 또 다른 구덩이가 파였지요.

저는 이런 일이 계속되는 동안 카란자를 보지 못했어요. 사람들은 여기저기에서 그 사람을 보았다고 말했지만 제가 일하고 있는 곳에는 나타나지 않았어요. 그때쯤 우리가 먹을 음식은 바닥이 나버렸어요. 많은 사람이 똑같은 상황에 있었기 때문에 이웃집에 가서 음식을 달라고 할 수도 없었어요. 누군가가 식사 시간에 찾아오면 정말 얄미웠어요. 아니, 우리는 서로 찾아가지도 않았어요.

어느 날인가 정말 더 이상 참을 수가 없더군요. 시어머니와 부모님은 저보다 더 잘 참아내시는 것 같았어요. 하지만 저는 하루도 더 못 살 것 같았어요.

그런데 그날 밤, 카란자가 우리 집에 찾아왔어요. 그가 안으로 들어오려고 하지 않아 제가 나갔지요. 사람들이 보지 못하는 캄캄한 밤에 그는 우리에게 빵을 조금 가져다줬어요. 입안에 침이 고이더군요. 음식을 보고 침 흘리는 배고픈 개를 본 적이 있으세요? 그러나 그가 차고 있는 총을 보는 순간 식욕이 달아나고 힘이 빠지더군요. 그가 준 음식을 받을 수 없었어요.

저는 집으로 돌아갔어요. 그때 오빠를 배신한 사람이 카란자라는 소문이 떠돌고 있었거든요. 저는 시어머니에게 무슨 일이 있었는지 얘기하지 않았고, 시어머니도 아무것도 묻지 않으셨어요. 그러나 시어머니의 수척한 몸을 보자 빵을 거절했던 것이 얼마나 죄스러웠던지 몰라요. 저는 시어머니가 돌아가실 거라고 생각했어요. 아니, 우리 모두가 죽을 거라고 생각했어요. 저는 소리 없이 울었지요. 저는 부모님과 카리우키도 똑같이 배고픔을 못 견뎌 한다는 것을 알았어요.

두 명의 남자가 죽었어요.

우리의 노래가 뚝 그쳤어요. 더 이상 인간의 목소리가 들리지 않았어요. 어린아이들까지 음식을 달라고 울지 않게 된 것 같았어요. 괭이와 삽과 낫이 움직이는 소리와 매질하는 소리는 계속됐지요. 이상한 하루였어요. 저는 아무런 느낌도 없었어요. 그런데 그날 밤, 다시 카란자가 찾아왔어요. 어두워서 그의 모습을 분명하게 볼 수 없었어요. 그러나 저는 죽을힘을 다해 입술을 움직였어요.

'유다!'

그 말이 제 입에서 튀어나왔어요. 그가 입을 열자, 그의 목소리는 제가 서 있는 곳에서 수 킬로 떨어진 곳에서 들리는 소리 같았어요.

'여기 옥수수 가루와 빵이 있어. 받아. 그러지 않으면 죽을 거야. 나는 키히카를 배반하지 않았어. 안 그랬어. 백인을 위해 총을 차고 다니는 것은 때가 되면 당신도 이해하게 될 거야. 사람들은 누구나 세상에서 혼자라는 사실과 살아남기 위해서 혼자 싸울 수밖에 없다는 사실을 이해하게 될 거라고.'

그는 이렇게 말하고 가버렸어요. 어쨌든 저는 그가 오빠를 배반하지 않았다는 말을 믿었어요. 그러나 그 말을 믿지 않았더라도 저는 음식을 받았을 거예요. 틀림없이 그랬을 거예요. 그가 한 말이 제 마음을 더 편하게 하긴 했지만요. 집 안으로 들어갔을 때 저는 배고픈 와중에도 수치스럽더군요. 저는 시어머니에게 어디서 음식을 구해 왔는지 말할 수 없었어요. 시어머니는 아무것도 묻지 않으셨어요.

다음 날 제가 음식을 드리자 부모님도 남동생도 아무 말이 없더군요. 며칠 동안 저는 고개를 숙이고 다녔어요. 그때는 많은 여자들이 먹을 것을 얻으려고 아무도 몰래 자진해 군인들에게 몸을 팔았어요. 저도 똑같은 심정이었어요. 오늘까지 저는 우리의 목숨을 구해준 그 음식에 대해 누구에게도 말한 적이 없어요. 솔직히 말해 지금도 저는 수치스러워요.

모두 합해 스물한 명이 죽었어요. 그들은 모두 참호 옆에 묻혔어요. 그런데 이상한 건 아이들은 그때 단 한 명도 죽지 않았다는 거죠.

참호 일이 끝난 후 저는 정착지에서 일을 하기 시작했어요. 백인들의 농장이나 집에서 일하면 집단 노동을 할 필요가 없었거든요. 통행증을 발급받는 것도 다른 사람들보다 더 쉬웠고요. 보호 구역에서 유럽인 농장으로 이동하거나 한 지역에서 다른 지역으로 이동할 때는 통행증에 서장의 날인을 받아야 했어요.

저는 운이 좋은 편이었어요. 다른 농장에서 일하는 사람들은 일주일에 6실링이나 4실링밖에 못 받았는데, 저는 일주일에 9실링이나 받았거든요. 우리는 굉장히 큰 차 농장에서 일했는데, 무탕가리 풀을 뽑거나 찻잎을 따는 일을 했어요. 제가 번 돈으로 다섯 식구가 먹을 밀가루를 샀어요.

저는 카란자에게 더 이상 도움을 받지 않기로 결심했어요. 그때쯤 카란자는 승진을 해 자치대장이 되었어요. 카리우키는 학교에서 공부를 잘하고 있었고요. 제가 그 아이의 수업료를 냈어요. 우리는 그 애에게서 미래의 희망을 찾았지요. 교육만 한 게 없잖아요.

그러면서도 저는 늘 남편 생각을 했어요. 그이만 있으면 모든 것이 잘될 것 같았어요. 달이 가고 해가 갔어요. 수용소에 끌려간 사람들 소식은 들려오지 않았어요. 라디오에서는 그들이 돌아오지 않을 거라고 했어요. 우리는 그것을 믿지 않았지만, 밖에서는 남자들이 돌아오지 않을 거라고 서로에게 말하곤 했어요. 만약 누군가가 다른 의견을 내놓으면 화난 눈으로 쳐다보며 '네가 뭘 알아?' 하면서 입을 닥치라고 했어요.

그러나 우리는 마음속에서 그런 희망의 말을 먹고 살았어요. 누군가가 핀잔을 들으면서도 수용소에 끌려간 남자들이 어느 날 돌아온다고 계속 우겨주길 바랐어요.

그럴 때쯤 자치대장 무루이티아에게 일이 생겼어요. 우리는 다른 참호를 파는 데 동원되지 않을까 두려웠어요. 이 지역을 맡고 있는 무루이티아는 잔인하기로 소문이 난 사람이었으니까요. 그는 리프트 계곡, 우간다, 탕가니카*에서 기쿠유 보호 구역으로 송환된 기쿠유 이주자들에게 특히 가혹했어요.

어느 날 그가 훤한 대낮에 은데이야로 가다가 총에 맞았다는 소식이 들려왔어요. 그를 쏜 사람은 군인 외투에 모자를 쓰고, 자치대장과 그의 호위병 뒤에서 안전한 거리를 유지하며 뒤를 따라왔다고 했어요. 자치대장이 멈추면 그 사람도 멈춰 신발 끈을 매는 척 몸을 구부리거나 소변을 보았대요. 그런데 그는 숲에 들어서자 앞으로 달려가 자치대장을 쐈대요. 그 사람은 호위병과 자치대원들과 경찰들이 달려오자 노골적으로 비웃었다고 했어요. 그리고 그들이 응사하기도 전에 숲으로 사라졌대요.

자치대장은 죽지 않았고 티모로 병원으로 옮겨졌어요. 일주일 후 두 남자가 음식을 한 바구니 들고 병원에 누워 있는 자치대장을 위문하러 왔대요. 그들이 내보인 서류에는 하자가 없었대요. 그래서 그들은 자치대장이 누워 있는 침대로 가서 그를 쏴 죽이고 창문을 뛰어넘어 숲으로 도망쳤대요.

카란자가 자치대장이 된 것은 그때였어요. 그런데 그가 선임자보다 더 무섭다는 것이 이내 드러났어요. 그는 다른 자치대원들을 이끌고 숲으로 들어가 자유의 전사들을 추격했어요. 몇 남지 않은 건강한 남자들이 마을에서 수용소로 끌려간 것은 바로 그가 자치대장으로 있을 때 일어난 일이었어요. 그는 통금에 대해 엄격했고 사역을 강요했어요.

어느 날 저는 일터에서 집으로 돌아오다가 그를 만났어요. 그는 걸음을 멈추고 저를 불렀어요. 저는 대꾸도 하지 않고 가던 길을 계속 갔어

---

* 탄자니아의 옛 이름.

요. 두 명의 자치대원들이 저에게 달려오더니 때리려고 위협하더군요. 그러자 카란자가 그들에게 나를 놓아두고 먼저 가라고 명령하더군요. 자기는 뒤따라가겠다면서요.

'왜 그들이 나를 죽이도록 내버려두지 않았죠?'

저는 이렇게 소리를 질렀어요.

'제발, 뭄비.'

'나한테 뭄비, 뭄비 하지 마.'

저는 화가 났으며, 그 사람이 저에게 음식을 준 것을 기억하는 것조차 싫었어요. 저는 그때 저를 그 사람에게 묶어두고 있는 죄책감의 매듭을 풀 무엇인가를 원했죠.

'뭄비, 왜 당신은 나를 그렇게 미워하는 거지?'

그는 열정적인 말을 퍼부었어요. 그 사람은 절 원할 뿐이라고 했어요. 저를 위해 수용소에 가지도 않았고, 숲에 가지도 않았다는 거예요.

참 이상하게도 우리 인간은 자기가 하는 일에 수많은 이유를 대지요. 더 이상 화도 안 나더군요. 저는 그 사람을 경멸했어요. 저는 카키색 제복을 입고 어깨에 총을 걸치고 길 한가운데에서 사랑 타령을 하는 그가 경멸스러웠어요. 웃음마저 나오더군요.

그러자 그는 상처를 입은 것 같았어요. 그래도 그는 하던 말을 멈추지 않았어요. 제겐 어떤 말도 소용이 없었어요. 저는 키히카와 기코뇨와 모든 사람을 위해 그에게 상처를 주고 일격을 가하고 싶었어요.

'당신은 당신 어머니의 치마를 입고 앞치마나 두르는 게 어때요? 다른 사람들은 모두 싸우러 갔는데, 당신은 백인 남편들의 발을 핥으려고 뒤에 남았잖아요.'

저는 이렇게 분명히 말했어요. 그 사람이 저를 때릴 것이라고 생각했어요. 그는 제 말을 듣고 괴로웠는지, 입술을 움직여 뭔가를 힘겹게 말하려고 했어요. 그는 표정이 어두워지더니 또렷한 목소리로 천천히 이렇게 말했어요.

'당신은 이해 못 해. 당신은 우리 모두가 숲이나 수용소에서 죽고, 백인들만 이 땅에서 살아가기를 바라는 거야? 백인은 강해. 결코 그걸 잊지 마. 나는 그 힘을 맛봤기 때문에 알아. 조모 케냐타가 로드와르에서 풀려날 것이라는 착각은 하지 마. 영국은 일본과 말레이반도에서 그랬던 것처럼 숲에 폭탄을 퍼부을 거야. 그리고 수용소에 있는 사람들은 결코 다시 돌아오지 않을 거야. 뭄비, 그들은 돌아오지 않아. 용감한 사람이 전쟁터에서 죽을 때 비겁한 사람은 살아서 어머니를 모시는 거야. 재난을 피하는 것은 비겁한 게 아냐.'

이 말이 저를 겁에 질리게 만들었어요.

'날 혼자 내버려둬요. 왜 대체 당신은 나를 혼자 놔두지 않는 거죠!'

저는 온몸에서 힘이 빠지는 걸 느끼며 소리쳤지요. 그러자 그 사람이 가버리더군요. 저는 속이 메스껍고 앞이 캄캄했어요. 기코뇨가 다시는 돌아오지 못한다고 말하다니, 너무 잔인한 말이었어요.

그러나 그해 말, 저는 자치대 구내에 있는 그의 집으로 가야 했어요. 카리우키와 함께 갔죠. 동생은 그때 고등학교 입학시험에 합격했고, 인근 마을에서 시리아나 고등학교에 들어갈 수 있는 유일한 학생이었어요. 이것이 많은 사람들을 화나게 했어요. 나라에 충성을 다하는 사람의 아들은 안 되는데, 어째서 정부에 대항해 숲에서 싸우는 인간의 동생이 공립학교에 가도록 할 수 있느냐는 것이 그들이 내세우는 이유였지요. 그러나 그들은 제 동생이 서약을 했다는 증거가 없는 한 공립학교에 들어가는 것을 막을 수 없었지요. 그것이 우리가 자치대장 집을 찾아갔던 이유였어요.
 카란자는 아무것도 묻지 않았어요. 그 대신 카리우키는 조사를 받았으며 서약을 하지 않은 것으로 판명되었다는 내용의 편지를 우리에게 건네주었어요. 카란자에게 심한 말을 퍼부었던 것이 괜히 미안해지더군요.
 부모님이 생기를 되찾은 것은 카리우키가 시리아나 고등학교에 들어갔을 때였어요. 아버지는 앞날에 대한 얘기도 하셨고, 어머니는 행복해서 우셨어요. 저도 행복했죠. 그러나 저는 수용소에 있는 사람들이 결코 돌아오지 않을 것이라는 카란자의 말을 한시도 잊을 수가 없었어요. 어쩌면 기코뇨와 다른 사람들이 총에 맞아 죽었는지도 모르는 일이었어요. 그런 생각을 하면 밤에 오싹해져 기도도 할 수 없었고 잠도 잘 수 없었어요. 시어머니는 저의 불안감을 알아채고 저를 위로하고 다독거려주셨지요. 그렇게 기다리면서 우리는 아주 가까워졌어요. 시어머니와 며느리 사이가 아니라 말할 수 없지만 무엇인가 다른 사이가 되었어요.
 카란자는 늘 제가 정절을 지키는 것이 아무런 의미도 없다고 말했어요. 정부군은 자유의 전사들을 압도했어요. 우리는 수용소에 있는 사람들에게서 편지는 고사하고 말 한마디 듣지 못했어요. 라디오에서는 더 이상 그들에 관한 소식이 들리지 않았어요.
 몇 년이 지나면서 카란자는 저를 오만하게 대했어요. 이전과 달리 제 앞에서 겸손해하지도 않았어요. 대신 저에게 상처를 주려고 비웃었어요. 저는 온 마음을 다해 기코뇨에게 매달렸어요. 비록 무덤 속에서 만나더라도 남편을 기다릴 참이었어요. 남편을 살아서 만난다는 희망은 완전히 버린 상태였고, 다만 비상사태 전에 행복했게 지냈던 나날들을 기억하며 살았죠.
 얘기를 길게 해 당신을 피곤하게 하고 싶지는 않아요. 그래도 당신에게 제 마음을 털어놓으니 기분이 한결 좋아졌어요. 어느 날 카란자가 저를 그의 집으로 불렀어요. 제가 기억하기론 목요일이었어요. 저는 지쳐 있었고, 사는 데 질려 있었어요. 자기가 사랑하는 사람을 볼 수도 없고, 만질 수도 없고, 그 사람을 위해 살 수도 없는 마당에 사는 게 무슨 의미가 있었겠어요? 저는 기코뇨가 죽었다고 생각했고, 비상사태는 언제 끝날지 모르는 상태였어요.

아무튼 저는 그의 집으로 갔어요. 저는 만약 그가 허튼수작을 하면, 아니 말 한마디라도 허튼소리를 하면 각목으로 머리나 목을 후려치고 말겠다고 결심했어요. 그는 혼자였어요. 잠시 동안 저는 문 앞에 서 있었어요. 그는 저를 똑바로 쳐다보지 않더군요. 변한 것 같았어요. 걱정이 있는 것도 같고, 약간 나이가 든 것도 같았어요. 놀랍더군요. 아프든지 무슨 일이 있지 싶었어요.

저는 방으로 들어가서 무슨 용건이냐고 물었어요. 그는 잠시 대답을 하지 않았어요. 그러고는 이렇게 얘기했어요.

'당신 남편이 돌아와.'

'뭐라고요?'

'당신 남편이 돌아온다고.'

그는 했던 말을 반복하며 웃으려고 했어요.

고통스러운 무엇인가가 제 안에서 너울거렸어요. 마치, 마치 온몸이 마비된 것 같았어요. 피와 생기가 제 몸에 돌아왔어요.

'카란자, 제발 날 갖고 장난치지 말아요.'

저는 이렇게 더듬거렸어요. 목소리가 갈라졌죠. 제 마음은 두려움과 희망으로 가득 차 있었어요. 진실을 알기 위해서라면 무슨 일이든 할 것 같았어요.

그는 제가 서 있는 곳으로 다가와서 관인이 찍힌 기다란 서류 한 장을 보여줬어요. 서류엔 마을로 돌아오는 사람들의 명단이 적혀 있었어요. 기코뇨의 이름도 있었지요.

그 밖에 당신에게 무슨 할 말이 있겠어요? 저는 그저 고마울 뿐이었지요. 웃음이 나오더군요. 카란자가 제 얼굴에 차가운 입술을 대는 것까지도 좋았어요. 저는 낯선 세상에 있는 것 같았어요. 제가 미친 것 같았어요. 당신에게 더 얘기할 필요가 있을까요? 저는 카란자가 제게 사랑을 하는 것도 내버려뒀어요."

그녀는 말을 멈췄다. 검고 육감적인 그녀의 눈 속에서 아직도 빛이 너울거렸다. 그녀는 젊고 아름다웠다. 무고의 목에 무엇인가 큰 것이 걸렸다. 무엇인가가 부풀어 올랐다. 그는 몸이 떨렸다. 그는 웅덩이의 바닥에 있었으며, 동시에 웅덩이 위에 있었고, 땅 위를 달려갔다. 고통과 피와 가난의 한가운데에서조차 삶의 몸부림은 아름다운 것처럼 보였다. 그러나 한순간일 뿐이었다. 감히 어떻게 그가 그런 환상을 품을 수가 있었을까?

"깨어나 무슨 일이 일어났는지 깨달았을 때 저의 온몸은 얼어붙었어요. 카란자는 제게 그럴싸한 말을 하려고 했지만 저는 그가 의기양양해하며 비웃고 있다는 것을 알 수 있었지요. 저는 그의 신발 한 짝을 들어 그에게 던졌어요. 저는 달려 나갔어요. 울 수는 없었죠. 불과 몇 분 전에 그토록 기뻤는데 속이 쓰릴 뿐이었어요.

저는 시어머니한테 가서 하염없이 울었어요. 저는 무슨 일이 있었는지 분명하게 말할 수 없었어요. 그러나 시어머니는 이해하시는 것 같았어요. 시어머니는 저를 꼭 껴안고 따뜻한 말로 제가 떨지 않도록 하려고 애쓰셨어요."

뭄비의 얘기를 들으며 무고는 힘이 쑥 빠졌다. 그는 침묵을 깰 적당한 말을 찾았다.

"당신이 내게 원하는 게 뭐죠?"

그는 고통과 갈망이 뒤섞여 약해진 채로 외쳤다.

그녀가 무슨 말인가를 하려고 했을 때 급하게 누군가가 문을 두드렸다.

"들어가도 될까요?"

R장군이 들어오고 코이나 부관이 뒤따라 들어왔다. 무고가 일요일 밤이나 전날 밤에 보았던 것과 다르게, 장군의 얼굴이 만족감으로 환하게 빛났다. 반면 코이나의 얼굴은 생각에 잠긴 듯하고 나이가 들어 보였다.

"오래 있지 않겠습니다."

R장군이 자리에 앉은 후 말했다. 그리고 무고에게로 몸을 돌렸다. 그는 평상시보다 더 우호적이고, 더 말이 많은 것 같았다.

"당신 집에 갔었습니다. 당신이 없어서 여기 오면 만날 수 있을 거라고 생각했죠. 제가 찾아가겠다고 얘기했지요? 지난밤 기억하시죠? 당신은 걱정을 하는 것 같았습니다. 아니, 아주 흥분한 것 같았어요. 아무도 만나지 않고 말이죠. 제가 밖에서 얘기했을 때도 당신은 어정쩡하게 대답했죠. 기투아라는 사람, 참 이상한 사람이죠? 그 사람이 총알에 대해 얘기한 걸 기억하십니까?

"아니…… 기억이 안 납니다……."

"그것 보세요! 당신은 정신이 다른 데 있었다니까요. 기투아는 언제나 우리에게 총알을 어떻게 가져다줬는지 사람들에게 얘기를 하지요. 그런데 그 사람은 우리에게 총알을 가져다준 적이 없어요. 우리가 숲에서 하던 표현을 쓰자면, 옥수수알을 가져다준 적이 없습니다."

"그런 적이 없다고요?"

뭄비가 물었다.

"없어요. 그리고 그자는 총에 맞은 것도 아니에요."

"그렇다면 다리는 어떻게 잘렸나요?"

뭄비가 다시 물었다.

"다리 말입니까? 그자가 몰던 트럭이 나쿠루에서 뒤집혔어요. 그 사고로 왼쪽 다리가 으깨진 겁니다."

"그렇다면 왜……."

"그렇게 함으로써 자신의 인생을 더 흥미롭게 만드는 거죠. 그자는 자기 인생의 의미를 조작한 겁니다. 하기야 우리 모두가 그렇게 하지 않았습니까? 자유를 위해 싸우다가 죽는 것이 사고로 죽는 것보다 더 영웅적으로 들리는 것은 사실이니까요."

무고는 기투아에게 배반당한 느낌이었다. 그는 다시 혼자였다. 그가 생각했던 것이 뭄비와 R장군으로 인해 혼란스러워졌다. 그는 R장군의 눈길을 받고 움찔했다.

'뭄비의 집에 오기 전, 지난밤과 오늘 아침에 나를 감싸던 온기는 어디로 갔지?'

"하지만 기투아는 내버려두기로 합시다. 우리는 당신을 만나러 왔으니까요."

R장군이 무고에게 말했다.

"제가 자리를 비켜드릴까요?"

뭄비가 일어서려고 하며 말했다.

"굳이 그럴 필요까진 없습니다. 당신의 형제와 관련된 일이니까요."

"카리우키요? 그 애한테 무슨 일이 있어요?"

"아뇨. 키히카에 관한 일입니다!"

"아!"

"일요일 밤에 얘기했듯이 우리는 키히카가 분명히 함정에 빠졌었다고 믿고 있어요. 그는 중요한 접선을 하러 갔던 거죠. 자, 그가 만나러 갈 수 있는 사람은 세 사람뿐입니다. 한 사람은 왐부이죠. 그러나 키히카는 우리 요원들에게 메시지를 전달하려고 왐부이를 나쿠루로 보낸 상태였어요. 또 한 사람은 당신입니다!"

그는 무고에게 시선을 고정하며 말했다. 무고는 긴장했다.

"그러나 당신이 키히카를 위해 했던 일과 당신이 백인에게 당했던 일은 어린아이도 다 알고 있습니다."

"그러면 또 한 사람은 누구예요?"

뭄비는 안도하며 물었다.

"친구이자 친구가 아닌 사람이죠. 키히카가 줄곧 말했던 것이 무엇이었습니까? 적은 자기 안에 있다는 말이었어요."

"그렇다면 그 사람이 누구죠?"

뭄비가 조급하게 물었다.

"키히카가 카란자를 만나고 싶다고 한두 번 말한 적이 있었어요."

"맙소사!"

그녀가 소리치며 무고를 바라봤다.

"카란자가 자치대원이 된 것은 키히카가 체포된 직후였어요. 기티마에서 그가 한 행위는 그의 죄에 대한 증거입니다. 여기 있는 코이나도 어제 그곳에 있었어요."

코이나는 움찔하며 장군을 바라봤다. 그의 얼굴은 지치고 약간 고통스러운 것 같았다.

"난 다시 그곳에 가지 않을 거예요. 결코 안 가요. 결코!"

그가 평소와 전혀 다른 목소리로 말했다. 뭄비와 장군이 그를 쳐다봤다.

"무슨 일인가?"

장군이 물었다.

"아무 일도 아닙니다. 아무 일도."

코이나는 몸이 떨리는 것을 가까스로 억제하며 말했다.

"어제 그곳에서 본 것의 의미에 대해 생각 중입니다. 전 상관하지 마세요. 몸이 별로 안 좋아서 그렇습니다."

"주무셔야겠군요."

뭄비가 걱정스럽게 되받았다.

"두통약 드릴까요?"

"괜찮아요. 머리가 조금 아플 뿐이니까!"

"기티마에서 본 것 때문에 아픈 거예요?"

뭄비가 물었다.

"유령이라도 봤나요?"

"그래요······. 일종의 유령들입니다. 다만 이 유령들 때문에 나는 우리가 진짜 기념해야 할 것이 무엇인지 생각하게 됐습니다!"

R장군은 코이나에게 좀 더 명확하게 얘기해달라고 할 생각이었으나 무고가 먼저였다.

"당신이 나한테 원하는 게, 아니, 원했던 게 무엇입니까?"

잠시 생각을 더듬고 있던 무고가 조심스럽게 물었다.

"목요일에 있을 기념식 행사에 관한 것입니다. 우선 제가 하느님께 기도를 한 적이 없다는 사실을 말씀드리고 싶군요. 전 하느님을 믿은 적이 없습니다. 제가 믿는 것은 기쿠유와 뭄비, 이 나라의 민중입니다. 그런 제가 어느 날 기도를 다 했어요. 숲속에 혼자 있을 때의 일입니다. 저는 무릎을 꿇고 마음속으로 '하느님, 당신이 그 위에 계시면 키히카를 죽인

놈을 찾아낼 수 있도록 절 살아 있게 해주세요' 하고 소리쳤어요.

때가 됐습니다. 이제 수확철이 된 거죠. 목요일에 사람들이 키히카를 기리기 위해 룽에이 시장에 모일 것입니다. 우리는 므와우라에게 카란자가 이 모임에 참석할 수 있도록 설득하라고 지시를 내려둔 상태입니다. 그러니 당신은 연설을 끝내면서, 키히카를 배반한 사람은 앞으로 나와 사람들 앞에서 죄과를 받으라는 말만 하면 됩니다. 카란자는 키히카를 백인에게 팔아넘기면서 세상의 모든 흑인을 배신한 것입니다."

장군의 자극적인 발언이 끝나자 불안한 침묵이 흘렀다. 집 안에 있는 사람들은 저마다 자신의 삶과 두려움과 희망에 대한 생각에 빠져들었다. 팽팽한 밧줄처럼 분위기가 긴장되었다. 행여 조금만 잡아당겨도 무너질 것 같은 분위기였다.

무고가 일어서더니 갑작스럽게 결심한 듯 몸을 떨며 말했다.

"그럴 수는 없습니다. 내가 여기 온 것은 기코뇨와 당에게 사람들을 이끄는 데 내가 적합한 사람이 아니라는 것을 말하기 위해서였습니다. 다른 사람을 물색하라고 하세요."

말이 끝나자 무고는 목이 막혔다. 그는 다른 말을 하려고 애쓰다가 밖으로 뛰쳐나갔다.

10

카란자를 설득해 룽에이에서 열리는 기념식에 참석하게 하거나, 그것이 안 되면 강제로라도 그렇게 하라는 결정이 내려진 것은 코이나 부관이 므와우라를 만난 후인 전날 밤이었다.

므와우라의 보고는 R장군이 늘 의심해왔던 것을 확인해줬을 뿐이었다. 장군은 카란자가 키히카를 배반했다고 생각했다. 카란자가 독립일에 죽는 것은 당연한 일 같았다. 그가 스스로 실토하면 많은 군중 앞에서 모욕을 당할 것이고, 그러지 않는다 해도 불안할 것이었다. 그러나 그것은 의식을 치르는 데 필요한 준비 과정일 뿐이었다.

R장군은 흥분했을 때를 제외하면 말이 없는 사람이었다.

"난 혀는 잘 놀리지 못하지만 손은 쓸 수 있지."

그는 오만하게 말하곤 했다. 어떤 일에 대해 기도하며 고뇌했던 키히카와 달리, R장군은 행동을 원칙으로 삼았다. 키히카가 핍박과 불의와 자유를 얘기했던 것과 달리, R장군은 사람들을 핍박하는 사람과 잔인한 사람과 선한 사람으로 분류했다.

그에게는 모험가적인 데가 있었다. 독립전쟁이 일어나기 전, 그는 양복 재단사로 일하며 룽에이 중심가에서 살았다. 그가 어디 출신인지는 아무도 몰랐다. 어떤 사람들은 니에리에서 왔다고 했고, 어떤 사람들은 엠부에서 왔다고 했다. 그는 몇 년 동안 룽에이에서 살았지만 타바이 사람들은 여전히 그를 타지 사람으로 여겼다.

"니에리나 엠부에서 온 사람들은 무서운 사람들이야. 손톱이나 겨드랑이 밑에 무엇을 감추고 다니는지 도대체 알 수가 없거든."

사람들은 이렇게 말했다. 그들은 그의 진짜 이름조차 몰랐다. 그들은 그를 '카-40'이라고 불렀다. 언젠가 그가 한두 번 예기치 않게 자신을 드러내며 뻐기는 노래를 했기 때문이었다.

"40년의 젊은이인 나를 보라. 나는 1940년에 태어났고, 1940년에 할례를 받았으며, 1940년에 히틀러와 싸우러 갔으며, 1940년에 결혼했네. 그래서 나는 40년의 젊은이라네."

사람들이 알기로 그에게는 부인이 없었다. 그러나 그가 2차 세계대전 당시 영국 편에서 싸운 것은 사실이었다.

그는 그 외에는 말이 없었으며 자기 자신이나 정치적 신념에 관해 얘기하는 일도 없었다. 그리고 음식점이나 술집에서 싸움에 휘말리거나 말다툼하는 것을 눈에 띌 정도로 피했다. '카-40'은 여자들과 아이들의 옷을 전문으로 하는 솜씨 좋고 성공적인 재단사였다. 사람들은 그의 성공이 '겨드랑이 밑에 있는 무엇인가'와 관련이 있다고 생각했다.

그런데 싸움과 폭력을 피하며 혼자 시간을 보내던 이 사람이 키히카가 거느리는 숲의 전사들 중에서 가장 무서운 전사가 되었다. 그는 마을에서도 그랬고, 부하들 사이에서도 무서운 존재였다. R장군은 친구나 적을 결코 잊지 않았다. 'R'이란 러시아를 나타내는 약호였다.

R장군이 독립일에 있을 작은 드라마에 대해 들떠서 얘기하고 있는 그 시간, 주인공인 카란자는 하나의 문제에 몰두해 있었다. 독립일이 이틀 앞으로 다가오자 3개월 전만 해도 먼 가능성으로밖에 생각되지 않았던 일이 상당히 중요한 문제가 되어버렸다. 그것은 톰슨이 정말로 갈 것이냐 하는 문제였다.

카란자는 옛날에 자치대장일 때, 기코뇨와 다른 수감자들이 마을로 돌아온다는 것에 대해 언질을 받았던 것처럼 오늘은 진실을 밝혀내고야 말겠다고 다짐했다. 오늘은 톰슨에게 가서 '케냐를 정말로 버리실 작정이십니까?' 하고 물을 참이었다. 그렇다고 카란자와 존 톰슨 사이에 인간적인 관계가 형성된 것은 아니었다. 또한 두 사람이 서로에게 의존하는 정도가 똑같다는 말도 아니었다.

다만 카란자에게 존 톰슨은 언제나 바위처럼 움직이지 않는 백인의 힘을 상징하는 존재였다. 그는 폭탄을 제조하고, 원시림이 가득했던 나라를 불과 60년도 지나지 않아 고속도로와 자동차, 기차와 비행기, 꼭대기가 하늘에 닿는 건물로 가득한 도시로 바꿔놓은 백인의 힘을 상징하는 존재였다. 그는 자치대장으로서 할례 받은 성인 남자들을 옴짝달싹 못 하게 하고 여자들을 비명 지르게 하면서, 그러한 힘을 경험하지 않았던가?

카란자는 두려운 소식을 기다렸다. 그는 두 번씩이나 톰슨의 사무실이 있는 복도를 지나며 안에 무슨 기척이 있는지 귀를 기울였다. 작업실로 돌아온 카란자는 존 톰슨이 구내에 있는지 알려면 간부들의 차만 세워둘 수 있는 주차장에 '모리스'라는 별명이 달린 그의 차가 있는지를 확인하면 된다는 사실을 떠올렸다. 그는 앉을 자리를 살펴보지 않고 갑자기 압핀 위에 주저앉았다가 일어나는 사람처럼 의자에서 일어나 목을 빼고 주차장을 살펴봤다. 으레 '모리스'가 주차되어 있던 곳은 텅 비어 있었다.

'오늘은 출근을 할까?'

카란자는 책상에 놓인 책들에 붙일 분류표를 만들 수 없었다. 오늘은 디킨슨 여사가 없어 천만다행이었다. 그는 사람들과 시간을 보내러 제본소로 갔다. 피곤할 때면 그는 으레 이런저런 구실을 만들어 그곳에 갔다. 제본 일을 하는 직원들 중 대부분은 니안자 중부에서 온 사람들이었다.

카란자는 그들과 함께 있으면 자유로운 느낌을 받았다. 기쿠유 사람들과 달리 그들은 과거의 행적을 파고들지 않았다. 그러나 그는 그들을 경멸했다. 므와우라나 자기 부족 사람들과 얘기할 때면 종종 이렇게 얘기했다.

"루오족들! 늘 떼거리로 뭉치지. 그중 한 사람에게 어느 곳을 맡기면 빈자리가 날 때마다 자기 부족 사람들로 채운다니까."

그들은 그들대로 그를 의심했다.

"기쿠유족을 믿어선 안 돼. 오늘은 친구인 것 같지만 내일은 등에 칼을 꽂으니까."

물론 그들은 그가 있는 곳에서는 친절했다.

카란자는 그들이 죽은 반 다이크 박사에 대해 얘기하고 있다는 것을 알았다.

"그가 죽은 게 사고였을까?"

"톰슨의 여자가 배불뚝이 보어인한테 무엇이 있다고 그렇게 달려들었을까?"

"아, 그 여자 기가 막히게 생겼어. 엉덩이를 봐. 맛이나 한번 좀 봤으면 좋겠다."

"톰슨은 자기가 배반당했다는 것을 알았을까?"

"알았을 게 틀림없어. 그래서 항상 슬픈 표정을 하고 있는 거야."

"그 사람도 다른 여자들을 맛봤을까? 가령 린드 박사 같은 여자 말이야. 하하하!"

그들은 이제 개 이야기로 화제를 옮겼다. 그들은 화를 냈다. 그리고 카란자를 동정했다.

"이봐! 톰슨이 당신을 구해준 거야. 그런데 그 여자에게는 아무런 제재도 없더군."

풀이 끓는 냄새가 났다. 남자들이 하는 얘기나 웃음은 카란자의 불안한 마음을 달래주지 못했다. 그는 제본실에서 나와 토양물리학 실험실과 행정실 건물 사이로 걸어갔다. 창문을 통해 존 톰슨이 사무실에 있는지를 확인하기 위해서였다.

'그 사람은 나갔을까?'

카란자는 궁금했다.

'어제, 개 사건이 있었을 때 물어봤어야 했는데…….'

카란자는 개가 달려들었을 때 느꼈던 공포감을 떠올렸다. 몸이 떨렸다. 톰슨은 치욕으로부터 그를 구해줬다.

'톰슨……. 그런데 그가 간다니…….'

그는 배반감에 마음이 무거워 어슬렁어슬렁 작업실로 돌아왔.

전에도 그는 비슷한 경험을 한 적이 있었다. 비상사태가 공식적으로 해제된 직후 서장이 그에게 자치대장직을 사임하라고 충고하던 날이었다. 오깅가 오딩가와 같은 당의 새 지도자들이 독립과 조모 케냐타의 석방을 위해 민심을 동요시키고 있던 때였다.

그 무렵 카란자는 2년 동안 인두세를 내지 않은 사람을 체포했다. 그 사람은 수용소를 나온 이후 직장이 없는 상태였다. 그 사람은 몹시 화가 나서 묻는 말에 대답은 하지 않고 침만 내뱉었다. 카란자는 늘 하던 일을 되풀이했다. 즉 부하들을 시켜 그 사람을 두들겨 패게 하고 자치대 초소에 아침까지 가둬두었다.

오딩가와 연줄이 있는 사람들이 그 문제를 들고 일어났고, 급기야 법정 문제로 비화됐다. 카란자는 벌금을 물고 공개적인 사과를 해야 했다. 그는 속이 상했다. 한 달 전만 해도 잘했다고 했을 일인데, 그 일 때문에 처벌까지 받아야 하는 이유를 도무지 알 수 없었다.

그 후 카란자는 강등을 당했다. 그러나 서장은 카란자의 충성심과 성실성과 용기 등을 열거하며 추천서를 써줬다. '이 사람은 전적으로 믿을 수 있다'는 내용의 추천서였다. 관인이 찍힌 이 추천서 덕분에 카란자는 기티마로 자리를 옮길 수 있었다. 그런데 그곳에서 다시 존 톰슨을 만난 것이었다.

카란자는 롭슨이 죽은 직후 톰슨이 서장으로 부임했을 때 자신도 서약한 일을 고백하고 자치대원으로 들어갔었다. 톰슨은 옛날 일을 기억하지 못하는 것 같았다. 그러나 그는 추천서의 내용대로 충성심과 성실성과 용기를 보여주면서 빠르게 기티마 백인들의 충실한 하인이 되어갔다.

'개가 달려들었던 게 불길한 징조였을까?'

카란자는 이렇게 생각했다. 재난이 임박했다는 것을 의식한 카란자는 므와우라가 방으로 들어왔을 때 기분 좋게 대해야 할지 화를 내야 할지 알 수 없었다.

"어이, 그게 정말이야?"

므와우라가 비위를 맞추며 은밀하게 소곤거렸다. '우리를 다스리는 권력의 비밀은 자네가 다 알고 있잖아. 그러니 자네가 알고 있는 것을 조금만 알려줘'라고 하는 듯한 태도였다.

한 톨의 밀알

"뭐가?"

므와우라의 말에 카란자는 굼뜨게 반응하며 물었다.

"에이, 당신의 상사인 카-톰슨이 갔느냔 말이야."

므와우라는 권세 있는 사람들을 상대로 음모를 꾸미려고 할 때마다 항상 이름 앞에 '카' 자를 붙였다.

"누가 그렇게 말하던가?"

카란자는 깜짝 놀랐지만 침착하게 보이려고 애썼다.

"어, 그저 소문이야. 그래서 그걸 알고 있는 유일한 사람은 카란자라고 생각했지. 자네는 이 사람들의 비밀을 다 알고 있잖아. 특히 상사에 대해서는 말이야. 그 사람은 자네를 좋아했고, 항상 자네를 찾았고……. 그래, 맞아. 그 사람은 자네를 두려워하는 것 같더라고. 그런데 그게 사실이야?"

카란자는 므와우라가 자신의 비위를 맞추고 있다는 걸 알고 기분이 좋았다.

"자네들은 소문이나 믿고……. 참, 그 사람 어제도 출근했었잖아."

"그래. 하지만…… 어제가 마지막 날이었을 수도 있잖아? 그래서 그 사람이 자네를 불렀던 거 아니야? 안 그래? 작별 인사를 하려고 말이야. 돈을 주던가? 사람들 말로는…… 아니, 나도 사람들이 근거도 없는 소리를 한다는 자네 말엔 동의하지."

"사람들이 무슨 소리를 하는데?"

카란자는 미심쩍기도 하고 궁금하기도 했다.

"자네나 나처럼 피부가 검은 흑인이 그 사람 후임으로 온다는 거야."

"아냐!"

카란자는 단호하게 말했다. 그의 말은 실제로 일어날 상황을 알고 있다는 게 아니라 그렇게 되는 것을 보고 싶지 않다는 의사 표시였다.

"좋을 대로 생각해. 하지만 톰슨은 아무 데도 안 가. 바로 어제만 해도 내가 그의 부인과 얘기를 했어. 부인이 나한테 커피를 대접했다고."

"정말로? 음⋯⋯."

브와우라는 여러 번 머리를 끄덕이며 말했다.

"알았어. 이해하지. 난 자네가 그 여자를 맛봤다고 해도 놀라지 않을 거야. 그 여자의 부드러운 엉덩이와 젖가슴을 보면 군침이 돈다니까. 만져달라고 하는 것 같잖아. 그리고 노래하는 것 같은 목소리는 그 여자의 거기를 생각나게 만든다니까. 자네는 복도 많아. 그런데 그 여자와 어떻게 시작한 거야?"

"무슨 소리를 하는 거야?"

그 말에 카란자는 몸이 달아올랐다. 그러나 브와우라가 암시하는 것에 대해 이렇다 저렇다 말할 수도 없어 마음이 편치 않았다.

"에이⋯⋯ 그러지 마. 자네는 그 여자 맛을 봤잖아. 맛이 어땠어?"

"자네들은 왜 유럽 사람한테는 특별한 게 있다고 생각하는 거지? 그들도 자네나 나 같은 사람들하고 똑같아."

"이제야 고백하는구먼! 난 자네가 그랬다는 걸 알았지. 그런데 목요일, 우후루 날에는 뭘 할 거야?"

"모르겠어. 아무것도⋯⋯."

그는 지금껏 달아올랐던 것이 식어가는 것을 느끼며 말했다.

"아무것도 안 한다고? 참석 안 할 거야?"

"어디?"

"룽에이에서 열리는 기념식 말이야. 사람들이 우후루를 기념하기 위해 경기도 하고 춤도 춘다는 걸 몰라?"

"모르겠어."

그가 어정쩡하게 대답했다.

"그렇다고 여기에 혼자 남아 있을 수는 없잖아! 수용소에서 나온 모든 사람이 무고가 연설하는 것을 들으려고 하는데……."

"무고가 누군데?"

그는 자신감이 더 없어진 목소리로 물었다. 므와우라가 그때를 놓칠세라 붙잡고 늘어졌다.

"사람들 말로는 그 사람은 하느님과 대화하고 죽은 사람의 혼으로부터 메시지를 받는다는 거야. 그렇지 않다면 리라에서 단식투쟁을 했던 열한 사람이 다 죽었는데도 그 사람이 살아남았다는 걸 어떻게 설명할 수 있겠어? 그 사람이 투쟁을 이끌었다는 것은 알고 있지?"

"쓸데없는 소리. 사람들이 말도 안 되는 소리만 하는 거야."

그는 확신 없이 이렇게 말했다. 그는 그날 무엇을 할 것인지 생각해보지 않은 상태였다.

'타바이로 돌아가 나를 조롱하는 사람들을 만날 수 있을까? 뭄비를 딱 한 번만 만나러 가면 어떨까? 마지막으로 한 번만 더 그녀를 기코뇨에게서 떼어내기 위한 시도를 해볼까?'

"자네 입장에서는 쓸데없는 소리라고 할 수도 있겠지. 아무튼 나는 가볼 거야. 무고라는 사람은 진정한 은둔자야. 수용소를 나온 이후 아무한테도 말을 걸지 않았대. 그리고 여자들도 많이 나올 거야. 그런 경우에는 결혼한 여자들까지 느슨해지잖아."

"자네는 가나?"

그는 뭄비를 보고 싶은 욕망에 사로잡힌 채 물었다.

"나? 내가 안 가고 뒤에 남아 있을 것 같아?"

"가기로 결정하면 나한테 알려줘."

카란자는 창문을 바라보며 말했다. 존 톰슨이 모리스를 주차하고 있었다.

"자네가 말하는 카-톰슨이 왔구먼."

그는 므와우라에게 말하면서 득의양양했다. 그는 일어서서 재빨리 카키색 작업 바지를 털고 머리를 만지며 톰슨을 만나려고 복도로 나갔다. 그러면서 이번만은 반드시 그걸 물어보겠다고 마음먹었다. 그런데 막상 톰슨의 멍한 얼굴을 보자마자 목구멍에 무엇인가 걸린 것 같았다.

'물어봐야 되는 걸까?'

"죄송합니다, 나리!"

그는 큰 소리로 말했다. 울고라도 싶은 마음이었다. 존 톰슨은 카란자를 못 본 것처럼 걸었다.

"죄송합니다, 나리!"

카란자는 절망적으로 용기를 짜내 목소리를 높였다. 톰슨이 몸을 돌리고 카란자를 쳐다보았다.

"무슨 일인가?"

분명하고 차갑고 먼 목소리였다.

"저…… 가시는 건가요?"

카란자는 건더기가 있는 액체를 마시는 것처럼 목이 막혔다. 그는 침착하게 질문을 하려고 했지만 단순한 서술형의 말이 입에서 나왔다.

"뭐라고?"

"저…… 저…….”

다시 건더기가 있는 액체가 목으로 넘어갔다. 넘어가면서 소리까지 났다. 그러나 그는 다부지게 마음먹었다.

"고국으로…… 돌아…… 가시는가요?"

"그래, 그래."

백인은 당황한 것처럼 재빨리 대답했다. 고통이 카란자를 엄습했다. 그는 등 뒤에 있는 손가락을 꼬무락거렸다. 할 수만 있다면, 오싹함을 견디느니 차라리 이 세상에서 사라지고 싶었다. 톰슨이 움직이려다가 걸음을 멈추고 쌀쌀맞게 물었다.

"뭘 도와줄까?"

"아무…… 아무것도 아닙니다, 나리. 그동안 너무 친절하게 대해주셨습니다."

톰슨은 서둘러 가버렸다.

카란자는 복도에 서서 얼굴에 맺힌 땀을 닦으려고 더러운 손수건을 꺼냈다. 그리고 돌아섰다. 그의 걸음걸이는 영락없이 믿는 주인한테 느닷없이 야단맞은 개 꼴이었다. 카란자에게는 아직도 방에서 기다리고 있는 므와우라가 보이지 않는 것 같았다. 그는 축 늘어진 손을 탁자 위에 놓고 의자에 앉아 창밖을 멍하니 바라보았다.

"그 사람이 돌아간다는 거야?"

므와우라가 머뭇거리며 물었다.

"모르겠어."

카란자가 생기 없는 목소리로 대답했다. 그제야 므와우라가 보이는 것 같았다.

"자네, 이 사무실에서 뭐 하는 거야?"

그는 므와우라에게 소리를 질렀다. 므와우라는 재빨리 문 쪽으로 갔다. 물어뜯고 싶어도 이가 상하고 부러져 그럴 수가 없었다. 기진맥진한 듯 카란자는 죽은 듯이 멍한 자세를 취했다.

이번에는 므와우라가 승리감을 만끽할 차례였다. 그는 잠시 카란자를 얼러 우후루 기념식에 참석하도록 하는 임무를 잊었다. 그는 열린 문 앞에 서서 비웃었다.

"주인이 떠나니까 화가 나는 모양이지, 응? 작별 인사도 하지 않다니, 점잖은 놈은 못 되는구나. 나도 한때 나이로비에서 백인 밑에서 일을 한 적이 있었지. 그자는 케냐를 떠날 때 적어도 고양이와 개 같은 애완동물을 쏴 죽여주었어. 누가 친절하게 돌봐주지도 않을 텐데, 그냥 두고 갈 수는 없었던 거지."

카란자는 그의 말이 들리지 않았다. 그는 탁자 앞에서 꼼짝도 하지 않았다.

11

기티마 호스텔에서 열린 송별 파티는 8시에 시작될 예정이었다. 존과 마저리 톰슨 부부는 일찌감치 그곳으로 갔다. 벌써 도착한 손님들도 있었다. 기티마 농림연구소 소장인 브라이언 오도너휴 박사는 솔즈베리에서 열리는 국제삼림위원회에 가야 했으므로 파티에 참석할 수 없었다. 굵은 테 안경을 쓴 그는 키가 크고 말랐는데, 늘 팔에 책을 끼고 기티마를 걸어 다니는 사람이었다. 그를 대신해 그의 아내가 잠깐 얼굴을 내밀었다.

얼마 후 부소장과 그의 아내, 그리고 각 부서의 부서장들이 도착하면서 파티에 참석하는 사람들이 한층 더 많아졌다. 한 시간이 채 안 되어 호스텔의 사교실은 각양각색의 옷을 차려입고 잔을 부딪치며 농담을 하고 웃는 남녀들로 가득 찼다.

처음에는 공식적으로 참석한 사람들이 톰슨 부부를 독차지했다. 부러우면서도 힐난하는 눈길이 소장과 부소장 부인들에게 쏟아졌다. 그들은 내내 무대를 독차지하며 다른 사람들이 톰슨에게 말 붙일 기회를 주지 않았다.

(가엾고 착한 존! 그렇게도 매너 좋고 열성적인 당신을 정부가 고작 이렇게 취급하다니, 해도 너무했어요!)

그들은 가슴속을 헤아려보다가 자신들이 늘 존을 좋아했고, 마저리는 특별한 친구였다는 사실을 문득 깨달았으며, 톰슨 부부가 케냐를 떠나 다른 곳에 정착하는 데 자신들이 돕지 못할 일이 어디 있으랴 싶었다.

눈앞에 다가온 톰슨의 출발과 내일 밤에 있을 독립 선언이 리라 사태의 중심에 있던 사람에 대한 기억을 되살렸다. 그들은 기티마에서 톰슨을 순교자로 받아들였고, 그것은 그가 충실하게 봉사했던 나라를 떠나기 전날 밤에도 변함없는 생각이었다.

공식적으로 파티에 참석했던 사람들이 떠나자 파티는 활기를 띠고 흥분에 휩싸였다. 여자들은 톰슨의 일로 야단법석을 떨었다. 무슨 일을 할 것이며, 직장은 구했으며, 영국 정부가 장려해 외국으로 보낸 사람을 지금 와서 헌신짝처럼 버리는 것은 수치스러운 일이며, 모든 것이 아프리카의 폭력과 국제 공산주의에 굴복한 결과이며, 우간다와 탕가니카에서 일어나고 있는 일이 바로 그것이며, 중국인들과 러시아인들이 대사관을 세우려고 달려왔다는 얘기 등등 이런저런 얘기로 와자지껄해졌다.

도서관 사서인 디킨슨 여사는 항상 정치적인 일에 대한 생각을 다른 사람들보다 더 거리낌 없이 얘기했는데, 그녀는 우후루 다음에 대학살이 있을 것이라고 예견했다. 그녀는 남자 친구인 로저 메이슨과 함께 이곳을 떠나려고 우간다행 비행기 표를 예약해놓은 상태라고 했다. 케냐에 있는 모든 백인들을 향해 폭발하게 될 분노를 피하기 위한 방편이라고 했다. 그리고 이렇게 덧붙였다.

"내가 장담하지만, 이 나라는 10년도 못 돼 러시아 위성국이 되든지,

아니면 설상가상으로 중국 제국의 일부로 편입될 거예요."

그러자 다른 여자가 끼어들었다.

"사임하셨죠? 그런데 자, 생각해보세요. 저는……."

어떤 사람들은 톰슨이 왜 그만뒀는지 알고 싶어 했다. 또 어떤 사람들은 그가 당황해할까 봐 주춤거렸다. (그들은 남자들에게 둘러싸여 있는 마저리에게 비난의 눈초리를 보내며 톰슨이 불쌍하다고 생각했다. '그 주정뱅이와 놀아났으니……' 톰슨이 이 치욕스러운 곳을 벗어나고 싶어 한다고 해도 놀랄 일은 아니었다.)

린드 박사는 로저 메이슨에게 자신의 일을 얘기하고 있었다. 그러나 그녀는 걱정스러운 눈초리로 존 톰슨을 계속 쳐다봤다. 그녀는 쉴 새 없이 얘기했고, 키가 크고 붉은 수염을 기른 로저 메이슨은 그 자리를 굳이 벗어나려고 하진 않았지만 지루한 것 같았다.

"기티마 지역 말인가요? 아, 괜찮아요. 대부분의 감자가 마름병에 걸리지만 황산구리를 뿌리면 괜찮아져요. 그러나 박테리아에 걸리면 그럴 수는 없죠. 대부분의 케냐 지역, 특히 아프리카인들이 사는 곳에 영향을 미치고 있는 게 이 병충해죠. 그래, 맞아요. 우리는 온갖 실험을 다 하고 있어요. 가령 지금 제가 하고 있는 실험은 박테리아균을 식물에 주입해 감염 경로를 추적하는 거지요. 하지만…… 아, 실례합니다……."

그녀는 톰슨이 서 있는 곳으로 얼른 자리를 옮기더니 가까스로 그를 붙잡아 구석으로 데리고 가서 앉혔다. 그녀는 불안해하는 것 같았다. 그는 그녀가 개 이야기를 할 줄 알고 있었다.

"제가 어제 말씀드렸던 사건 기억하시죠?"

"개 이야기요?"

"그래요…… 저희 개가 죽은 사건 말이에요!"

"예."

"하인에 대해 말씀드렸던 것도 기억나시죠?"

"그럼요."

"그가 붙잡히지 않았다는 것도……."

"예. 당신이 그렇다고 했잖아요."

"두려워요. 어떻게 해야 할지 모르겠어요."

"아니, 무슨 일이 있었습니까?"

"왜냐하면…… 왜냐하면 그자를 다시 만났거든요."

"언제요?"

"어제요, 어제……. 당신 생각엔 남아 있는 우리가 안전할 것 같아요?"

그녀는 묻더니, 그가 대답하기도 전에 도전적으로 덧붙였다.

"아니에요! 안전하든 말든 전 이곳을 떠나지 않을 거예요. 제 재산을 그들에게 넘겨줄 순 없죠."

"그렇다면 집에 더 나은 경호원들을 두는 게 좋을 거요!"

그가 다소 잔인하게 말했다. 그러나 린드 박사는 그 말에 섞인 아이러니를 감지하지 못했다. 그녀는 자기 생각에만 집착했다.

"그래요…… 우리의 재산과 생명을 보호하려면 사나운 개가 더 많이 있어야 돼요."

그녀는 이렇게 말한 뒤, 가장 충직하고 사나운 경비견의 특성에 대해 얘기하기 시작했다.

11시가 되자 대부분의 사람들은 취해 있었다. 몇몇 부부는 춤을 추었다. 흑인 웨이터들은 하얀 가운을 입고, 허리에는 붉은 띠를 두르고, 머리에는 붉은 터키모자를 쓰고, 기둥처럼 옆으로 비켜서 있었다.

남자들은 눈으로 마저리를 애무하며 그녀의 주변에 몰려 있었다. 그들은 하나둘씩 자기 부인에게 끌려 플로어로 나갔다. 결국 단정치 못하게 긴 수염이 난 뚱뚱한 남자 한 명만 남아 눈썹을 바삐 움직이며 그녀를 독차지했다. 마저리는 계속 남편을 쳐다보며 구조 신호를 보냈지만 남편은 그걸 보지 못했다. 그는 독립일에 관한 것이며, 흑인 정부하에서 백인이 어떻게 될 것인가 하는 문제 등 정치적인 토론을 하는 사람들 틈에 끼어 있었기 때문이다.

"그게 논리적이지 않나요?"

수염을 기른 남자가 춤을 추려고 그녀를 플로어로 끌며 말했다.

"어떤 게 논리적이란 말이죠?"

그녀는 지루함을 감추지 못한 채 하품을 하며 말했다. 그 남자는 그녀의 애인이 갖고 있던 나쁜 면들을 생각나게 했다.

"우리가 모두 취했다는 말이죠. 내가 오늘 왜 이렇게 행동하는지 모르겠네요. 딸꾹! 그런데…… 딸꾹…… 당신은……."

별안간 플로어에서 유리잔 깨지는 소리가 났다. 춤을 추던 사람들이 멈추고 주위가 조용해졌다. 마저리는 남편 뒤에 있는 사람들을 쳐다봤다. 남편의 손은 마치 술잔을 입에 대고 있는 것 같은 모습이었다. 그런데 아무것도 들고 있지 않았다. 사람들의 눈이 그에게 쏠렸다.

마저리는 재빨리 건너가 남편의 손을 잡고 의연한 미소를 지었다. 흑인 웨이터가 쓰레받기를 갖고 부리나케 달려와 깨진 유리 조각을 쓸어 담았다. 침묵이 깨졌다. 아무 일도 없었던 것처럼 분위기가 다시 떠들썩해졌다.

톰슨은 어둠 속에서 천천히 차를 몰았다. 기티마를 마지막으로 보고 있다는 생각이 들자 마저리는 남편이 더 가깝게 느껴졌다.

"파티 전에는 우리가 떠난다는 걸 실감하지 못했어요. 이제 이런 모든 것이 과거의 일인 것 같아요."

그는 집으로 들어가지 않고 계속 차를 몰았다. 그리고 바로 그 숲가에서 차를 멈추고 담배 두 개비에 불을 붙였다. 마저리는 이곳이 반과 자신이 섹스를 했던 곳임을 깨달았다. 그녀는 거칠게 담배를 피우기 시작하며 남편이 자신을 비난하기를 기다렸다.

"설마 이게 여정의 끝은 아니겠지."

마침내 그가 말문을 열었다.

"무슨 말이죠?"

"아직 우리는 지지 않았어."

그가 거칠게 말했다.

"아프리카는 유럽 없이는 결코 안 돼."

마저리는 그를 올려다봤다. 그러나 아무 말도 하지 않았다.

12

 저녁에 기코뇨가 집으로 돌아왔을 때 뭄비는 그의 기분이 좋지 않다는 것을 알 수 있었다. 처음에 그는 그녀에게 말을 붙이지 않았다. 특별한 건 아니었다. 그런데 그녀가 밥상을 차려주자 그는 그걸 힐끗 한번 보더니 계속 벽만 응시했다. 그것도 특별할 건 없었다.
 그녀가 무엇인가 심상찮은 일이 일어났다고 확신한 것은 그가 신음 소리를 억누르는 것처럼 숨을 몰아쉬고 있었기 때문이었다. 그녀는 그가 겁나고 그의 기분도 겁났지만, 그렇다고 그대로 둘 수는 없었다.
 "무슨 일 있어요?"
 그녀가 조심스럽게 물었다.
 "언제부터 내가 내 일을 당신과 얘기하기 시작했지?"
 그가 대답했다. 그녀는 수치심에 잠시 머뭇거렸다.
 '지난 며칠 동안 무슨 일이 그에게 일어났단 말인가?'
 그녀는 이전에 형식적이고 예의를 차리면서 자기에게 건네던 말과 지금 그녀의 가슴을 휘저어놓는 말 중에서 어떤 것이 더 심한지 가늠할 수 없었다.

"무고가 오늘 여기 왔었어요."

잠시 후 그녀가 차갑게 말했다.

"기념행사에 참석하지 않겠다고 하더군요."

"뭐라고?"

그는 무고의 결정이 그녀의 잘못이기라도 한 것처럼 그녀를 향해 소리를 질렀다. 그녀는 대답하지 않았다.

"귀가 없어? 묻고 있잖아. 그 사람이 뭐라고 말했느냔 말이야?"

"당신이 오늘 밤에는 자꾸 싸움을 거는 것 같네요. 내가 말하는 걸 못 들었어요? 우후루 기념행사에 앞장서지 않겠다고 했어요."

"오물오물 얘기하지 말고 입을 크게 벌리고 얘기해. 아무도 당신 이에 관심 없으니까."

보통 때 같았으면 예전처럼 정중하고 예의를 갖춘 태도로 되돌아갔을 텐데, 아이가 왕가리의 집에서 방으로 쪼르르 달려 들어온 게 탈이었다. 그는 전에는 아이에게 화를 내지 않았다. 그렇다고 애정을 보이지도 않았다. 그저 형식적으로 대했을 뿐이었다. 아이는 아이일 뿐, 자신이 태어난 것에 대해 아무런 책임이 없다고 속으로 생각했기 때문이었다. 아이도 그의 냉랭함을 알아채고 본능적으로 거리를 지키곤 했다.

그런데 오늘은 아이가 기코뇨의 무릎 사이로 들어가 아양을 떨면서 재잘거리기 시작했다.

"할머니가 오늘 얘기를 해주셨어요. 뭐더라, 그…… 이리무 얘기 알아요?"

기코뇨는 얼굴에 혐오감을 드러내며 아이를 무릎에서 거칠게 밀쳐버렸다. 아이는 비틀대다가 뒤로 넘어졌다. 아이는 엄마를 쳐다보며 무슨

한 톨의 밀알 257

일이냐는 듯 울음을 터뜨렸다. 뭄비는 몸을 일으켰다. 목구멍으로 분노가 치밀었다.

"도대체 무슨 남자가 그래요? 당신은 나한테 손댈 용기도 없으면서 왜 어린애한테 비겁하게 화를 내죠?"

그녀는 댐을 무너뜨린 강처럼 끓어올랐다. 말들이 입에서 홍수처럼 괴어 제대로 발음하기도 힘든 모양이었다.

"이 여자야, 입 닥쳐!"

그도 일어서서 그녀를 향해 소리쳤다.

"당신은 내가 고아 같아요? 당신 생각엔 내가 이 무덤 같은 집을 떠나면 내 부모가 날 받아주지 않을 것 같아요?"

"화냥년, 그 입을 닫게 해주지."

그는 소리를 지르면서 그녀의 뺨을 이쪽저쪽 때렸다. 거침없이 흘러나오던 말이 뚝 그쳤다. 그녀는 울음을 참으며 그를 응시했다. 아이는 울면서 할머니에게 달려갔다.

"당신은 진즉 그 말을 했어야 했어요."

그녀가 조용한 목소리로 말했다. 그녀는 여전히 울음을 참고 있었다. 왕가리가 집으로 달려 들어왔다. 그녀의 얼굴은 고통으로 일그러져 있었고, 아이가 그 뒤를 따라오고 있었다. 왕가리가 기코뇨와 뭄비 사이에 섰다.

"무슨 일이냐?"

그녀는 아들을 바라보며 물었다.

"저 사람이 저더러 화냥년이래요. 어머니, 저 사람은 화냥년인 저를 이 집에 들어앉히고 있대요."

뭄비가 울먹이는 소리로 말하더니 흐느끼기 시작했다.

"기코뇨, 이게 무슨 일이냐?"

왕가리는 아들을 다그쳤다.

"어머니와 상관없는 일입니다."

그가 말했다.

"나와 상관이 없다고?"

그녀는 두 손으로 자기 옆구리를 치며 목소리를 높였다.

"세상 사람들더러 모두 와서 내 아들이 나한테 어떤 식으로 대꾸하는지 들어보라고 해라. 내 가랑이에서 나온 놈이 나와 상관없다는 말을 해? 말세로구나. 다시 한 번만 손찌검을 해봐라. 도대체 사내라는 놈이 하는 짓이라곤……."

왕가리는 화가 치밀어 참을 수 없을 지경이었다. 기코뇨는 무슨 말인가를 하고 싶었지만, 돌아서서 밖으로 나가버렸다.

"얘야, 울지 말고 무슨 일이 있었는지 얘기해봐라."

자리에 앉은 왕가리는 몸을 들썩이며 훌쩍이는 뭄비에게 부드럽게 말했다.

강이란 가장 저항이 없는 곳을 따라 흐르게 되어 있는 법이었다. 기코뇨의 분노는 다른 곳을 향한 것이었다. 다만 뭄비가 가까이 있었을 뿐이었다. 바깥 세계에서의 좌절된 삶을 조심스럽게 감싸고 있던 벽이 가장 약해진 순간, 그녀의 얼굴과 목소리가 공교롭게도 거기, 그 자리에 있었을 뿐이었다.

어제 국회의원과 나눈 말에 따라 기코뇨는 그 일과 관련된 다섯 사람을 찾아갔다. 그들은 상황을 검토 후 토지 회사 규모를 확장하기로 결정했다. 그들은 지분가를 올리고 사람들에게 지분을 사도록 할 작정이었다.

이렇게 해서 버턴의 농장을 살 수 있는 자금을 확보할 생각이었다.

오후에 그들은 버턴을 찾아가 분할금의 첫 회분을 받을 것인지 알아보고, 나머지를 월말에 지불하려고 했다. 만약 국회의원이 약속한 융자금이 나오면 농장을 개발하는 데 그 돈을 쓰려고 했다. 그런데 그들이 버턴의 그린힐 농장 정문에서 처음 맞닥뜨린 것은 새로운 표지판이었다. 농장 이름을 읽었을 때 기코뇨는 자신의 눈을 믿을 수가 없었다. 그들은 서로 아무 말도 하지 않고 똑같은 생각을 하며 농장 안으로 걸어 들어갔다. 버턴은 케냐를 떠나 영국으로 갔다고 했다. 새 주인은 그들의 국회의원이었다.

와루이의 집으로 가면서 기코뇨는 그날 겪었던 일이나 뭄비와 싸웠던 일을 생각하지 않으려 했다. 그가 해야 할 첫 임무는 당과 관련된 것이었다. 게다가 그는 우후루 기념행사가 성공적으로 치러졌으면 싶었다. 그것은 그의 권위와 명성에 득이 되는 일이었기 때문이다.

와루이는 난롯가에서 코를 킁킁거리며 혼자 있었다. 와루이가 반갑게 맞아주는 소리를 들으면서 기코뇨는 자리에 앉았다. 그는 와루이의 얼굴을 보면서 문득 상념에 빠졌다.

'나이가 들고 부인을 잃었는데도 와루이 같은 사람들을 만족시키는 것이 무엇일까? 남자와 남편과 아버지로서 완전한 삶을 살았기 때문일까? 아니면 민중을 위한 삶을 살았기 때문일까? 나에게도 일찍이 소망하던 일이 이뤄졌다. 이제 어머니가 거처할 집도 생겼다. 땅도 조금 있고, 음식을 사기에 충분한 돈도 생겼다. 그런데 이제 돈도 기쁨을 주지 않고, 부라는 것도 쓰디쓴 물맛이 날 뿐이다. 그럼에도 나는 돈을 계속 더 벌어야 한다…….'

기코뇨가 겉모습을 보고 생각하는 것처럼 와루이가 행복한 것은 결코 아니었다. 와루이가 그렇게 보이는 것은 그가 열심히 사는 데 즐거움을 얻고, 실의에 젖지 않기 때문일 따름이었다.

그의 아내 무카미는 지난해에 죽었다. 그녀는 남편을 우러러보면서 다른 여자들에게 끊임없이 남편 자랑을 했다. 저녁이면 와루이는 그녀에게 맛있는 것들을 가져다주었다. 그녀는 남편의 말을 잘 들어주었다. 밤마다 그는 하루 동안 있었던 일을 그녀에게 얘기해주곤 했다. 만약 그날 재미있는 얘깃거리가 없었다면 조직이 어떻게 출발했으며, 기쿠유인들이 선교단과 어떻게 결별했으며, 해리를 석방시키려고 어떻게 농성을 했는지 등 옛날 얘기들을 해줬다. 무카미는 종종 그가 너무 우쭐댄다고 나무라기도 했지만 남편의 힘과 용기를 증명해주는 일화들을 한결같이 좋아했다.

와루이가 삶에 환멸을 느낀 것은 세 아들 때문이었다. 2차 세계대전 때 세 아들은 영국군에 징집되었다. 큰아들은 전쟁 중에 죽었고, 다른 두 아들은 살아서 돌아왔다. 그런데 두 아들은 그들이 겪은 어려움과 폭력보다 그들이 본 낯선 땅과 여자들에게 더 압도당한 채 돌아왔다. 비상사태 때 그들은 숲으로 가지 않았고 수용소에도 가지 않았다. 그들은 아무 탈 없이 살아남았다. 때와 장소에 따라 힘이 강한 것처럼 보이는 쪽에 스스로 알아서 엎드리고 기었기 때문이었다.

비상사태가 끝난 후 두 아들은 백인 소유의 땅에 정착하여 살려고 리프트 계곡으로 돌아왔다. 둘 중에서 형인 카마우는 영국의 힘을 무조건적으로 믿었다. 그는 자신이 밝히는 것 이상으로, 백인들의 비밀에 대해서 훨씬 더 많은 것을 알고 있는 것처럼 말하곤 했다.

"영국 사람을 보면 무서워해야 해. 나는 이 두 눈으로 영국 사람이 히틀러를 어떻게 했는지 봤거든. 독일인들도 어린애들은 물론 아니었어……. 키히카와 그의 단원들이 어설프게 만든 변변찮은 총과 썩은 낫과 무딘 창을 갖고 어떻게 그들과 싸운단 말이야? 생각해보라고."

그러나 와루이는 이 나라의 신과 흑인들의 혼에 대한 믿음을 갖고 있었다. 또한 해리와 조모 같은 사람들이 신비한 힘을 갖고 있다고 믿었다. 그들의 말은 언제나 그의 마음을 움직여 눈물을 흘리게 했다. 그럴 때마다 그는 1923년에 있었던 일을 얘기하며, 똑같은 후렴으로 그의 말을 마무리했다. 그것은 '우리에게 그때 총이 있었더라면……'이라는 말이었다.

그는 무고를 향해서도 똑같은 믿음을 가지고 있었다. 그는 아들들이 무고와 같은 남자로 성장했더라면 싶었다. 수년에 걸쳐 영웅이 될 성싶은 인물을 보면 그는 아내에게 '그 사람 눈을 보면 알 수 있거든' 하고 말하면서 그런 인물을 짚어내곤 했는데, 무고에게도 그랬다. 그러나 무카미는 죽었고, 두 아들은 그의 기대를 저버린 상태였다.

기코뇨는 그다지 중요하지 않은 말을 몇 마디 한 다음, 용건을 얘기하기 시작했다.

"무고가 기념행사에 앞장서지 않겠답니다."

"무슨 말을 하는 건가? 오늘 오후 그 사람과 같이 있었는데, 한마디도 하지 않던데……."

"아무튼 앞장서지 않겠대요. 이상한 사람입니다. 이해하기가 어려워요."

"가만있자, 그러고 보니 내가 말을 걸었을 때 마음이 좀 심란해 있는 것 같긴 했어."

"제가 여기 온 건 어르신과 제가 다시 그 사람을 찾아가 부탁해보는 게 어떨까 싶어서입니다. 아니면 다른 사람을 물색해야 되겠지요. 시간이 얼마 남지 않았습니다."

무고의 집으로 가면서 기코뇨는 그린힐 농장 때문에 실망했던 일을 와루이에게 얘기했다.

"그러니까 어제 자네가 그 사람을 만났을 때 그 농장을 샀다고 말하지 않았단 말인가?"

와루이가 물었다.

"예, 말하지 않았어요. 그러고 보니 저를 똑바로 쳐다보려 하지 않았던 것 같아요."

"우리를 다스리는 신들은 그런 사람들의 마음보를 보고 진노하실 걸세."

와루이는 동정 섞인 목소리로 말했다. 그는 치부하는 것만 일삼고 자기 본분을 잊었던 여자 통치자들에 저항해 사람들이 어떤 식으로 들고 일어났던가를 기코뇨에게 얘기해주고 싶었지만 알아들을 수 없는 말로 적당히 얼버무리고 말았다.

기코뇨는 대답하지 않았다. 그들은 무고의 오두막 가까이 갈 때까지 그 일에 대해서 더 이상 아무 말도 하지 않았다.

"저한테 잇속 되는 일을 먼저 하는 게 인간이라는 옛말이 틀림없구먼."

와루이가 말했다.

어렸을 때 무고는 딱 한 번 기차를 보려고 룽에이 역에 간 적이 있었다. 그는 승강장을 따라 걸으면서 수많은 칸이 달린 화물열차를 보고 놀랐다. 어떤 칸에는 크고 힘센 말들이 실려 있었다. 말 한 마리가 눈을 그에게 고정하고 강해 보이는 턱을 벌리며 하품을 했다. 무고는 무서워 한 발짝도 움직일 수 없었다. 말발굽에 밟힐까 봐 덜컥 겁이 났다.

무고는 뭄비와 R장군을 만나고 돌아오는 길에 그때와 똑같이 황당한 두려움을 느꼈다. 누군가가 뒤를 따라오고 있는 것 같았다. 도망갈 수가 없었다. 빨리 집으로 돌아가고 싶어, 걸음을 빨리해보기도 했다.

그러나 그는 마을 사람들의 삶 속으로 어쩔 수 없이 끌려 들어갔다. 그는 자신과 숙모 등 다른 것을 생각해보려고 했다. 그러나 기코뇨와 뭄비의 삶을 알아버린 것으로부터 빠져나갈 도리가 없었다.

태양은 지독하게 이글거렸다. 언제나 그랬듯이 아이들은 거리에서 놀고 있었다. 일요일에, 그는 이 집들이 자신과 아무 상관이 없다고 생각했다. 어제도, 오늘 아침도 마찬가지였다. 이 집들에는 과거의 흔적이 묻어 있지 않았다. 적어도 뭄비가 자기 얘기를 하기 전까지는 그 집들이 그와 전혀 상관이 없었다.

그러나 지금은 달랐다. 집, 먼지, 참호, 왐부쿠, 키히카, 카란자, 수용소, 백인의 얼굴, 철조망, 죽음 등이 얽히고설킨 모습으로 다가왔다. 그는 참호 옆에 있는 무덤을 의식했다. 몸이 오싹해졌다. 말발굽에 짓밟히는 공포가 원치 않던 것을 발견한 데서 오는 공포로 바뀌었다. 2년 전 수용소에 있을 때라면 왐부쿠가 무덤 속에 어떻게 누워 있든, 어떻게 느꼈든 개의치 않았을 것이다.

'어떻게 뭄비의 이야기가 무뎌진 내 속마음을 열어젖히고 거기에 갇혀 있는 생각과 감정을 밖으로 끄집어내게 되었을까?'

그녀가 한 말의 무게와 R장군의 얼굴이 과거의 행위로 용해되었다. 이전에 그는 자신이 겪었던 사건들을 별개의 것으로 생각했다. 사건들은 서로 다른 시간에 일어나도록 되어 있었다. 자기 출생에 대해 선택권이 없는 것처럼 사람은 어떤 것에도 선택권이 없었다. 그때는 지나간 일을 앞으로 일어날 일과 연관시킴으로써 스스로 괴로워하지 않았다. 감각이 마비된 그는 그 길의 시작과 끝이 어딘지 생각하지도 않고 달려갔다.

무고는 마을의 중심 도로 한가운데에 우뚝 멈춰 섰다. 그는 점점 더 마을 깊숙이 들어가고 있다는 걸 알고 스스로 놀랐다. 전에 있었던 일들이 그에게 몰려들었다. 가까스로 그는 몸을 움직여 흙더미 사이로 걸어갔다. 그는 다시 참호에 마음이 끌렸다. 그는 과거로 돌아가는 것을 거부하기에는 너무 무력한 것 같았다.

참호의 벽은 부서져 있었다. 흙이 굴러내려 바닥을 메우고 있었다. 감자 껍질과 썩어가는 옥수수 껍질, 하얀 종잇조각, 고기 뼈다귀와 그 잔해가 얕은 구덩이가 돼버린 참호 위에 어지럽게 흩어져 있었다.

허리를 반쯤 구부리고 나뭇짐을 진 세 여자가 구덩이가 된 참호를 건너 마을 쪽으로 오고 있었다.

죄의식이 섞인 호기심으로 무고는 다른 사람들과 함께 팠던 참호를 행여 찾을 수 있을까 싶어 천천히 걸음을 옮겼다. 두려움과 불안한 기대감이 안에서 요동쳤다. 그는 그곳에 눈을 고정하고 꿈쩍도 하지 않겠다고 마음먹었다.

그때의 모습이 생생하게 떠올랐다. 그는 여자들로부터 몇 미터 떨어진 곳에서 일했다. 사흘 동안 그는 같은 곳에서 일을 했다. 그런데 한 자치대원이 참호 속으로 뛰어들어 채찍으로 여자를 갈기기 시작했다. 그는 채찍이 자신의 살을 파고드는 것 같은 느낌을 받았다. 고통에 젖어 흐느끼는 여자의 소리가 자신의 심장에서 나오는 울음 같았다.

그러나 그녀는 무고가 모르는 여자였다. 그는 사흘 동안 주위에서 일하는 사람들을 함께 고생하는 사람들이라고 인정하는 것 자체를 거부했었다. 그는 여자와 채찍과 자치대원밖에 보이지 않았다. 사람들은 여자의 비명 소리를 못 들은 척 계속 땅을 팠다. 자기들도 그렇게 될까 봐 두려웠기 때문이었다.

다른 사람들은 삽과 괭이를 들어 올리면서 자치대원이 눈치채지 못하게 여자를 힐끗 쳐다봤다. 공포에 질린 무고는 앞으로 달려가 자치대원이 다섯 번째로 채찍을 내리치기 전에 채찍을 움켜잡았다. 자치대원 몇 명이 더 가세했고, 두세 명의 군인들이 그곳으로 달려왔다. 다른 사람들은 잠시 일하던 것을 멈추고 한바탕 벌어지는 몸싸움과 무고의 몸에 쏟아지는 채찍질을 바라보았다.

"저 사람 미쳤어."

무고가 경찰차에 태워져 끌려간 후 누군가가 말했다. 그 기억은 무고에게 악몽으로 남았다. 취조를 받으면서도 가장자리가 깨지고 흐릿해져 자초지종을 설명할 수 없는 악몽이었다. 탁자 뒤에서 머리에서 발끝까지 냉혹한 눈으로 자신을 바라보고 있는 백인의 얼굴을 봤을 뿐이었다.

마침내 시체에서 나오는 것 같은 목소리가 들렸다. 그 목소리엔 독기가 묻어 있었다.

"너, 서약을 했지."

"아니, 아닙니다. 나리."

"감방으로 이자를 데려가."

두 명의 경찰이 그를 끄집어냈다. 그들은 그에게 찬물을 끼얹고 가뒀다. 무고는 살 속으로 파고들던 구두 징에 대해서 자주 잊어먹곤 했다. 그러나 시멘트 바닥 위의 물은 또렷하게 기억했다. 이상한 일이었다.

무고는 한때 참호였지만 지금은 구덩이가 돼버린 곳으로부터 뻗어 있는, 짙고 단정치 못한 울타리에 둘러싸인 좁은 밭에서 일하고 있는 남녀들을 건너다보았다. 모든 것들이 새로운 것 같았다.

'사람들은 음식을 얻기 위해 딱딱한 땅을 일구며 늘 이런 일들을 날마다 해왔던 것일까?'

무고를 참호로 이끌었던 호기심이 사라졌다. 그는 참호와 그 안에서 너울대는 기억에서 빠져나오고 싶었다. 그는 참호를 건너 마을로 발걸음을 옮겼다. 그의 집이 유일한 피난처 같았다. 그는 뭄비가 하는 얘기를 듣고 그녀의 눈을 들여다보기 전에 그가 있었던 사각지대로 되돌아가고 싶었다. 집으로 돌아가면서 일으킨 먼지가 뒤에서 낮게 소용돌이를 일으켰다.

바로 그때 무고는 와루이와 길에서 맞닥뜨렸다. 와루이는 노파의 집 앞에 모인 사람들과 같이 있다가 오는 길이었다. 지금 무고에게 와루이는 몹시 짜증스러운 존재였다. 그는 이유도 없이 와루이를 경멸했다. 무슨 생각을 하는지 와루이의 얼굴은 불안해 보였다. 그러나 무고는 그것을 눈치채지 못했다.

"오래전이라면 그런 일들이 일어날 수 있었겠지."

와루이는 무고가 자기가 생각하는 것을 알고 있기라도 한 것처럼 그를 보자마자 말을 건넸다.

"어떤 일들 말입니까?"

그들은 같은 방향으로 천천히 걸음을 옮겼다.

"자네는 못 들었는가?"

"별다른 것은 못 들었는데요."

"이번 경우는 좀 유별나지. 그런 일들이 자주 일어났던 건 아니지만 한두 번 일어난 적이 있긴 해. 아무튼 그런 일이 있었던 건 사실이야. 남자나 아이가 죽으면 숲에 버려졌거든. 나는 어렸을 때 죽었다가 살아온 사람을 이 두 눈으로 본 적이 있다네."

"무슨 일이 있었습니까?"

무고가 조급하게 물었다.

"자네도 그 노파를 알고 있겠지? 태어났을 때부터 말도 못하고 듣지도 못하는 아들이 그분에게 있었다는 걸 자네도 알고 있을 거야."

 노파에 대한 말이 나오자 무고는 초조해졌다. 와루이를 봤을 때 느꼈던 짜증스러움이 사라졌다. 와루이가 서두르지 않고 조곤조곤 하는 이야기에 조바심이 일었다. 무고가 그녀의 집에 들어갈 뻔했던 게 지난 일요일이었다.

 '노파가 죽은 것일까?'

 "그분의 아들은 죽었어. 비상사태 때 총에 맞아 죽었지. 자네도 짐작이 가겠지만 그분에게는 엄청난 고통이었네. 한동안 그분은 집을 떠나지 않고 아무 말도 하지 않았네. 그런데 지금 그분이 말을 하기 시작했네. 무슨 말을 하느냐고? 자기 아들이 돌아왔다는 거야. 두 번이나 아들을 봤다는 거야."

 "이상하군요."

 무고가 한마디 했다.

 "한번은 아들이 집 안으로 들어왔다가 아무 말도 없이 다시 나갔다는 거야. 그래서 그분은 기토고가 돌아올 수 있도록 계속 문을 열어놓았다는군. 그분 말로는, 최근에 그가 돌아와 문 앞에 서 있다가 아무 말 없이 가버렸다는 거야. 그분은 계속 그런 얘기만 하고 있다네."

 "이상하군요."

 무고는 앞에서 한 말을 되풀이했다. 그는 두려웠다.

 "맞아. 바로 그게 내 말일세. 우리 마을에서 이런 일이 일어나다니, 이상하지 않은가? 수년 전에 한 번인가, 두 번인가, 세 번인가 일어났던 일들이 노인의 평화와 안정을 깨뜨리다니……. 그런 생각을 안 할 수가 없네. 땅에 묻힌 사람들은 땅속에 있어야 하네. 어제의 일은 어제로 끝나야 해."

이윽고 와루이와 헤어졌을 때 무고는 그 사건이 자신을 혼란스럽게 만들었다는 것을 알았다. 그는 노파에 대한 생각과 그들 사이에 존재한다고 느꼈던 섬뜩한 유대감을 생각하며 거리를 배회했다. 그런 다음 그는 그 사건을 머리에서 지워버리려고 했다. 그러나 그는 걸음을 계속 옮기면서, 죽은 유령을 만난다는 생각에 자신이 움찔하고 있다는 걸 알았다. 삶 자체가 의미 없는 유랑 같았다. 일출과 일몰 사이에는 아무런 관련이 없었다. 오늘과 내일도 관련이 없긴 마찬가지였다.

'왜 내가 노파를 생각하며 죽은 사람한테 신경을 쓰고 있는 것일까?'

곧 그의 마음속에는 뭄비의 목소리가 들렸다. 그를 빤히 쳐다보는 R장군의 얼굴이 보였다. 그는 마을 공터에 서 있었다. 아랫입술이 늘어지고 몸에서 힘이 빠졌다. 힘이 빠진 그는 작은 나무에 기댔다가 천천히 풀 위로 무너져 내렸다. 그는 두 손으로 머리를 감쌌다.

"그건 내가 아니야."

그는 자신을 확신시키기 위해 그렇게 말했다.

'그 일은 일어났을 거야……. 참호 속에서 사람들이 살해당한 건…… 설마…… 설마…….'

그는 신음 소리를 냈다. 뭄비의 목소리는 그의 가슴을 난도질해 밖으로 드러나게 한 칼이었다. 그의 집에서 나오는 길은 참호로 통했다.

'그 일이 일어나지 않을 수도 있었던 것일까? 예수는 어차피 십자가에 못 박혀 돌아가셨을 것이다. 왜 그들은 인간이라기보다는 커다란 존재의 손에서 나온 돌멩이나 마찬가지인 유다를 비난했을까? 십자가에 못 박힌…… 키히카…….'

그 생각이 그의 뇌리를 스쳤다. 그러자 이상한 일이 일어났다. 무고는 집의 진흙 벽에서 짙은 피가 흘러내리고 있는 것을 보았다. 이제 그는 두려움 없이 평온한 마음으로 '왜 더 일찍 그 피를 보지 못했을까' 하는 생각을 했다. 그러나 그는 집으로 걸어가면서 몸을 떨었다. 정말로 피가 있는지 확인해야겠다고 생각했다.

벽에는 아무것도 없었다. 그는 침대에 앉아 두 손으로 머리를 받쳤다.
'머리가 터지고 있는 것일까?'
그는 다시 생각에 빠져 벽을 바라보았다.

기코뇨와 와루이가 무고를 찾아왔을 때는 어둠이 깃든 저녁 무렵이었다.
"오늘은 머리가 개운하지 않습니다."
그는 그들에게 양해를 구했다.
"그래서 사람들을 많이 만날 수가 없습니다."
"아스프로를 먹어보게. 머리가 개운해질 테니."
와루이가 말했다.
"거, 노래도 있지 않던가. 아스프로는 진짜 약이라고."
와루이는 집 안에 깃든 야릇한 우울함을 도무지 이해할 수 없었다. 그러고는 혼자 조용히 웃다가 노파에 관해 무고와 나눴던 대화를 떠올렸다.
"다시 한 번 생각해주세요."
기코뇨가 무고에게 말했다.
와루이와 기코뇨는 그 집에서 나왔다. 기코뇨는 무고의 얼굴에 어린 겁먹은 표정을 보고 의아해했다. 와루이는 기코뇨에게 노파에 대해 아직 말하지 않았다는 것을 떠올리고, 그 얘기를 해줬다.
"머릿속으로 상상하는 것에 불과해요."
그 말을 듣고 기코뇨는 그렇게 일축해버렸다. 그는 뭄비를 생각하고 있었다. 갑자기 그는 그녀를 두들겨 패고 싶은 생각이 들었다. 그렇게 패서라도 제 꼬락서니를 알게 해주고 싶었다. 이번에는 어머니가 끼어들지 못하게 할 참이었다.

와루이는 왐부이의 집에 가서 무고가 거절했다는 소식을 알렸다. 왐부이와 와루이는 다른 집들을 찾아가 똑같은 얘기를 전했다. 그렇게 이 집에서 저 집으로 말이 옮겨졌다.

'그토록 고통을 받은 사람이 그렇게 겸손하다니!'

무고의 겸손함이 그가 진정으로 위대하다는 것을 사람들의 마음속에 각인시켰다. 앞에 서는 것을 거절함으로써 무고는 전설적인 영웅이 되어갔다.

기코뇨는 뭄비에게 분노를 터뜨리려 걸음을 서두르면서도 '이제 누구한테 가야 하나' 하고 생각했다. 그는 모든 사람들에게 화가 났다.

'국회의원이라는 놈은 치부를 하기 위해 정치를 하고, 무고란 놈은 도대체 뭐가 그렇게 대단하길래 한사코 거절만 하며, 나라는 놈은 뭄비라는 여자와 결혼하면 행복할 줄 알았는데 이 지경이 됐고……'

그는 집 앞에서 흥분으로 몸을 떨었다. 아무도 말리지 못할 것이었다. 살려달라고 애원할 때까지 뭄비를 두들겨 팰 참이었다.

그는 억지로 문을 열어젖혔다. 그런데 거기에는 그를 바라보는 왕가리의 눈만 있었다.

"친정으로 갔다. 네가 가정을 어떻게 망가뜨렸는지 보렴. 너는 착한 여자를 쓸데없이 비참하게 만들었다. 자, 이제 어떤 이득이 너한테 돌아오는지 두고 보자. 너는 이런 것들을 받아들이고 네 인생을 어떻게 하면 잘 가꿔나갈지 찾아야 할 때, 이런 것들로 네 마음을 더럽혔다. 넌 어리석은 아이처럼 무슨 일이 있었는지 알려고도 하지 않았다. 그리고 뭄비가 어떤 여자인지 알려고도 하지 않았다."

보통 때라면 기코뇨는 어머니가 냉정하고 절제된 목소리로 얘기하는 것을 보고 화가 났거나 심한 상처를 받았다는 것을 알아챘을 것이었다. 그러나 지금 기코뇨는 화가 나 있었고 마음속으로 스쳐 가는 수많은 생각들을 말로 다 옮길 수가 없었다.

"다시는 돌아오지 말라고 하세요."

그는 어머니를 노려보며 그의 인생에 대한 음모에 그녀도 가담했다는 듯 소리쳤다. 왕가리가 일어서서 오른손 검지로 그에게 삿대질을 하며 소리쳤다.

"너, 너 말이다. 만약 네가 지금 무릎으로 기어 다니며 흙과 먼지를 먹는 갓난애라면 철이 들라고 네 허벅지를 꼬집어줬을 게다. 그러나 이제 너는 남자야. 네 마음속을 읽고 너 자신을 알아라."

그녀는 집 안에 홀로 서 있는 기코뇨를 남겨두고 밖으로 나갔다.

13

타바이 출신의 우리들 대부분은 비가 억수같이 쏟아지던 그날, 새 룽에이 시장에서 그를 처음으로 봤다. 여러분도 독립일 전날인 수요일을 기억할 것이다. 바람이 몹시 불어 비가 빗살무늬로 땅에 꽂히고 있었다. 여자들은 물건을 바깥에 놓아두고 비를 피하러 가게로 허둥지둥 달려갔다. 좁은 베란다는 곧 사람들로 가득 찼다. 마대와 머리에 쓴 수건 밑으로 물이 줄줄 흘러 시멘트 바닥은 마치 작은 웅덩이 같았다. 사람들은 흘러내리는 물이 우리가 어렵게 쟁취한 자유를 축복하고 있다고 말했다.

하늘에 계시는 하느님은 결코 주무시지 않으셨다. 그는 언제나 아구에서 아구까지 우리의 땅에 눈물을 뿌리셨다. 우리 아이들은 이런 노래를 부르곤 했다.

응가이는 기쿠유인들에게 아름다운 나라를 주셨네,
음식과 물과 목초지, 어느 것도 부족한 것이 없었네.
그래서 기쿠유인들은 언제나 응가이를 찬미하네.

그분은 언제나 우리에게 너그러우셨네.

케냐타가 영국에서 귀국한 날도 비가 왔다. 또한 케냐타가 마랄랄에서 가툰두로 돌아온 날도 비가 왔다.

우리는 빗속을 걸어가는 그 남자를 보았다. 그는 채소와 감자가 가득 담긴 낡고 더러운 바구니를 등에 지고 있었다. 그는 어깨가 넓고 키가 컸으며, 힘이 들어간 것처럼 약간 구부정한 모습으로 걸었다. 그가 빗속에 홀로 있다는 사실이 포도와 베란다를 따라 쭉 서 있는 사람들의 눈길을 끌었다. 어떤 사람들은 그를 보려고 앞으로 나오기까지 했다.

"저 사람, 비 맞으며 어리석게 뭐 하는 거야?"

"귀머거리인가 봐."

"저런 식으로 과시하려는 거야."

"갈 길이 멀어서 밤이 되기 전에 길을 서두르려고 저러나 봐."

"그렇더라도 비가 좀 그친 뒤에 가야지. 집에 도착한들 뼛속까지 폐렴에 걸리면 무슨 소용이 있겠어?"

"마음에 무거운 짐이 있나 봐."

"그렇다고 비를 맞고 병에 걸리면 안 되지. 우리 중 마음에 무거운 짐이 없는 사람이 누가 있어?"

그 남자는 룽에이 상점의 다른 쪽 끝의 구석에 다다랐다. 여자들은 비를 맞게 될 경우 처하게 될 위험에 대해 얘기했다. 곧 남자는 상점 뒤로 사라졌다.

"왜 우산도 안 쓰고 다닐까?"

"무고는 이상한 사람이야."

왐부이가 생각에 잠겨 말했다.

무고는 음식을 사려고 시장에 갔다. 그는 앉아 있는 여자들을 밀치고 나아가면서 사람들이 자기를 바라본다는 걸 느끼고 그곳에 온 것을 후회했다. 그런데 돌연 해가 떨어진 것처럼 온 세상이 흐릿해졌다. 찬바람이 불면서 흰 종이와 헝겊과 풀과 깃털이 공중에서 소용돌이쳤다. 구름이 빠르게 모여들었다. 그리고 번개가 치고 희미한 천둥소리가 들리더니 비가 내리기 시작했다.

무고는 잊힌 장면이 되살아나는 듯 오싹한 느낌을 받았다. 그는 오래전 인도인 가게에 나타났다는 여자 귀신이 생각나 마구 달렸다.

어디선가 한 여자가 참호의 노래를 부르기 시작했다. 한때 그것은 마을의 노래였다. 다른 사람들도 따라 부르기 시작했다.

> 그는 참호에 뛰어들었네.
> 그가 군인에게 한 말이 창처럼 내 가슴을 찔렀네.
> 여자를 때리지 마라, 그가 말했네.
> 임신한 여자를 때리지 마라, 그가 군인에게 말했네.
>
> 참호 속에서 모든 일이 뚝 멈췄네.
> 땅도 조용해졌네.
> 그들이 그를 데려갔을 때
> 핏빛처럼 붉은 눈물이 내 얼굴 아래로 하염없이 흘렀네.

사람들은 무고의 이름을 서로의 귀에 대고 속삭였다. 그에 관한 신비스러운 이야기가 시장 여인들 사이에 퍼졌다. 보통 때와 같은 장날이었다면 이런 일이 벌어지지 않았을 것이다. 그러나 오늘은 평범한 날이 아니었다.

오늘 밤 케냐는 우후루를 맞는 것이었다. 그리고 우리 마을의 영웅 무고는 그저 평범한 사람이 아니었다.

왐부이는 무고가 참석하지 않는 독립일 행사는 김빠진 것이 될 거라며, 무고가 다시 태어난 키히카라고 말했다. 그녀는 시장을 돌아다니면서 은밀한 결심을 실행에 옮기기로 했다. 여자들이 나서야 할 때가 되었다. 여자들이 그 문제를 밀고 나가야 했다.

"그 사람은 우리의 아들이라오."

비가 그친 후 사람들이 즉흥적으로 모였을 때 그녀는 시장에 있는 여인들에게 이렇게 말했다. 왐부이의 전투적인 기질은 여전했다.

그녀는 여자들의 영향력을 믿고 있었다. 남자들이 행동하지 못하고 우유부단하게 보일 때는 특히 그랬다. 1950년 노동자들이 파업을 일으켰을 때 옛 타바이에 살았던 많은 사람들은 그녀가 관계했던, 지금은 유명해진 극적인 상황을 기억했다. 그 파업은 나라 전체를 마비시켜 백인들의 통치를 더욱더 어렵게 만드는 데 목적이 있었다.

타바이 근처의 정착지 내에 있는 거대한 신발 공장에서 일하던 몇몇 남자들이 불평불만을 터뜨리며 파업에 참여하지 않겠다고 했다는 소문이 있었다. 당이 룽에이에서 총회를 소집했다. 그런데 회의가 한창 진행되고 있을 때 왐부이가 사람들을 제치고 일단의 여자들을 데리고 단상으로 올라갔다. 그녀는 연설자들에게서 마이크를 받아 손에 거머쥐었다. 사람들은 구미가 당겼다.

"백인을 보기만 해도 오줌이 마려운 할례 받은 남자가 있습니까? 우리 여인네의 치마저고리를 가져왔습니다. 그런 남자들이 있으면 앞으로 나와서 여자들의 치마를 입고 앞치마를 두르고 바지는 여자들에게 넘기시오."

그녀가 야유했다.

남자들은 굳은 자세로 앉아 당혹스러움을 감추기 위해 군중과 함께 웃으려고 했다. 다음 날 남자들은 모두 파업에 가담했다.

여자들은 뭄비를 무고에게 보내기로 결정했다. 뭄비가 키히카의 누이동생이었기 때문에 적격이라고 생각했다. 그들은 무시할 수도 없고 거부할 수도 없는, 상냥하지만 고집 센 젊은 여성과 무고를 대면시킬 작정이었다.

왐부이는 이 결정을 전하러 뭄비의 집으로 갔다. 그런데 뭄비는 남편의 집에서 나가버린 후였다. 그래도 왐부이는 뭄비를 찾아갔다.

"이 문제는 타바이 전체에 관한 일이야."

왐부이는 뭄비에게 단단히 일렀다.

"집안일이나 근심 걱정일랑 접어두고 무고에게 가봐. 여자들과 아이들이 그를 필요로 한다고 말해주게."

뭄비는 왜 자신이 남편을 떠났는지에 대해 부모에게 털어놓기 힘들었다. 그래서 자신이 처한 고통스러운 상태를 어머니나 아버지에게 말하지 않았다. 남편이 잠자리를 거부한다는 걸 설명할 수는 없었다. 또 사람들은 제대로 알지도 못하면서 남편이 성불구자라고 생각하고 좋지 않은 소문을 퍼뜨릴 게 뻔했다.

부모는 자초지종을 몰랐기 때문에 집으로 돌아온 딸을 보자 시큰둥해했다. 남편에게 복종하지 말라고 부모가 딸을 부추길 수는 없는 노릇이었다. 완지쿠는 뭄비의 설득력 없는 말을 비웃기까지 했다.

"요즘 여자들은 놀라워. 남편한테 깃털로 맞은 것처럼 살짝 한 대 맞거나 남편이 조금만 숨을 거칠게 몰아쉬어도 못 참거든. 우리 때는 그러지 않았다. 남편이 아무리 때려도 친정 부모한테 달려간다는 것은 생각도 못 했다."

"제가 걱정되지 않으세요? 그 사람 집에서는 다시 살 수 없어요. 그런 말까지 들은 마당에…… 그럴 수는 없어요. 안 돼요."

"쉿! 어리석은 여자처럼 말하지 마라."

"어머니, 그렇지 않아요. 이 집에서 저를 원치 않는다면 그렇다고 말씀하세요. 아이를 데리고 나이로비나 어디 다른 데로 갈 테니까요. 그래요, 전 그 집에 돌아가지 않을 거예요. 제가 여자인 건 사실이에요. 그러나 궁지에 몰리면 겁 많은 암캐도 대드는 법이에요."

완지쿠는 뭄비가 불쌍했다. 그러나 그녀가 할 일은 찢어진 부분을 조심스럽게 꿰매는 것이었다. 그녀는 뭄비에게 부드럽게 말했다.

"얘야, 그건 차츰 얘기하도록 하자."

또 다른 것이 뭄비를 괴롭혔다. 그녀는 개인적인 슬픔의 와중에서도 R장군이 했던 말을 잊을 수 없었다. 키히카의 죽음에 관계된 것 때문에 카란자는 죽게 될 것이었다.

'이런 것이 오빠의 이름으로 행해져야 할까? 피는 이미 흘릴 만큼 흘렸는데……. 그런데도 왜 이 땅에 죄가 더 쌓여야 할까?'

아침에 잠이 깨었어도 여전히 그 문제는 결론이 나지 않은 상태였다. 다행히도 수요일은 타바이 인근의 여덟 마을에서 사람들이 모이는 장날이었다. 우연히 그녀는 기티마로 가는 사람을 만났다. 그러자 재빨리 마음의 결정을 내렸다. 그녀는 종이를 가져다가 무엇인가를 급하게 썼다 (그녀는 읽고 쓰는 법을 오빠와 동생에게 배웠다). 내일 모임에 오지 말라고 카란자에게 보내는 메모였다. 그것을 그 남자에게 건네고 나자 비로소 안심이 되었다.

왐부이와 여자들이 그녀에게 도와달라고 했다. 처음에 뭄비는 남편과 관련이 있는 일에 끼어드는 것이 내키지 않았다. 그러나 왐부이의 말을 들으면서 뭄비의 마음속에 있는 도전적인 성향이 불거져 나왔다. 그랬다. 그렇게 함으로써 기코뇨가 자신을 외롭고 불쌍한 여자로 여기지 못하도록 할 생각이었다.

'그가 실패한 것을 내가 성공시키면 어떨까?'

그 생각을 하자 짜릿해졌다. 그녀는 만족스러운 마음으로 자기가 할 일을 생각해봤다.

저녁이 되어 무고의 집을 향해 출발했을 때 그 짜릿함은 더했다. 낮에는 우중충했는데, 밤은 보통 때보다 더 어두운 것 같았다. 뭄비는 연인을 만나러 어둠과 바람과 폭풍을 무릅쓰고 앞으로 나아가는 소녀가 된 기분이었다.

'만약 무고가……'

이렇게 생각이 옮아가다가 그녀는 질문이나 답변을 미뤄놓기로 했다. 다른 남자와 얘기하고 있는 것을 기코뇨가 볼 수도 있다는 생각이 그녀를 괴롭혔다. 그러나 그녀는 그러한 두려움에 대한 방편으로 '나는 자유야!'라고 생각했다.

'볼 테면 보라지.'

반항심이 생겼다. 그러나 막상 무고의 집 앞에 다다르자 발걸음이 주춤거려지고 가슴은 콩닥콩닥 뛰었다.

그녀는 무고가 문을 열고 나왔을 때 피가 더워지고 두려움과 기쁨이 뒤섞인 감정이 되었다. 무고는 무슨 설명을 기대하는 것처럼 어중간하게 문을 가로막았다. 그녀는 약간 걱정이 되었다.
"들어오라고 하지도 않으세요?"
그녀는 짐짓 가벼운 목소리로 말했다.
"아, 미안합니다. 들어오세요."
그녀는 그의 얼굴을 볼 수 없었지만 목소리가 완연히 떨리는 걸 느낄 수 있었다. 불이 밝혀진 방으로 들어서자 그녀는 무고의 불안감을 감지할 수 있었다. 당당하고 거만하게 거리를 지키던 모습은 어디론가 사라지고 검은 눈동자에는 알코올중독자에게나 볼 수 있는 피폐한 모습이 어려 있었다. 그는 그녀가 두려운 것처럼 조심스럽게 멀찍이 떨어져 앉았다.
'잘생기고 고독한 사람이야.'
이런 생각을 하면서 그녀는 마음을 진정시키려고 아랫입술을 지그시 물었다. 그녀는 텅 빈 집 안을 둘러보았다. 기름등이 흐릿하게 벽을 비추고 있었다.
"있는 게 거의 없지요."
그가 그녀의 생각을 자르며 무뚝뚝하게 말했다.
"남자는 괜찮아요. 결혼하지 않은 사람에겐 별로 필요한 게 없잖아요."
그녀는 어색하게 웃었다. 무고가 친절하게 대하지 않는 것과 어딘지 두려워하는 것 같은 표정 때문에 그녀는 당황스러웠다. 어제 그의 눈에서 느낄 수 있었던 흥분 상태와는 너무나 대조적이었다. 그러나 그녀는 자신의 마음이 이런저런 생각을 하면서 떠들도록 내버려두었다.
'만약 저 사람이 나를…… 만약 저 사람이 나를…….'
"당신은 제가 왜 왔는지 아시죠?"
그녀는 그의 초조함을 깨뜨릴 셈으로 탐색하듯 물었다.

"모르겠어요……. 만약 당신이 어제 내게 말했던 것이 아니라면……
내 말은…… 내 말은 당신이 뭘 원하는지 몰랐다는 말이에요…….”

"아, 전 당신이 제 남편에게 얘기를 좀 해주셨으면 했어요. 당신 말이라면 그가 들었을 거예요. 그 사람은 수용소에서 돌아온 뒤 한 번도 제 침대에 들어오지 않았어요. 그리고 아이에 대해 한마디도 하지 않았어요. 어제까지만 해도 그 사람이 마음속으로 무슨 생각을 하고 있는지 알지 못했어요. 어려웠어요. 너무나 어려웠어요…….”

그녀는 사무적인 투로 말을 시작했다가 흥분이 되어 말을 끝냈다. 그녀는 기코뇨가 수용소에서 돌아오던 날을 떠올렸다. 그녀는 기코뇨에게 얘기를 하고 싶었다. 말 한마디 눈길 한 번으로 그를 이해시키고 싶었지만 정작 입 밖으로 아무 말도 나오지 않았다. 그의 모습이 그녀를 멍하고 무감각한 침묵 상태로 밀어 넣는 것 같았다.

그녀는 맞은편 벽을 바라보며 남편이 어떻게 할지 궁금해하면서 그를 향해 간절하게 손을 뻗치고 싶었다. 그녀는 자신을 억제했다. 그녀가 자신으로 돌아오는 동안 슬픈 침묵이 이어졌다. 그리고 마침내 현재로 되돌아왔다.

"어쨌든 지금은 그게 중요한 게 아니에요. 지난밤에 그 사람과 싸웠어요……. 그리고 전 친정으로 갔어요.”

"안 됩니다!"

무고는 문득 방심한 채 감정을 실어 말했다.

"사실이에요. 하지만 그것 때문에 오늘 밤 여기 온 건 아니에요. 타바이와 룽에이의 여자들이 저를 당신에게 보냈어요. 그들은 내일 당신이 집회에 참석하기를 원하고 있어요.”

"그럴 수는 없습니다.”

그가 단호하게 말했다.

"그러셔야 해요."

그녀는 그에게 맞서며 말했다.

"아니, 안 됩니다."

"그러셔야 해요. 모든 사람이 당신을 기다리고 있어요. 사람들은 당신을 원하고 있어요."

"그러나…… 그러나…… 난 그럴 수 없어요."

"그들이 당신에게 애원하고 있어요."

"뭄비, 뭄비!"

그는 괴로운 목소리로 울부짖었다.

"무고, 당신은 그러실 거예요. 그렇고말고요."

"아닙니다."

"그렇다면 제가 간청드리지요."

그녀는 새로운 힘과 권위를 갖고 단호하게 말했다. 그녀는 그의 눈을 들여다보았다. 그에게 손을 뻗어 잠시만이라도 마음의 문을 열고 들어가, 그가 사람들과 운명에 대해 갖고 있는 힘의 비밀을 밝혀내고 싶었다. 그녀는 손끝으로 아슬아슬하게 그를 붙잡았다. 그녀는 그를 손아귀에 쥐고 있다고 생각했다. 그가 못 빠져나가게 할 참이었다.

"당신은 당신이 요청하는 게 무엇인지 이해하고나 있습니까?"

"수용소 말씀인가요?"

그녀가 다소 잔인하게 말했다.

"아니요…… 그래요…… 모든 것."

"네?"

"나 말입니다."

"어려우셨겠지요. 그들이 당신을 수용소에서 때렸다지요? 우리는 그 일에 대해 들어서 알고 있어요."

"그래요?"

"그래요. 무슨 일이 있었죠?"

"손발이 쇠사슬로 묶인 채 사람들이 불구자처럼 땅바닥을 기어 다닌 것을 제외하곤 아무 일도 없었어요. 한번은 병 주둥이를 사람들의 엉덩이에 박아 넣기도 했고 남자들은 우리에 갇힌 짐승처럼 울부짖곤 했어요. 리라가 마지막 수용소였지요."

그는 아이처럼 줄곧 가라앉은 목소리로 말했다. 그리고 멀고도 가까운 장면을 냉정하게 살피는 것처럼 말을 멈췄다. 그런 다음 공모하듯 몸을 약간 앞으로 숙이고, 어린 시절의 비밀을 속삭였다.

"난 어렸을 때 백인을 보았어요. 난 그가 누구며, 어디에서 왔는지 몰랐지요. 이제는 알아요. 므중구*는 사람이 아니라 악마, 악마라는 것을……. 그걸 언제나 기억하세요."

그는 다시 말을 멈추고 숨을 가다듬었다. 그리고 가라앉은 목소리로 얘기를 계속했다.

"펜치에 남성의 그것을 잘린 한 남자를 본 적이 있어요. 그는 취조실에서 나오더니 넘어지면서, 이제 아내를 어떻게 해볼 수 없게 됐으니 그녀의 눈을 어떻게 쳐다볼 수 있겠느냐며 울었어요. 나는 지옥을 보는 것 같았습니다. 거기에서 내가 본 것은 뚫고 들어갈 수 없는 짙은 암흑뿐이었어요."

뭄비의 얼굴에 눈물이 흘러내렸다. 그녀는 손을 내밀어 잘못된 것을

---

* 유럽인을 의미한다.

바로잡아주고 상처 난 곳을 치료해주고 싶었다.

"그렇다면 무고, 당신은 내일 연설을 하셔야 해요."

그녀는 눈물로 호소했다.

"제 오빠 얘기를 하라는 게 아니에요. 오빠는 죽어 묻힌 사람이에요. 그가 지상에서 할 일은 끝났어요. 살아 있는 사람을 위해 얘기하세요. 그들에게 전쟁 때문에 몸이 망가지고 헐벗고 상처받은 사람들과 고아들과 과부들에 대해 얘기해주세요. 사람들에게 당신이 보았던 것을 얘기해주세요."

"난 아무것도 본 게 없어요."

"그것이라도 좋아요, 무고, 아무것이나 좋아요."

그녀는 그가 달아나려고 하는 걸 느끼며 말했다. 그녀는 그를 붙잡으려고 안간힘을 다했다. 그리고 그녀는 그가 흔들리는 걸 보았다.

"나 자신에 대해서 말입니까?"

"모든 걸 말이에요."

"당신은 내가 그렇게 하길 바라는 거요?"

그가 목소리를 높이며 말했다. 그의 목소리는 막 도살당할 짐승의 신음 소리 같았다. 그 목소리에 그녀는 흠칫했다.

"그래요."

그녀는 두려웠지만 동의했다.

"나는 내 인생을 살고 싶었습니다. 그 밖의 다른 일에는 끼어들고 싶지 않았어요. 그런데 그 사람이 바로 여기, 오늘 같은 밤에 내 인생 속으로 들어와 나를 물속으로 끌고 들어간 거요. 그래서 난 그를 죽였습니다."

"누구 얘기를 하는 거죠? 무슨 얘기를 하는 거예요?"

"하하하!"

그가 부자연스럽게 웃으며 말했다.

"누가 당신 형제를 죽였죠?"

"키히카 오빠 말인가요?"

"그래요."

"백인이지요."

"그렇지 않아요! 내가 그를 목 졸라 죽였어요……. 내가 그를 목 졸라 죽였단 말입니다……."

"그건 사실이 아니잖아요……. 정신 차리세요, 무고……. 오빠는 교수형을 당했어요……. 들어보세요. 그렇게 떨지 말고요……. 제가 나무에 매달린 오빠를 직접 봤어요."

"내가 그랬어요! 내가 그랬다고요! 하하하! 그게 당신이 알고 싶었던 거겠지. 그리고 그걸 오늘 밤…… 당신에게…… 다시 할 참이야."

그녀는 살려달라고 소리치고 싶었다. 하지만 아무 소리도 밖으로 나오지 않았다. 그는 정신착란증에 빠진 사람처럼 소리를 지르고 웃기까지 하며 그녀를 향해 다가왔다. 그녀는 문 쪽으로 퉁기듯이 일어났지만 이미 그가 가로막고 있었다.

"그렇게는 못 하지. 도망갈 수는 없어. 앉아…… 하! 당신에게 그렇게 해주겠어……."

그의 몸은 떨고 있었고 격한 말이 입에서 튀어나왔다.

"당신이 평생 잠들 수 없다고 상상해봐……. 당신의 몸을 무수한 손가락들이 만지작거리고…… 눈들이 항상 당신을 지켜보고…… 어둠 속에서…… 모퉁이에서…… 거리에서…… 들에서…… 잠잘 때나 깨어 있을 때나 쉴 수도 없고…… 아! 그 눈들이…… 단 1분도 내버려두지 않고…… 내 말은…… 먹지도 마시지도 일하지도 못하게…… 당신들 모두…… 키히카…… 기코뇨…… 그 노파…… 그 장군이라는 작자…… 누가 당신을 오늘 밤 여기로 보낸 거지? 누구라고? 아! 그 눈들이 다시…… 누가 더 센가 두고 보자……. 자, 이제…….”

그녀는 소리를 지르고 싶었다. 그러나 역시 아무 소리도 나오지 않았다. 그는 그녀를 포위한 채 한 손으로 그녀의 입을 막고 다른 손으로 그녀의 목을 찾았다. 그녀는 헐떡거리며 하소연했다. 그녀는 그의 눈을 들여다보았다. 나중에도 그녀는 그때 그의 눈에서 보았던 공포감을 설명할 수 없었다. 별안간 그녀는 몸부림을 멈추고 그에게 몸을 맡겼다. 그리고 흐느끼면서 말했다.

"무고, 무슨 일이에요? 뭐가 잘못됐나요?"

케라라폰에서 키힝고까지 펼쳐져 있는 타바이나 룽에이 부근의 여덟 마을 중 어느 한 곳을 방문한 적이 있는 사람이라면 토머스 롭슨, 즉 '공포의 톰'이라고 불리던 사람에 대해 들었을 것이다. 그는 우리 역사의 어두웠던 시절을 집약해 보여주는 예였다. 비상사태가 질풍노도같이 으르렁거리던 시절, 그 사람이 룽에이에 서장으로 부임했다. 그들은 그에 대한 얘기를 꺼내는 것만으로도 두려움에 떨었다. 그들은 그의 이름 전체를 부르면 행여 그가 나타날까 봐 두려운 것처럼 그를 '톰' 혹은 단순히 '그'라고 불렀다.

그는 지프를 몰며 한두 명의 군인을 뒤에 태우고, 무릎에 경기관총을 놓고, 카키색 바지 주머니에는 국방색 재킷 밑으로 보일락 말락 권총을 차고, 예기치 않은 때와 장소에 느닷없이 출현해 방심하고 있던 희생자들을 잡아갔다. 그는 그들을 '마우마우'라고 불렀다. 그는 그들을 지프에 태우고 숲가로 데리고 가 무덤을 파라고 명령했다. 그리고 무릎을 꿇으라고 했다. 때로 그는 살려달라고 천지신명께 기도를 드리는 사람들에게 경기관총을 난사했다. 권총으로 사살할 때가 더 많았다.

이따금 그는 무덤가에 무릎 꿇고 있는 사람을 살려줄 때도 있었다. 붙잡힌 사람들은 마지막 순간까지 어찌해야 할지 몰랐다. 달아나다가 총에 맞든지, 아니면 톰의 마음이 바뀌기를 기다릴 것인지 도대체 알 수 없었다. 그는 어디에나 있다고들 했다. 그런 소문이 퍼졌다.

한 사람은 톰을 여기에서 봤다고 하고, 또 한 사람은 저기서 봤다고 했다. 어떤 사람들은 그의 지프를 꿈에서 보고 비명을 질렀다. 그는 밤낮을 가리지 않고 걸어 다니는 식인종이었다. 그는 죽음이었다. 그는 리프트 계곡에서 기쿠유 거주 지역으로 송환된 사람들에게 특히 가혹했다.

1954년의 일이었다.

1955년 5월, 그의 행적은 절정에 달했다. 어느 날 저녁, 그는 룽에이에서 사무실로 돌아오다가 아스팔트 길을 혼자 걸어가는 사람을 보았다. 그 사람은 길옆의 울타리로 바싹 달라붙으며 몸을 움츠렸다. 톰이 그에게 소리를 질렀다. 그 남자가 비틀거리며 지프를 향해 다가왔다. 그 사람은 공포에 질려 무릎까지 부딪치며 떨고 있는 것 같았다. 지프가 가까워지자 그의 이가 부딪치며 딱딱거리는 소리를 냈다. 그 모습을 보고 톰은 웃지 않을 수 없었다.

그는 그 사람을 안심시킬 생각으로 쾌활하게 말했다.

"겁먹지 마, 늙은이. 톰이 너를 잡아먹지는 않을 테니까."

그때 노인이 몸을 펴더니 호주머니에서 무엇인가를 꺼냈다. 두 발의 총알이 톰의 몸에 쿵쿵 박혔다. 놀란 경찰들이 손을 쓰기도 전에 그 남자는 울타리를 뛰어넘어 인도인 가게들이 있는 곳으로 숨어버렸다. 경찰들이 하늘로 공포탄을 쏘았다. 톰은 즉사하지 않았다. 마을에 떠도는 전설에 의하면, 그는 총에 맞고도 병원까지 차를 몰고 가 그곳에서 '짐승들!' 하고 말하는 소리를 제외하고는 도무지 알아들을 수 없는 말을 하다가 세 시간 후에 죽었다고 했다.

몇 시간 만에 군인들은 모든 마을을 포위했고, 그가 죽었다는 공식적인 발표가 났다. 그 뒤 신문에는 마우마우 단원에게 서장이 무참히 살해되었다는 내용의 머리기사가 실렸다.

그날 무고는 미래에 대한 꿈에 취해 평상시처럼 룽에이 역 근처에 있는 밭으로 갔다(사람들은 지금까지 그가 그날도 밭에 갔다는 사실을 얘기하고 있다). 그런 꿈에 취할 때면 그는 개인적인 메시지, 아니 예언을 보게 되었다.

'비상사태 초기에도 아무런 해를 입지 않고 고스란히 빠져나오지 않았던가.'

1952년부터 케냐는 비상사태에 있었다. 어떤 사람들은 수용소로 끌려갔고, 어떤 사람들은 숲으로 달아났다. 그러나 이런 것은 그와 상관없는 일이었다. 그는 언젠가 나팔 소리, 북소리, 트럼펫 소리가 울려 퍼지면서 자신이 다른 세계로 들어가는 것을 알리는 날이 올 거라고 느끼며 혼자 지냈다. 종종 그는 사람들이 새 타바이에 집을 새로 지었다는 얘기를 듣곤 했다. 그러나 그들의 말은 그에게 아무런 의미도 없었다.

'남자들이 해야 할 일을 여자들이 하고, 아이들이 조숙해지는 것이 무슨 의미가 있단 말인가! 나도 어릴 때부터 혼자 살림을 꾸려오지 않았던가.'

무고는 집을 제일 먼저 지은 사람들 중 한 명이었다. 그는 누구에게도 도움을 받지 않았다. 혼자 집을 세우고, 지붕을 이고, 벽을 발랐다. 집을 지은 일은 그가 처음으로 한 큰일이었다. 새집으로 이사한 그는 일상적인 삶을 다시 시작했다. 곡식을 돌보고, 눈은 미래를 향해 고정되어 있었다.

그날은 금요일이었다. 저녁에 그는 피곤한 몸으로 밭에서 돌아왔다. 그는 문을 열기 전에 조심스럽게 괭이와 낫을 벽에 기대놓았다. 자물쇠에 손을 대자 마음이 푸근해졌다. 종종 그는 자물쇠 구멍에 열쇠를 끼우면서 수선을 떨었다. 그러면서 자물쇠 따는 것을 뒤로 미뤘다. 이 의식이 그에게 기쁨을 주었다. 그의 집은 희망과 꿈의 연장선 위에 있었다.

집 안으로 들어간 그는 침대에 앉아 벽과 원뿔 모양의 지붕을 바라보며 흡족해했다. 지붕에서 풀과 양치류가 비어져 나와 있었다. 흙은 아직 마르지 않은 상태였다. 금세 어둠이 기어 들어왔다. 늘 그랬던 것처럼 그는 기름등에 불을 붙이고 속으로 휘파람을 불었다. 그런 다음 불을 지피고 옥수수 가루와 콩을 섞어 벽난로의 재받이돌에 놓고 요리를 했다. 이것이 하루 중 유일한 식사였다. 그는 언제나 옥수수 가루와 마른 콩을 몽땅 익혀놓았다가 한 끼 분량을 떠내 데워 먹었다.

식사를 마친 다음 그는 문을 잘 잠갔는지 확인하려고 문 앞으로 갔다. 다시금 그는 흡족한 마음으로 문고리를 잡고 머뭇거렸다. 그는 이제 겨우 스물다섯이었다. 그는 아무것도 가진 게 없었다. 하지만 미래가 그의 손에 있었다. 그는 침대 위에 몸을 쭉 펴고 누웠다. 고된 밭일을 하고 난 후 침대에 누우면 늘 기분이 좋았다. 배를 문지르고 트림을 하자 만족감이 살짝 새어 나왔다.

바깥엔 통금령이 발효 중이었다. 그러나 그 법은 그와 아무 상관이 없었다. 1952년 이전에도 무고는 바깥에 나가는 경우가 거의 없었다. 침대나 밭에 누울 때마다 그는 황혼의 정적이 밀려오도록 습관을 들여놓고 있었다. 그런 순간 그의 마음은 낯선 목소리들과 대화를 나눴다. 그러고 나면 목소리들이 잦아들면서 하느님이 '모세야, 모세야!' 하고 부르는 소리만 남았다. 그러면 무고는 '주여, 제가 여기 있나이다' 하고 얼른 대답했다.

그가 이렇게 몽상을 하고 있는데 호각 소리가 났다. 그리고 고함치는 소리와 발걸음 소리가 이어졌다. 호각 소리가 밤의 정적과 무고의 상념들을 갈가리 찢어놓았다. 숲의 전사들이 마을을 공격하거나 주요 인사를 죽일 때마다 그런 호각 소리가 났다. 그러나 타바이에서는 그런 일이 오랫동안 일어나지 않았다. 마지막으로 그런 소동이 벌어졌던 것은 잭슨 키곤두 목사와 무니우 선생이 살해당했을 때였다.

바람이 불다가 그치는 것처럼 호각 소리가 점점 커지다가 희미해졌다. 그리고 소리가 멈췄다. 마을은 쥐 죽은 듯한 고요 속으로 빠져들었다. 그런데 갑자기 총소리가 침묵을 깨버렸다. 고함 소리가 났다. 멀리서 여자들의 비명 소리가 들렸다. 총성이 집 가까이 다가왔고 호각 소리가 더욱 더 급박해졌다. 한 남자가 "롭슨!"이라고 외쳤다.

무고는 오른쪽 팔꿈치로 몸을 받치고 침대에 누워 있었다. 총소리와 고함 소리가 가까이 들리자 심장이 불안하게 뛰었다. 다시 전체 소리가 멈췄다. 한 남자가 신음 소리를 내며 "저는 막 집으로 가던 참이었어요. 정말입니다……. 집으로 가는 중이었어요" 하고 항의하는 소리가 들렸다. 다시 정적이 찾아오자 무고는 침대에 누워 반쯤 잠이 들었다. 무고는 밤에 경찰에게 집을 수색당하는 공포감을 전혀 모르는 운 좋은 사람들 중 한 명이었다.

얼마나 그런 상태에 있었는지 알 수 없었다. 그는 문을 두드리는 소리에 잠에서 깼다. 그는 눈을 뜨고 깜짝 놀라 일어나 앉았다.

'누굴까?'

다시 문 두드리는 소리가 났다. 무고는 조심스레 앞으로 걸음을 조금 옮기다가 멈추고, 다시 옮기다가 멈췄다. 등에 몸이 부딪쳤다. 그러자 불이 꺼졌다. 갑작스러운 어둠이 문 두드리는 소리보다 더 그를 놀라게 했다.

그는 돌 주위에서 성냥을 찾으려고 손으로 더듬었다. 그러면서 그는 문을 열어줘야 할지 말아야 할지 몰라 마음이 조급해졌다. 또다시 문 두드리는 소리가 계속 들리자 그는 얼른 문 쪽으로 갔다. 그는 자치대원들이 들어오도록 옆으로 비켜서면서, 동시에 성냥을 찾으려고 했다.

"불을 켤게요."

그는 문 앞에 서 있는 남자의 그림자를 힐끗 바라보며 중얼거렸다.

"그럴 필요 없소. 난로 불빛이면 됩니다."

남자는 낮은 소리로 말했다.

"누구세요?"

"쉿! 소리치지 마시오. 두려워하지도 말고."

"누구시죠?"

무고는 그 목소리를 희미하게 알아채며 필사적으로 똑같은 말을 되풀이했다.

남자가 약간 신경질적으로 웃었다. 무고는 방이 으스스해지는 걸 느꼈다. 그가 성냥갑을 찾아 불을 켜려고 할 때였다. 그 사람이 은밀한 목소리로 속삭였다.

"그만두시오. 자치대원과 경찰이 사방에 깔렸소. 그놈이 죽었소."

"누가요?"

"서장."

"롭슨 말입니까?"

"그렇소. 내가 쐈소. 난 그놈을 끝장내려고 벼르고 있었지."

그 속삭임에 눈물이 묻어 있었다. 성냥갑이 무고의 손에서 떨어졌다. 그것을 다시 집으려고 했지만 몸이 말을 듣지 않았다. 남자의 말을 듣자 찬 기운이 그의 배 속에 스며들고 수많은 바늘이 살을 찌르는 것 같았다.

"등을 켜게 해주세요."

그는 자신의 목소리가 아닌 목소리로 말했다.

"그렇게 하고 싶다면 그렇게 하시오. 어쩌면 더 좋을 수도 있지. 난 어둠에 익숙한 사람이오……. 당신은 저들이 오늘 밤 모든 집을 뒤질 것이라고 생각하오?"

마침내 무고는 램프에 불을 붙였다. 그는 방문객을 바라보았다.

"키히카!"

그는 본능적으로 숨이 콱 막혔다.

키히카는 더럽고 찢어진 옷을 입고 있었다. 지금은 노인들이 입지만 지난번 큰 전쟁에서는 군인들이 입었던 옷이었다. 그리고 그는 진흙투성이가 된 테니스화를 신고 있었다. 짧은 더벅머리 때문에 그의 얼굴이 무섭게 보였다. 무고는 뒤로 물러서서 침대 가까이 있는 기둥에 몸을 기댔다.

"난…… 난…… 당신인 줄 몰랐어요."

"용서하시오."

키히카는 집 안을 두리번거리며 말했다.

"난 그들이 나를 따라 숲으로 들어오는 걸 원치 않았소. 게다가 당신을 찾아오고 싶었지……. 늘 당신과 얘기를 하고 싶었소."

"저기…… 의자가 있어요."

"괜찮소. 나는 서 있는 데 익숙하오. 밤이나 낮이나 서 있거든. 서 있거나 구부리고 있지."

"왜 그렇죠?"

"감히 잠을 잘 수가 없는 거요."

"나를 죽이고 싶은가요? 나는 아무것도 하지 않았어요."

무고가 애원했다.

키히카가 대답하기 전에 호각 소리가 났다. 키히카는 권총을 빼 들고 침대 밑으로 기어 들어갔다. 무고는 의자에 털썩 주저앉았다. 울고 싶었다. 그는 테러리스트에게 은신처를 제공한 혐의로, 현행범으로 체포될 것이었다. 그는 등이 켜져 있다는 것을 생각해내고 입으로 불어 꺼버렸다.

집 안에 다시 어둠이 밀려들었다. 호각 소리가 사라졌다. 키히카는 숨었던 곳에서 꿈틀거리며 나와 난로 옆에 섰다. 무고는 그 사람의 그림자가 어른거리는 것을 의식했다.

"우리는 아무나 죽이는 게 아니오."

그는 하던 얘기가 중지되지 않았던 것처럼 말하기 시작했다.

"우리는 살인자가 아니니까. 우리는 이유나 목적도 없이 사람들을 죽이는 롭슨 같은 교수형 집행자가 아니란 말이오."

그는 빠르고 신경질적으로 말하면서 난로 주변을 거닐었다.

'이 사람이 정말로 마헤를 불살랐던 사람일까? 이 사람이 한때 집회에서 연설하면서 여자들로 하여금 머리와 옷을 쥐어뜯으며 열광하게 만들었던 사람일까?'

"우리는 반격할 뿐이오. 오른뺨을 대주고 나서 왼뺨을 대주다 보니 1년이 가고, 2년이 가고, 3년이 가고, 60년이 되었소. 그런데 더 이상 다른 쪽 뺨을 대주지 않겠다고 하는 일이 일어난 거요. 하기야 그런 일은 언제나 갑자기 일어나지. 궁지에 몰리면 반격을 하는 거요. 남자라면 남자답게, 믿을 게 그것밖에 더 있겠소? 당신 생각엔 우리가 숲에서 하이에나나 원숭이와 먹을 것을 다투며 사는 것을 좋아할 것 같소? 나도 따뜻한 난롯불 맛을 알고, 난로 옆에서 여자와 사랑을 나누는 것이 좋다는 것도 알고 있는 사람이오. 알겠소?

우리는 죽여야 하오. 민중의 자유를 짓밟는 적들을 잠재워야 한단 말이오. 그들은 우리가 약하다고, 우리가 폭탄에 대항해 싸울 수 없다고 말하지. 만약 약하다면 우리는 이길 수가 없는 거요. 나는 약한 자를 경멸하오. 왜 그런 줄 아시오? 약한 자라고 해서 늘 약하란 법은 없기 때문이오.

들어보시오! 우리 조상들은 용감하게 싸웠소. 당신은 적들이 사람들에게 풀어놓은 가장 큰 무기가 뭔지 아시오? 그것은 맥심 총이 아니었소. 그것은 그들을 분열시키는 것이었지. 왜 그런 줄 아시오? 믿음으로 뭉친 사람들은 폭탄보다 더 강하기 때문이오. 그들은 눈앞에 칼이 들어와도 두려워하거나 도망가지 않을 거요. 오히려 적들이 도망갈 거요. 내가 하는 말을 미친 사람이 하는 말이라고 생각하지 마시오.

어떤 말도, 어떤 기적도 파라오로 하여금 이스라엘 백성들을 풀어주도록 할 수는 없었소. 그런데 한밤중에 하느님이 이집트의 모든 첫아들을 죽였지. 왕좌에 앉아 있는 파라오의 첫아들로부터 감옥에 있는 포로들의 첫아들까지 모두 죽였소. 심지어 가축의 첫 새끼까지 죽였지. 그다음 날 파라오는 이스라엘 백성들을 풀어줬소.

그것이 우리의 목적이오. 그들을 공포로 몰아넣는 거지. 밤이건 낮이건 그들을 찾아내 그들의 집 안에까지 공포를 심는 거요. 그들은 독 묻은 화살을 그들의 혈관에서 느끼게 되겠지. 그들은 어디서 어떤 일이 생길지 모르게 될 거요. 압제자의 마음속에 공포를 심는 거지."

그는 목소리를 높이지 않았다. 무고를 의식하지도 않고, 아니 자신이 처해 있는 위험도 의식하지 않고 신들린 듯 말했다. 그가 느끼는 비통함과 좌절감이 그의 말에서 감지되었다. 말 한마디 한마디가 그 사람이 미쳤다는 무고의 의심을 확인해주었다.

"당신은 우리가 죽음을 두려워하지 않는다고 생각하시오? 우리도 두

렵소. 롭슨이 나를 불렀을 때 다리가 잘 떨어지지 않았소. 언제라도 내 가슴에 총알이 박힐 것 같았지. 나는 싸울 때가 되면 바지에 오줌을 싸고 미친 듯이 웃는 사람들도 보았소. 사람들이 죽을 때 내는 짐승 같은 소리는 정말 듣기 힘들지. 그러나 소수가 죽으면 다수가 사는 거요. 바로 그것이 십자가에 못 박혀 죽는 것의 의미요.

그렇지 않다면 우리는 백인을 위해 영원히 물이나 긷고 장작이나 패는 저주받은 노예가 되어야 마땅하오. 자유와 노예 상태, 둘 중의 하나를 택하는 거요. 남자라면 자유를 쟁취하기 위해 싸우다가 죽어야 하는 법이지. 우리에게 필요한 건……."

그는 말을 멈췄다. 걷는 것도 멈췄다. 그리고 처음으로 무고를 의식한 것 같았다. 무고는 자리에 꼼짝 않고 앉아 바닥을 내려다보며 자치대원들이 오늘 밤 그를 잡아갈 것이라고 확신했다. 그는 키히카가 정말 미쳤다고 생각했다. 그 생각은 그의 공포감을 증폭시킬 뿐이었다.

"당신이 원하는 게 뭐죠?"

무고는 얘기를 계속하게 할 요량으로 이렇게 물었다. 미친 사람은 얘기할 때 위험하지 않을 것이었다.

"우리에겐 강력한 조직이 필요하오. 백인들은 이것을 알고 두려워하고 있소. 그렇지 않다면 그들이 뭣 때문에 사람들을 이 마을들로 이주시켰겠소? 그들은 우리의 유일한 힘인 민중으로부터 우리를 차단시키고 싶어 하는 거요. 그러나 그 일은 결코 성공하지 못할 거요. 우리는 우리와 민중 사이에 놓인 장애물을 제거해야 해요.

나는 옛 타바이에서 종종 당신을 지켜봤소. 당신은 자수성가한 사람이오. 당신은 남자요. 당신은 고통을 당했소. 우리는 새 마을에서 지하운동을 조직할 사람이 필요하오."

무고는 키히카의 말 한마디 한마디에 속이 움찔했다.

"나는…… 나는 서약을 하지 않았어요."

무고는 희미하게 이의를 제기했다.

"알고 있소."

키히카가 말했다.

"하지만 서약이란 게 뭐요? 어떤 사람들에겐 그들을 조직에 묶어두기 위해 서약이 필요하지. 서약을 하지 않아도 비밀을 지킬 사람들이 있소. 나는 얼굴만 봐도 그들을 알아요. 얼마나 많은 사람들이 서약을 하고도 백인의 발가락을 핥고 있습니까? 아니, 이미 선택한 것을 확인하려고 서약의 절차를 밟는 거요. 민중을 위해 당신의 목숨을 바치느냐 안 바치느냐 하는 것은 당신 마음에 달려 있소. 서약이란 세례를 받을 때 머리에 뿌려지는 물 같은 거요."

다른 생각들이 무고의 마음속을 훑고 지나갔다. 그는 문을 잠그지 않았다는 것을 생각해냈다. 그는 일어서서 키히카를 지나쳐 열쇠 구멍에 귀를 갖다 댔다. 그는 달아나든지, 아니면 소리를 칠까도 생각해봤다. 그러나 키히카가 총을 갖고 있다는 사실을 떠올렸다. 게다가 그 총은 지금 막 사람을 죽인 총이었다. 그는 문을 잠그고 자리로 돌아갔다.

그는 악몽을 꾸고 있었다. 마헤를 불바다로 만들었으며, 롭슨을 죽인 사람이 자기 집에 있다는 것이 현실일 리 없었다. 그는 말하고 싶은 피곤한 욕구를 느꼈다. 하지만 무슨 말을 해야 할지, 무슨 행동을 취해야 할지 얼른 머리에 떠오르지 않았다.

이제 마을은 쥐 죽은 듯 조용했다. 호각 소리와 총성도 몇 년 전 과거에 있었던 일 같았다. 그러나 키히카가 거기에 있었다. 그는 더 이상 헐떡이지 않았다. 그는 거닐던 것을 멈추고 침착한 모습으로 서 있었다. 그는 현실이었다.

"일주일 후에 만납시다."

키히카는 의기양양하게 말했다. 무고는 고개를 끄덕였다. 키히카는 키네니에 숲의 접선 장소에 대해 아주 세밀하게 얘기했다.

키히카가 말을 마치자마자 세 번째로 정적이 깨졌다. 멀리서 비명 소리가 들리고 총소리도 났다. 비명 소리와 총소리가 간헐적으로 나면서 이번에는 멈추지 않았다(다음 날 무고는 마우마우 단원이라는 혐의가 있는 남자들이 롭슨의 죽음과 관련해 붙들려 갔다는 것을 알았다. 신문에 난 기사에 의하면, 밤중에 총살당한 두 남자는, 그동안 지역을 위해 헌신적으로 봉사해왔고 무장도 거의 하지 않았던 서장을 공격한 무리 중 일원이라고 했다). 키히카는 문 쪽으로 가서 귀를 기울였다. 무고는 키히카와 격투를 벌이면서 밖에다 도와달라고 외치고 싶은 마음이 다시금 들었다.

"난 가야겠소. 어쩌면 그들이 모든 집을 다 뒤질지도 모르니까."

키히카가 나지막하게 말했다.

그는 다시 신경이 날카로워졌다. 그는 다시 쫓기는 인간이 되었다. 그는 문을 열고 조용히 닫으면서 한마디 덧붙였다.

"우리가 한 약속을 기억하시오."

그는 왔을 때처럼 조용하고 갑작스럽게 어둠 속으로 사라졌다.

무고는 잠시 동안 새로 지은 집 가운데에서 꼼짝하지 않고 서 있었다. 발밑의 바닥이 단단하지 않은 듯했다. 그때 그는 문 앞으로 달려가서 문을 열어젖혔다. 도와달라는 소리가 입에서 나왔으면 싶었다. 그러나 그는 어둠 속을 응시했을 뿐이었다. 그는 세 번째로 문을 잠갔다.

'왜 문을 잠가야 하지? 왜 그래야 되지?'

문이 있는데도 추위와 위험이 몰려온다면 차라리 없는 게 더 나을 것 같았다. 그는 빗장을 열어놓고 천천히 침대로 돌아왔다. 그리고 앉아서 손으로 얼굴을 감쌌다. 그는 얼굴과 목을 닦으려고 더러운 손수건을 꺼냈다. 그러다가 식은땀을 닦는 것을 잊어버렸다. 손수건이 무릎으로 떨어졌다. 언젠가 그는 바람 속에서 소음을 들은 적이 있었다. 딱히 무엇이라고 꼬집어낼 수 없는 경험이었다. 그 소음이 그의 머릿속에서 다시 울렸다.

불과 몇 분 전, 침대에 누워 있을 때만 하더라도 미래는 기대감으로 충만해 있었다. 방 안에 있는 모든 것이 조금 전과 같았지만, 미래는 텅 빈 것 같았다. 경찰이나 자치대원들이 와서 그를 체포하거나 총살할 것 같았다. 감옥과 죽음만 눈앞에 보였다.

키히카는 정부가 필사적으로 체포하려는 사람이었다. 특히 마헤를 파괴한 후로는 더욱 그랬다. 테러리스트에게 은신처를 제공하다가 체포되는 것은 죽음을 의미했다.

'왜 키히카는 나와 상관없는 문제 속으로 나를 끌어들이는 거지? 왜 그러지? 그는 남자들과 여자들과 아이들을 도살하는 데 만족하지 않고 나를 피로 적시려고 찾아온 것이 틀림없어. 나는 그의 형제도 아니야. 나는 그의 누이도 아니야. 나는 누구에게도 해를 끼친 적이 없어. 나는 밭과 곡식을 돌보며 살아가는 사람이었을 뿐이야. 그런데 이제 나는 한 사람의 어리석음 때문에 평생을 감옥에서 보내야 될 판이야!'

다음 날 자리에서 일어났을 때 무고는 자신이 아직 감옥에 갇혀 있지 않다는 사실에 놀랐다. 그는 밤에 있었던 일을 생각하지 않으려 했다.

'그것은 한낱 꿈일 뿐이야. 이것 말고도 나는 그런 악몽을 꾼 적이 있어. 밤은 우리의 두려움과 비참함과 실망 같은 모든 것을 과장할 뿐이야.

숲과 나무도 사람처럼 보이게 하지. 하하하!'

아무리 그렇게 자기 위안을 하려고 해도 현실은 어쩔 수 없었다. 키히카의 얼굴이 그의 마음속에 지울 수 없게 각인되어 있었다. 키히카의 흐트러진 머리와 불안하게 움직이는 눈동자가 떠오르자 자위적인 환상은 멀리 사라져버렸다.

날이 밝았는데도 무고는 몸이 덜덜 떨렸다. 어떤 사람이 황혼 속을 걸어가며 혼자 있다는 것에 한없는 위안을 느끼다가 어둠이 몰려오자 언제라도 깊은 구덩이에 빠져 발이 부러질 수 있다는 것을 감지하는 것과 흡사한 상황에 무고는 처해 있었다. 다음 며칠 동안 그는 집과 밭 사이를 오락가락했다.

경찰이나 자치대원이 그의 어깨를 툭 치며 체포할 것 같았다. 군인이나 자치대원을 볼 때마다 얼굴에 땀이 나고 다리가 휘청거렸다. 그는 단 한 번도 뒤에서 답변을 기다리고 있는 키히카의 그림자를 잊지 않았다.

'어떡하지? 만약 키히카가 원하는 대로 하지 않는다면 그는 나를 죽이고 말 거야. 그들은 잭슨 목사와 무니우 선생도 죽였어. 그런데 내가 그를 위해 일하게 되면 이번엔 정부가 나를 체포할 거야. 백인의 팔은 길거든. 그들은 나를 목매달아 죽일 거야. 아! 하느님, 저는 죽기 싫어요. 죽을 준비가 돼 있지 않아요. 아직 다 살아보지도 않았다고요.'

무고는 몹시 괴롭고 혼란스러웠다. 지금껏 그는 갈등이 생길 만한 일을 피해 다녔다. 학교나 집에서 그는 다른 소년들과 어울리지도 않았다. 그들과 어울리면 미래를 망치는 다툼에 휘말려들지도 모르기 때문이었다.

'만약 내가 악마와 거래를 하지 않는다면 악마도 나를 건드려서는 안 된다. 만약 내가 사람들을 혼자 내버려두면 그들도 나를 내버려둬야 한다.'

이것이 한밤중에 무고가 자신이 처한 딜레마를 해결하지 못하고, 끙끙

앓으며 당황해하는 이유였다.
'내가 누구한테 어떤 것을 훔쳤나? 아니다. 내가 이웃집 마당에 똥을 쌌나? 아니다. 내가 누구를 죽였나? 아니다. 그렇다면 내가 자기한테 아무런 잘못도 하지 않았는데, 키히카는 나한테 어떻게 이럴 수 있는가? 시기심 때문일까?'

그는 스스로 답을 내릴 수가 없어 이렇게 생각하기로 했다. 그러자 키히카에 대한 증오감이 너무 커져 질식할 것 같았다. 어머니도 있고, 아버지도 있고, 형제자매도 있는 키히카로서는 죽음을 갖고 장난칠 수도 있을 것이었다. 그가 죽으면 슬퍼하고, 그의 이름을 따서 아이들 이름을 짓고, 그의 이름이 사람들의 입에서 사라지지 않게 할 사람들이 있었다. 키히카는 모든 것을 가졌다. 무고에게는 아무것도 없었다.

이런 생각은 강박관념이 되었다. 그것 때문에 그는 잠을 잘 수 없었다. 다른 것을 생각할 수 없을 정도로 속에서 분노가 끓어올랐다. 운명적인 금요일은 느닷없이 그를 사로잡고 말았다. 그는 늘 그랬던 것처럼 낫과 괭이를 들고 밭으로 걸어갔다. 사람들을 만나지 않으려고 무고는 룽에이 쪽으로 난 들판을 가로지르는, 사람들이 다니지 않는 길을 택했다.

이른 시각이었다. 들판에는 아무도 없었다. 들판의 이곳저곳에는 불과 일주일 전만 해도 있었던 집들의 부서진 잔해만 널려 있을 뿐이었다. 무고의 무거운 눈은 아무것도 분간해내지 못했다. 그의 마음은 한낮의 태양처럼 눈을 부시게 만드는 하얀 허공과 같았다. 그는 여러 날 밤을 흥분 상태에서 별의별 생각을 다 하느라 잠을 자지 못해 기진맥진한 상태였다. 스스로 위험을 알지는 못하지만 조금만 건드려도 폭발해버리고 말 것 같았다.

그의 발이 이슬에 젖은 울타리에 스치면서 발 위로 이슬이 방울방울 떨어졌다. 그의 아랫입술은 아래로 늘어져 있었다. 그는 괴로울 때면 아랫입술이 아래로 처졌다. 온몸이 떨렸다. 걸어가면 갈수록 몸이 더 떨리고 기분이 더 나빠졌다. 인도인들의 가게가 있는 곳에 도착했을 때 몸에서 힘이 더 빠졌다. 더 이상 걸을 수가 없었다. 그래서 그는 낫과 괭이를 가게 뒤에 있는 쓰레기더미 가까이에 놓고 앉아 잠시 쉬고 있었다.

모든 상점 뒤에는 악취를 풍기는 쓰레기더미가 있었다. 인도 아이들은 그곳에다 똥을 눴다. 때로는 성인 남자들도 그랬다. 흑인 아이들은 쓰레기더미를 뒤지곤 했다. 그들은 새로 버린 쓰레기를 발로 헤집으며 빵이나 잃어버린 돈을 찾았다. 그러다가 사내애들은 복수심에 가득 차 심한 욕설을 하면서 인도인들을 향해 돌을 던지곤 했다. 한번은 쓰레기더미 뒤에서 세 명의 흑인 사내애들이 인도 소녀를 땅바닥에 누르고 있다가 붙잡혔다. 지금 무고가 앉아서 쉬고 있는 자리 옆이었다. 그들은 그 소녀를 강간하려 한 혐의로 기소되었다. 사내애들의 나이를 고려하여 판사는 그들을 와무무 소년원에 보냈다.

그렇다고 무고가 지금, 가게의 과거에 얽힌 자질구레한 것들을 생각하고 있는 건 아니었다. 그는 손으로 머리를 감싸고 똑같은 질문을 되풀이하며 신음했다.

'왜 그는 내게 이렇게 한 거지?'

바람이 불어 먼지와 쓰레기가 공중으로 휘날렸다. 무고는 눈에 모래가 들어가지 않도록 두 손바닥으로 얼굴을 가렸다. 종잇조각이 뱅글뱅글 돌아가는 원추형을 이루면서 점점 더 높이 올라갔다. 사람들은, 먼지와 쓰레기를 원추형 기둥으로 말아 올리는 돌풍은 여자 귀신이 들려서 생긴 것이라고 했다. 보통 돌풍은 잠깐 계속되다가 처음 불어올 때처럼 갑작스럽고 신비스럽게 사라지곤 했다. 그런데 지금은 점점 더 힘이 거세져 먼지와 쓰레기를 하늘 높이 날려 보냈다.

마침내 바람이 멈췄다. 무고는 먼지와 쓰레기가 땅으로 떨어지는 모습을 지켜보았다. 그걸 보고 있노라니 떨리던 몸이 진정되고 들뜬 기분이 조금 가라앉았다. 그는 낫과 괭이를 집어 들고 밭 쪽으로 향했다. 그는 평온함을 거의 되찾았다.

그러나 그것도 잠시뿐이었다. 앉았던 자리에서 일어나 몇 걸음 떼었을 때 무고는 이상한 환영을 보았다. 그는 골함석으로 된 벽을 응시했다. 머리카락이 쭈뼛 섰다. 그리고 놀라운 희열을 느꼈다. 키히카의 사진이 가게에 붙어 있었다. 무고가 오래 들여다볼수록 그의 얼굴은 더 커지고 더 괴상하게 변해갔다. 하얀 배경 때문에 선명하게 보이는 그의 얼굴은 그가 어린 시절 숙모를 죽이려고 했을 때와 똑같은 흥분과 공포심을 불러일으켰다. 키히카의 목에 현상금이 걸려 있었다.

'키히카의…… 목에…… 현상금이라니…….'

무고는 놀라움과 흥분을 억제하느라 정신이 몽롱해진 채 경찰서 쪽으로 걸어갔다.

하느님이 아브라함을 불러 모리아 땅의 산에서 외아들 이삭을 제물로 번제를 지내라고 하셨다. 그러자 아브라함은 그곳에 제단을 짓고, 나무를 준비하고, 이삭을 묶어 제단 위에 놓았다. 그리고 아브라함은 손을 뻗쳐 아들을 죽이기 위해 칼을 집어 들었다. 이삭은 가만히 누워 기다렸다. 그는 칼이 여지없이 자기 목을 자를 것이라고 생각했다. 순간적으로 그는 차가운 낫에 죽었다고 생각했다. 그런데 갑자기 이삭은 하느님의 목소리를 들었다. 그는 울었다. 죽음에서 구원되었다.

'죽음에서 구원되었다.'

무고는 그 말을 되뇌었다.

그는 이런 환상 속에서 걸었다. 멍한 머릿속에도 나름대로 논리적인 생각들이 뒤섞여 있었다. 그 논리는 아주 분명하고 아주 기분 좋은 것이어서 여태까지 그가 풀 수 없었던 것들을 해결해주었다.

'나는 중요한 사람이야. 죽어서는 안 돼. 앞으로 큰일을 하기 위해서 건강한 몸으로 살아남아야 해. 그것은 나 자신과 인류의 미래를 위해 내가 해야 할 의무야. 만약 모세가 갈대 속에서 죽었다면 그가 위대한 인간이 되도록 운명 지어져 있었다는 것을 누가 알았겠는가?'

이렇게 고상한 기분은 금전적인 보상과 그 앞에 열린 여러 가지 가능성에 대한 생각과 뒤섞였다.

'나는 땅을 더 살 것이다. 큰 집을 지을 것이다. 그리고 아내를 맞아 아이들을 낳을 것이다.'

색다른 경험과 그 계획을 실현할 수 있는 가능성이 가까이 있다는 생각이 그가 느끼는 짜릿함에 덧붙여졌다. 이전에는 여자를 생각해본 적이 결코 없었다. 그런데 마을에서 보았던 여러 여자들의 모습이 스치고 지나갔다. 또 그는 숙모의 영혼 앞에서 자신의 승리를 과시할 참이었다. 그의 사회적 위치는 확고해질 것이었다. 그는 권력에 이르는 길목에 있을 것이었다.

'권력 말고 위대한 것이 어디에 있는가. 권력이란 게 뭔가? 판사에게는 힘이 있다. 아무도 판사의 권위와 판단에 이의를 제기하지 않는다. 아무런 해도 입지 않으면서 판사는 사람을 죽일 수 있다. 그렇다. 위대해지기 위해서는 아무도 이의를 제기하지 못하고, 다른 이들을 고통과 죽음으로 몰 수 있는 그런 위치에 있어야 한다. 교장이나 판사나 총독처럼……'

그는 너무 일찍 경찰서에 이르렀다. 최근에 생긴 경찰서는 주변 마을로 신속하게 통하는 곳에 있었다. 자라목 깃이 달린 스웨터를 입고 권총을 찬 두 명의 경찰이 입구를 지키고 있었다. 무고는 앞을 가로막는 비현실적인 절차들이 너무 싫었다.

"서장님을 만날 수 있습니까?"

이렇게 말하며 그는 그들을 지나쳐 걸어 들어갔다. 그의 마음은 벌써 경찰서 안에 들어가 있었다.

"무슨 일이냐?"

경찰이 그의 어깨를 잡아 뒤로 끌어당겼다.

"저…… 전 서장님과 단독으로 만나고 싶습니다."

그는 깜짝 놀라 말했다.

"괭이와 낫을 들고? 하하하!"

"원하는 게 뭐냐고 물었잖아?"

"당신들한테는…… 말할 수 없습니다."

무고의 대답에 두 경찰은 야유를 보냈다. 그들은 낫과 괭이를 빼앗아 바닥에 내동댕이쳤다.

"말할 수 없다고! 말할 수 없다고! 어이, 농사꾼 놈, 원하는 게 뭐야?"

"말씀드릴 게 있어요……. 이건…… 이건 중요한 일이에요."

두려움이 그의 마음속으로 스며들었다. 경찰들은 무고를 거칠게 이리저리 밀며 몸을 수색했다.

"옷을 벗겨야겠어."

"키는 굉장히 크군, 이놈의 물건도 말처럼 클 거야."

"어이, 여자들은 어떻게 다루나?"

"여자라고? 농담하고 있네. 그걸 보면 살이 뒤룩뒤룩 찐 창녀라도 달아나고 말걸!"

"양이나 암소하고 하는지도 모르지. 그런 사람도 있잖아. 밤에 말이야. 하하!"

"하하! 아니면 늙은 여자하고나……. 돈을 주든지, 강제로 하든지. 하하하!"

그때 존 톰슨 서장이 밖으로 나와 그들에게 웃지 말라고 소리쳤다. 그들은 그에게 무고에 관해 얘기를 했다. 그러자 서장은 들여보내라고 했다. 급히 사무실로 들어갔을 때 무고는 거의 숨이 넘어갈 뻔했다. 그는 더 이상 창피와 모욕을 당하지 않게 구해준 백인이 고마웠다.

그런데 안으로 들어오고 나니 어디서부터 시작해야 할지 막막했다. 그렇게 가까이 백인을 대한 건 처음이었다. 그는 맞은편 벽에 눈을 고정하고, 가능하면 백인의 얼굴을 쳐다보지 않기로 마음먹었다.

"원하는 게 뭐냐?"

톰슨의 목소리가 무고를 놀라게 했다.

"키히카에 관해 말씀드리려고 왔습니다."

그 이름을 듣자 톰슨은 의자에서 몸을 바로 세웠다. 그러고는 일어서서 몸을 지탱하려는 듯 탁자 모서리를 손으로 잡았다. 그는 무고를 응시했다. 두 사람의 키가 엇비슷했다. 무고는 굳건히 상대방의 눈을 쳐다보지 않기로 했다. 서장은 다시 자리에 앉았다.

"그래?"

"제가 알고 있어요……."

그는 침을 꿀꺽 삼켰다. 갑자기 밀려드는 공포심이 그를 사로잡았다. 그는 목소리가 나오지 않을까 두려웠다.

"알고 있어요……."

그는 조심스럽게 말을 시작했다.

한 톨의 밀알

"오늘 밤 키히카를 잡을 수 있는 곳을 알고 있어요."

키히카에게 느꼈던 증오감이 새롭게 되살아났다. 그는 일주일 내내 자신을 괴롭혔던 이야기를 꺼내면서 의기양양한 증오감에 몸을 떨었다. 잠시 그는 자신이 도덕적으로 용기 있는 위대한 행위를 겁 없이 하고 있다는 것에 순수하고 감미로운 기쁨과 짜릿함을 느꼈다.

그 순간 그는 자신의 행위에서 순수함을 보았다. 그는 선과 악을 넘어, 어떤 사실을 확실하게 알고 있으며, 지금 한 사람의 운명을 머릿속에 틀어쥐고 있다는 걸 즐기는 마음이 되었다. 그의 가슴과 그의 잔이 넘쳐흐르고 있었다. 안도의 눈물이 눈가에 비쳤다.

일주일 동안 무고는 혼자서 끝없는 악몽에 시달리며 악마들과 씨름했다. 이 고백이 다른 사람과의 첫 접촉이었다. 그는 참을성 있게 얘기를 들어주는 백인에게 고마움을 느꼈다. 그렇게 얘기를 들어줌으로써 그의 가슴에서 짐을 덜어주고 악몽에서 그를 탈출시킨 것이었다. 무고는 그 백인을 새로 사귄 친구라고 생각하기까지 했다.

무고의 얼굴에 미소가 번졌다. 그러나 그 미소는 백인의 탐색하는 듯한 눈길과 마주치자 얼어붙고 말았다.

서장은 다시 몸을 일으켰다. 그는 탁자를 돌아 무고가 서 있는 곳으로 걸어왔다. 그는 무고의 턱을 들어 얼굴을 뒤로 젖혔다. 그러더니 예기치 않게 무고의 검은 얼굴에다 침을 뱉었다. 무고는 한 걸음 뒤로 물러서서 왼손으로 침을 닦으려고 했다. 그러나 백인의 손이 무고의 얼굴에 먼저 닿았다. 그는 무고의 뺨을 한 차례 세게 때렸다.

"이미 많은 놈들이 이 테러리스트에 대해 거짓 정보를 우리에게 제공했다. 들리느냐? 그놈들은 보상금을 타려고 그런 것이다. 너를 여기에 억류하겠다. 만약 네놈이 진실을 말하지 않았다면 너를 밖에서 목매달아 죽이겠다. 내 말 알아듣겠나?"

무고는 악몽 속으로 다시 돌아와 있었다.

탁자와 하얀 얼굴과 천장과 벽이 빙글빙글 돌았다. 그러더니 모든 것이 뚝 멈춰버렸다. 그는 차분해지려고 했다. 그가 서 있던 바닥이 무너지는 것 같았다. 그는 떨어져 내렸다. 그는 팔을 허공에 저었다. 밑바닥은 너무 멀고, 보이는 것은 암흑뿐이었다. 그러나 그는 바닥에 날카로운 돌들이 솟아 있다는 것을 알았다. 그는 아무것도 아니었다. 흐르는 눈물도 그를 어쩔 수 없었다. 질식할 것 같은 소리를 내며 그의 몸이 백인의 발밑에 있는 부서진 돌과 튀어나온 바위와 부딪혔다. 깨달음의 충격이 너무 커 그를 마비시켰다. 그는 고통을 느끼지 않았고, 피도 눈에 들어오지 않았다.

"내 말 알아들었나?"

"예."

"나리라고 해."

"예……."

그러나 그 단어가 목구멍에 달라붙었다. 목구멍이 꽉 막혔다. 대신 알아들을 수 없는 소리가 열린 입으로 새어 나왔다. 거품이 그의 입가에 모였다. 그는 물기가 반짝이는 눈으로 백인을 응시했다. 그러나 백인을 바라보는 게 아니었다.

탁자, 의자, 서장, 하얀 벽, 땅 등 모든 것이 점점 더 빨리 돌아가기 시작했다. 그는 몸을 진정시키려고 탁자를 붙잡았다. 그는 돈을 원치 않았다. 그는 자신이 무슨 일을 했는지 알고 싶지도 않았다.

내가 진정으로 진정으로 너희에게 말한다. 밀알 하나가 땅에 떨어져 죽지 않으면 한 알 그대로 있고, 죽으면 열매를 많이 맺는다.

— 요한복음 12장 24절

(키히카의 성경에 검은 줄이 그어져 있는 부분)

나는 새 하늘과 새 땅을 보았습니다. 처음의 하늘과 처음의 땅은 사라졌습니다.

— 요한계시록 21장 1절

14

1963년 12월 12일, 마침내 케냐는 영국으로부터 우후루를 쟁취했다. 자정이 되기 1분 전, 나이로비 주경기장의 불이 모두 꺼졌다. 나라의 방방곡곡과 세계 도처에서 한밤의 기념식을 위해 모인 사람들은 어둠 속으로 빨려들었다. 어둠 속에서 영국 국기가 재빨리 내려졌다.

다음 순간 전기가 들어왔을 때 그 자리에는 새로운 케냐 국기가 바람에 펄럭이며 물결쳤다. 경찰 악대가 새 국가를 연주했고 군중은 국기가 검은색과 초록색과 붉은색으로 되어 있는 걸 보고 계속 박수를 쳤다. 박수 소리는 마치 주경기장의 두꺼운 진흙에 서 있는 많은 나무들이 넘어지면서 우지끈하고 내는 소리처럼 들렸다.

보슬비가 내리는데도 우리 마을에서는 어른 아이 할 것 없이 거리로 나와 노래를 부르고, 진흙탕에서 춤을 췄다. 그들은 어두운 거리를 밝히려고 현관 계단에 등을 내놓았다. 보통 때처럼 젊은 남자들 중 일부는 떼거리로 몰려다니며 횃불을 들고 어두운 구석에 숨어 소곤거렸다. 그들이 진정으로 원하는 것은 사랑을 나눌 상대를 군중 속에서 찾는 것이었다.

어머니들은 딸들에게 캄캄한 데서 강간당하지 않도록 하라고 타일렀다. 여자들은 남자들이 구석에서 그들을 지켜보고 있다는 사실을 의식하며, 한가운데에서 엉덩이를 자극적으로 흔들며 춤을 췄다.

모든 사람이 무엇인가 일어나기를 기다렸다. 여인이 아이를 낳을 때 두려움과 기쁨 사이에서 찢기듯이, 사람들은 비명과 아우성과 웃음 아래에서 무엇인가를 막연하게 기다렸다. 사람들은 노래를 부르며 이 거리에서 저 거리로 옮겨 다녔다. 그들은 조모와 카기아와 오깅가를 찬양했다. 그들은 1900년이 되기 전, 루가드를 따라 다고레티에 온 백인들에게 도전했던 와이야키의 얘기를 떠올렸다. 그들은 우리 마을의 영웅들도 기억했다. 그들은 키히카가 숲에서 한 행동을 묘사할 말을 만들어냈다. 무고가 참호와 수용소에서 한 행동만이 키히카의 영웅적 행위에 견줄 수 있는 것이었다.

그들은 성인이 되기 위해 할례를 받고 성년식을 치를 때만 들을 수 있는 노래와 춤을 크리스마스 노래와 섞어 불렀다. 그 밑으로 거리에서 거리로 우리를 따라온 화음이 깔려 있었다. 어디선가 한 여자가 은둔자 무고의 집으로 가 그를 칭송하는 노래를 부르자고 했다. 그렇게 하자는 결정이 내려지기도 전에 사람들은 벌써 가랑비와 어둠을 가르며 무고의 집으로 향하고 있었다.

무고의 집은 한 시간 이상 사람들로 둘러싸여 있었다. 누구나 무고의 이름을 입에 올렸다. 우리는 그의 이름에 새로운 전설을 부여했고 그의 영웅적인 행동을 상상했다. 우리는 무고가 밖으로 나와 동참해주기를 바랐다. 그러나 아무리 문을 두드려도 그는 문을 열지 않았다.

자정이 되었을 때 사람들은 다 같이 기다랗게 포효하는 소리를 냈다. 그러자 여자들은 다섯 차례에 걸쳐 떨리는 목소리로, 태어나거나 할례를 받는 아들을 축복해달라며 간절하게 빌었다. 그들은 이런 것들을 우리 마을에서 나온 두 영웅 키히카와 무고를 위해 노래했다. 그런 다음 우리는 우후루 기념식이 시작될 아침을 위해 각자의 집으로 흩어졌다.

밤이 깊어지자 가랑비는 심한 폭우로 바뀌었다. 천둥을 동반한 번개는 벽에 난 구멍을 통해 들어와 2~3초 정도 우리의 집을 붉고 하얗게 물들였다. 비바람이 심해졌다. 비바람이 나뭇잎과 가지들을 때릴 때 나는 신음 소리와 윙윙대는 소리가 밤새도록 흔들리고 부서지는 나무와 울타리에서 새어 나왔다. 지붕이 낡은 집들은 비를 고스란히 맞아 바닥에 웅덩이가 생겨났다. 사람들은 비에 젖지 않으려고 침대를 이리저리 계속 옮겼지만 금세 또 빗물이 새어 들었다. 바람과 비가 너무 세서 나무들은 뿌리째 뽑히거나 줄기와 가지가 부러졌다.

다음 날 아침, 우리는 우후루를 경축하기 위한 체육 행사와 춤이 있을 룽에이 근처의 들로 가면서 하룻밤 사이에 달라진 광경을 보았다. 계곡 비탈에 심어놓은 곡식들은 크게 상해 있었다. 또 흐르는 물이 경사진 들을 따라 지그재그로 나 있는 참호에 고랑을 만들어놓았다. 뽑힌 감자와 콩 줄기가 계곡 바닥에 이리저리 널려 있고, 그나마 서 있는 옥수수나무들은 이파리가 여러 갈래로 찢겨 있었다.

아침 날씨가 우중충해 사람들은 날이 개지 않으면 어쩌나 걱정했다. 그러나 비는 그쳐 있었다. 공기는 부드럽고 신선했으며, 따뜻한 온기가 비옥한 대지로부터 우리의 가슴으로 흘러들었다.

들판이 주변 마을의 중심이 되는 지점에 위치해 있어 당의 우후루 위원회는 그곳을 행사 장소로 정했다. 들판은 룽에이 가게들을 향해 가파른 경사를 이루고 있었다. 하얀색으로 그어진 트랙은 가파르게 올라갔다가 구멍이나 얕은 도랑으로 곤두박질쳤다.

첫 행사는 학생들의 운동 경기와 달리기였다. 녹색이나 푸른색 혹은 갈색 유니폼을 입은 아이들은 맵시가 있어 보였다. 학교마다 응원단이 있어서 아이들은 달리다가 넘어지고 다시 일어날 때마다 요란하게 박수를 쳤다. 나팔과 북을 든 두 청년이 틈틈이 승리가와 군가를 연주하며 사람들의 흥을 돋웠다. 당의 청년부 소속 청년들이었다.

학생들의 운동 경기와 달리기가 끝나자 전통 춤을 선보이는 행사가 이어졌다. 할례를 받지 않은 소년 소녀들이 격렬한 무투오 춤을 추며 사람들을 즐겁게 했다. 그들은 얼굴을 백묵과 황토로 칠하고 무릎에 찰찰이를 묶고 있었다. 어린아이들은 무쿵와 춤을 추고, 전통복을 입고 염주를 두른 나이 든 여자들은 은두모 춤을 췄다.

아침 내내 기코뇨는 이리저리 뛰어다니며 모든 것들이 순조롭게 진행되고 있는지 점검했다. 오늘은 그의 날이었다. 그는 그걸 자랑스럽게 생각했고, 그날을 확실한 성공작으로 만들고 싶었다.

기코뇨가 기대했던 만큼 구경꾼들이 많지는 않았다. 운동 경기와 춤으로 진행된 아침 행사에서는 우후루 날답지 않게 어딘지 무거운 분위기가 감돌았다.

그런데 아침 행사가 끝나갈 무렵 무거운 분위기를 떨쳐내는 듯한 일이 있었다. 들판을 열두 바퀴 도는 5킬로 장거리경주가 있다고 발표된 것이었다. 남녀노소 모두 참가할 수 있다고 했다. 원래 장거리경주는 프로그램에 없었다. 바로 이렇게 즉흥적으로 끼워 넣은 것이 흥미를 끌면서 사람들이 달아올랐다.

사람들은 곳곳에서 서로에게 경주에 참가하라며 소리치고 야단이었다. 여자가 앞으로 나올 때마다 박수 세례를 받았다. 노인인 와루이가 천을 걸친 채 경주를 하겠다고 앞으로 나왔을 때 가장 큰 박수가 터져 나왔다. 왐부이 곁에 앉아 있던 뭄비는 와루이가 들을 가로질러 짤랑짤랑 소리를 내며 출발점으로 갔을 때 너무 웃어 눈물이 다 나올 지경이었다. 아이들은 나이 든 선수 주위에서 일어났다 앉았다 하면서 신이 났다.

"우리도 경주에 참가하는 게 어떨까?"

므와우라가 카란자에게 말했다.

"난 뼈가 굳었어."

카란자는 뭄비에게서 여러 선수들 쪽으로 눈길을 돌리며 말했다.

"무슨 소리야, 친구. 자넨 한때 장거리선수였잖아. 망구오에서의 기억 안 나는가?"

"자네도 할 건가?"

"그래, 자네한테 도전하는 거야."

므와우라가 카란자의 손을 잡아끌었다.

카란자가 나타나자 기코뇨는 깜짝 놀랐다. 그는 카란자를 쳐다보지 않으려고 와루이가 서 있는 곳으로 자리를 옮겨 활기 있는 목소리로 무슨 말인가를 했다. 카란자도 머뭇거리기는 마찬가지였다. 기코뇨가 경주에 참가할 것이라고 생각하지는 않았던 것이다. 그런데 기코뇨에 대한 경멸감이 가슴에 차올랐다.

카란자는 예전에 기차역까지 경주하던 기억을 되살리며 이번 경주를 단념하지 않으리라고 마음먹었다. 끝나지 않은 드라마가 뭄비 앞에서 다시 펼쳐질 판이었다. 그것도 같은 기차역으로부터 몇 미터밖에 떨어지지 않은 곳에서……. 어쩌면 이번엔 경주도 이기고 뭄비도 얻게 될지도 모르는 일이었다.

'그렇지 않다면 왜 그녀가 그 쪽지를 보냈단 말인가.'

카란자는 신발 끈을 다시 매려고 몸을 구부리면서 낙관적으로 그렇게 생각했다.

므와우라는 R장군과 코이나 부관과 얘기를 했다. 그는 오른손 집게손가락으로 말하고자 하는 바를 강조하고 있는 것 같았다. 여자들과 남자들과 학생들로 구성된 얼마 안 되는 선수들이 준비 동작을 취했다. 호각이 울리기 1초 전, 사람들은 숨을 죽였다. 그리고 출발 지점의 아수라장은 관중이 내지르는 소리와 어우러졌다. 선수들은 서로 밟고 난리였다. 한 소년이 넘어져 사람들의 발에 짓밟혔다. 다행히 별다른 상처 없이 기적적으로 빠져나왔다.

와루이는 장거리경주 시작과 거의 동시에 밖으로 빠져나왔다. 그는 왐부이와 뭄비 곁으로 가서 앉았다.

"왜 그러세요? 전 다시는 아저씨의 힘을 믿지 않을 거예요. 아저씨를 믿고 따르는 여자들을 창피하게 하다니."

뭄비가 약을 올리자 와루이는 천천히 고개를 저으면서 맞받았다.

"아이들이나 하라고 놔두려고. 우리는 옛날 마사이족한테 가축을 도둑맞았을 때 몇 킬로를 달렸는지 몰라. 그건 장난이 아니었어."

한 바퀴를 미처 돌기도 전에 많은 사람들이 와루이처럼 기권을 했다. 여자들 중에는 꼭 한 명만 세 바퀴를 다 돌았다. 네 바퀴를 돌았을 때는 많은 사람들이 탈락한 상태였다.

그때 뭄비는 카란자를 보았다. 그녀는 손뼉 치는 것을 멈췄다. 그리고 지난 일에 대한 기억 때문에 흥분이 사라지고 의기소침해졌다. 카란자와 기코뇨를 같은 장소에서 보고 있다는 사실이 당혹스러웠다. 부모님과 함께 집에 있었더라면 싶었다.

'내가 경고를 했는데도 카란자는 왜 여기에 왔을까? 그 쪽지를 받지

못했을까?'

R장군이 달리고 있는 모습을 보면서 그녀는 장군이 이틀 전에 했던 말이 생각났다. 모든 것을 알게 된 지금에서야 그의 말에 들어 있던 아이러니가 느껴졌다. 그녀가 쪽지를 보낸 이후에도 상황은 전혀 변하지 않은 상태였다. 그때는 키히카를 배반했던 사람이 마을의 영웅이 되어 있다는 사실을 그녀가 모르는 상태였다.

'어떻게 이 말을 다른 사람에게 할 수 있겠는가. 고통으로 일그러질 대로 일그러진 무고의 눈과 얼굴이 더 비참해지는 것을 어찌 견딜 수 있을 것인가.'

그녀는 한 손으로 그녀의 입을 막고, 또 한 손으로 어정쩡하게 그녀의 목을 찾던 무고의 모습을 떠올렸다. 그의 눈에는 무서운 공허감이 깃들어 있었다. 그런데 그녀가 질문을 하자 그는 몸에서 손을 뗐다. 그리고 그녀 앞에 무릎을 꿇고, 마음이 갈가리 찢긴 채 참회했다.

"뭄비!"

그는 숨이 막히는 것 같았다. 그는 손을 반쯤 뻗치더니 예기치 않게 거기에 얼굴을 묻었다. 무고의 마음 상태와 몸짓이 그토록 갑작스럽게 변하자 뭄비는 할 말을 잃었다. 그녀는 두려웠지만 그의 어깨에 떨리는 손을 댔다.

"이봐요, 무고! 전 우리 오빠가 죽는 것을 봤어요. 서장도 그 자리에 있었고, 경찰들도 있었어요."

"당신에게도 눈과 귀가 있을 텐데. 누가 당신 오빠를 배반했는지 모른단 말입니까?"

"카란자예요! 당신도 R장군이 그렇게 말했을 때 같이 있었잖아요."

"아니오!"

그녀는 뒷걸음질을 쳤다. 그의 공허한 외침과 표정 속에서 그녀는 진실을 알았다.

"당신이!"

"나요, 그래요, 나!"

무고는 그녀를 바라보지 않았다. 그의 목소리가 그녀의 마음을 향해 애원했다. 그러나 그녀는 혐오스럽고 몸이 떨리는 걸 어쩔 수가 없었다. 그녀는 미동도 하지 않고 있는 마을의 영웅에게서 물러나 문 쪽으로 걸어갔다. 그녀는 말이 없었다. 감정도 없었다. 그녀는 기계적으로 후다닥 문을 열어젖혔다.

어두운 밤이었다. 그녀는 걸으면서 동시에 달렸다. 칠흑 같은 밤이었다. 집을 비롯한 모든 것이 그림자조차 보이지 않을 정도로 칠흑 같은 밤이었다. 비가 부슬부슬 내렸다. 우후루 찬가를 부르는 남녀의 목소리가 멀리 떨어진 다른 마을에서 들려오는 것 같았다.

아침이 되자 그녀는 왐부이에게 말했다.

"무고는 기념식 행사에 참석하는 걸 원치 않아요. 그를 내버려둘 수 없나요?"

진실이 그녀를 새로운 딜레마에 빠뜨렸다.

'카란자냐, 무고냐?'

그러나 그녀는 죽은 오빠와 관련되어 누가 죽거나 해를 입지 않았으면 싶었다. 그녀는 기코뇨에게 말을 하고 싶었다. 그라면 해결책을 알고 있을지도 몰랐다.

'왜 카란자는 그 쪽지를 무시했을까?'

그녀는 의아해했다. 그러면서 자신에게 화가 났다.

'내 인생을 망친 그가 어떻게 되든 알 게 뭐야?'

"무슨 일이야?"

왐부이가 물었다.

"아무것도 아니에요."

뭄비는 재빨리 대답하고 요란하게 손뼉을 치기 시작했다.

기코뇨는 달리면서 관중 속에 있는 낯익은 얼굴들, 저 아래에 있는 새룽에이 가게들, 건너편에 있는 정착지에 마음을 두려고 했다.

'우후루가 흑인들의 손에 땅을 넘기는 계기가 될 것인가? 그렇지만 마을에 사는 평범한 사람들에게 무슨 차이가 있을 것인가?'

룽에이 역에서 기차가 덜커덩거리는 소리가 들렸다. 그는 리프트 계곡 지방에 있는 아버지를 생각해봤다.

'아직도 살아 계실까? 지금은 어떤 모습일까?'

어린 시절과 청년 시절, 뭄비와의 사랑, 키히카, 비상사태, 수용소, 아스팔트 위의 돌들, 집에 돌아와 마주친 배반 등이 머릿속을 순식간에 스치고 지나갔다. 자신의 인생이 얼마나 뭄비에게 의존했었는지 싶었다. 그녀가 곁에 없다는 사실이 그를 무력하고 의기소침하게 했다. 그는 화가 나서 머리를 홱 젖혔다. 그리고 온 신경을 경주에 집중하겠다고 마음먹었다. 그와 카란자는 다시 라이벌이 되어 있었다.

'그러나 무엇을 위한 라이벌이란 말인가? 누구를 위해 경쟁하고 있는가? 카란자는 나를 놀리고 있을 뿐이다.'

기코뇨는 숨을 헐떡이며 이마에서 땀을 훔쳤다. 증오심이 부글부글 끓어올랐다. 그는 계속 달렸다. 이겨야겠다는 욕망이 불타올랐다. 그는 카란자 뒤에서 거리를 유지하며 달렸다. 그는 일정한 속도로 달리다가 마지막 한 바퀴를 돌 때쯤 비축했던 힘을 쓸 작정이었다. 그래서 마지막 바퀴에서 자유자재로 몸을 놀려 상대방을 앞지를 참이었다.

므와우라가 일곱 번째 바퀴에서 선두를 달렸다. 몇 미터 뒤로 카란자가 따랐고 그 뒤를 R장군, 기코뇨, 코이나 부관, 그리고 다른 세 명의 남자들이 따랐다. 대부분의 경쟁자들은 탈락한 상태였다. 트랙 주위에서 사람들은 이번에는 이 사람, 다음에는 저 사람을 응원했다.

"달려라, 달려!"

사람들은 소리를 질렀다. 타바이에서 장거리경주는 언제나 인기 있는 종목이었다. 사람들은 단거리경주는 아이들이나 하는 것이라고 생각하며 우습게 여겼다. 예전에 자치대장이었던 카란자에게 개인적인 감정이 있는 사람들까지 지금 이 순간의 흥분 속에서 쓰라린 기억을 잊어버렸다. 그들은 그에게 더 빨리 달리라고 응원했다.

카란자는 오래전 기차역에서의 한 장면을 떠올렸다. 그때 그는 기코뇨가 뭄비와 함께 뒤에 남았다는 사실 때문에 몹시 괴로워했었다.

그 여자를 얼마나 갈망했던가! 아, 그의 기타 소리는 숲속에서 그녀를 향해 얼마나 구슬프게 울었던가! 다음 날을 기다리며 머뭇거리지만 않았더라면 그녀를 얻었을지도…….

나중에 카란자가 청혼하자 그녀는 웃으면서 거절했다. 그런데 그 거절이 결정적으로 그를 그녀에게 묶어버린 계기가 되었다. 그는 때가 오기를 기다렸다. 기코뇨가 수용소로 끌려갔을 때 카란자는 뭄비에게서 결코 떨어지지 않겠다고 마음을 굳혔다. 그는 조직과 서약의 비밀을 팔았다. 뭄비와 가까이 있기 위해 지불한 값이었다.

그 후 운명의 수레바퀴는 백인에게 더욱더 의존하도록 그를 몰아쳤다. 그는 백인에게 의존함으로써 사람들을 살리고, 감옥에 보내고, 죽이는 힘을 갖게 되었다. 남자들은 머리를 조아렸다. 그는 그들을 경멸하면서 두려워했다. 여자들은 그에게 몸을 바쳤다. 가장 존경할 만한 여자들까지 한밤중에 찾아왔다. 그러나 그가 사랑하는 뭄비는 굴복하지 않았다. 그렇다고 그녀를 강제로 어떻게 할 수는 없었다.

그런데 얄궂게도 그가 패배의 벼랑에 서 있을 때 그녀는 그의 몸 아래에 누워 있었다. 일시적이지만 승리감이 너무 강렬해 고통스러울 지경이었다. 그러나 그 행위가 끝난 지 몇 초도 지나지 않아 그것은 소외감과 자멸감으로 바뀌었다. 그는 그녀를 이용한 것이었다. 그것 때문에 그녀가 그를 경멸한다는 생각이 들었다. 그는 그녀를 바라볼 수가 없었다.

그는 신발짝으로 얼굴을 맞고 눈물까지 난 후로는 그녀를 더 이상 쳐다볼 수가 없었다. 그는 자신이 뭄비에게 중요하고 저항할 수 없는 존재이기 때문에 뭄비가 스스로 찾아오기를 바랐었다.

'그런데 지금 나는 그녀를 위해 트랙을 달리고 있다. 그녀가 나에게 두 번째 기회를 주지 않았던가.'

그녀의 쪽지는 무거운 절망에서 그를 구원해주는 것이었다. 톰슨 부부는 이제 가버렸고, 백인들도 가버릴 것이었다. 톰슨이 있는 한 백인의 힘은 결코 어디로 가지 않을 것이라고 카란자는 믿었다. 어쩌면 그렇게 생각하게 된 것은 카란자가 보고 만난 첫 번째 백인이 톰슨이었기 때문인지도 몰랐다.

비상사태 이전, 타바이 사람들에게 톰슨 서장은 백인 정부와 절대성의 상징처럼 보였다. 백인의 권력은 카란자에게 대단한 방어 수단을 제공해주었다. 그런데 그것은 이미 뿌리째 흔들리고 산산이 부서져버렸다. 그는 어두운 복도를 걸었다. 해를 쳐다볼 수가 없었다. 그런데 그 쪽지가 왔다. 기념식에 참석하면 안 된다는 내용이었다.

'왜 그럴까?'

므와우라가 기념식에 같이 참석하자고 했지만 절망한 그는 거절했다.

한 톨의 밀알

그런데 그녀의 쪽지는 그 결정을 다시 생각하게 했다. 매 순간 뭄비를 보고 싶은 마음이 강해졌다. 결국 타바이는 그의 마을이었다.

'누가 감히 카란자가 집에 갈 수 없다고 말할 수 있는가?'

카란자는 가슴속 어딘가에 있는, 뭄비를 압도하는 육체적인 힘을 확신했다.

'결국 그녀는 내 아이를 낳지 않았던가.'

그는 그녀의 경고를 심각하게 받아들이지 않았다. 여자들이 일을 처리하는 방식쯤으로 생각했다. 이 생각은 므와우라와 그가 룽에이에 도착해 뭄비가 남편 곁을 떠났다는 얘기를 듣게 되자 사실로 입증되는 듯했다. 그녀의 쪽지에 담긴 의미가 마음속 깊이 스며들었다.

'나는 평생 그녀를 위해 달렸어.'

그는 비통한 마음으로 이렇게 생각했다. 그러나 잠시뿐이었다. 그런 생각들이 승리를 쟁취하는 데 방해가 돼서는 안 될 일이었다. 이번이 그의 마지막 경주였다. 만약 뭄비를 손에 넣게 된다면 그의 삶은 완성될 것이었다. 우후루와 그것에 관련된 어떤 위협도 그에게 함부로 손을 대지 못할 것이었다. 그는 한껏 속력을 냈다. 열 번째 바퀴를 돌면서 그는 므와우라를 따라잡아야 했다. 그리고 뒤꿈치에 진드기처럼 찰싹 달라붙는 기코뇨를 떨궈내야 했다.

이제 기코뇨는 R장군을 지나쳐 세 번째로 달리고 있었다. 그는 이를 악물고 뛰었다. 그는 뭄비가 지켜보고 있다는 것을 의식했다. 그녀 앞에서 그녀의 애인에게 모욕당하고 싶지 않았다. 그는 그녀가 자신을 조롱하려고, 이제 그로부터 독립을 선언하려고 이곳에 왔다고 생각했다.

두 번씩이나 그는 그녀가 앉아 있는 곳으로 가서 왐부이와 무엇인가에 대해 상의를 했지만 그녀의 존재는 단호하게 무시했었다. 그런데 그런 자신이 바보처럼 보였고, 그 때문에 더 화가 났다. 그는 카란자가 속력을 더 내자 자신도 속력을 냈다. 아무도 여덟 번째 바퀴를 돌 때의 순서를 깨뜨리지 못했다. 관중은 선수들이 뿜어대는 열기와 긴장감을 보고 전보다 더 열광했다.

품비도 마음의 짐을 잊어버리고 그 순간에 몰입했다. 그녀는 기코뇨가 이기기를 바라면서, 동시에 그가 지게 해달라고 기도했다. 그녀는 그가 앞사람을 따라잡지 못하는 것에 트집을 잡았지만 그가 달리는 모습을 조바심 내며 바라보았다. 그녀는 기코뇨의 뒤를 따르는 R장군과 코이나 부관을 응원했다.

"힘내요, 힘내!"

품비는 하얀 손수건을 흔들며 숨을 헐떡였다. 그런데 카란자가 앞을 지나칠 때마다 당혹스러웠다. 그녀는 그 감정을 어찌할 수가 없었다.

R장군은 편안한 자세로 달렸다. 비상사태 전에 그는 모든 장거리경주에 출전하곤 했다. 그는 장거리경주에 대해 자기만의 이론을 개발하기까지 했다.

"장거리경주란 인내심을 시험하는 것이지. 단념하지 않고 골인 지점까지 완주하겠다고 스스로에게 이르면서 인내심을 최대한 발휘하는 거야."

그의 몸엔 아름다운 율동이 있었다. 달리면서 그는 오후에 있을 기념식에서 맡게 될 역할을 속으로 가늠하고 연습해봤다. 그는 무고 대신 연설을 하라고 요청받은 상태였다. 그는 그 모임에 군림할 키히카의 영광스러운 정신에 어긋나지 않도록 연설을 할 작정이었다.

그의 마음은 맡은 역할에만 머물러 있지 않았다. 그의 마음은 느닷없이 니에리로 돌아가 있었다. 그곳은 그가 태어난 곳이었다. 학교 교육을 받는 것이 어린 시절 그가 품었던 꿈이자 소망이었다. 다른 사람의 밭에 가서 일꾼 노릇이며 이런저런 잡일을 하던 시절이 떠올랐다.

아버지는 흔한 일꾼에서 시작해 별 볼 일 없는 조감독이 되었다. 그는 폭력을 제외하곤 집에 보탬이 된 게 없었다. 그는 아내와 아들에게 돈을 달라고 손을 벌리기까지 했다. 또 그는 질투심이 많아 술에 취해 집으로 돌아오면 아내를 주먹으로 패기 일쑤였다. 그러면 어머니는 우리에 갇힌 짐승처럼 낑낑거리며 울었다.

무호야—그것이 R장군의 원래 이름이었다—는 몸을 웅크리고 있거나 밖으로 뛰쳐나가곤 했다. 그는 몸집이 작고 용기가 없다는 것 때문에 자신을 증오했다. 그러나 다른 아이들처럼 울지는 않았다. 아버지가 그에게 손을 댔을 때도 울지 않았다. 그는 언젠가 복수하고 말겠다고, 저 폭군을 죽이고 말겠다고 속으로 맹세했다. 그는 아무에게도 자신의 계획을 말하지 않았다. 어머니에게조차도. 비록 어머니는 자신이 견뎌야 하는 지겨운 일이나 아버지의 주먹질에 불평 한번 하지 않았지만 그렇게 되면 고마움의 눈물을 흘릴 것이라고 생각했다. 그런데 커가면서 복수심이 점점 더 희미해졌다. 결행일도 훗날로 미뤄졌다.

그런데 예기치 않게 그날이 빨리 다가왔다. 할례를 받고 성인이 된 지 얼마 안 되었을 때였다. 집으로 돌아온 그는 아버지가 늘 하던 짓을 되풀이하는 것을 보았다. 그는 그 순간이 왔다고 생각했다.

"목숨이 아깝다면 어머니에게 다시는 손을 대지 마세요."

처음에 아버지는 어안이 벙벙해져 손이 공중에서 마비되었다. 그의 아버지는 자신이 제대로 들은 걸까 싶었다. 다음 순간 아버지는 격렬한 분노에 휩싸였다. 그는 소년을 내리치려고 손을 들었다. 그러나 무호야가 먼저 아버지의 팔을 움켜잡았다. 증오와 두려움에 싸여 지냈던 세월이 그를 무서운 희열에 들뜨게 했다. 아버지와 아들은 죽기 살기로 싸웠다. 아들에게 아버지는 아버지가 아니라 이유도 없이 폭력을 쓰는 범죄자였고, 가장 가까운 피붙이한테서도 돈을 빼앗아 가는 비열한 폭군이었다. 아버지에게 아들은 아들이 아니라 아랫것이기를 거부하는 아랫것이었다.

그러나 무호야는 노예의 배반이고 뭐고 생각할 겨를이 없었다. 어머니가 막대기를 들고 남편 편에 서서 싸웠다. 무호야는 어머니의 행동이 믿어지지 않아 몸이 마비되었다.

"그는 네 아비고 내 남편이다."

어머니가 무호야의 어깨에 일격을 가하면서 소리쳤다. 무호야는 밖으로 달려 나갔다. 처음으로 울었다.

'이해가 안 돼. 이해를 못 하겠어.'

무호야는 영국군이 그를 징집해 전쟁터로 데리고 갔을 때 차라리 기뻤다. 그러나 그는 그때의 일을 절대 잊지 않았다. 결코 잊을 수가 없었다. 그가 어머니의 행동을 이해하게 된 것은 훨씬 뒤의 일이었다. 수많은 케냐인들이 자부심을 가지고 노예 상태를 지키듯 어머니도 그랬던 것이었다.

그는 뭄비가 응원하는 소리를 들었다. 그 소리가 그를 현재로 돌아오게 했다. 그는 속력을 내어 그녀의 응원에 보답했다. 곧 그는 코이나 부관을 앞질러 무서운 기세로 달렸다. 그는 과거를 들춰 생각하고 싶지 않았다. 그는 결코 어린 시절의 삶을 되풀이하고 싶지 않았다.

경주에 속도가 붙었다. 코이나는 장군과의 거리를 좁히려고 안간힘을 썼다. 그러나 생각뿐이었다. 힘이 없었다. 이틀 동안이나 그런 상태였다. 그는 왜 그런지 이해할 수 없었다. 2차 세계대전과 독립전쟁 때 그는 많은 것을 보고 경험했다. 그렇다면 예기치 않은 일이 생기는 게 삶이라는 사실을 진즉 깨달았어야 했다.

한 톨의 밀알

2차 세계대전 당시 요리사였다는 것을 그는 자랑스럽게 생각했다. 전쟁이 끝난 후에도 마찬가지였다. 끝없는 실직 생활이 그를 좌절시키고 눈을 반쯤 뜨게 했을 때까지 그는 그것을 자랑스럽게 얘기했다.

코이나는 끝없이 자기 권리만 주장해 고용주와 문제를 일으키는 사람들 중 한 명이 되어갔다. 그는 걸핏하면 전쟁 중 백인에게 봉사했던 과거를 들먹이며 더 좋은 처우를 해달라고 요구하곤 했다. 언젠가 그는 다른 사람들 앞에서, 그의 집 근처에 있는 구두 공장의 주인에게 이렇게 말했다.

"돈을 더 주시오. 좋은 집과 충분한 음식을 주시오. 당신처럼 말이오. 나도 당신 것과 같은 차를 갖고 싶소."

그는 공장에서 쫓겨났다. 그러면서 그는 어느 정도 차분해졌다. 그가 그 여자를 위해 일하러 간 것은 바로 그 후였다. 그는 그녀의 개를 좋아했다. 어렸을 때 그에게는 영양을 사냥할 때 데리고 다니는 개들이 있었다. 그는 토실토실한 개를 데리고 숲에서 토끼와 영양을 사냥하고 싶은 마음이 간절했다. 그가 개와 잘 지내는 것이 그녀를 기쁘게 하는 것 같았다.

크리스마스 때마다 그녀는 그에게 선물을 주었다. 그때 그는 생각하기 시작했다. 개가 한 번 먹는 스테이크 분량이면 한 가족이 모두 먹어도 충분할 정도였다. 개에게 들어가는 돈은 케냐인 열 명의 급료를 합친 것보다 더 많았다. 그 집에는 개를 위한 방이 따로 있었고, 침대와 시트와 담요도 있었다. 그 여자는 어떤가? 남편도, 아이도, 이렇다 할 가족도 없었다. 그녀의 큰 집은 여러 가족을 수용하기에 충분했다.

'어떻게 모든 것이 이럴 수 있단 말인가? 이 여자와 개는 이렇게 풍요롭고 사치스럽게 사는데, 왜 나는 오두막에서 살아야 한단 말인가?'

그는 마음의 평정을 잃어갔다. '케냐 토지 및 자유 수호단'에 들어가기로 서약했을 때 그는 너무나 기뻤다. 그는 마침내 길을 찾았다고 생각했다. 독립이 되면 모든 잘못이 바로잡힐 것이고, 린드 박사와 개 같은 것들은 쫓겨날 것이었다. 결국 케냐는 흑인의 나라였다.

드디어 기다리던 날이 왔다. 그는 '자유 수호단'에 합류하기 위해 숲으로 들어가려 했다. 그 전에 린드 박사를 짓밟고 숲으로 들어갈 셈이었다. 그는 사람들을 이끌고 그녀의 집으로 갔다. 그들은 그녀가 갖고 있는 총 두 자루와 권총 한 자루를 빼앗았다.

"이 나라에서 네 꼴을 다시 보이지 마라."

그는 큰 칼로 개를 동강 내며 그녀에게 말했다.

"들려? 내가 케냐에서 네 꼴을 다시 보지 않게 해."

그는 전쟁터에서 숱한 고난과 죽음을 무릅쓰며 살면서, 오랫동안 그 사건을 거의 잊고 있었다. 그런데 카란자를 우후루 기념식에 참석하도록 유도하는 계획을 므와우라와 상의하러 기티마에 갔던 날, 바로 그 앞에 린드 박사와 개가 있었다. 그녀는 그를 조롱하는 것처럼 그곳에 서 있었다. 그녀가 '보렴, 아직도 내겐 커다란 집이 있고, 내 재산은 오히려 더 불어났다'고 말하는 것 같았다. 기티마는 그다지 많이 변하지 않았다. 백인 거주 지역은 오히려 더 넓어진 것처럼 보였다.

'왜 그녀는 아직도 케냐에 남아 있는 것일까? 우후루 종이 울리고 있는데도 왜 백인들은 케냐에 남아 있는 것일까? 우후루가 정말로 나와 R장군 같은 사람들을 위해 변화를 가져올까?'

의심이 고통스럽게 다가왔다. 아직 끄떡도 하지 않고 있는 린드 박사의 모습은 강박관념이 되어 그를 압박했다. 공포심이 그를 사로잡았다. 무엇인가 상서롭지 않은 징조였다. 그는 이런 생각들을 R장군에게 얘기해보려 했지만 무슨 말을 해야 할지 알 수 없었다…….

한 톨의 밀알

달리기를 하고 있는 지금도 느닷없이 그 여자를 만났던 것을 생각하면 몸이 떨렸다. 망령이 그의 삶을 갉아먹으려고 찾아온 게 틀림없었다. 서늘한 우후루 음료는 그의 입속에서 무의미해졌다. R장군은 코이나보다 여러 걸음 앞서 있었다. 코이나는 힘들게 몸을 움직였다. 관중의 함성 소리가 코이나의 팔다리에 힘을 불어넣었다. 그러나 안간힘을 쓸 뿐, 헐떡거리기는 마찬가지였다.

열한 번째 바퀴를 돌 때 기코뇨가 카란자를 앞지르기 시작했다. 순위가 바뀌자 함성의 물결이 새롭게 일었다. 함성의 물결은 카란자에게도 힘을 주었다. 그는 기코뇨를 다시 앞지르려고 필사적인 노력을 했다. 곧 기코뇨는 므와우라를 따라잡았다. 므와우라는 그를 제치려 했지만 헛수고였다. 카란자도 므와우라를 따라잡았다. 므와우라는 낙담하기 시작했고, 곧 뒤따르던 사람들이 그를 앞질렀다.

이제 경주는 기코뇨와 카란자의 싸움이었다. 이 싸움 뒤에 숨겨진 동기와 감정이 있다는 것을 아는 사람은 아무도 없었다. 다만 관중은 특이한 긴장감을 느낄 뿐이었다. 마지막 바퀴에서 두 사람은 나란히 달렸다.

어느 지점에선 카란자가 기코뇨를 앞지르는 것처럼 보였다. 기코뇨는 마귀에 씐 것 같았다. 두 사람이 달리는 모습에는 무엇인가 무모한 게 있는 것 같았다. 사람들은 발돋움을 하고 긴장하면서 두 사람을 바라봤다.

바로 이때 예기치 않은 일이 벌어졌다. 언덕 아래로 내려오던 기코뇨가 빽빽한 덤불에 발이 걸리면서 꼬꾸라졌다. 그 바람에 카란자도 넘어졌다. 들판이 갑자기 조용해졌다. R장군과 그 뒤를 따르던 사람들이 넘어진 두 사람을 앞질러 골인해버렸다.

그때 들판은 온통 난리가 나버렸다. 사람들은 두 사람이 빠진 덤불로 달려갔다. 기코뇨가 넘어졌을 때 뭄비는 흔들고 있던 손수건을 떨어뜨렸다.

"어머나!"

이렇게 소리치면서 뭄비는 들을 가로질러 그에게로 달려갔다. 그녀는 무릎을 꿇고 기코뇨의 머리를 조심스레 살폈다. 기코뇨는 너무 기진맥진하고 화가 나서 무슨 일이 일어나고 있는지 몰랐다. 카란자가 먼저 정신을 차렸다. 그는 왼쪽 팔꿈치로 몸을 일으켜 세웠다. 그런데 뭄비가 그렇게도 섬세한 손길로 기코뇨의 머리를 감싸고 있는 모습을 보자 그는 눈의 생기를 잃고 땅으로 다시 무너져 내렸다.

사람들은 주위에서 바쁘게 돌아다녔다. 뭄비는 기코뇨가 다치지 않았다는 것을 알고 자신들이 불편한 사이라는 걸 기억해냈다. 당황한 그녀는 사람들을 제치고 누가 그녀에게 말을 걸기 전에 집으로 향했다. 사람들도 두 사람이 넘어지지 않았다면 누가 이겼을지 논쟁을 하며 흩어졌다. 어떤 사람들은 카란자 편을 들었고, 어떤 사람들은 기코뇨 편을 들었다.

그런데 기코뇨가 여전히 일어나지 않고 있다는 것을 아는 사람은 거의 없었다. 그는 땀을 뻘뻘 흘렸다. 얼굴은 고통으로 일그러져 있었다. 그는 일어서려 했지만 신음 소리를 내고 다시 주저앉았다. 기코뇨의 왼팔이 부러졌다는 사실을 안 건 그가 병원으로 옮겨지고 난 후였다.

이렇게 오전 일정이 끝났다.

오후에 해가 나면서 날씨가 맑아졌다. 아침나절에 어른거리던 안개도 사라졌다. 땅에서는 막 싼 쇠똥처럼 모락모락 김이 났다. 따뜻한 김이 바닥에 깔리더니 이내 맑은 하늘로 오르면서 사라졌다.

죽은 사람들을 기리고 새로운 미래를 향한 기초를 다지는 것을 축복하는 기념식이 오후에 열릴 예정이었다. 모든 사람들이 기념식 채비를 하고 있는 것 같았다. 할머니들과 아프거나 불구가 된 몇몇 사람들을 제외하면 대부분의 마을 사람들이 기념식에 참석하러 모였다. 이날은 키히카의 날이었다. 무고의 날이었다. 그리고 우리의 날이었다.

은데이야, 라리, 리무루, 웅게카, 카베테, 케라라폰에서 트럭이나 버스를 타고 온 사람들이 룽에이 시장을 향해 몰려갔다. 초록색, 빨간색, 노란색 등 무지개에서 볼 수 있는 각각의 색깔로 된 유니폼을 입은 학생들도 있었다. 해진 옷을 입은 동네 아이들의 상처 난 입과 눈에는 파리들이 떼거지로 몰려들었다.

어떤 여자들은 전통 옷을 입고 목걸이를 했으며, 어떤 여자들은 왼쪽 어깨가 드러나는 꽃무늬 옥양목 옷을 입고 있었다. 현대식 원피스를 입은 여자들도 있었다. 어떤 여자들은 전통적인 노래와 우후루 찬가를 찬송가와 섞어 불렀다. 남자들은 서성거리거나 우후루와 관련해 앞으로 어떻게 될 것인가에 관해 얘기를 나누었다. 일자리가 없어 물이나 비누에 닿아보지도 못한 옷을 입고 있는 사람들도 있었다. 정부는 세금을 낼 수 없는 사람들에게 전보다 덜 엄격할까? 일자리는 더 많아질까? 땅은 더 많아질까? 잘사는 가게 주인들과 상인들과 지주들은 우리가 정치권력을 갖게 됐으니 인도인들에게 어떤 조치를 취하게 될지에 관해 얘기를 나눴다.

우리는 자리에 앉았다. 우리가 놀리느라 '외다리 챔피언'이라고 부르는 기투아는 너무 기뻐 펑펑 울었다.

관중은 조화로웠다. 많은 사람들이 무질서 속에서도 질서정연하게 앉아 있는 모습에는 아름답고 감동적인 뭔가가 있었다.

키히카가 매달려 죽었던 곳에는 나무가 한 그루 심어져 있었다. 그 나무 가까이에 제물로 쓸 두 마리의 미끈한 검은 양이 돌에 묶여 있었다.

투쟁을 하다가 희생된 사람들에게 바치는 감사의 말이 끝나면 키힝고에서 온 쭈글쭈글한 두 노인과 와루이가 제사를 주도하기로 되어 있었다.

음부구아와 완지쿠는 단상 옆의 높은 의자에 앉아 있었다. 주요 연설자들과 기념식을 진행하는 사람들이 앉을 의자들이 높게 설치된 단상의 마이크 둘레에 배치되어 있었다. 뭄비는 기코뇨의 팔이 부러졌다는 소식을 듣고 병원에 가고 없었다.

우리는 기다렸다.

전날 밤부터 계속 우리 마을 위에 떠돌았던 것은 숨 막힐 듯한 기대감이었다. 사람들은 아직도 무고가 연설할 것이라고 기대하는 것 같았다. 그들은 그를 직접 보고 목소리를 듣고 싶어 했다. 무고가 지닌 신비한 힘에 대한 이야기가 사람들의 입에서 입으로 전해졌고, 그것이 기념식에 사람들이 많이 참석하게 된 주된 이유였다.

하룻밤 사이에 자극적인 전설로 바뀌어버린, 서로 상반되는 수많은 이야기들을 거부한다는 것 자체가 불가능했을 것이었다. 특히 우리 마을 사람들은 아무도 심각한 어조로 뭘 부인하지 않았다.

어떤 사람들은 무고가 수용소에서 총에 맞았는데, 총알도 그를 건드리지 못하더라고 했다. 이런 힘을 이용해 무고가 수용소에서 사람들을 탈출시킨 후 숲에서 싸우도록 했다고 했다. 또 무고가 수용소에서 편지를 몰래 빼내 영국 의회 의원들에게 보냈으며, 마헤 전투에서 키히카와 나란히 싸웠다고 얘기하는 사람들도 있었다.

이런 이야기들이 이리저리 돌아다녔다. 우리는 키히카와 무고를 차례차례 칭송하는 노래를 했다. 우리의 가슴은 모두 엄숙하고 경건했다. 무고가 기적을 행하고 하느님에게 얘기하는 모습을 보려고 멀리서 온 사람들처럼 우리는 무엇인가 굉장한 것이 일어나기를 암암리에 기다렸다.

그것은 꼭 행복한 느낌은 아니었다. 피할 수 없는 운명에 대한 혼란스러운 예감에 더 가까웠다.

당 지부 서기장인 니아무가 기코뇨의 자리에 서 있었다. 니아무는 키가 작지만 아주 건장하게 생긴 사람이었다. 비상사태 때 그는 호주머니에 총알을 갖고 다니다가 현행범으로 체포되기도 했다. 그때는 무기나 탄약을 갖고 다니다가 체포되면 사형이었다. 그런데 부자인 숙부들이 경찰에 뇌물을 쓴 데다 그가 열일곱 살밖에 되지 않았다는 사실이 받아들여져 겨우 사형을 면했다고 했다. 대신 그는 7년 동안 감옥에 갇혀 있었다.

니아무는 모리스 킹고리에게 기도로 기념식을 시작해주도록 요청했다. 킹고리는 1952년 이전에는, 기존의 선교 교회와 결별한 많은 독립교회들 중 하나인 기쿠유 그리스정교회에서 이름이 있던 사제였다. 이런 교회들이 법으로 금지되자 킹고리는 오랫동안 아무 직업 없이 지내다가 중부 지역에서 경지 정리가 한창 진행되고 있을 때 농림부에 강사로 취직했다. 지금까지 그는 그 일을 하고 있었다.

사제였을 때 킹고리는 노래를 곁들여 기도를 극적인 것으로 만들곤 했다. 그는 목소리를 높이고 눈을 들어 하늘을 쳐다보다가 목소리와 눈을 낮추면서 기도를 했다. 종종 그는 가슴을 치며 머리와 옷을 쥐어뜯기도 했다. 항의와 복종, 부드러움과 고뇌, 경고와 약속 등이 기도 속에서 교차했다. 킹고리가 성경을 손에 들고 단상에 섰다.

"기도합시다. 하느님, 우리의 마음을 열어주소서."

그러자 사람들이 목소리를 모았다.

"우리의 입술로 당신을 찬양하나이다."

기념식장이 온통 엄숙한 분위기로 뒤덮였다. 킹고리의 목소리가 계속

되었다.

"이삭과 야곱과 아브라함의 하느님이시여, 기쿠유와 뭄비를 창조하시고, 당신의 백성인 우리에게 케냐 땅을 주신 하느님이시여. 당신이 당신의 자녀들을 이집트에서 구하신 날처럼 이 땅의 모든 나라들에 의해 기억될 이 중요한 날, 저희에게 당신의 눈물을 뿌려주시기를 기도하옵니다.

오, 주님이시여. 당신의 눈물은 영원한 축복입니다. 우리는 이날을 위해 피를 흘렸습니다. 우리의 집 기둥은 양의 피가 아니라 우리를 위해 죽은 우리의 아들딸의 살갗과 핏줄에서 나온 피로 얼룩져 있습니다. 우리는 마을, 시장, 밭 어디서나, 아니 공중에서조차 과부들과 고아들이 우는 소리를 듣습니다. 우리는 그들의 신음 소리를 듣지 않으려고 큰 소리로 얘기를 하며 지나칩니다. 우리가 할 수 있는 일이 아무것도 없기 때문입니다.

주여, 우리는 아무것도 할 수 없습니다. 그러나 우리 가운데 있는 라헬의 울음소리는 결코 지울 수가 없습니다. 아, 이삭과 아브라함의 하느님이시여, 사막을 지나는 여정은 깁니다. 우리에겐 물도 없고 음식도 없습니다. 적들은 수레를 타고 말을 타고, 우리를 파라오에게 데려가려고 우리의 뒤를 쫓고 있습니다. 왜냐하면 그들은 당신의 백성들이 떠나는 것이 싫기 때문입니다. 그들은 당신의 백성들이 떠나는 것을 보고 몹시 화가 나 있습니다. 그러나 주여, 당신이 도와주시고 이끌어주시면 우리는 반드시 가나안 땅에 닿을 것입니다. 당신은 두세 사람이라도 모여서 간구하면 무엇이든지 주실 것이라 말씀하셨습니다.

이제 우리는 당신께 한목소리로 간구하오니, 우리가 땅을 경작하고 우리의 자유를 지켜나갈 때 우리의 손이 하는 일에 축복을 내려주소서. 성경엔 이렇게 쓰여 있나이다. 구하여라, 그리하면 너희에게 주실 것이다.

찾아라, 그리하면 찾을 것이다. 문을 두드려라, 그리하면 너희에게 열릴 것이다. 이 모든 것을 우리 주 예수 그리스도의 이름으로 기도드리옵이다. 아멘."

"아멘."

기도가 끝나자 사람들은 드럼과 기타와 플루트와 양철 악기로 이뤄진 청년 악대의 음악에 맞춰 노래를 부르기 시작했다. 그렇게 함으로써 그들은 역사를 되살렸으며, 말과 목소리로 생명을 불어넣었다. 그들은 토지 양도, 와이야키, 해리 투쿠, 세금, 백인 땅으로의 징집, 선교단과의 단절 그리고 아, 자유를 향한 무서운 갈증과 배고픔 등을 노래했다.

그들은 조모—그는 불타는 창처럼 우리에게 돌아왔다—와 그가 영국에 머물렀던 것—모세는 파라오의 땅에서 머물렀다—과 백성들을 구하기 위해서 그가 돌아온 것—그는 불과 연기의 구름을 타고 왔다—에 관한 노래를 불렀다. 그는 체포되어 로드와르로 보내졌다가 사흘째 되던 날, 마랄랄에서 고향으로 돌아왔다. 그는 집으로 가는 마차를 타고 돌아왔다. 감옥 문도 그를 잡아둘 수 없었다. 이제 천사들은 그 앞에서 몸을 떨었다.

니아무는 그 지역의 국회의원과 지방의회 의원들이 보내온 사과문을 낭독했다. 그들은 국가의 기념식에 룽에이 지역 대표로 참석하기 위해 나이로비에 갔다고 했다. 그는 무고가 그 자리에 없다는 사실을 언급하지 않았다.

다음은 연설을 할 차례였다. 연설자들은 비상사태 때 겪었던 어려움을 되살리거나 당이 어떻게 성장해왔는지에 대해 얘기했다. 그들은 자유를 위한 키히카의 투쟁이 결코 잊히지 않을 것이라며 키히카를 치켜세우고, 그가 보여준 용기와 겸손과 애국심에 대해 얘기했다. 그의 죽음은 나라를 위한 희생이었다.

연설이 끝날 때마다 박수가 터지거나 노래가 흘러나왔다. 사람들은 연설자들이 이미 했던 말을 중언부언해도 상관하지 않았다. 기투아가 울고 환호하고 소리칠 때마다 주변 사람들의 목소리가 묻혔다. 대부분의 사람들은 아직도 무고가 연설하기를 기대하고 있었다. 한 사람의 연설이 끝날 때마다 그들은 '다음은 무고 차례겠지' 하고 생각했다. 그들은 가장 좋은 요리는 언제나 마지막을 위해 남겨두겠거니 하면서 참을성 있게 기다렸다.

키히카와 나란히 싸웠던 R장군이 무고를 대신해 마지막으로 연설을 하겠다고 니아무가 발표했다. 누구도 통제할 수 없는 상황 때문에 무고는 모임에 참석하지 못했다는 것이었다. 이런 발표가 있자 침묵이 흘렀다. 그때 한쪽 구석에서 어떤 남자가 소리쳤다.

"무고!"

뒤이어 이곳저곳에서 같은 소리가 터져 나오면서 모임은 '무고'를 부르는 소리로 걷잡을 수 없이 들끓었다. 사람들은 하나가 되어 무절제하게 '무고'를 외치며 몸을 움직였다. 사람들은 일어서거나 떼를 지어, 그들이 꿈에 빠져 모임에 나온 것처럼 손짓을 하며 항의했다.

니아무는 원로들에게 자문을 구했다. 그들은 무고에게 마지막으로 간청을 해보기로 결정했다. 니아무와 원로들이 무고를 데려오기 위해 두 명의 대표단을 즉시 보내겠다는 약속을 하고 질서를 잡기까지 상당한 시간이 걸렸다. 그들은 파견되는 두 명의 원로들에게 '이번에는 안 된다는 말을 받아들이지 말라'고 주문했다. 그동안 사람들은 앉아서 R장군이 하는 말을 경청해달라는 주문이 있었다. 그들은 참호에서 부르던 노래를 부르며 다시 자리를 잡고 앉았다.

그는 참호에 뛰어들었네.
그가 군인에게 한 말이 창처럼 내 가슴을 찔렀네.
여자를 때리지 마라, 그가 말했네.
임신한 여자를 때리지 마라, 그가 군인에게 말했네.

노래가 끝나고 끈이 툭 끊어지는 것 같은 소리가 났다. 그 후로 사람들은 죽은 듯 고요해졌다.
R장군은 마이크 옆에 서서 충혈된 눈으로 군중을 꿰뚫어 보려고 했다. 그는 두 번이나 목청을 가다듬었다. 그는 자신이 무슨 말을 하려고 하는지 알고 있었다. 그는 말 한마디 한마디를 여러 번 연습해뒀다. 그러나 지금, 절벽의 가장자리에 선 그는 아래로 뛰어내리거나, 아래에 펼쳐진 광경에 눈을 고정하는 것이 어렵다는 것을 알았다.
숲에서 살았던 시절이 그림으로 압축되어 머릿속을 스치고 지나갔다. 키네니에 숲에 있는 컴컴한 동굴들, 니안다르와 숲에 떨어지는 폭탄을 피해 끝없이 도망쳤던 일, 갈증, 허기, 날고기, 마헤에서의 승리 등이 순간적으로 떠올랐다.
'그들에게 바로 이것에 관해 얘기해줘라. 그들에게 키히카와 네가 어떻게 계획을 세웠는지를 얘기해줘라.'
이것이 그의 마음속에서 나오는 목소리였다.
그런데 어느 순간 그 그림과 목소리가 사라져버리고 잭슨 키곤두 목사가 앞에 서 있었다. 잭슨 목사는 교회와 톰 롭슨이 소집한 대중 집회에서 일관성 있게 마우마우에 반대하는 설교를 했다. 그는 기독교 신자들에게 그리스도 안의 형제인 백인 편에 서서 질서와 성령의 규칙을 회복하기 위해 싸우라고 설교했다. 잭슨은 세 번씩이나 민중에 역행하는 행동을 금하라는 경고를 받았다.

"로마 식민주의자들과 바리새 자치대에 대항해 일어섰던 예수님의 이름으로 우리는 당신이 영국 식민주의의 편을 드는 것을 그만둘 것을 요청합니다!"

그러나 잭슨은 더욱더 도전적이 되었다. 그의 입을 틀어막아야 했다. 지금 그 앞에 서 있는 잭슨은 '우리는 아직 여기에 있다. 당신이 배반자, 부역자라 불렀던 우리는 결코 죽지 않을 것이다'라고 말하며 조롱하고 있는 것 같았다.

갑자기 R장군은 코이나 부관이 최근에 걱정했던 것을 떠올렸다. 코이나는 케냐가 독립이 되었지만 아직도 이 나라에 들려 있는 식민지 과거의 망령에 대해 얘기를 했다. 그리고 지금 나이로비 거리에서 행진을 하는 군인들은 '케냐 토지 및 자유 수호단'이 아니라, 잭슨이 교회 안에서 했던 일을 전선에서 했던 식민지 군대인 영국 여왕의 '왕립 아프리카 소총 부대'인 것도 사실이었다.

키곤두의 얼굴은 이제 카란자의 얼굴로 바뀌고, 다시 케냐 전역에 있는 배반자들의 얼굴로 바뀌었다. R장군은 배반당했다는 느낌이 너무 강해 몸이 부르르 떨릴 정도였다. 그는 마음을 진정시키려고 마이크를 낚아챘다. 그는 사람들이 노래를 멈추고 자기를 바라보고 있다는 것을 깨달았다. 그것이 R장군을 갑작스러운 공포에 휘말리게 했다.

'모든 사람이 나처럼 그 얼굴을 볼 수 있는 것일까? 아니면 그 얼굴은 오직 내 마음속에만 있는 것일까?'

R장군은 두려움 속에서 이렇게 자문했다. 그는 앞을 똑바로 바라보며 그를 조롱하는 얼굴에 대고 얘기하기 시작했다.

"당신은 우리가 왜 싸웠고, 우리가 왜 숲에서 야생동물들과 살았는지를 묻고 있습니다. 당신은 우리가 왜 죽여야 했고, 왜 피를 흘렸는지 묻고 있습니다.

백인은 차를 타고 왔습니다. 그는 커다란 집에 살았습니다. 그의 아이들은 학교에 다녔습니다. 그러나 누가 커피와 차와 제충국과 사이잘을 기를 수 있도록 땅을 갈았습니까? 누가 길을 닦고 세금을 냈습니까? 백인은 우리의 땅에서 살았습니다. 그는 우리가 길러 요리한 것을 먹었습니다. 그리고 남은 빵 부스러기조차 그의 개들에게 던져줬습니다. 그것이 우리가 숲으로 들어간 이유입니다.

우리 편에 서지 않은 사람은 우리의 적이었습니다. 그게 우리가 흑인 형제들을 죽였던 이유입니다. 그들의 마음속은 백인이었기 때문입니다. 나는 지금도 이 전쟁이 끝난 게 아니라는 사실을 알고 있습니다. 오늘 우리는 우후루를 쟁취했습니다. 그런데 '우후루'가 의미하는 게 무엇입니까? 그것은 땅과 자유를 찾자는 우리 조직의 이름에 내포되어 있습니다.

지금 이 나라를 이끌어가고 있는 당이 우리 민중이 생명을 바쳤던 그 이상에 다시 헌신하도록 만듭시다. 당은 결코 조직을 배반해서는 안 됩니다. 당은 우후루를 배반해서는 결코 안 됩니다. 당은 케냐를 다시 적에게 팔아넘겨서는 안 됩니다!

얼마 지나지 않아 우리는 이렇게 묻게 될 것입니다. 땅은 어디에 있습니까? 음식은 어디에 있습니까? 학교는 어디에 있습니까? 바로 지금 그런 일들이 가능하게 만듭시다. 우리는 또 다른 전쟁을 원치 않습니다. 우리의 땅에서…… 더 이상 피가…… 흘리지 않게…….''

R장군은 더 이상 말을 계속할 수 없었다. 그런데 사람들을 바라보자 의심이 달아났다. 그는 그들이 뒤에 있다는 것을 알았다. 그는 변화를 원하는 그들의 말을 한 것이었다. 그러자 조롱하는 듯한 잭슨 목사의 얼굴

이 눈앞에서 사라졌다. 그는 차분하고 자신감 있는 목소리로 말하기 시작했다.

"우리는 영웅적인 민중의 저항의 전통 위에 세워진 케냐를 원합니다. 우리는 영웅들을 존경해야 합니다. 그리고 우리를 배반하고 적과 내통한 자들을 처단해야 합니다. 오늘 우리는 한 영웅을 기념하기 위해 여기에 모였습니다. 키히카는 불과 몇 년 전, 여기 있는 나무에서 밧줄로 목이 매여 죽었습니다. 우리는 진리와 정의를 위해 죽은 그를 기억하기 위해 여기에 왔습니다. 그의 친구들인 우리는 그의 죽음에 관한 모든 진실을 밝혀 정의가 실현되는 것을 보고 싶습니다.

키히카가 비밀경찰에게 붙잡혔다는 사실은 여러분도 잘 알고 있습니다. 그러나 여러분, 한 번이라도 이런 질문을 해본 적이 있습니까? 그가 전투 중에 잡혔습니까? 왜 그는 혼자였을까요? 왜 그는 무장을 하지 않았을까요?

제가 말씀드릴까요? 그날 밤 키히카는 그를 배반할 누군가를 만나러 갔던 것입니다."

그는 자신이 한 말이 사람들의 마음속에 새겨지도록 잠시 말을 멈췄다. 사람들이 서로를 쳐다보며 웅성거리기 시작했다. 실제로 일어났던 일은 그들이 상상했던 것보다 훨씬 더 흥분되는 것이었다.

"계속하세요!"

누군가가 소리쳤다.

"듣고 있어요."

여러 사람들이 소리쳤다.

R장군은 하던 말을 계속했다.

"어쩌면 키히카를 배반했던 자가 지금 여기 군중 속에 있는지 모릅니다. 우리는 그자가 단상으로 나와 우리 앞에서 자기가 했던 일을 고백하고 뉘우치기를 바랍니다."

사람들은 누가 일어나는지 보려고 이리저리 고개를 돌렸다. R장군은 그 긴장 상태를 즐기며 기다렸다. 자신이 생각했던 대로 일이 풀려갔다. 그는 카란자의 얼굴을 볼 수 없었지만 그가 어디에 앉아 있는지 알고 있었다. 므와우라와 코이나 부관에게 그를 놓치지 말라고 미리 지시를 해 둔 것이었다.

"그가 숨을 수 있다고 생각하지 못하도록 합시다."

R장군이 계속 말했다.

"우리는 그를 알고 있습니다. 그는 키히카의 친구였습니다. 그들은 함께 먹고 마셨던 사이였습니다."

"이름을 대시오!"

기투아가 서서 소리쳤다.

"밝히시오! 우물쭈물하지 말고 그냥 밝히시오!"

더 많은 사람들이 복수심에 불타 가세했다.

"마지막 기회를 주겠습니다. 죄를 뉘우친다면 앞으로 나오시오."

사람들이 조용해졌다. 그들은 일어서 있는 사람을 보려고 몸을 곧추세우고 같은 방향으로 일제히 눈을 돌렸다. 그는 키가 컸으며 위압적이었다. 그러나 가까이 있는 사람들은 그의 얼굴이 흥분되어 있다는 것을 볼 수 있었다.

아무도 무고가 와 있는 것을 보지 못했었다. 그는 더러운 코트를 입고 낡은 트럭 타이어로 만든 샌들을 신고 있었다.

"저 사람이 무고야."

누군가가 낮은 목소리로 말했다. 그 소리가 군중 속으로 퍼지며 점점 더 커졌다. 사람들이 박수를 치고 소리를 질렀다. 마침내 은둔자가 연설을 하기 위해 온 것이었다. 사람들에게 다른 일은 안중에도 없었다. 여자들은 승리하고 돌아온 아들을 향해 다섯 번이나 큰 소리로 울부짖었다. R장군은 막 절정에 다다르려던 참에 불쑥 끼어든 무고에게 화가 났다.

'카란자가 도망치지 않을까?'

물론 R장군은 화가 났다는 걸 밖으로 드러내지 않았다. 오히려 곧장 그는 무고에게 마이크를 건넸다. 사람들은 무고가 연설하기를 기다렸다.

"당신은 유다보고 나오라 했습니다."

무고가 입을 뗐다.

"당신은 키히카를 여기 있는 이 나무에 매달게 만든 그 사람에게 앞으로 나오라고 했습니다. 바로 그 사람이 지금 당신 앞에 서 있습니다. 키히카는 밤에 나를 찾아왔습니다. 그는 그의 목숨을 내 손에 쥐여주었습니다. 그리고 나는 그것을 백인에게 팔았습니다. 이것이 수년간 내내 나의 삶을 갉아먹었습니다."

그는 문장을 끊어가며 또렷하게 말했다. 그러나 그의 목소리는 마지막 말을 하면서 무너지며 속삭이는 소리로 변했다.

"이제, 알겠습니까?"

그가 단상에서 내려올 때까지 어느 누구도 말을 하지 않았다. 사람들은 별로 움직이지도 않으면서 그에게 길을 내줬다. 그들은 고개를 숙이고 그의 눈을 피했다. 완지쿠는 울었다(그녀는 나중에 뭄비에게 "나를 울게 했던 것은 내 아들에 대한 생각이 아니라 그의 얼굴 때문이었어"라고 말했다). 기투아가 자리에서 일어나 무고를 뒤쫓았다. 그는 목발 하나를 들어 무고를 겨냥하면서 소리쳤다.

"거짓말쟁이! 양의 탈을 쓴 하이에나."

그는 무고를 사기꾼으로 몰아붙였다.

"저 새끼 봐! 우리의 대장이 될 거라고 생각했던 저놈을……. 하하하!"

기투아의 웃음과 목소리는 시장에 떠도는 깊은 침묵을 날카롭게 할 뿐이었다. 무고와 기투아가 가고 난 후 잠시 동안 사람들은 고개를 숙인 채 앉아 있었다. 그러고 나서 마치 무고의 고백과 함께 기념식이 끝난 것처럼 일어서서 얘기를 하며 서로 다른 방향으로 흩어지기 시작했다.

해가 희미해졌다. 구름이 하늘에 모여 있었다. 니아무, 와루이, R장군, 그리고 몇몇 원로들은 비바람이 몰아치기 전에 번제를 지내려고 뒤에 남았다.

카란자

번제가 끝난 후에 내린 비는 거칠거나 요란스럽지 않았다. 비는 부슬부슬 계속 내리기만 했다. 끝없이 내리는 가랑비 속으로 온 나라가 빠져들고 있는 것 같았다. 해가 떴는지도 알 수 없었고 밤인지도 구별할 수 없었다. 시계가 없으면 시간도 가늠하기 어려웠다.

카란자는 타바이에 있는 어머니의 집에서 몇 가지 옷을 가방 속에 쑤셔 넣었다.

"차 한 잔도 안 마실래?"

와이리무가 다시 물었다. 그녀는 난로 옆에 있는 의자에 앉아 있었다. 오른쪽 다리를 구부려 노변에 놓고, 턱과 손을 굽힌 무릎에 대고 앞으로 구부정하게 앉아 있었다. 눈은 푹 들어가고 턱은 불쑥 튀어나온 야윈 얼굴이었다. 그녀는 문 앞에서 말없이 움직이는 아들을 보고 있었다.

"안 마셔요."

카란자는 말하는 것이 고통스러운 듯 잠시 사이를 뒀다가 말했다.

"밖에 비가 온다. 따뜻한 차를 한 잔 마시면 속이 따뜻해질 거야. 너,

오늘 밤 여기에서 자고 가는 거지?"

"차든 뭐든 아무것도 필요 없다고 말씀드렸잖아요."

그는 짜증을 내며 목소리를 높였다. 그 짜증은 어머니를 향하기보다는 그가 만지고 있는 가방과 연기에 찌든 오두막과 질척질척 내리는 비와 인생 전반을 향한 것이라고 해야 맞을 것이었다.

"음, 그냥 말해본 것뿐이란다."

와이리무가 기어드는 목소리로 말했다. 카란자와 어머니 사이의 관계를 설명하기란 쉽지 않았다.

와이리무는 카란자의 아버지가 염소와 소를 상당히 많이 주고 데려온 네 명의 아내 중 세 번째였다. 그는 네 명의 아내를 두었지만 그들이 스스로 알아서 살아가라고 내버려두었다. 그는 아내들로부터 1.5킬로쯤 떨어진 곳에다 오두막을 짓고 살았다. 그러면서 감정적, 경제적 문제에 맞닥뜨리면 아내들과 아이들로부터 똑같은 거리를 유지했다. 그는 아내들을 교대로 찾아가 아이를 낳게 한 뒤 자기 오두막으로 돌아갔다.

와이리무가 낳은 아이들은 태어나면서 다 죽고, 카란자만이 유일하게 살아남았다. 카란자는 남편이 그녀를 찾은 적이 있다는 유일한 증거였다. 와이리무는 아들에 대한 기대가 컸다. 그리고 자신이 늙으면 보살펴주겠거니 생각하고 아들을 극진히 대했다. 그러나 카란자는 어릴 때부터 와이리무의 기대에 미치지 못했다. 그는 노래를 부르고 기타를 치며 여자들의 꽁무니만 쫓아다녔다.

"그것 좀 그만 쳐라. 쓸모 있는 일을 해야지."

그녀는 기타를 부숴버리거나 태워버리겠다고 위협하며 이렇게 불평하곤 했다. 그들은 종종 말다툼을 했다. 그러나 드물긴 하지만 그녀는 아들에게 예를 들어가며 게으른 사람이 처하게 될 미래에 대한 얘기를 부드럽게 들려주기도 했다. 카란자가 이따금 어머니를 떠올리고, 또 괴로울 때 어머니를 찾게 된 것은 바로 이 얘기 때문이었다.

와이리무는 이런 얘기를 하곤 했다.

"옛날 옛적에 아들 하나를 둔 가난한 어머니가 있었단다. 그 여자의 이름은 은조키였지. 그녀는 집이 가난하니까 열심히 일해야만 먹고살 수 있다는 것을 아들이 알았으면 했지. 매일 아침 아들은 일어나 구두를 닦고 정성스럽게 옷을 다림질하고 친구들하고 놀려고 가게와 거리로 나갔단다. 저녁이 되면 아들은 젊은 남녀 친구들을 떼거리로 몰고 와서 어머니한테 먹을 것을 차려달라고 했단다. 은조키는 마음이 너그러운 여자였고, 집 안에 젊은 사람들이 있는 것을 좋아했지. 그녀는 그들에게 음식을 주고, 얘기를 해주곤 했지.

그러나 매일 그녀는 더욱 슬퍼졌단다. 아들이 괭이와 낫을 들고 밭에 가서 일을 하지 않았기 때문이지. 그녀는 아들을 난처하게 만들지 않으려고 집 안에 사람들이 있을 때면 항상 자신의 슬픔을 감췄단다. 은조키는 마음씨 좋은 여자였고, 사람들은 그녀의 너그러운 마음과 근면함을 칭찬했지. 아들도 그게 좋았고, 어머니를 자랑스럽게 생각했단다. 사람들이 그를 은조키의 아들이라고 부르면 기분이 좋았지.

그러던 어느 날 그는 먼 마을에서 세 명의 친구들을 집에 데리고 왔지. 그는 그들을 여러 차례 찾아간 적이 있었고, 그럴 때마다 항상 음식을 후하게 대접받았단다. 그는 친구들에게 자기 집을 자랑했고, 그들이 찾아오면 자기가 받았던 것처럼 융숭한 대접을 해주겠다고 약속하곤 했지.

그래서 그날 어머니한테 맛있는 음식을 차려달라고 했던 거지. 은조키는 불을 지피고 식탁에 깨끗한 식탁보를 깔았단다. 그리고 쟁반과 스푼을 가져와 깨끗하게 닦았단다. 그리고 나서 부엌으로 돌아갔지. 아들은 행복에 부풀어 어머니의 요리 솜씨에 대해 자랑을 한바탕 늘어놓았지.

은조키는 부엌에서 세 개의 접시를 들고 왔단다. 그런데 접시마다 구두 한 켤레가 놓여 있지 뭐니. 그녀는 쟁반과 구두를 식탁 위에 올려놓고 이렇게 말했단다.

'오늘은 밭에 가지 않았단다. 하루 종일 이 구두들을 닦으며 보냈어. 그래, 이것밖에 먹을 것이 없구나.'

아들은 창피해 말을 할 수 없었지. 다음 날 아침 아들은 낫과 괭이를 들고 밭에 가서 해가 질 때까지 일을 했단다."

그런 얘기를 하면 카란자는 이렇게 응수했다.

"아, 알았어요. 저한테 하시는 말씀이시군요. 좋아요, 내일 어머니와 같이 밭에 가겠어요."

비상사태가 계속되는 동안 와이리무는 아들이 자치대원이나 대장이 되는 게 못마땅하다고 얘기했다.

"사람들을 거스르지 말아라. 자기 쪽 사람들의 말을 무시하는 사람은 끝이 좋지 않은 법이다."

그녀는 아들의 행동이 수치스러웠지만 늘 아들 곁을 지켰다. 자기 배속에서 나온 아이를 버릴 수는 없는 노릇이었다.

카란자는 가방에 짐을 다 꾸리고 나서 문득 생각이 난 듯 어머니에게 돌아서서 물었다.

"제 기타 아직도 여기 있어요?"

"구석에 있는 물건들 속을 찾아봐라."

그동안 카란자는 기타를 잊고 있었다. 비상사태 때는 아예 기타를 치지 않았다. 그는 깨진 냄비와 호리병 무더기를 이리저리 들추고 나서야 기타를 겨우 찾아냈다. 기타의 나무판은 깨지고, 먼지와 검댕으로 얼룩지고, 연기 냄새에 절어 있었다. 그는 먼지와 검댕을 닦아내려다가 그만뒀다.

그는 느슨해진 한두 개의 줄을 조였다. 그리고 가볍게 줄을 퉁겨봤다. 먼지가 통 속으로 떨어지면서 웅웅 소리가 났다. 그는 문 쪽으로 걸어갔다. 여전히 밖에는 가랑비가 내리고 있었다.

"이 빗속에 어딜 가려고 하냐?"

와이리무가 물었다. 카란자는 그 물음에 놀라 문가에서 천천히 돌아섰다. 그의 흐릿한 눈이 약간 흔들거리고, 가슴이 부풀어 올랐다. 그가 무엇인가를 말하려고 했을 때 한 줄기 연기가 눈으로 들어갔다. 그는 기침을 하면서 옆으로 비켜섰다. 매워서 눈물이 나왔다. 그러는 통에 무엇인가를 말하려던 순간이 사라지고 말았다.

"모르겠어요."

그는 이렇게 말하고 나서 결심이 선 듯 말했다.

"기티마로 돌아갈까 해요."

그는 어깨에 가방과 기타를 메고 밖으로 나섰다. 와이리무는 난로 곁에서 움츠린 자세로 움직이지 않았다.

가랑비가 기타와 가방을 두들기며 소리를 냈다. 곧 먼지와 검댕이 비에 젖어 무겁게 가라앉기 시작했다. 그는 뿌연 안개를 뚫고 오른쪽도 왼쪽도 쳐다보지 않으며, 타바이 무역센터에 있는 버스 정류장을 향해 걸어갔다. 버스 한 대가 정류장에 멈춰 승객들을 내려준 다음 가버렸다. 카란자는 서둘러 목적지에 도착할 필요가 없는 사람처럼 차분하게 걸음을 옮겼다.

그는 천으로 머리를 가리고 비를 피하며 길을 건너는 한 여자를 보았다. 뭄비였다. 버스에서 막 내린 것 같았다. 뭄비를 보자 거의 마비 상태에 있던 그의 마음이 고동쳤다. 안개와 가랑비에 싸인 그녀는 전보다 더 아름다워 보였다.

그러나 경주를 하다가 넘어졌을 때, 기코뇨에게 몸을 굽히고 걱정스러워하던 그녀의 표정이 카란자의 머리를 스치고 지나갔다. 그는 그 기억을 지울 수 없었다. 그것은 다시 한 번 카란자를 고통과 절망 속으로 밀어 넣었다. 만약 그녀가 눈길이라도 한번 줬더라면 희망을 품었을지 몰랐다. 그러나 그녀에게 그라는 존재는 안중에도 없는 것 같았다.

여전히 카란자의 가슴은 뛰었다. 뭄비는 아주 가까이 다가올 때까지 그를 보지 못하다가 그를 보자 깜짝 놀라 소리를 질렀다.

"기코뇨는 어때?"

카란자는 별다른 생각 없이 물었다. 그는 뭄비가 기념식에 참석하지 않아서 병원에 갔을 것이라고 추측했다.

"괜찮아요. 간호사들 말로는 곧 퇴원할 거래요."

"기념식에서 당신을 찾았어. 보고 싶었거든. 그 쪽지를 보내줘 고맙다는 말을 하고 싶었고."

"아무것도 아니었어요. 특별히 노력한 것도 아니고……. 아무튼 그걸 무시했더군요."

"그때는 무슨 경고가 담겨 있는지 몰랐어. 당신이 나를 보고 싶어 하는 줄로 생각했거든."

"결코 그럴 리가 없죠."

"결코?"

"다시는 결코."

그들은 가랑비 때문에 급하게 말했다.

"아무튼 고마워."

카란자는 잠시 말을 멈춘 다음 말했다.

"그들은 나를 죽일 작정이었겠지?"

"몰라요."

"난 알지. 므와우라가 그렇게 말해줬으니까."

"므와우라가 누구죠?"

"나하고 같이 일하는 사람이야. 무고가 집회에 왔을 때……."

"무고가 기념식에 왔다고요?"

"그래. 그리고 고백도 했고……."

"고백했다고요?"

"못 들었어? 기념식에 나와서 우리 모두 앞에서 고백을 했어. 용기 있는 사람 같아."

"그래요!"

그녀는 충격에서 벗어나는 것 같더니 곧 카란자로부터 조금씩 멀어지기 시작했다.

"비가 오네요. 집에 가야겠어요."

"나…… 나…… 마지막으로 아이를 한 번만 볼 수 없을까?"

"남자답게 나를 내버려둘 수 없어요, 카란자?"

그녀는 이렇게 쏘아붙이고 바로 돌아섰다. 카란자는 안개와 마을의 집들이 그녀를 삼킬 때까지 그녀의 모습을 지켜보았다.

"그래, 그는 용기 있는 사람이야."

그는 그녀가 걸어간 쪽에 대고 말했다.

"나의 목숨을 구해줬어. 무엇 때문이었을까?"

카란자는 다시 걷기 시작했다. 머리와 옷은 흠뻑 젖어 있었다. 버스 두 대가 연달아 도착했다. '간발의 탈출'이라는 버스가 앞서고, '행운의 버스'라는 버스가 바짝 뒤를 따랐다.

"나이로비요?"

차장은 짐부터 받아 들며 물었다.

"기티마요!"

이렇게 말하고, 그는 짐 꾸러미를 더 세게 붙잡았다.

"그렇다면 짐을 안으로 갖고 들어가세요. 빨리요."

카란자가 채 앉기도 전에 차장은 호각을 불었고 '간발의 탈출'이 움직이기 시작했다. 그때 뒤에 있던 '행운의 버스'가 앞차를 지나쳐버렸다. 두 버스는 다음 정류장에서 손님을 태우려고 경쟁하고 있었다.

"불나게 밟아요."

차장이 운전사를 재촉했다. 버스는 서로 먼저 나이로비에 도착하고 싶어 했다. 시내에서 우후루 기념식을 마치고 집으로 돌아가는 사람들을 태우기 위해서였다.

버스는 금세 기티마 정류소에 도착했다. 카란자를 내려준 버스는 속도를 내고 달려갔다. 벌써 앞차보다 1킬로쯤 처져 있었다. 카란자는 길옆에 있는 음식점으로 들어갔다. 그곳은 비를 피해 들어온 사람들로 북적거렸다. 그는 가방과 기타를 한쪽 구석에 기대놓고 아무도 없는 작은 식탁에 앉았다.

웨이터가 다가오자 카란자는 쇠고기 스튜가 딸린 차파티와 차를 주문했다. 그는 팔꿈치를 탁자에 괴고 두 손으로 머리를 감쌌다. 파리 떼가 시커먼 설탕, 기름, 고기 찌꺼기, 썩은 감자의 찐득찐득한 분비물로 차 있는 식탁의 갈라진 틈에 들러붙어 있었다. 잠시 후 음식이 나왔다. 김이 모락모락 나는 스튜 냄새가 속을 뒤집어놓았다. 그는 스튜를 한쪽으로 밀쳐버리고, 차를 조금 마셨다.

문가에서 사람들이 우후루와 조모와 비에 대해 소란스럽게 얘기했다. 카란자는 그날 있었던 혼란스러웠던 일들을 되짚어보았다. 이런저런 일들을 생각해보아도 전혀 조리에 닿지 않았다.

그는 R장군이 배반자는 단상으로 나오라고 했을 때의 악몽을 희미하게 기억해냈다. 므와우라는 카란자 옆에 앉아 있었다. 코이나 부관은 몇 미터 떨어진 곳에 앉아 있었다. 둘은 은밀한 눈길을 서로에게 보낸 다음 카란자를 쳐다보았다. 바로 그때 카란자는 R장군의 말이 자신을 겨냥하고 있다는 것을 느끼고, 뭄비의 쪽지를 생각해냈다.

'만약 내가 단상으로 걸어가면 사람들은 손톱으로 할퀴어 나를 죽이고 말 거야.'

카란자는 사람들의 손이 자신의 살을 찢어발기는 장면을 순간적으로 상상했다. 톰슨이 떠났을 때 그가 두려워했던 것이 바로 이런 일이 아니었던가? 그는 흑인의 힘이 두려웠다. 톰슨을 쫓아내고 그를 협박했던 사람들이 두려웠다. 한편으로 그는 당당히 일어서서 키히카가 체포된 것과 자신은 아무 관계도 없다는 것을 공개적으로 밝힐까도 생각해봤다. 그러나 두려움 때문에 땅에 못 박혀 있었다.

바로 그때 무고라는 남자가 카란자를 구원해주는 고백을 한 것이었다. 므와우라는 악의로 가득 찬 눈을 카란자에게 돌리고, '저 사람이 널 살려준 거야'라고 말한 뒤 재빨리 어디론가 가버렸다.

카란자는 만약 무고가 제때에 나타나지 않았다면 어떤 일이 일어났을 것인지 생각해보고 몸을 부르르 떨었다. 어렸을 때 카란자는 개들이 토끼 한 마리를 찢어발기는 모습을 본 적이 있었다. 개들은 사지를 찢어 피로 얼룩진 살점을 물고 달아났다. 카란자는 자신이 그 토끼 같다고 생각했다.

또 백인 장교들을 따라 그와 다른 자치대원들이 죽였던 수많은 사람들과 테러리스트들을 생각하며 '왜 내가 죽는 것을 두려워하는가?' 하고 자문해봤다. 그 당시 그는 아무런 죄의식을 느끼지 않았다. 그들을 총살할 때 그에게 그들은 인간이라기보다 동물 같았다. 처음에는 그런 행위가 전율을 느끼게 했으며, 새로 태어난 것 같은 기분을 느끼게 했다. 그 자신은 백인이 상징하는 보이지 않는 힘의 일부인 것 같았다. 권력에 대한 의식, 즉 방아쇠를 당기는 것만으로 인간의 생명을 좌지우지할 수 있다는 생각이 점차 강박관념으로 바뀌면서 나중에는 하나의 욕구가 되었다. 그런데 지금은 그 힘이 사라지고 없었다. 뭄비는 마지막으로 그를 거부했다.

'무엇 때문에 무고는 나를 구해줬을까?'

그는 다시 차를 한 모금 마셨다. 차는 식어 있었다. 그는 그것을 한쪽으로 밀쳐버렸다. 인생이란 대지를 감싸고 있는 어둠이나 안개처럼 텅 빈 것일 뿐이었다. 그는 음식값을 치르고 가방과 기타를 챙겨 문 쪽으로 걸어갔다.

"여기, 거스름돈 받아 가세요."

웨이터가 그를 불러 세웠다.

카란자는 몸을 돌려 돈을 받고는 세어보지도 않고 밖으로 나왔다.

'그녀는 내가 그 아이를 마지막으로 한 번 보는 것조차 안 된다고 했어.'

그는 기타마로 가는 길을 택하면서 슬퍼졌다. 전에는 그런 욕망을 느낀 적이 한 번도 없었다. 차 한 대가 너무 빨리 달려와 하마터면 그를 칠 뻔했다. 그는 비탈 쪽 산유자나무 울타리에 닿을 정도로 아슬아슬하게 피했다.

'톰슨은 가버렸고, 나는 뭄비를 잃었다.'

그의 생각은 정해진 틀도 없이 이런저런 형상으로 옮겨 다녔다. 지금까지 살면서 있었던 일들이 나타났다가 사라졌다.

'만약 지금 키히카가 살아서 길 위에 나타난다면 어떻게 될까?'

카란자는 울타리와 어둠이 두려운 것처럼 걷기 시작했다. 비는 가느다랗고 드문드문 내리고 있었다. 옷이 몸에 착 달라붙었다.

그는 키히카가 나무에 목매달려 있는 것을 보러 갔었다. 그때 그는 죽은 친구를 향한 동정이나 슬픔이 남아 있었는지 자신의 가슴속을 헤집어봤다. 그러나 거기엔 혐오감만 있었다. 몇 마리의 파리들만 마른 입술에 늘어 붙어 있는 시체는 추할 뿐이었다.

'자유란 무엇인가?'

카란자는 자문했다.

'죽음이라는 것은 자유와 같은 것일까? 수용소에 가는 것이 자유일까? 뭄비에게서 떨어지는 것이 자유일까?'

그 직후 그는 자신이 서약했다는 사실을 자백하고, 목숨을 건지기 위해 자치대에 들어갔다. 그가 처음 한 일은 자루를 쓰고 하는 일이었다. 그는 눈만 남기고 하얀 자루를 뒤집어썼다. 취조가 시작되면 사람들은 자루를 쓴 사람 앞으로 줄지어 지나갔다. 자루를 쓴 사람은 머리를 까딱하는 것만으로 마우마우에 가담한 사람들을 골라냈다.

지금 카란자는 어둠 속에서 자루를 쓴 자기 모습을 너무나 또렷하게 다시 보았다. 눈 구멍들이 만져질 만큼 그 모습이 생생했다.

'상상일 뿐이야.'

그는 애써 고개를 내저었다. 어느새 그는 철도 건널목 근처에 와 있었다. 기차가 덜커덩거리는 소리가 멀리서 들렸다. 문득 기차역까지 경주를 하던 기억이 떠올랐다. 덜커덩거리는 소리가 점점 더 가까이, 더 크게 들렸다.

어느 날 여러 마을에서 온 사람들이 검문을 받으러 룽에이 역에 집결했다. 그들은 한 명씩 그를 지나쳤다. 자루를 쓴 카란자는 많은 사람들을 집어냈다. 그들 중 누구도 자신을 볼 수 없다는 사실이 즐거웠다.

이제 그는 오늘 오후에 있었던 집회를 생각했다.

'그는 용기 있는 사람인 것 같아.'

뭄비도 그 생각에 동의했었다. 유령처럼 단상에 서 있던 무고의 모습이 자루를 쓴 사람과 겹쳐 떠올랐다.

카란자는 집회에서 무고를 바라보던 수많은 눈동자를 생각하며 건널목 근처에 서 있었다. 기차가 아주 가까워지면서 날카롭게 철로를 파고드는 바퀴 소리가 들렸다. 한때 룽에이 역에서 그랬던 것처럼 그는 무엇인가 살 속으로 파고드는 것을 느꼈다. 그는 어둠 속에서 그를 바라보는 수많은 화난 눈동자를 의식했다.

기차는 건널목에서 불과 몇 미터밖에 떨어져 있지 않았다. 그는 앞으로 한 발을 내디뎠다. 그때 기차가 그를 지나쳤다. 불빛과 엔진과 기차 칸들이 그와 너무 가까웠다. 기차가 일으킨 바람 때문에 그의 몸이 튕겨 나갔다. 그가 서 있던 땅이 진동했다. 기차가 사라지자 그를 둘러싼 침묵이 더욱더 깊어졌다. 밤이 더 캄캄해진 것 같았다.

무고

뭄비는 달리고 걷고 가랑비에 몸을 맡기는 것을 한꺼번에 하고 싶었다. 그녀는 내려놓을 수 없는 짐 때문에 숨을 헐떡이며 뛰다시피 걸었다. 힘든 오후였다. 특히 힘든 것은 무고가 고백을 했다는 소식이었다. 티모로 병원에 있는 기코뇨는 그녀에게 한마디도 하지 않았다. 곁에 있는 그녀를 아는 척도 하지 않았.

'나를 데려가달라고, 내가 자기를 매수하고 있다고 생각하나 봐.'

가까이 가면 그가 눈을 감고 잠자는 척하면서 고개를 돌려버리는 모습을 보고 그녀는 고통스러웠다.

'그러나 내 앞에 무릎을 꿇지 않는 한, 돌아가지 않을 거야.'

그녀는 결심했다.

비에 젖어 집에 도착했을 때 음부구아와 완지쿠는 불 옆에서 소리 없이 졸고 있었다. 아이는 바닥에 잠들어 있었다. 집 안의 온기는 바깥의 진흙과 안개와 비와 너무나 대조적이었다. 뭄비는 아무 말 없이 기계적으로 몸을 움직여 옷을 갈아입었다.

"상태가 어떻더냐?"

뭄비가 자리에 앉자 완지쿠가 조심스럽게 다가와 물었다.

"다시는 가지 않으려고요."

뭄비는 아버지와 어머니마저 폐허와 파편 속에서 평화를 찾으려는 자신을 방해하고 있다는 듯 버럭 소리를 질렀다.

"그 사람이 죽는다고 해도 안 가요!"

"얘야, 좀 차분해지렴."

완지쿠가 빈정거림이 섞인 말로 응수했다.

"그런 말은 그의 집에서 해서는 안 되는 말이다. 그 사람이 신붓값을 돌려달라고 하지 않는다면 그는 언제나 네 남편이라는 사실을 명심해라."

"내 남편이라고요? 절대 아니에요."

"쉿!"

완지쿠는 조금씩 그녀의 기분을 달랬다. 그래서 뭄비는 병원에 있는 기코뇨를 돌봐주겠다고 약속했다.

"아픈 사람은 병원에 버려두는 법이 아니다. 적이라도 위험에 처해 있으면 구해주는 법이야. 게다가 넌 티모로에 혼자 갈 필요도 없잖아. 부지런하고 마음씨 좋기로는 세상에 둘도 없는 네 시어머니가 있잖니."

뭄비는 사람들이 자신을 필요로 한다는 걸 다시 느꼈다. 완지쿠는 집회에서 무슨 일이 있었는지를 자세히 말해줬다. 음부구아는 불이 있는 쪽으로 연신 머리를 끄덕였다. 요즘 들어 노인은 휴일을 맞아 카리우키가 집으로 왔을 때를 빼면 거의 말을 하지 않고 지냈다. 뭄비는 어머니가 한 얘기를 듣고, 무슨 일인가를 해야 한다고 느꼈다.

'내가 무슨 일을 할 수 있을까?'

아무도 그 질문에 대답해줄 수 없을 터였다.

난롯불 때문에 졸렸다. 그녀는 기진맥진해졌다. 노곤함이 온몸을 덥히면서 팔다리, 어깨, 머리, 가슴으로 몰려들었다. 그녀는 어머니 품에 안겨 자며 위로를 받고 싶었다.

'내가 무슨 일을 할 수 있을까?'

그녀는 다시 자문했다. 지붕에 떨어지는 둔한 빗소리를 들으며 그녀는 행동해야 할 필요성으로부터 구원받기라도 하듯 밀려드는 노곤함에 자신을 맡겼다. 그녀는 자리에 앉은 채 그대로 있었다. 눈과 귀가 감지하는 재앙 앞에서 그녀의 몸과 마음은 수동적이었다.

'내일 무고를 만나야지. 게다가 그는 거기 있었으니 알겠지.'

그녀는 바닥에서 자고 있는 아이 곁에 누우며 스스로를 설득했다.

'밤도 어둡고 비도 내리니까……'

뭄비와 왕가리는 아침 일찍 일어나 병원에 함께 갔다. 기코뇨는 침대에서 일어나 앉아 있었다. 팔에는 깁스를 하고 있었다. 그들은 기념식에서 무고가 고백을 했다고 그에게 얘기해줬다. 그는 머리를 약간 숙인 채 얘기를 들었다.

갑자기 덮고 있는 담요가 떨릴 정도로 기코뇨가 몸을 부르르 떨었다.

"무슨 일이냐?"

왕가리는 아들의 팔이 얼마나 아플까 생각하며 물었다. 기코뇨는 그 말을 듣지 못한 것 같았다. 그는 맞은편 벽을 바라보았다. 병원 너머에 있는 무엇인가를 보는 것 같았다.

오랜 침묵이 흐른 후 기코뇨는 두 여자를 바라보았다. 그는 조금 전보다 침착해져 있었다. 굳은 얼굴이 변한 것 같았다. 부드러워진 것도 같았다. 찌푸린 표정도 사라지고 없었다. 그가 입을 열었을 때 목소리는 낮고 두렵고 수치스러운 듯했다.

"그는 용감한 사람이었어요. 그 앞에 수많은 명예와 찬사가 기다리고 있었고, 지도자가 될 수도 있었어요. 그 사람 말고 이 세상의 어떤 사람이 사람들의 눈총이 따가울 줄 알면서도 자기 속을 드러낼 수 있었을까요?"

그는 잠시 말을 멈추고 뭄비를 쳐다봤다. 그런 다음 눈길을 돌리고 말했다.

"거기에 있던 사람들 가운데 그에게 돌을 던질 수 있는 사람은 아무도 없다는 걸 기억해야 해요. 그가 그랬던 것처럼 나를 포함해 우리 모두가 세상 사람들이 보는 앞에서 가슴을 연다면 몰라도……."

그의 말을 들으면서 뭄비는 자기 몸이 구름 위로 둥실 떴다가 그것이 너무 두려워 다시 땅으로 끌려 내려오는 듯한 느낌을 받았다.

'여기 오기 전에 그에게 먼저 갔어야 했어.'

그녀는 생각했다.

뭄비는 타바이에 돌아오자마자 무고의 집으로 달려가 문을 열어젖혔다. 모든 것이 그녀가 그날 밤 떠났을 때와 같았다. 하루나 이틀 동안 불을 피우지 않았음에 틀림없었다. 잠자리도 정돈돼 있지 않았다. 털이 튀어나온 낡은 담요가 침대에서 늘어져 바닥에 닿아 있었다.

뭄비는 문을 닫고 나와 R장군의 집으로 서둘러 갔다. 문이 잠겨 있었다.

'좋아, 저녁에 다시 와보자.'

저녁에 뭄비는 무고의 집을 다시 찾아갔다. 집 안에는 불이 켜져 있지 않았다. 그녀는 어둠 속에서 더듬더듬 들어가 두려워하며 불렀다.

"무고."

대답이 없었다.

'그는 어디로 갔을까? 모든 사람이 다 어디로 간 걸까?'

그녀는 문 쪽으로 물러서며 주위를 둘러봤다. 그녀는 말과 두려움을 되받아치는 수많은 메아리처럼 어둠 속에서 그녀에게 몰려드는 생각이 사실이 아니라고 증언해줄 사람이 필요했다. 어떤 목격자라도 좋았다. 그녀는 더 무서워져 문을 열었다. 그리고 빗속을 뚫고 미끌미끌한 길을 가로질러 집까지 내내 달렸다.

의식한 건 아니지만, 뭄비는 무고한테서 물러난 그날 밤에 했던 것과 똑같이 움직였다. 그때는 불이 밝혀져 있었기 때문에 무고는 그녀의 얼굴에 떠오른 경멸과 공포의 표정을 볼 수 있었다. 그는 그녀가 방금 떠난 자리를 오랫동안 바라보며 서 있었다. 그는 문을 닫고 불을 끄고 잠자리에 누웠다. 그는 방금 무엇인가를 잃어버렸다는 걸 알고 침대에 누워 있었다. 뭄비의 얼굴에 떠오르던 경멸의 표정이 어둠 속으로 여러 번 스쳐 지나갔고, 억제할 수 없는 떨림이 몸으로 퍼졌다.

'오늘 밤은 어찌하여 뭄비가 나를 어떻게 생각하는지가 그토록 중요한 걸까?'

그녀는 너무나 가까웠다. 그는 그녀의 얼굴을 보고, 따뜻한 숨결을 느낄 수 있었다. 그녀는 바로 거기에 앉아서 얘기를 했고, 그에게 새로운 지평을 문득 열어주었다. 그녀는 그를 신뢰하고 그에게 비밀을 털어놓았다. 그 소박한 신뢰에 그는 진실을 털어놓을 수밖에 없었다. 그런데 그녀가 그로부터 뒷걸음질을 쳤다. 그는 영원히 그녀의 신뢰를 잃어버렸다. 지금 그녀에게 그는 사악하고 추잡한 존재였다. 그는 이렇게 생각하고, 그것을 보고 또 느꼈다.

그때 그는 집 주위에서 마을 사람들이 부르는 우후루 노랫소리를 들었다. 그를 칭송하는 말 한마디 한마디가 아이러니였다.

'내가 마을을 위해 한 일이 무엇인가? 내가 누구를 위해 무엇을 했단 말인가?'

그러나 그는 자신에 대한 분에 넘치는 신뢰를 새로운 시각에서 바라보았다.

'뭄비가 그들에게 얘기하겠지.'

뭄비뿐만 아니라 모든 마을 사람의 얼굴에 어릴 경멸과 증오의 표정이 떠올랐다. 그 모습이 너무나 생생해 두려웠다. 몸이 오그라들었다.

그날 밤 그는 거의 잠을 잘 수 없었다. 뭄비의 모습이 마을과 수용소의 모습과 겹쳤다. 뭄비가 나타나는가 하면 이내 숙모나 노파의 모습으로 바뀌었다.

그는 일찍 일어났다. 이상하게도 마음이 차분했다. 아침 내내 차분한 상태였다. 간밤에 그토록 고통스러워했던 것들이 사라지고 없었다. 이것이 그를 깜짝 놀라게 했다.

'내가 어떤 일을 할 것인지 알고 있는데도 왜 이렇게 침착해지는 걸까?'

그런데 그 순간이 다가오고, 거대한 군중을 보자 그는 의심이 생기고 침착함을 잃었다. R장군이 연설하는 모습을 보고 카란자를 떠올렸다.

'왜 나는 카란자가 뒤집어쓰도록 놔두지 않는 걸까?'

무고는 그 유혹을 물리치고 일어섰다. 그렇게 하지 않으면 뭄비의 얼굴을 다시 대할 수 없을 것 같았다. 거대한 군중 속을 통과해 나아갈 때 그의 심장은 요란하게 고동치고 손은 땀으로 흠뻑 젖었다. 손이 덜덜 떨리고 다리가 휘청거렸다. 그의 마음속에는 모든 것이 분명하게 결정되어 있었다.

'나는 거기 서서 공개적으로 내 죄를 밝히리라.'

그는 이 생각에 집착했다. 사람들이 아무리 소리치고 노래하고 칭찬해도 이 목적에서 벗어나게 할 수는 없을 것이었다. 그가 마이크를 잡고 조용해진 군중 앞에 설 수 있게 된 것은 이렇게 생각을 정리했기 때문이었다.

말을 시작하자마자 무고는 몸과 마음이 가벼워지는 걸 느꼈다. 수많은 세월의 무게가 어깨로부터 들려졌다. 그는 자유롭고 확고하고 확신에 찼다.

그러나 그것은 잠시뿐이었다.

말을 마치자마자 주변의 침묵과 마음속의 가벼움과 갑작스러운 해방감이 그를 무겁게 압박했다. 그가 생각했던 것의 윤곽들이 흐릿해졌다. 단상에서 내려와 이제는 고요해진 군중 속을 통과할 때 공포감이 그를 엄습해 왔다.

무고는 내딛는 걸음 하나하나와 자신을 의식하며, 마음속으로 몰려와 소용돌이치는 형상들을 의식했다. 거기엔 오직 한 가닥의 일관성만 있었다. 자신이 과거에 무엇을 했든, 앞으로 무엇을 하든 그것에 책임이 있다는 것이었다. 그런 생각에 두려웠다. 이 순간 그는 그 자리에 다시 가고 싶지 않았다.

'그런데 모든 사람들이 일어나 손톱과 이로 내 몸을 할퀴고 물어뜯는다면 어떻게 될까?'

마음속에서 생각하던 일이 현실로 나타났다. 무고는 집으로 들어가지 않았다. 기투아의 웃음소리가 들렸다. 그는 쫓기고 있다는 느낌이 들었다. 그는 죽고 싶지 않았다. 살고 싶었다. 잃는 것이 가능성일 수도 있다는 것을 뭄비는 그에게 일깨워줬다. 그는 집 앞에서 서성거리다가 마을과 카부이 무역센터와 그 너머에 있는 길을 둘러봤다.

'사람들이 나를 잡으러 올까?'

무고는 하늘에 구름이 몰려들고 있는 것을 보았다.

'어쩌면 비가 오기 전에 마을에서 달아나야 할지도 몰라.'

그는 길 쪽으로 걸음을 옮기기 시작했다. 몇 미터를 걷다가 그는 룽에이 쪽에서 오는 사람들을 만날 수도 있다는 생각을 했다.

'그렇다면 다른 길로 마을을 지나야지. 그리고 나이로비로 가야지. 그곳에서 새로운 인생을 시작할 거야.'

결심이 서자 무고는 밭에 갈 때 늘 다니던 마을의 큰길을 따라 걸음을 서둘렀다. 그런데 벌써 집회에서 돌아오는 사람들이 마을로 쏟아져 들어오기 시작했다. 길과 집은 곧 사람들로 가득 찰 것이었다. 그러면 마을에서 떠나지 못할 것 같았다. 그는 걸음을 빨리했다.

눈앞에 노파의 집이 나타났다. 격렬한 느낌이 온몸에 퍼졌다. 그 집에 들어가 노파를 딱 한 번 마지막으로 보고 싶은 욕망이 밀려들었다. 그러나 비가 오고 어둠이 내리기 전에 마을에서 벗어나야 할 것 같았다.

그런데 몇 걸음 가지 않았을 때 비가 몇 방울 떨어졌다. 그는 비를 피하는 게 좋겠다고 생각했다.

'만약 노파가 안에 있다면 날이 어둑해져 몰래 떠날 수 있을 때까지 날 숨겨주지 않을까?'

무고는 되돌아서 길을 건넜다. 빨리 마을을 벗어나야 한다는 생각을 억누르며 노파의 집으로 들어갔다. 노파는 재에 발을 묻고 텅 빈 난로 곁에 앉아 있었다. 그가 들어서자 그녀는 천천히 머리를 들었다. 어둠침침한 오두막 안에서 그녀의 눈이 빛났다.

"네가…… 네가 왔구나!"

그녀는 웃는 듯 마는 듯 이 세상의 표정 같지 않게 얼굴을 일그러뜨리며 말했다.

"예."

달아나고 싶은 생각이 타올랐지만 그는 다시 그것을 억눌렀다.

"난 네가 올 줄 알았다. 나를 집에 데려가기 위해 올 줄 알았다."

노파는 행복감에 기괴해 보였다. 그녀는 일어서려고 하다가 비틀거리며 주저앉았다. 그리고 서서히 다시 일어났다.

"내내 너를 기다렸다. 나는 그들이 너를 죽인 것이 아니라는 걸 알았지. 사람들은 내가 그렇게 말하니까 믿지 않더라. 내가 널 봤다니까 믿지 않더라고."

노파가 무고를 향해 다가섰다. 무고는 그녀가 정신없이 내뱉는 소리를 듣고 있지 않았다. 그녀의 얼굴이 다른 사람의 얼굴로 보였기 때문이었다. 새로운 분노가 치밀었다. 삶이란 어제와 그제 일어났던 것을 계속 반복하는 것일 뿐이었다. 그런데 그녀는 이번만은 도망치지 못할 것이었다. 그는 그녀의 삐딱한 미소와 경멸에 찬 눈빛을 없애버릴 작정이었다.

그런데 그가 움직이기도 전에 노파가 비틀거리며 의자에 주저앉았다. 여전히 그녀의 얼굴에 미소가 어른거렸다. 그녀는 조금도 움직이지 않았다. 약간의 흔들림도 없었다. 그때 그는 자신을 피붙이이라고 할 수 있는 유일한 사람이 죽고 없다는 사실을 갑자기 떠올렸다. 손에 얼굴을 묻고 그는 잠시 서 있었다.

얼마 후 무고는 문을 닫고 가랑비 속으로 나갔다. 그리고 나이로비로 가려던 결심을 접고 집으로 돌아갔다.

집으로 돌아온 무고는 기름등에 불을 붙이고 젖은 옷을 벗지도 않은 채 침대에 앉았다. 그리고 맞은편 벽을 바라보았다. 벽에는 아무것도 없었다. 피의 이미지도 없었고, 다급하게 따라오는 발걸음 소리도 없었고, 수용소도 없었다. 뭄비는 먼 옛날의 희미한 기억 같았다.

이따금 무고는 급하게 침대 가장자리를 두드렸다. 머리에서 떨어진 빗물이 얼굴과 목으로 이리저리 흘러내렸다. 옷에서 떨어지는 물이 다리로 흘러내려 바닥에 이리저리 떨어졌다. 한 방울의 물이 오른쪽 속눈썹에 맺

했다. 그러자 등에서 나오는 불빛이 미세한 속눈썹 속으로 갈라져 들어왔다. 물방울은 눈으로 들어가더니 눈물처럼 얼굴 아래로 흘러내렸다.

그는 눈을 비비지도, 물방울을 닦지도 않았다.

문을 두드리는 소리가 났다. 무고는 아무 대답도 하지 않았다. 문이 열리고 R장군이 들어왔다. 그 뒤로 코이나 부관이 따라 들어왔다.

"난 준비됐습니다."

무고는 이렇게 말하고 방문객들을 쳐다보지도 않고 일어섰다.

"재판은 오늘 밤 열린다."

R장군이 엄숙하게 선언했다.

"왐부이가 재판장이 될 것이다. 코이나와 나만 원로로서 심리에 참석하게 된다."

무고는 아무 말도 하지 않았다.

"너는 네 행동만으로도 유죄판결을 받을 것이다."

R장군은 분노도 증오심도 없는 어조로 말을 이었다.

"너를 비롯한 어느 누구도 자신의 행동으로부터 빠져나갈 수 없을 것이다."

R장군과 코이나 부관은 그를 끌고 나갔다.

와루이, 왐부이

와루이는 생기 없고 텅 빈 듯한 왐부이의 눈을 피하며 바깥을 내다보았다.

"이틀이나 가랑비가 내리고 있군."

왐부이의 집에서 느껴지는 불안감 때문에 와루이는 아무 말이라도 해야겠다 싶어 이렇게 말했다.

그는 문 가까이 몸을 웅크리고 손발을 담요로 덮은 채 앉아 있었다. 주름진 목과 흰머리만 담요 밖으로 나와 있을 뿐이었다. 맞은편에서 왐부이는 몸을 구부리고, 멍한 눈으로 이따금 와루이를 바라보다가 바깥의 안개와 비로 눈길을 돌렸다.

"이런 비는 며칠 갈 수도 있지요."

그녀가 생기 없는 목소리로 말했다. 두 사람은 침묵으로 되돌아갔다. 그들은 삶이 온기도 없고, 색채도 없고, 흥미도 없는 것이 되어버린, 부모 잃은 아이들 같았다. 난로에는 온기도 없었다. 하루나 이틀쯤 집에 아무도 없었던 것처럼 감자 껍질과 옥수수 껍질과 풀들이 마룻바닥에 흩어져 있었다. 다른 때 같았으면 와루이나 집으로 찾아온 손님들이 그걸 보고 놀랐을 것이다. 왐부이의 집은 마을에서 가장 정돈이 잘 되어 있는 집이었다.

그녀는 적어도 하루에 두 번씩 바닥을 청소했고, 그릇을 사용하고 나면 곧바로 깨끗이 씻었다. 모든 살림살이와 도구들이 벽에 붙은 다양한 선반에 놓여 있었다. 진흙 벽은 그녀가 웨루에서 구입한 흰 석간주 페인트로 칠해져 있었으며, 이따금 벽에 틈이라도 생기면 즉시 메웠고, 못 쓰게 된 곳은 복구했다.

"사람은 머리를 두는 곳이 가장 중요한 거야."

사람들이 깔끔하다고 칭찬하면 그녀는 이렇듯 알 수 없는 말로 응수하곤 했다.

번제를 지낸 후로 와루이는 그녀를 보지 못했다. 지난 이틀 동안 타바이 사람들은 약속이나 한 듯 우후루 날에 있었던 일을 얘기하지 않고 혼자 지냈다.

와루이를 당황하게 하는 문제가 있었다. 문제에 대한 답을 스스로 찾아보려 했지만 헛수고였다. 그래서 왐부이를 만나러 온 것이었다. 지금 두 사람은 상대방이 하는 말을 모르는 것처럼, 그리고 서로 앞에서 무슨 얘기를 한다는 게 수치스러운 것처럼 얘기했다.

"이놈의 추위 때문에 그 사람이 죽었는지도 모르지."

와루이는 다시 한 번 해답을 찾아보려 했다.

"누구 말이죠?"

"그 노인 말이오."

"그래요!"

그녀가 종잡을 수 없는 얘기를 하며 한숨을 쉬었다.

"그날 우리는 그 노인에 대해선 잊고 있었지요. 그분을 혼자 내버려두지 말았어야 했는데……. 늙었잖아요. 외로움 때문에 죽은 거죠."

"그런데 왜 하필이면 그날이냔 말이오. 난 계속 자문해보고 있어요. 게다가 혼자 살아왔잖아요. 안 그래요?"

"그때는 달랐죠."

그녀가 논쟁에서 자기 논리를 펴듯 말했다.

"연기도 나고, 아이들이 떠드는 소리도 나고……. 삶을 느낄 수 있었지요. 그런데 그날은 모두가 모임에 갔잖아요. 우리 모두가 말이죠. 연기도 안 나고, 거리에서 아이들이 웃으며 소리치는 것도 들리지 않고, 마을이 텅 비어 있었잖아요."

"그러나 왜 하필이면 그날이었냔 말이죠."

와루이는 여전히 의심을 풀지 않았다. 그도 마음속에서 논쟁을 하는 것 같았다.

"그 노인이 외로워서 그런 것이라고 내가 말했잖아요."

그녀는 조급하고 초조해하며 말했다.

"그래서 아들이 자기를 데리러 왔다고 했던 거고요. 기토고가 그날 자기를 집으로 데려가려고 왔다고 얘기했던 건 당신도 알잖아요."

"맞소. 노인이 죽은 사람을 봤다고 말하기 시작한 날부터 마을에 변고가 생기기 시작했어요."

왐부이가 그를 쳐다봤다. 그러나 이번에는 아무 말도 하지 않았다.

"그날이야."

와루이가 말을 이었다.

"그래, 바로 그날이야! 무엇보다 먼저, 기코뇨의 팔이 부러졌소."

그는 느닷없이 말을 멈추더니 왐부이를 바라보았다. 그녀는 그가 하는 말에 무관심한 채 밖에 내리는 비를 바라보았다. 그는 같은 방향에 눈길을 주다가 갑자기 品비가 불과 몇 미터 떨어지지 않은 곳에서 안개 밖으로 불쑥 나타나는 것을 보았다.

品비가 집으로 들어왔다. 그녀의 발은 젖어 있고, 진흙이 이곳저곳 튀겨 있었다. 머리와 등을 가린 부대에서 물이 떨어졌다. 그녀는 부대를 선반에 걸기 전에 물방울을 털었다. 왐부이가 문 가까이 있는 의자를 내주며 앉으라고 했다.

"춥네요."

品비가 몸을 오그렸다. 그리고 숨을 들이켜면서 쉬쉬 소리를 냈다.

"오늘은 운이 좋지 않군요. 어머니가 집에 이제야 불을 피우고 계셔서 이리로 달려왔어요. 여기엔 언제나 불이 준비돼 있었는데, 오늘은 제가 틀렸네요."

"오늘, 병원에 갔었니?"

왐부이가 물었다.

"예, 시어머님과 같이 갔어요. 저, 거기에 매일 가요."

"팔은 어때?"

"심하게 부러진 건 아니고 금만 갔다나 봐요. 곧 퇴원할 거예요."

"뭔가 잘못됐던 거요……."

와루이가 다시 말을 시작했다. 그는 조용히 자신의 생각을 따라가고 있었다.

"모든 사람이 가버렸소. 불과 1분 전만 해도 해리가 살았을 때 우리가 행진하면서 그랬듯이 들에는 수많은 사람들로 꽉 차 있었소. 그런데 눈 깜빡하는 사이에 모두 가버리더라고. 들이 텅 비어버린 거였소. 네 명만 남았더군. 아니, 다섯 사람이었던가? 우리는 제물로 가져온 양들을 도살하고, 우리 마을을 위해 기도했소. 그러나 그것은 목마른 사람한테 뜨거운 물을 주는 것과 같았지. 오랜 세월 동안 내가 기다려왔던 건 그게 아니었소."

"당신도 그 말씀을 하시지만 저도 모든 사람과 똑같았어요. 단 한 번도 그 사람이…… 무고가 그 짓을 했다고 의심해본 적이 없었어요."

왐부이는 와루이가 입에 올리기를 피하던 이름을 어렵게 발음했다. 뭄비는 잠시 아무 말도 하지 않았다.

"그가 보이지 않아요."

마침내 뭄비가 달라진 목소리로 입을 열었다.

"그날 이후 아무도 그를 보지 못했지."

와루이는 뭄비의 물음에 대답이라도 하듯 말했다.

"어쩌면 안으로 문을 잠그고 있을지도 모르지."

왐부이가 말했다.

"제가 지난밤에 거기에 갔어요. 문은 잠겨 있지 않았고, 빗장도 걸려 있지 않았어요. 아무도 없었어요."

"어쩌면 마을을 떠났는지도 모르지."

와루이가 말했다.

"아니면 네가 갔을 때 화장실에 있었는지도 모르고."

"하지만…… 오늘 아침 병원에 가기 전에도 다시 갔어요."

바람이 살짝 불어 그들의 얼굴에 비를 뿌렸다. 왐부이는 손등으로 얼굴을 문질렀다. 와루이는 고개를 숙이고 담요에 얼굴을 닦았다. 뭄비는 의자를 뒤로 옮길 것처럼 뒤로 기울였지만 다시 가만히 있었다. 그들은 모두 문가에 그대로 앉아 있었다.

"어쩌면 제가 그 사람을 구할 수 있었을지도 몰라요. 어쩌면 제가 그날 밤 그의 집에 갔다면 그럴 수도 있었을 거예요."

뭄비가 비탄에 젖어 말했다.

"지금 누구에 대해 얘기하고 있는 거냐?"

왐부이가 재빨리 물었다. 그리고 그녀는 뭄비에게서 눈길을 돌렸다.

"무고죠."

"구해줄 게 아무것도 없었다."

왐부이가 천천히 말했다.

"내 말 알아듣겠니? 아무도 그를 구해줄 수 없었을 거다……. 왜냐하면…… 구해줄 게 아무것도 없었기 때문이지."

"그러나 그의 얼굴을 보지 않으셨기 때문에 그런 말씀을 하시는 거예요."

뭄비는 격한 목소리로 이렇게 말하고 나서 이내 목소리를 낮췄다.

"제 말은 집회 전날 얘긴데요. 그 사람에게 저를 보내셨잖아요. 그런데 그 일에 대해 얘기할 때, 그의 얼굴은 고통으로 온통 일그러져 있었어요."

"뭐라고?"

왐부이와 와루이는 똑같이 물었다. 그 얘기가 두 사람의 관심을 사로잡은 것 같았다.

"우리 오빠 키히카에 관한 얘기였어요."

"네가 알고 있었단 말이냐?"

"네, 그가 저한테 그 얘기를 했어요."

"넌 집회가 있기 전에 우리에게 그 얘기를 했어야 했다."

왐부이는 힐난하듯 말했지만 이내 흥미를 잃었다.

"전 어떤 일이 일어나는 것을 원치 않았어요. 저는 그가 기념식에 참석할 거라는 걸 몰랐어요."

"그것은 사실이야."

와루이는 뭄비의 말에 동의한 다음, 당황하고 실망스러운 목소리로 말했다.

"나는 그의 눈에 속았어. 그러나 이상한 일은 그 사람이 왜 참호와 수용소에서 그렇게 행동했느냐는 거야."

그들은 생각에 잠겼다. 제일 먼저 생각에서 벗어난 사람은 뭄비였다. 그녀가 말했다.

"가야겠어요. 이젠 집에 불이 피워져 있겠지요. 어쩌면 우리는 그 기념식 행사나…… 아니면…… 무고에 관해 너무 걱정을 하면 안 되는지 몰라요. 우리는 살아야 하니까요."

"그래, 마을도 다시 세워야 하고."

와루이가 동의했다.

"그리고 내일은 장날이지. 땅도 파고 가꿔서 다음 철을 준비하고……."

왐부이가 가랑비와 안개 너머를 바라보며 말했다.

"돌봐야 할 아이들도 있고요."

뭄비는 부대를 집어 들면서 이렇게 말했다. 그런데 갑자기 그녀가 돌아서더니, 인생과 행복의 비밀을 말해줄 수 있는 지혜로운 사람들을 바라보듯 두 노인을 바라보았다.

"기념식이 있던 날 밤, R장군을 보신 적이 있어요?"

왐부이는 놀랍고 두려운 눈빛으로 뭄비를 올려다보았다. 와루이가 비에서 눈길을 돌리지 않은 채 먼저 대답했다.

"난 그가 모임에서 연설을 한 후로 보지 못했다."

"나도 못 봤다."

왐부이는 마치 경찰이 심문하자 자신에게 아무런 책임이 없다고 얘기하는 투로 말했다.

뭄비는 밖으로 나갔다. 곧 와루이가 따라나서면서 중얼거렸다.

"뭔가 잘못됐어. 나는 그의 눈에 속았어. 그 눈 말이야. 이제는 늙었나 봐. 눈이 잘 안 보여."

왐부이는 앉은 자리에서 한동안 가랑비와 회색 안개를 바라보았다. 어둠이 집 안으로 스며들었다. 왐부이는 자유를 위한 투쟁이 어쩌다가 이렇게 예상치 못한 결말을 맞게 되었는지 하염없는 생각에 잠겨 있었다.

"어쩌면 우리가 그를 재판하지 말았어야 했는지도 몰라."

그녀는 이렇게 중얼거렸다. 그리고 그 생각에서 벗어나려고 몸을 흔들었다.

'불을 지펴야겠다. 우선 방을 쓸어야지. 먼지는 어쩌면 이렇게 빨리 깨끗한 집으로 모여드는 걸까!'

그러나 그녀는 자리에서 일어나지 않았다.

하람베

와무무는 기코뇨가 마지막으로 머물렀던 수용소였다. 1년 동안 그는 그곳에 갇혀 있었다. 수용소 사람들은 엠부의 므웨야 평원에 새로운 관개시설을 건설하는 데 동원됐다. 그들은 건조한 평야를 쌀을 재배하는 논으로 바꾸었다.

기코뇨는 용수로를 파면서 종종 평평한 평원을 가로질러 우캄바니로부터 엠부를 가려버리는 음베레와 니암베니 언덕을 바라보았다. 그 너머 땅이 와캄바라는 걸 알면서도 기코뇨는 항상 그의 집과 뭄비가 그 언덕 너머에 있다고 상상했다.

어느 맑은 날 아침, 그는 케리니아가 산을 보았다. 멀고도 먼 지평선 위에서 눈 덮인 봉우리들이 하늘과 맞닿아 있었다. 갑자기 눈물이 나려고 했다. 어떤 풍경에 대해 특별한 감정이 있는 건 아니었다. 봉우리가 구름에 가려진 전설적인 산을 보자 마음이 부드러워진 것이었다.

그때의 경험이 아직도 생생했다. 기코뇨는 티모로 병원에서 조금씩 몸을 회복하고 있었다. 병원에서 나는 약 냄새에 타나 강가에서 맡았던 질퍽질퍽하고 퀴퀴한 냄새가 생각났다.

기코뇨가 다시금 품비에게 결혼 선물로 의자를 만들어주는 것을 심각하게 생각했던 것은 같은 날 므웨아에서였다. 그가 해가 내리쬐는 가운데 퀴퀴한 강가와 질퍽질퍽한 진흙 속에서 일하고 있는 동안, 이 생각은 점점 더 구체적인 형태를 갖춰갔다.

기코뇨는 케리니아가, 니안다르와 언덕 주변에서 자라는 단단한 재목인 무이리 나무로 등받이 없는 의자를 만들 셈이었다. 다리는 무게를 견디며 땀을 흘리는, 험상궂은 얼굴을 한 세 사람의 형상으로 만들고, 앉는 자리는 강과 용수로를 나타내는 형상의 구슬로 잇고, 용수로 옆에는 괭이나 삽의 형상을 배치할 셈이었다. 그 후 며칠 동안 기코뇨는 어떻게 조각을 할지 생각해봤다. 그는 사람들의 얼굴을 계속 바꿔봤다. 그리고 어깨와 손과 머리의 위치도 바꿔봤다.

'구슬로 어떻게 강을 나타낼 수 있을까? 괭이 대신 낫을 조각하면 안 될까?'

그는 아주 세부적인 사항들을 어떻게 처리할까 고심하느라, 육체적으로 힘든 일을 해도 마음과 정신은 끄떡하지 않았다. 수용소를 떠나자마자 그는 의자를 만드는 일부터 하려고 마음먹었다.

병원에 누워 있던 기코뇨는 다시 의자를 만들고 싶다는 욕망에 사로잡혔다. 나흘 동안 그는 티모로 병원에 있었다. 지난 사흘간 그는 무고와 그의 고백에 대해 생각해봤다.

'나는 도로에서 나는 발걸음 소리에 대해 사람들에게 말할 용기가 있을까?'

밤에 기코뇨는 자신의 삶과 일곱 군데의 수용소에서 겪었던 일들을 되돌아봤다.

'그동안 있었던 일들이 내게 어떤 것을 가져다주었을까?'

그는 어떤 것에 대해 생각할 때마다 죄의식 때문에 괴로워했다.

'내겐 용기가 없었어. 그래서 맹세를 저버렸던 거야. 나와 카란자, 무고, 혹은 사람들을 공공연히 배반하고 목숨을 건지기 위해 백인들에게 협력했던 자들 사이에 어떤 차이가 있는 걸까? 무고는 자신의 죄의식과 정면으로 맞서며 모든 것을 잃을 각오를 했던 용기 있는 사람이었어.'

기코뇨는 모든 것을 잃는다고 생각하자 몸이 떨렸다. 매일 아침 뭄비와 왕가리가 음식을 가져왔다. 처음에는 뭄비에게 말을 건네지 않으려고 했다. 그녀를 쳐다보는 것만으로도 괴로웠다. 그러나 무고가 고백을 했다는 소식을 들은 후, 뭄비가 무슨 생각을 하고 어떤 감정을 갖고 있는지 생각해보게 되었다.

'그녀의 얼굴 뒤에는 무엇이 숨겨져 있을까? 그녀는 무고의 고백에 대해 어떻게 생각할까?'

그는 점점 더 무고에 관해 뭄비와 얘기하고 싶어졌다. 수용소에서 겪었던 일도 얘기하고 싶었다.

'그녀는 나를 괴롭히는 발걸음 소리에 대해 뭐라고 말할까?'

다른 생각도 들었다. 그는 자신을 뭄비가 낳은 아이들의 아버지로 생각해본 적이 없었다. 그런데 지금 막 그 생각이 뇌리를 스치고 지나갔다.

'뭄비와 나 사이에 태어날 아이들은 어떤 모습일까?'

기코뇨가 므웨야를 떠올리고 의자를 만들고 싶다고 생각한 것은 닷새째 되는 날이었다. 그는 깁스한 팔에 몸무게가 실리지 않게 조심하며 병원 침대에서 몸을 움직였다. 처음에는 의자를 만들겠다는 생각이 나무를 보면 느끼곤 하던 미세한 흥분 상태로 나타났다. 그런데 그 생각을 하면서 그는 점점 더 흥분했고, 나무와 끌을 만지고 싶어 손이 근질거렸다.

그는 병원에서 나가면 사업을 다시 시작하기 전에, 아니면 사업을 하는 틈틈이 의자를 만들 셈이었다.

기코뇨는 주제를 구체적으로 짜기 시작했다. 그는 인물들의 모습을 바꿨다. 얼굴에 깊은 주름이 있고, 어깨와 머리를 수그리고 의자의 무게를 받치고 있는 야윈 남자를 조각할 참이었다. 그 남자의 오른손은 역시 얼굴에 깊은 주름이 있는 여자의 손을 잡기 위해 뻗쳐진 상태일 것이었다. 세 번째 형상은 사내아이의 모습이 될 것이었다. 사내아이의 어깨나 머리 부근에서 남자와 여자의 손이 만나게 될 것이었다.

'이런 이미지에 맞게 앉는 자리를 구슬로 어떻게 처리해야 할까? 개간과 경작이 필요한 들판? 괭이? 콩꽃? 때가 되면 이런 것들을 결정해야 되겠지.'

엿새째 되는 날, 뭄비는 병원에 오지 않았다. 기코뇨는 기분이 안 좋았다. 그는 자신이 그녀를 기다리고 있었다는 것을 알고 스스로 놀랐다. 하루 종일 초조했다. 그녀에게 무슨 일이 일어났는지 궁금했다.

'이제 그만 오려는 걸까? 내가 말을 하지 않으니까 이런 식으로 반응하는 걸까?'

다음 날 그는 조바심을 내며 날이 새기를 기다렸다.

'오늘도 그녀가 오지 않는다면……'

그녀가 왔다, 혼자서. 으레 왕가리와 같이 오곤 했는데 이날은 혼자였다.

"어제는 오지 않았더군."

그가 힐난하듯 말했다. 뭄비는 대답하는 데 시간이 좀 걸렸다.

"애가 아파서 그랬어요."

그녀가 간단히 대답했다.

"그 애가…… 어디가…… 어디가 아픈데?"

"그냥 감기예요. 아니면 독감이겠죠."

"그 애…… 그 애를 약국에 데리고 갔어?"

"네!"

그녀는 무뚝뚝하게 대답했다. 기코뇨는 그녀를 쳐다보지 않으려 했다. 뭄비는 조급한 듯 자리를 뜨고 싶어 했다.

"언제 퇴원해요?"

그녀가 물었다.

"이틀 후에."

이번에는 기코뇨가 뭄비의 얼굴을 쳐다보았다. 그녀는 그를 보고 있지 않았다. 그녀의 눈에 피곤함이 깃들어 있는 것을 보고 그는 깜짝 놀랐다.

'얼마나 오랫동안 저랬던 걸까? 무슨 일이 있었던 걸까?'

"나, 지금 가요. 내일은 못 올지도 몰라요. 그다음 날도……."

그녀는 결심한 듯 물건들을 챙겨 가방에 넣기 시작했다. 그는 가지 말라고 하고 싶었다. 그러나 다른 말이 먼저 튀어나왔다.

"우리, 그 아이에 대해 얘기해봐."

벌써 자리에서 일어선 뭄비는 이 말을 듣고 깜짝 놀랐다. 그녀는 다시 앉아 그를 바라보았다.

"여기 병원에서요?"

그녀는 조금도 흥분하지 않고 물었다.

"그래, 지금."

"아니, 오늘은 안 돼요."

뭄비는 비로소 자신의 독립 상태를 인식한 사람처럼 거의 조급한 듯 말했다. 기코뇨는 그녀의 굳은 목소리에 깜짝 놀랐다.

"좋아, 퇴원하면 하지."

그가 어색하게 뜸을 들인 다음 덧붙였다.

"집에 돌아가서 불도 지피고 물건이 썩지 않도록 할 거야?"

그녀는 머리를 한쪽으로 돌리고, 그가 한 말을 잠시 생각했다. 그리고 그의 눈을 똑바로 쳐다보며 말했다.

"아뇨, 기코뇨. 사람들은 어떤 것들을 문질러서 지워버리려고 하지만 그럴 수가 없는 법이에요. 그렇게 쉬운 것들이 아니니까요. 우리 사이에 있었던 일은 말 한마디로 지나치기엔 너무 큰일이었어요. 서로 얘기하고, 서로의 마음을 열고, 확인해볼 필요가 있어요. 그런 다음에야 원하는 미래를 같이 계획할 수 있겠죠. 그러나 지금은 나, 가야 해요. 아이가 아파서요."

"당신…… 당신, 내일 올 거야?"

그는 걱정과 두려움을 숨기지 못하고 물었다. 그는 앞으로 그녀의 감정과 생각과 소망을 고려하면서 살아야 하리라는 것을 깨달았다. 새로운 품비가 거기에 있었다. 그녀는 그의 질문을 다시 한 번 생각해보고 말했다.

"좋아요, 아마 올 거예요."

그녀는 이렇게 말하고 일어서서 다부진 걸음으로 걸어갔다. 슬프지만 거의 확신에 찬 걸음걸이였다. 그는 그녀가 문에서 사라질 때까지 그녀를 바라보았다. 그런 다음 침대에 누워 결혼 선물로 줄, 무이리 나무로 만들 의자에 대해 생각했다.

"여자의 모습을 바꿔야겠어. 임신을 해서 배가 불룩해진 여인을 새겨야겠어."

옮긴이의 말

고전적 품격의 아프리카 소설

응구기는 새삼스럽게 소개할 필요가 없는 대표적인 아프리카 작가이며 실천적인 삶을 살아온 탈식민 이론가이다. 어느 작가가 그렇지 않으랴만, 그를 이해하기 위해서는 그가 살아온 삶과 시대를 조금은 들여다볼 필요가 있지 않을까 싶다. 그것이 이런저런 형태로 그의 작품에 투사되어 있을 가능성이 많기 때문이다. 응구기의 소설에 심오한 영향을 미친 폴란드 출신의 영국 작가 조지프 콘래드(Joseph Conrad)는 "모든 작품에는 자전적인 요소가 포함되어 있기 마련이다"라고 말한 바 있는데, 응구기도 결코 예외는 아닐 것이다.

응구기는 1938년, 케냐의 수도 나이로비에서 40킬로미터 정도 떨어진 카미리수에서 농사를 짓는 기쿠유족 부모 사이에 태어났다. 그가 태어났을 때, 케냐는 영국에 의한 혹독한 식민통치(1895~1963)에 시달리고 있었다. 그는 식민주의자들한테 정면으로 맞선 무장투쟁, 즉 기쿠유족 중심의 마우마우 운동이 일어났던 1952년에는 열네 살의 소년이었고, 그 운동이 끝난 1960년에는 스물두 살의 청년이었다. 그리고 마우마우 운동 기간에 발효되었던 비상사태(1952~1959)가 종식되고 케냐가 그토록 원하던 독립을 쟁취한 1963년에는 스물다섯 살이었다. 따라서 그는 식민시대의 마지막 25년을 살면서 식민주의의 참혹한 현실을 목격하고 응시할 수 있는 위치에 있었다. 그래서 《울지 마, 아이야(Weep Not, Child)》《샛강(River Between)》《한 톨의 밀알(A Grain of Wheat)》 등과 같은 소설들에 식민 정권에 핍박을 받는 평범한 사람들의 문제가 형상화된 것은 불가피한 일이었다. 그런데 그가 식민시대의 마지막 25년을 살았다는 말은 동시에, 케냐가 독립한 후의 역사를 살아내고 목격할 수 있는 위치에 있었다는 말이기도 하다. 《피의 꽃잎들(Petals of Blood)》《십자가 위의 악마(Devil on the Cross)》《마티가리(Matigari)》 등과 같은 소설들이 포스트식민시대의 문제들을 형상화한 것은 그래서 불가피한 일이었다. 이렇게 보면 그의 소설을 식민시대를 배경으로 하는 소설들과 포스트식민시대를 배경으로 하는 소설들로 양분하는 것은 충분히 가능한 일이다. 실제로 그의 소설들은 케냐의 근대사를 순차적으로 형상화하고 있다고 해도 과언이 아닐 정도로, 근대사의 흐름을 충실하게 내러티브에 반영하고 있다. 그의 소설을 관통하는 것이 케냐의 근대사인 것은 역사의 격랑에 휩싸인 온 민중의 고통과 애환이 그의 주된 관심사이기 때문이다.

그런데 그의 작품세계를 전체적으로 분류할 때 반드시 유념해야 할 것 중 하나는 앞의 소설들, 즉 식민시대를 배경으로 하는 소설들과 뒤의 소설들, 즉 포스트식민시대를 배경으로 하는 소설들이 서로 분리된 것이 아니라는 사실이다. 그도 그럴 것이, 영국 식민주의자들이 케냐에서 물러났다는 것은 영토적이고 정치적인 의미에서의 식민주의가 종식됐다는 것이지, 식민주의와 관련된 모든 것이 종식되었다는 의미가 아니었기 때문이다. 영토적, 정치적 주권을 막 회복했다는 것은 남아프리카공화국 출신의 학자인 데이비드 애트웰(David Attwell)이 사용한 메타포를 빌려 말하면, "배가 이미 물 위를 지나갔지만, 물이 아직도 출렁거리고 대기에는 그 흔적이 가득 남아 있는" 형국에 지나지 않는 것이었다. 이런 의미에서 보면, 많은 나라들이 독립 이후에 겪는 혼란은 그래서 어느 정도 예정된 것이라고 해도 과언이 아니다. 세계를 통틀어 보아도, 식민주의를 경험한 나라치고 식민통치가 남긴 부정적 유산에 휘둘리지 않은 경우는 거의 없다. 식민 정권이 물러난 후 이어진 독재와 부패와 탐욕과 무질서는 거의 정해진 수순이나 마찬가지다. 케냐의 상황도 예외는 아니었다. 그래서 응구기는 식민주의가 진정으로 종식되려면 정치적인 식민주의는 물론이고 정신적인 식민주의가 종식되어야 한다고 믿었다. 그에게 진정한 해방은 몸, 즉 영토만이 아니라 마음과 정신까지 해방되어야 진정한 것이었다. 그가 식민주의자의 언어인 영어를 버리고 자신의 모국어인 기쿠유어로 창작을 하기 시작한 것도 그렇고, 자신의 이름을 제임스 응구기라는 영국식 이름에서 응구기 와 티옹오라는 기쿠유식 이름으로 바꾼 것도 정신의 탈식민화를 위한 상징적인 몸짓이었다. "노예는 처음에는 이름을 잃고 다음에는 언어를 잃는다"는 것이 그의 신념이었다. 따라서 노예 상태를 벗어나게 되면, 이름과 언어부터 찾아야 했다. 그것이 노예 상태를 벗어나는 탈식민화의 첫 걸음이었다. 적어도 그는 그렇게 믿었다. 《울지 마, 아이야》《샛강》《한 톨의 밀알》《피의 꽃잎들》과 같은 소설들이 영어로, 《십자가 위의 악마》《마티가리》 등과 같은 이후의 소설들이 기쿠유어로 쓰인 것은 이런 맥락에서였다. 언어는 자존심과 정체성의 문제였다. 잃어버렸다면 찾아야 하는 것이, 아무리 어려워도 찾아야 하는 것이 언어였다. 이것이 수많은 종족들로 이뤄진 케냐와 같은 나라에서 얼마나 현실적인지에 대해서는 논의의 여지가 있지만, 식민주의의 극복이 정신의 탈식민화가 수반되어야 가능하다는 것을 강조한 것은 그것 자체로 의미 있는 몸짓이있다. 그가 탈식민 논의에서 빠짐없이 거론되는 것은 이러한 이유에서다.

여기에 번역해 내놓는 《한 톨의 밀알》은 응구기가 영어로 쓴 소설 중 마지막에서 두 번째에 해당한다. 응구기가 소설가로서 도달할 수 있는 정점이며 "가장 인간적이고 설득력이 있는 소설"이라는 평가를 받는 이 소설을 집필할 당시(1964~1966), 응구기는 영국문화원의 장학금을 받아 영국 리즈 대학의 대학원에서 영문학을 공부하고 있었다. 케냐는 1963년에 막 독립을 한 상태였다. 지금까지 발표한 거의 모든 소설들에서 그러한 것처럼, 그는 이 소설에서도 당대의 역사적 상황을 반영하고 있다. 그는 소설의 시간적 배경을 독립일, 즉 1963년 12월 12일에 맞추고 마우마우 운동을 비롯한 독립투쟁의 역사를 거슬러 올라가 스토리에 투영한다. 그는 케냐가 오랜 투쟁 끝에 쟁취한 독립을 기점으로, 독립에 이르기까지 케냐의 민중이 겪어야 했던 험난한 삶의 여정을 돌아보며, 그것의 의미를 내면화한다. 그래서 이 소설은 정치적 소설이 갖는 요소들을 두루 갖고 있다.

그렇다고 이 소설이 정치적 구호를 부르짖거나 어떤 메시지를 전달하고자 한다는 말은 결코 아니다. 오히려 소설은 역사와 정치의 소용돌이에 휘말린 개개인의 삶과 고통을 조명하는 것을 목적으로 한다. 키히카와 같은 영웅적인 인물이 아니라 무고, 기코뇨, 뭄비 등과 같은 다소간에 주변적인 인물들이 스토리의 중심에 배치되어 있는 것은 이러한 이유에서다. 그들은 자신과 가까운 사람을 배반하기도 하고 공동체를 배반하기도 하고 결과적으로는 스스로를 배반한다. 그리고 스스로의 배반 행위에 대한 죄의식에 몸부림을 치고 고통을 당한다. 화자는 그들의 고통스러운 삶을 충분히 알고 있다는 듯, 자신이 원치 않는 정치적 상황으로 끌려 들어간 그들의 실존적 딜레마를 잘 알고 있다는 듯, 그들을 내치지 않는다. 마우마우 운동의 지도자 키히카를 배신한 무고, 가족이 보고 싶어 자신이 조직에 가담한 것을 실토함으로써 조직을 배반한 기코뇨, 마지막 순간에 무기력해져 남편 친구인 카란자의 아이를 가짐으로써 남편인 기코뇨를 배반한 뭄비도 화자에게는 내침의 대상이 아니다. 오히려 화자는 그러한 배반 행위를 통해 개개인들이 속죄를 하고 자기성찰을 하고 궁극적으로 재생의 길을 걷는 데 초점을 맞춘다. 물론 무고와 같은 인물은 결과적으로 R장군과 같은 극단적 원칙주의자들의 손에 처형을 당하긴 하지만, 거기에서도 중요한 것은 잘못에 대한 처벌이 아니라 자신의 잘못을 뉘우치고 자신의 몸을 기꺼이 내어주는 무고의 도덕적 각성과 실존적 딜레마이다. 결국 소설의 지향점은 하람베, 즉 공동체 정신이다.

  소설이 공동체 정신을 강조하는 것은 식민시대를 살아가는 과정에서 생긴 배반과 상처와 아픔을 이해하고 앞으로 나아가자는 취지에서일 것이다. 특히 케냐가 독립을 한 시점에서는 그러한 화해적 몸짓은 불가피한 것이 아니었을까 싶다. 이 소설을 읽으면서 감안해야 할 것은 이 소설이 독립 직후에 쓰였다는 사실이다. 그 상황에서 필요했던 것은 무엇보다도 과거의 아픔을 딛고 서로를 용서하고 화해하는 몸짓이었는지 모른다. 소설은 누구나가 조금씩 뭔가 혹은 누군가를 배반했을 터이니, 그것을 깨달음과 발전과 화합의 계기로 활용하고 새로운 삶을 살아가자고 암시한다. 누군가는 대의를 위해 자신의 목숨을 기꺼이 희생하기도 했고, 누군가는 원치 않는 정치 속으로 자신의 의도와 상관없이 끌려 들어가 저당 잡힌 삶을 살기도 했다. 그러니 사람들은 저마다 조금씩 자유를 위해 나름의 방식으로 헌신한 "한 톨의 밀알"인지도 모른다. 이러한 스토리에서 느껴지는 것은 역사의 물결에 부대껴 안쓰러운 삶을 살아온 민중을 감싸 안는 작가의 넉넉한 품이다. 이런 의미에서 응구기의 소설은 역사에서 소재를 취한 정치적인 소설에서 도덕적인 소설로 옮아간다. 넓은 의미에서 보면, 《한 톨의 밀알》을 쓸 무렵의 응구기에게서는 고전적인 풍모가 느껴진다. 이것은 이후에 발표된 《피의 꽃잎들》《십자가 위의 악마》《마티가리》 등에서 느껴지는 작가의 다소 전투적이고 풍자적인 모습과는 다른 모습이 아닐 수 없다.

그러나 《한 톨의 밀알》이 케냐의 독립일을 기점으로 과거를 돌아보며 하람베 정신을 강조한다고 해서, 소설의 분위기가 그리 낙관적인 것만은 아니다. 낙관적이기는 고사하고 오히려 불길하고 어둡고 암울해 보인다. 식민 정권에 협력했던 자본가들이나 식민 정권의 하수인으로 민중을 억압했던 경찰과 군대는 포스트식민시대에도 이전과 마찬가지로 민중을 수탈하고 억압할 것처럼 보인다. 물론 이 소설이 1963년 12월 12일, 즉 독립일 이전의 시대를 배경으로 하고 있긴 하지만, 이후에 《피의 꽃잎들》《십자가 위의 악마》 등과 같은 소설들에서 풍자의 대상이 되는 신식민주의자들의 문제는 이 소설에 이미 충분히 암시되어 있다. 이런 맥락에서 보면, 《피의 꽃잎들》이나 《십자가 위의 악마》는 작가가 《한 톨의 밀알》에서 이미 암시하고 예언한 것을 외연화하고 확장한 소설들이라고 해도 틀린 말은 아니다. 그의 소설이 그렇게 흘러간 것은 독립 이후의 케냐 역사가 순탄치 않았기 때문이었다. 독립 이후의 역사가 공정하고 정의롭고 민주적이고 이상적인 것이었다면 그의 소설이 사회에 대한 풍자 쪽으로 방향을 선회하지는 않았을 것이다. 결국 그가 재판도 받지 않고 1년 동안 감옥에 수감된 것도 그렇고, 그가 생명의 위협을 느끼고 해외로 피신해 수십 년에 걸친 망명의 삶을 살았던 것도 케냐의 퇴행적 역사 때문이었다. 아이러니하게도 그를 협박함으로써 떠돌이의 삶을 살게 만든 것은 그가 《한 톨의 밀알》에서 마우마우 운동의 전설적인 영웅으로 기리고 칭송했던 조모 케냐타가 대통령으로 군림하는 정권이었다. 독립과 저항의 영웅으로 떠받들던 조모 케냐타 같은 인물들이 민중을 억압하고 부패를 자행하고 매판자본과 결탁하여 신식민주의를 자행한 케냐의 역사는 아이러니 그 자체였다. 《한 톨의 밀알》 이후에 발표된 응구기의 소설들이 급진적이고 저항적인 색깔을 띠게 된 것은 그래서 불가피한 일이었다. 바로 이것이 정치성을 외면하지 않으면서 아직은 고전적 품격을 잃지 않는 《한 톨의 밀알》이 응구기의 문학에서 중요한 위치를 점유하고 있는 이유가 된다. 정치를 다루면서도 정치에 함몰되지 않고 인간의 고통과 아픔과 비극을 빼어난 스토리로 형상화하고 있기에 그렇다. 어디까지나 가설이지만, 케냐의 근대사가 순탄한 것이었다면, 응구기의 문학은 《한 톨의 밀알》처럼 풍요로운 소설들을 계속 써내는 경로를 택했을지도 모른다. 안타까운 일이다. 응구기의 탁월한 언어적, 예술적 감각을 고려하면 더욱 그렇다.

작가가 거듭 밝힌 것처럼, 《한 톨의 밀알》은 러시아를 배경으로 하는 콘래드의 소설 《서구인의 눈으로(Under Western Eyes)》를 상호텍스트적으로 활용한 소설이다. 특히 배반 행위에 따르는 죄의식을 들여다보는 방식은 공간이 러시아에서 케냐로 바뀌었을 뿐, 콘래드의 소설을 그대로 옮겨놓은 것이나 다름없다. 응구기는 독창적인 스토리 구조를 사용하기보다는 영국문학의 고전인 《서구인의 눈으로》의 스토리 구조를 차용하는, 조금은 손쉬운 길을 택한 셈이다. 특히 소설의 중심에 해당하는 인물인 무고와 관련된 서사 구조가 그렇다. 무고는 독립을 위한 투쟁에 헌신하는 키히카를 배반해 죽게 하는데, 아이러니컬하게도 그의 피신을 도운 영웅으로 대접받는다. 결국 그는 키히카의 여동생 뭄비를 만나고 심경 변화를 일으켜, 자신의 배반 행위를 대중 앞에서 고백하고 처벌을 받는다. 이러한 서사 구조는 혁명주의자인 할딘의 구원 요청을 묵살하고 그를 경찰에 넘긴 라주모프가 죄의식 때문에 괴로워하다가 할딘의 여동생 나탈리를 만나 심경 변화를 일으켜 죄를 고백하고 처벌을 받는 내용의 《서구인의 눈으로》와 아주 흡사하다. 스토리의 구조를 빌려왔으니, 콘래드의 소설이 갖고 있는 비극성을 빌려온 것도 당연한 일이다.

응구기가 영향을 받은 것은 콘래드만이 아니다. 그가 말한 것처럼, 그는 D. H. 로런스에게서도 많은 영향을 받았다. 특히 그의 스토리와 문체에서 느껴지는 서정성과 역동성은 로런스한테 물려받은 것이라고 해도 과언이 아니다. 비록 《한 톨의 밀알》 이후의 소설들에서는 작가의 현실 참여적이고 과격한 시각으로 말미암아 그러한 서정성이 조금은 희생된 면도 없지 않지만, 그럼에도 그의 소설 곳곳에는 고전적 품격의 서정성이 두루 배어 있다.

여기에서 한 가지, 꼭 짚고 넘어가야 할 것이 있다. 화자의 문제다. 특이하게도 이 소설의 어떤 부분은 화자를 1인칭 복수인 '우리'로 설정하고 있다. '우리'를 사용하면서 생기는 효과는 주요 사건들에 대해 이미 알고 있는 청자들을 안으로 끌어들이면서 스토리를 끌고 가는 아프리카의 구전적 전통을 환기시키는 것이다. 그러면서 공동체 정신이 강조됨은 물론이다. 응구기의 '우리'는 때로 무지하기도 하고 때로 편견을 가진 존재이기도 하지만, 일반적으로 상정하는 민중이 그러한 것처럼 선한 존재이다. 시간이 가고 세월이 흐르면서 잘못을 반성하고 뭔가를 깨닫는 존재이다. 그런데 '우리'를 화자로 계속 사용할 때 생기는 문제는 모든 인물들의 속마음을 재현하는 데 한계가 있다는 것이다. 공동체 속의 '우리'가, '우리'에 속하지 않는 것처럼 보이는 무고처럼 과묵한 인물의 속마음을 어떻게 알고 재현할 수 있는가. 불가능한 일이다. 그래서 작가는 필요할 경우에만 '우리'의 시점을 활용하고, 대부분은 3인칭 전지적 시점을 활용한다. 그러니 이 소설에는 적어도 두 화자가 공존한다. 두 화자의 공존은 아프리카의 전통적인 구전적 서사 방식과 서구의 서사 방식이 공존한다는 말이기도 하다. 응구기는 콘래드의 서사 방식을 빌려다가 아프리카의 구전적 서사 방식을 슬그머니 버무려놓았다. 이 지점에서 그의 소설은 아프리카적인 소설이 된다. 이것은 그가 10여 년 후에 발표한 《피의 꽃잎들》의 경우에도 마찬가지다. 그 소설에서도 '우리'라는 화자가 부분적으로 나오는데, 대부분은 3인칭 화자이고 이따금 1인칭 화자가 활용되기도 한다.

마지막으로 한 가지만 더 짚고 '옮긴이의 말'을 마무리해야 될 것 같다. 작가의 이름 응구기 와 티옹오의 우리말 표기 방식에 관해서다. 동일한 사람이 번역한 소설들에서 작가의 이름이 서로 다르게 표기되어 있어서 독자들에게 혼란을 야기할 것 같아서 더욱 그렇다. 작가의 이름은 민음사에서 나온 《피의 꽃잎들》의 경우에는 응구기 와 시옹오로 되어 있다. 들녘출판사에서 처음 나온 《한 톨의 밀알》의 경우에도 응구기 와 시옹오로 되어 있다. 그런데 이번에 은행나무 출판사에서 내놓는 《한 톨의 밀알》은 응구기 와 티옹오라는 이름을 달고 나간다. 하나로 통일되면 좋겠지만, 《울지 마, 아이야》를 응구기 와 티옹오라는 이름으로 내놓은 출판사로서는 불가피한 일이겠다. 결국 Thiong'o를 어떻게 발음하느냐의 문제인데, 티옹오와 시옹오 중 어느 것으로 해도 무방하지만, 이후에 국내에서 합의가 되어 하나로 통일되면 좋을 것 같다.

나는 이 소설을 1990년대 초반, 하이네만 출판사에서 나온 1967년 초판본으로 읽고 1990년대 중반에 번역을 시작했다. 그리고 이후에 같은 출판사에서 나온 1986년 개정판이 있다는 것을 알고, 두 판본을 대조하여 번역을 수정해 2000년 출간했다. 그런데 이번에 번역문을 수정하면서 보니 내가 두 판본을 대조하는 과정에서 실수를 했는지, 아니면 내 기억에 다른 착오가 있었는지, 작가가 새로운 판본에서 수정한 내용이 제대로 반영되지 않은 부분이 있었다. 이번에 참조한 것은 2002년에 펭귄 출판사에서 나온 판본으로, 1986년 수정본과 다르지 않은 것처럼 보인다. 여하튼, 여기에 내놓는 것은 기존의 번역에서 발견되는 오류를 수정하고, 판본 사이에서 발견되는 차이점을 반영한 것이다. 편집자의 도움이 컸다. 새삼스러운 것은 아니지만 다시 한 번 고백하건대, 이번에 기존의 번역문을 다듬고 오류를 수정하고 누락된 부분을 채워 넣으면서 느낀 것은 번역이 참 힘들다는 사실이다. 그래도 응구기 소설의 최고봉에 해당하는 이 소설의 고전적 풍모가 독자들에게 조금이나마 전해졌으면 싶다. 고전적인 작품은 불완전한 번역을 뛰어넘어 자신을 전달하는 힘을 갖고 있다고 나는 믿는다.

2016년 가을
왕은철

한 톨의 밀알

초판 1쇄 발행 2016년 10월 4일
초판 5쇄 발행 2025년 6월 9일

지은이 · 응구기 와 티옹오
옮긴이 · 왕은철
펴낸이 · 주연선
책임편집 · 심하은

(주)은행나무
04035 서울특별시 마포구 양화로11길 54
전화 · 02)3143-0651~3 | 팩스 · 02)3143-0654
신고번호 · 제 1997—000168호(1997. 12. 12)
www.ehbook.co.kr
ehbook@ehbook.co.kr

ISBN 978-89-5660-601-9 (03890)

• 이 책의 판권은 지은이와 은행나무에 있습니다. 이 책 내용의 일부 또는 전부를 재사용하려면 반드시 양측의 서면 동의를 받아야 합니다.

• 잘못된 책은 구입처에서 바꿔드립니다.